春温笔端

—— 中国现当代文学的教学与研究

张全之 著

济南出版社

图书在版编目（CIP）数据

春温笔端：中国现当代文学的教学与研究 / 张全之著 . -- 济南：济南出版社，2024.7. -- ISBN 978-7-5488-6693-0

Ⅰ . I206.6-53

中国国家版本馆 CIP 数据核字第 2024V92S43 号

春温笔端：中国现当代文学的教学与研究
CHUNWEN BIDUAN: ZHONGGUO XIANDANGDAI WENXUE DE JIAOXUE YU YANJIU
张全之　著

出 版 人　谢金岭
责任编辑　丁洪玉　陈玉凤
装帧设计　张　倩

出版发行　济南出版社
地　　址　山东省济南市二环南路 1 号（250002）
总 编 室　0531-86131715
印　　刷　济南新先锋彩印有限公司
版　　次　2024 年 9 月第 1 版
印　　次　2024 年 9 月第 1 次印刷
开　　本　148mm×210mm 1/32
印　　张　15.375
字　　数　360 千字
书　　号　ISBN 978-7-5488-6693-0
定　　价　98.00 元

如有印装质量问题 请与出版社出版部联系调换
电话：0531-86131716

版权所有　盗版必究

目 录

第一章 "五四"文学研究 / 01

"五四"文学的"二次革命"
　　——重评创造社在"五四"文坛上的地位 / 02

论创造社向"五四"文学的两次挑战
　　——创造社与"五四"文学关系新论 / 17

反叛与危机
　　——"五四"道德革命的缺陷与新文学的世俗化 / 31

在"民主"与"科学"的背后
　　——重读《新青年》/ 44

"五四事件"与中国新文学 / 57

中国现代文学史写作中的"五四文学革命" / 95

诚与真："五四"文学的精神特征及其当代意义 / 110

吴稚晖与《新青年》/ 118

第二章　文学史教学与写作研究 / 131

人文教育：商海大潮中的自救之舟
　　——中国现当代文学教学研究 / 132

从大学教育看中国现当代文学史的分期问题 / 145

"汉语新文学史"：一个新的文学史概念的意义和局限 / 157

为什么教？教什么？怎么教？
　　——改革开放 30 年来"中国现代文学史"教学研究和实践的回顾与反思 / 165

在夹缝中挣扎的"中国近代文学"
　　——从学科角度考察"中国近代文学"的危机与出路 / 183

"大数据"时代的现当代文学研究 / 195

第三章　重要文学现象研究 / 205

"雅""俗"对峙：中国现代文学史的内在矛盾运动 / 206

无"常"而"变"：新诗作为一种"流浪文体"的命运 / 220

抗战时期战俘文学中的观念纠葛 / 226

"地方路径"与中国现代文学研究的新视野 / 240

齐鲁文化与山东现代作家 / 252

中国现代叙事文学中的气象美学 / 260

从"政治运动史"到"私人生命史"
　　——20 世纪两类土改小说的比较研究 / 288

陪都重庆：中国现代文学的"异乡" / 316

第四章　作家作品研究 / 327

新世纪以来鲁迅研究的困境与"政治鲁迅"的突围
　　——对近年来鲁迅研究一种新动向的考察 / 328

"假洋鬼子"·"里通外国的人"·"秃儿。驴"
　　——也谈《阿Q正传》中的"假洋鬼子" / 341

"鲁迅传统"是"儒道合一"吗？
　　——兼与宋剑华先生商榷 / 359

"说/被说"：鲁迅小说中的舆论研究 / 375

仿词与鲁迅文学世界的意义建构 / 404

纪实与回忆：论郭沫若、谢冰莹对从军北伐的不同书写 / 427

文学叙事中的"重庆大轰炸"
　　——从罗伟章小说《太阳底下》说起 / 442

英雄传奇、文化传承与"内伤"书写
　　——《芝镇说》三论 / 448

书生的"江湖"人生
　　——读谢刚《老五》 / 465

"中产阶级"的优雅写作
　　——评吴景娅的创作 / 478

第一章
"五四"文学研究

"五四"文学的"二次革命"[①]
——重评创造社在"五四"文坛上的地位

长期以来,我们将创造社置于五四新文化运动这一背景之下,认为它是五四新文化运动的产物和重要组成部分,并认为它的作品反映了"五四"时代精神。事实上,创造社主要成员与五四新文化运动之间的关系远没有人们想象的那么密切。郭沫若在回忆创造社时曾说:"创造社这个团体一般是称为异军突起的,因为这个团体初期的主要分子如郭、郁、成、张对于《新青年》时代的文学革命都不曾直接参加,和那时代的一批启蒙家如陈、胡、刘、钱、周,都没有师生或朋友的关系。"[②] 郭沫若这位未直接参加新文化运动的诗人却一直与鲁迅并称为五四时期的两面旗帜,这里包含着我们对创造社的误读。本文试图考察创造社主要成员早期在日本的活动与五四新文化运动及国内文坛之间的关系,以便重新认识创造社在"五四"文坛及文学史上的意义。

[①] 原刊于《中州学刊》1998年第4期。
[②] 黄人影编:《创造社论》,光华书局,1932,第73页。

一

虽然创造社成立于1921年,但其主要成员的文学活动早已起步。郭沫若、郁达夫、张资平早期在日本对文学的探讨与国内"五四"文学革命是在各自独立的情况下并行发展的,他们以不同的运思方式开创了新文学早期的两大潮流——重视主观抒情的审美文学思潮与重视解剖社会和历史的功利主义文学思潮,二者没有从属关系。1916年秋,郭沫若因与安娜恋爱,唤起了作诗的欲望,他创作了白话新诗《死的诱惑》《新月与白云》①,这些诗后来都发表在《时事新报·学灯》上。其中,《死的诱惑》被译成日文后,厨川白村认为中国新诗"已经表现出了那种近代的情调,是很难得"②。这是最早得到国外学者首肯的白话新诗,标志着郭沫若白话新诗创作已经成熟。这时,胡适尚未发表《文学改良刍议》,离他的白话诗尝试还有一年多。创造社的另一位作家张资平1913年在同文书院读书时,曾写过一些总题为《篷岛×年》的见闻散记,从1914年开始,他就大量创作小品、杂感,包括追求异性的经过感想。这时《新青年》(《青年杂志》)尚未创刊。正是初期这些文学活动为他的文学观奠定了基础。他自称:"这个时代可以说是我的创作欲最初发展的时期。"而且形成了真正的文学认识:"在青年时期的声誉欲、智识欲和情欲的混合点上面的产物,即是我们的文

---

① 郭沫若本人对这几首诗的发表时间有不同的说法,目前学术界尚无人对其进行严格考证,龚济民、方仁念编《郭沫若年谱》采用1916年说(见龚济民、方仁念《郭沫若年谱》上卷50页,天津人民出版社出版),本文亦采此说。
② 郭沫若:《创造十年》,载《郭沫若全集》文学编第12卷,人民文学出版社,1991,第110页。

学创造。"① 这一文学观影响了他的一生。郁达夫到日本留学后就开始创作古体诗。1916年他将自己的诗作结集为《乙卯集》（未刊行）。在进行古体诗创作的同时，由于受到西方文学的影响，郁达夫也开始了小说创作的尝试，计有1916年写的《金丝雀》，1917年的《樱花日记》《相思树》《芭蕉日记》，1918年的《晨昏》，1919年的《两夜巢》，以及"一篇记一个留学生和一位日本少女的恋爱的故事"等，这些作品尽管不够成熟，但这种文学尝试比国内新文学作家要早得多。毫无疑问，早期这些文学尝试，同样为他后来的文学创作奠定了基础。

1917年，"五四"文坛上值得纪念的是胡适发表《文学改良刍议》，揭橥义旗向古典正统文学发难；随后陈独秀发表充满火药味的《文学革命论》，声援胡适，"五四"文学革命正式开始。但尚在日本求学的郭沫若、郁达夫、张资平等人对此并不了解。他们只是凭着自己的爱好，利用业余时间尝试从事文学创作。1918年，《新青年》全用白话。同年5月，鲁迅发表小说《狂人日记》，这是"五四"文坛第一篇白话小说，以其"'表现的深切和格式的特别'，颇激动了一部分青年读者的心"②。五四新文化运动以文学革命为先导走向深入，《新青年》成为全国著名刊物，大受读者欢迎。这时郭沫若、郁达夫、成仿吾等人都在日本高等学校从事非文学专业的学习。张资平因回国参加政治运动，大约阅读过《新青年》，但他对《新青年》很不满，认为其"浅薄"，张资平的这一态度后来成为创造社成员的共

---

① 徐迺翔主编：《中国现代作家评传》第1卷，山东教育出版社，1986，第545页。
② 鲁迅：《〈国新文学大系〉小说二集序》，载《鲁迅全集》第6卷，人民文学出版社，2005，第246页。

识。张资平回到日本后,在博多湾海岸与郭沫若(已三年没有回国)见面,二人谈起了国内文坛,他们这段谈话更充分地说明了他们对"五四"文学革命的态度:

(张资平生气地说)"国内真没有一部可读的杂志。"
(郭沫若)"《新青年》怎么样呢?"
(张资平)"还差强人意,但都是一些启蒙的普通文章,一篇文字的密圈胖点和字数比较起来还要多。"

其实,1918年正是《新青年》最为辉煌的时期,无论是文学创作还是理论文章都以雷霆万钧之势摇撼着古老的文明,可这丝毫也引不起他们的关注。于是,他们仿效日本文学界的样子决定"出版一种纯文艺刊物","采取同人刊物的形式,专门收集文学上的作品,不用文言,用白话"。郭沫若将这次谈话称为创造社"受胎期"[①]。从这次谈话我们可以看出,创造社的"受胎"并未受到国内文坛的直接影响。相反,创造社在萌芽期就带有一种挑战者的姿态。他们决定用白话出版刊物,虽然看上去像步《新青年》的后尘,其实这完全是他们自发的主张,并未受《新青年》的启发。因为在此之前他们已用白话进行创作,这时选用白话出版刊物是顺理成章的。另外,他们利用白话,只是为了进行文学创作,他们准备出版的刊物,是纯文艺刊物,没有明确的文明批判和社会批判的目的,这与《新青年》

[①] 郭沫若:《创造十年》,载《郭沫若全集》文学编第12卷,人民文学出版社,1991,第48页。

团体提倡白话是不同的，他们并没有意识到利用白话进行文学创作所包含的划时代的意义。后来的文学史家将他们的白话文学创作不加分别地与国内"五四"文学革命中的白话文运动混为一谈，显然是不恰当的。

郭沫若与"五四"文坛第一次正面接触是在1919年。五四运动爆发之后，为了响应这一爱国运动，郭沫若与陈君哲、徐涌明等人成立"夏社"，主要收集日本报刊上诋毁中国的言论和资料，译成中文，同时自己也撰写一些排日的文字，油印后投寄国内各学校和报刊社。"因为做这种义务的通讯社工作，国内的报纸便至少不能不订一份"，于是他们就订了上海的《时事新报》。《时事新报》前身为创刊于1907年12月的《时事报》，其文艺副刊《学灯》创刊于1918年3月，是在五四新文化运动的影响下产生的著名副刊，主要发表新文艺创作。正是从《学灯》上，郭沫若第一次读到了国内的白话新诗。他说："那是康白情的一首送什么人往欧洲。诗里面有'我们叫得出来，我们便做得出去'（大意如此，文字当稍有出入）。我看了不觉暗暗地惊异：这就是中国的新诗吗？那么我从前做过的一些诗也未尝不可发表了。"[①] 郭沫若便开始向国内投稿，随即进入诗歌创作的丰收期。自然我们不能否认康白情这首诗对他所产生的影响，但这种影响只是使他对白话诗产生了自信，对其诗歌的内容和风格并未产生实质性的影响。因此，时常被称为"五四"时代号角的《女神》，其实并未与五四新文化运动发生什么实质性的

---

① 郭沫若：《创造十年》，载《郭沫若全集》文学编第12卷，人民文学出版社，1991，第64页。

联系，其中有些作品在新文化运动之前就已写出，这明显区别于《呐喊》。这说明《女神》中的早期作品所具有的现代性，是在外国文学的影响下，依靠郭沫若特有的禀性自发形成的。《女神》对自我个性的张扬与五四新文化运动对个性的呼唤在某些方面有着内在的一致性，但这种一致只能说明它们在反封建问题上的共同要求。呼唤个性自由，固然是五四新文化运动的重要特征，却并非它独有。对个性的呼唤和对个体生命价值的肯定是西方现代文学的重要特征，即使在中国文学史上，对个性的呼唤也并未与五四新文化运动相始终。还有一点值得注意的是，《女神》主要发表于1919年北京五四运动之后，其时新文化运动已近尾声；它结集出版于1921年，这时《新青年》团体已经解散，文艺界开始进入"梦醒之后无路可走"的苦闷彷徨期，被称为"号角"的《女神》在精神特征上与国内文坛并不同步，这也说明它们之间有着不同的源流。郭沫若并不以小说创作著称于世，然而他进行小说创作的尝试起步较早。1918年，鲁迅发表《狂人日记》四个月之后，郭沫若在日本创作了小说《骷髅》，投往国内的《东方杂志》，未被采用。《骷髅》采用了欧洲旧体小说体裁，借一个日本学生之口讲述了一个盗奸女尸的故事。小说采用意识流手法，描写了人的潜意识和幻觉，已明显具有现代小说的特征，如果它得以面世的话，在1918年的文坛上，它会以与《狂人日记》迥异的风格，成为浪漫抒情小说的开山之作。遗憾的是，对国内文坛来说，像《骷髅》这样的不速之客是不受欢迎的，它那副暴露情欲、无视社会使命的"创造脸"也不是国内进步文人所期待的，更何况《东方杂志》又不是一个激进的刊物，《骷髅》被拒之门外，也就可想而知了。小说没发表，此后也没能面世，它也就不再具有文学史意义了，但其对研究郭沫若文学观的渊源是非常重要的，这预示着在与国内文坛接触以前，郭沫若的文学观已具雏形。

郭沫若、郁达夫、张资平在日本的文学尝试，从时间上看，并不晚于国内的新文学作家。由于他们远在日本，所学又非文学专业，所以经历了一个漫长的准备阶段。在他们准备的过程中，国内文学革命捷足先登，揭开了历史的新篇章。从道理上来讲，郭沫若等人与胡适们是同道，胡适们做了郭沫若等人想做而未及做的事情，因此他们应该联手合作，共同拓展文学的新局面。可事实并非如此，胡适们倡导创立的新文学与郭沫若们期待中的新文学大异其趣，引起了郭沫若等人的强烈不满。为了实现自己的构想，郭沫若等人只得将胡适们作为对手，重新掀起一场革命，以创立自己的文学天地。

二

创造社一诞生，就被看作是一支"异军"，一方面它们四面突围、频频树敌，另一方面它们也使自己陷入新文学家们的"围剿"之中。创造社的独异，显然并不像我们过去认为的那样，仅仅是由于其浪漫主义风格和突出的抒情特征，更重要的是，创造社在当时文坛是"无根的"入侵者，它与发难于1917年的文学革命之间没有明显的渊源关系，在看重门派的中国文人中，创造社成了散兵游勇。有人将创造社与文学研究会一起称为"五四"文学革命的"双生子"，而事实并非如此：如果说文学研究会是文学革命的嫡传弟子，那么创造社就只能算得上是一个"野生子",这一特殊身份,注定了它必将成为既定秩序的破坏者。文学研究会和稍早一点的新潮社是在新文化运动的影响下成立的,其中有些成员本身就是五四新文化运动的参与者。文学研究会中后起的新作家如冰心、庐隐等也公开表达新文化运动对他们的影响。新潮社与文学研究会成立后都直接实践了文学革命的主张,正如鲁迅所说:"他们每作一篇,都是'有所为'而发,是在用改革社会的器械。"[①] 创造社与"五四"文学革命之间就没有这种直接的血缘关系。它的成立是对其成员在日本几年间的文学活动的总结,也说明了这一重视主观抒情的审美文学思潮已具备了与启蒙主义文学思潮相抗衡的力量,是对"五四"文学功利主义倾向的一种反拨。司马长风在他的文学史中推测说,如果郭沫若接到文学研究会第一次发出的邀请,那么,就不会有创造社了。而我的推断与此不同,我认为如果没有陈独秀、胡适倡导的文学革命,绝不会有文学研究会、新潮社,但未必不会有创造社,至少会有《沉沦》《冲积期化石》和《死的诱惑》。

创造社与文学研究会之间的矛盾,过去常被理解为宗派主义情绪与相互之间的误解,其实问题并非那么简单。创造社从"受胎"的时候起,就具有明确的叛逆倾向和革命意识,对此郭沫若曾坦诚地指出:"他们以'创造'为标语,便可以知道他们的运动的精神。还有的是他们对本阵营清算的态度。已经攻倒了的旧文学无须乎他们再来抨击。他们所攻击的对象却是所谓

---

① 鲁迅:《〈中国新文学大系〉小说二集序》,载《鲁迅全集》第6卷,人民文学出版社,2005,第247页。

新的阵营内的投机分子和投机的粗制滥造,投机的粗翻滥译。……他们第一步和胡适之对立,和文学研究会对立,和周作人等语丝派对立……"① 由此可以看出,创造社的一次次发难,并非一时冲动,而是源于郭沫若等人对文学的理解与文学研究会诸君的文学观有着根本的不可调和的分歧,也正是在这一点上,体现出了创造社在理论上的革命意义。首先他们对文学本质有着不同的见解。作为文学研究会的理论家,茅盾对文学本质的论述具有极大的代表性。他认为:"文学是为表现人生而作的。文学家所欲表现的人生,决不是一人一家的人生,乃一社会一民族的人生。"② 在茅盾的理论构想中,人的解放、个性解放这些重要命题,在"社会""民族"这些群体概念面前被消解,最终使以个性解放为目的的文学,成为社会发展和民族振兴的工具。郁达夫及创造社诸君(前期)却坚定地守护着个体的本位立场,强调"文学作品都是作家的自叙传",创作要本着"内心的要求"。谈到作家的责任与文学的审美问题时,茅盾说:"我们希望文学能够担当唤醒民众而给他们力量的重大责任。"③ "不幸近来的文艺者,捧出了美的神坛,做白话文的人们大家来讲究美,于是已经打破了的旧观念忽又团结……随成了今日的假唯美主义横行一时的局面。"④ 在论及西方唯美主义作家时,他对王尔德、邓南遮进行了严厉的批判,认为他们"异样鲜艳的'唯美'之花"对人类没有什么用处;而郁达夫认为:

---

① 黄人影编:《创造社论》,光华书局,1932,第74页。
② 《茅盾全集》第18卷,人民文学出版社,1989,第9页。
③ 《茅盾全集》第18卷,人民文学出版社,1989,第414页。
④ 《茅盾全集》第18卷,人民文学出版社,1989,第416页。

"艺术所追求的是形式和精神上的美。……自然的美,人体的美,人格的美,情感的美,或是抽象的悲壮的美,雄大的美,及其他一切美的情愫,便是艺术的主要成分。"从这种带有唯美主义倾向的观点出发,他进而认为艺术"没有国境的差别,没有人种的异同","现代的国家是和艺术势不两立的"[①]。这与茅盾从国家和民族利益出发考虑文学问题也是相互对立的。然而茅盾的观点为当时大多数人所认同,是对"五四"文学革命的直接承传,在当时的文坛上享有"正宗"地位;创造社却不同,它是世界文学与日本文学这一大背景的直接产物,它在"五四"文坛上是个"外来户","为艺术而艺术""唯美派""才子"这些恭维的称号也都包含着冷嘲的意味。分歧如此之大,地位如此不平等,我们不必指望他们能够如胶似漆地共度蜜月了。

在选择和吸收西方文学的营养时,创造社与文学研究会在"胃口"上迥然不同。这种不同的价值选择,在当时文坛上形成了一种对立与互补关系。五四时期,文学的现代化,在很大程度上意味着文学的西化——由传统的封建主义文学向西方资本主义性质的文学过渡。过渡的方法主要有两种:一种是作家直接借鉴西方文学的创作手法进行创作;另一种是译介西方的作品,作为样本来指导国内的作家——尤其是那些不能直接阅读西方文学作品的青年作家。但这种译介是有目的的选择,而不是盲目的引进。文学革命的倡导者和文学研究会的主要作家(或理论家)在广泛接触了西方各种流派的文学之后,从中选取在他们看来于我们民族"最有用"的作品加以译介、推广,而

[①]《郁达夫全集》第5卷,浙江文艺出版社,1992,第67页。

不一定选取他们个人最激赏的作品。鲁迅在日本译印的《域外小说集》就是明显的例证。在日本留学期间，鲁迅最欣赏的是"争天拒俗"的"摩罗诗人"，可他选译的作品大多是被压迫的弱小国家的现实主义作品。茅盾在 1920 年写的《对于系统的经济的介绍西洋文学底意见》①一文中指出，"西洋新文学杰作，译成华文的，不到百分之几，所以我们现在应选最要紧最切用的先译，才是时间上人力上的经济办法"；"复次，我认为在系统之外，还有一个合于我们社会与否的问题，也很重要"。既然"合于我们社会与否"成了一个重要标准，那么像惠特曼的诗歌，日本的"私小说"，俄国的"多余人"以及西方浪漫主义文学等，这些突出个人情感和个体灵魂甚至变态灵魂的作品就被堵在国门之外，而创造社作家的创作，正纠正了这一倾向。郭沫若以"泛神论"思想为基础，借鉴惠特曼的诗风，一扫早期白话新诗缺乏想象力和过于浅白直露的毛病；在小说方面，郁达夫借鉴了以佐藤春夫为代表的日本"私小说"的笔法大量描写"生的苦闷"与"性的苦闷"，又对俄国及流行于日本的"多余人"文学进行了创造性转化，创作出"生则于世无补，死则于世无损"的中国式的"多余人"形象，再加上张资平对日本自然主义的效仿，使现代小说在性爱心理和病态心理的描写上走向了深入，并产生了久远的影响。《女神》《沉沦》与《冲积期化石》发表后，没有引起新文化运动的主要人物陈独秀、胡适、鲁迅等人的支持和关注，正说明这不是他们所号召和期

---

① 沈雁冰：《对于系统的经济的介绍西洋文学底意见》，《时事新报·学灯》1920 年 2 月 4 日版。

待的作品。但是，20年代的中国文学，正因为有了"创造社"这个"外来户"，才为性爱文学打开了一个缺口。

三

在人格建构上，创造社诸君更是以一种崭新的姿态，取代了当时文坛上盛行的"君子""圣贤"人格，将知识分子的拯救意识，转换为对自我价值的确立，这是创造社进行文学革命的精神支柱，也是最具魅力的地方。在"五四"文坛上，新文化运动的先驱者与文学研究会的大部分作家都极看重自己在公众心目中的形象，他们极力维护着自我人格的崇高与正直。虽然以孔子为代表的儒家文化传统受到严厉的批判，但传统文人所崇尚的圣贤人格与君子风范依然成为他们塑造自我人格的典范。以"内圣外王"为特征的圣贤人格，注重内在的修养与外在的事功，孔子所谓"修己以安百姓"就点明了内在修养与外在事功的一致与和谐。这与五四时期渴望挽救民族危亡、改良中国社会人生的知识分子的态度取得共鸣，使他们在反传统的同时又难以抗拒这一传统人格的魅力，便不自觉地认同了传统士大夫的人生选择。不过作为一介书生，地位卑微，他们难以介入军阀间的纷争，也失去了"学而优则仕"的晋身之阶，不能"兼济天下"，为了"事功"，他们迫不得已选择了文学，自然会不遗余力地抬高文学的地位，文学遂成为其"事功"的一部分。后来有不少作家一旦有机会跃马疆场或掌握权柄便会毫不犹豫地放弃文学，盖出于此。理论上对"文以载道"的反对实际上只是反对载孔孟之道，这就难怪有人说中国新文学"以反载道始，以载道终"了。鲁迅谈到为什么写小说时，曾坦白承认:"说到'为什么'做小说罢,我仍抱着十多年前的'启蒙主义',以为必须是'为人生',而且要改良这人生。我深恶先前的称小说为'闲书'而且将'为艺术而艺术'看作不过是'消闲'的新式的别号。"① 那么对鲁迅来说,个人生平遭际都可深深掩埋,而社会的堕落与民族的沉疴就固执地占据着他的创作视野。到 30 年代,他放弃小说创作极力写杂文,也是因为他发现杂文比小说于社会更有利。与圣贤人格相类似,传统的君子风范深明义利之辨:"君子喻于义,小人喻于利","君子乐得其道,小人乐得其欲","先天下之忧而忧,后天下之乐而乐"。受这一观念的影响,当时许多作家无论个人生计如何困顿,他们始终将目光投向社会,去关注芸芸众生的生存境况,去探讨民族与社会的兴衰与出路,很少在作品中直接倾诉私人化欲望,更不愿将个人隐私轻易在作品中泄露,尤其值得注意的是,当他们把文学与某种崇高的历史使命联在一起时,他们不会因为损害文学而惋惜,相反他们以文学的这种依附沾沾自喜。当时不少作家津津乐道于自己作品的社会功利价值就反映了这一倾向。创造社作家却全然不同。他们似乎不顾及在公众心目中的形象,在自己的传记或创作中对那些在中国人看来不道德的隐私加以详细的描述甚至夸大渲染,赤裸裸地表白自己内心的阴暗和个人的不幸,在创作中也不以"圣贤""君子"自居,文学成为抒发内心感受的一种手段。郁达夫公开表示"文艺是天才的创造物",郭沫若认为"诗是写出来的,不是做

---

① 鲁迅:《我怎么做起小说来》,载《鲁迅全集》第 4 卷,人民文学出版社,2005,第 526 页。

出来的",张资平干脆将文学看作性欲名利的产物。他们从不隐讳个人对异性和金钱的渴望,于是"穷"和"色"成了他们的文学的主题——这正是不少作家所鄙视的。由此不难看出,文学研究会是五四新文化运动的继承者,而创造社是五四新文化运动的颠覆者。当年在博多湾海岸,郭沫若与张资平准备出版刊物时,他们心中就有强烈的冲动——取代国内文学的权威,构建自己的文学王国。郁达夫起草的《纯文学季刊〈创造〉出版预告》,直接把矛头指向"垄断"国内文坛的"偶像",正说出了他们真实的愿望,只是不够含蓄而已。文学研究会作家很敏锐地感到这股异己力量对自身正统地位的冲击,也及时地做出了反应。历史的发展,常常使智者陷入尴尬的境地。以反传统为己任的《新青年》作家群与文学研究会作家,在人格上不自觉地重复着他们的批判对象,倒是在反传统问题上不如文学研究会激烈的创造社成员们,轻而易举地削弱了他们与传统人格的联系。

创造社成立前的国内文坛,实际上是"人"的觉醒压倒了"文"的觉醒。从鲁迅的"遵命文学"到新潮社的"有所为"而发,再到文学研究会的问题小说,文学一直力不从心地充当了社会发展的开路先锋。尽管在理论上对文学自身的特质曾进行了一些有价值的探讨,但在具体的创作中,文学自身的独立性并未受到足够重视。例如,在文学创作的题材问题上,由古代的以写帝王将相、才子佳人为能事的贵族文学转向描写下层社会的国民文学,这是在陈独秀的《文学革命论》与周作人的《人的文学》《平民文学》等一系列文章中早已解决的问题,但在实际创作中我们不难发现,那些反映下层人民生活的作品,其主题似乎必须是崇高的、有价值的，说到底，即用普通人的生活题材反映圣贤者的思想和心态，这是圣贤人格与君子风范对作品造成的直接影响。创造社的意义在于，它没有给文学套上金光闪闪的锁链，而是把文学的审美特征与个体生命的情感相结合，它不是居高临下让文学充当挽救社会的灵丹妙药，而是感同身受地展示普通人的生存状态，它标志着文学意识的再一次觉醒，是"五四"文坛上的"二次革命"。

　　创造社是世界文学孕育的结果，它的诞生加速了中国文学现代化的进程。1921年创造社成立后，其主要成员陆续回国，他们从世界文学这一大的场域进入了中国文学这个相对狭小的舞台。尽管他们大都已是名满天下的作家，但他们的个人生活异常艰难，又加上国内政治黑暗和文坛的纷争，他们不得不调整自己的文学观。从1925年开始，他们基本放弃了最初的文学主张，走入极端功利主义的泥淖，文学创作随即衰微。

论创造社向"五四"文学的两次挑战[①]
——创造社与"五四"文学关系新论

从社会价值层面来说,创造社作家的作品与鲁迅及文学研究会诸作家的作品,有着明显的趋同性,尤其是在反对封建主义和追求个性解放等方面,它们表现出了近乎相同的要求。由于这种明显的趋同性,人们往往把它们不加分别地看作"五四"文学的组成部分,但这其实是一种假象。这一假象的背后潜藏着它们之间内在的价值冲突和艺术追求上的对立,这一点常常被忽视。作为一群年轻的留日学生,郭沫若等人在日本时对国内"五四"文坛不仅有隔膜而且内心还怀着掩饰不住的敌视情绪。郭沫若曾说:"他们(指创造社成员——引者注)以'创造'为标语,便可以知道他们的运动的精神。还有的是他们对本阵营清算的态度。已经攻倒了的旧文学无须乎他们再来抨击。他们所攻击的对象却是所谓新的阵营内的投机分子和投机的粗制滥造,投机的粗翻滥译。……他们第一步和胡适之对立,和

[①] 原刊于《山东社会科学》1999年第2期。

文学研究会对立，和周作人等语丝派对立……"① 毫无疑问，这种叛逆倾向直接影响了他们的文学选择和创作风格。从20年代初到20年代末，创造社一直有着称雄文坛的决心，为了实现这一"理想"，创造社作家们在不到10年的时间内，挑起了两次论争。本文正是从这一点入手，试图揭示创造社与"五四"文学之间的复杂关系。

一

1917年，胡适发表《文学改良刍议》，陈独秀发表《文学革命论》，国内文学革命开始发难；1918年，《新青年》全部改用白话，郁积已久的周树人发表了《狂人日记》，为新文学提供了富有说服力的范本，《新青年》风行一时；1920年，胡适《尝试集》出版，新诗的地位得到了初步确立；与此同时，小品散文、话剧（1921年3月民众戏剧社成立）引起了人们的重视。新文学以摧枯拉朽之势，开始了对封建文学的全面突围。1921年1月，文学研究会成立。文学研究会尽管是一个文学团体，但它基本上采取了社会运动的步骤和形式：北京设有总会，各地设有分会（类似于今天的作协）；创办了《文学旬刊》，改版《小说月报》作为自己的主要阵地；提出了"为人生"和写实主义的基本要求（不是自然形成的创作倾向）。在人员组成上，文学研究会具有巨大的包容性。它的在册人数有172人，其中包括学者、军界要人及风格各异的作家。郭沫若等后来成为创造社成员的几个主要人物，也收到过入会的邀请。由此不难看

---

① 黄人影编：《创造社论》，光华书局，1932，第74页。

出，文学研究会的组织者们并不太看重创作追求或艺术风格的一致性（这对一个文学社团来说是最重要的），而是很看重这一组织的规模。当时国内文学界的主要作家及一些没有发表过作品的文学爱好者，都被纳入这个组织之中，大有天下英才尽入我囊中之势。至此，新文学一统天下的局面初步形成，新文学的正统地位变得固若金汤。五四新文化运动的倡导者和文学研究会成员，依靠他们的筚路蓝缕之功像"开国元勋"一样，成为文坛上的正统和主宰[①]，新文学也以其前所未有的魅力，向人们展示了白话的优势和新文学的风采。"天下初定"，文坛上呈现出良好的创作势头，大量的优秀作品不断涌现。在文学研究会这个庞大的"正规军"之外，郭沫若、郁达夫、张资平、成仿吾等人成为"散兵游勇"。他们虽已有作品问世，但与鲁迅、胡适、周作人等新文学的缔造者们相比，他们不仅影响小，而且还以其与当时文坛上主流文学迥异的风格受到非议。然而，这几个年轻人是不甘寂寞的，他们才高气盛（郭沫若与田汉的理想是成为中国的歌德和席勒），放荡不羁，喜欢在风口浪尖上弄潮，能够"站在地球边上放号"，是决不会甘心在别人布置好的阵地上充当一名小卒的。在一篇讨论批评的文章中，郭沫若坦诚地说："我们年轻人血气方刚，好勇斗狠，每每爱强不知以

[①] 也许文学研究会没有主宰或称霸文坛的意思，但在郭沫若看来是这样的。郭沫若曾针对鲁迅《上海文艺之一瞥》说："在这儿鲁迅先生又毫不费力地把创造社来和学衡派、鸳鸯蝴蝶派归为一类，而使文学研究会继承着《新青年》和胡适之《终身大事》的正统。似乎创造社之成为文学研究会的新敌，是因为该研究会声援了《新青年》。是的，只有文学研究会才是文学的正统，是最革命的团体。"（郭沫若：《创造十年》，载《郭沫若全集》文学编第12卷，人民文学出版社，1992，第27页。）

为知，损他人以益己。我自己内省我自己，便不免时有这种毒龙的爪牙，在我内心中拿噬。"①《女神》对自我的过分张扬和异乎寻常的夸张无不浸透着郭沫若强烈的挑战意识：向文坛上的新的权威和"偶像"挑战。因此，想取代文坛"偶像"地位的要求，也必然是形成《女神》风格的主要原因之一。

在"心直、口直、手直、笔直"的成仿吾身上，这一点表现得更是淋漓尽致。他作为创造社的理论发言人，实际上成了为创造社扫清道路的先锋。他那些明显不够公允的理论文字，像匕首、投枪一样指向了当时文坛所有有影响的作家，大有横扫千军、唯我独尊的气概。面对成仿吾，我们很容易想到写《文学革命论》时的陈独秀。近乎相同的行为背后，应该有相似的目的和动机。

面对着文学研究会这个统领文坛的"庞然大物"，创造社成员不愿意把自己融入其中（他们拒绝了加入文学研究会的邀请），又要与之抗衡，就必须结成自己的阵线，当初成立"夏社"时的梦想又苏醒了——他们曾经为此做了许多准备工作。

早在1918年8月下旬，郭沫若与张资平在日本相遇，他们漫步在博多湾海岸，商量出一份刊物，专门发表文学创作，"不用文言，用白话"②。他们之所以决定这样做，主要有两个原因：一是他们对文学情有独钟，自然就希望办一份属于自己的刊物了，这是一种自发的要求；二是出于对国内文坛的不满。事实

---

① 郭沫若：《论国内的评坛及我对于创作上的态度》，《时事新报·学灯》1922年8月4日。
② 郭沫若：《创造十年》，载《郭沫若全集》文学编第12卷，人民文学出版社，1992，第47页。

上，他们对国内文坛的发展状况并不了解。尤其是郭沫若，在这次谈话以前，他已有几年没回国了，在日本学的又是非文学专业，也几乎没有机会读国内的报刊；张资平刚从国内回到日本，对国内的文坛略有一些了解。他告诉郭沫若，国内无一可读的杂志，郭沫若提到了《新青年》，张资平说，《新青年》只是发表一些普通的启蒙文章。他甚至嘲笑《新青年》：一篇文章的密圈胖点比字数还要多。毫无疑问，《新青年》这份在国内一时领尽风骚的刊物，在他看来，不但毫无惊人之处，而且不过是一份"浅薄的杂志"而已①。为了改进国内文坛这种让他们失望的"沉闷"局面，他们就决定办刊物了。他们在这个时候毫不犹豫地选择白话，作为文学创作的语言，在时间上，正与《新青年》同步，后人也就很自然地把他们的白话创作看作"五四"文学的一部分，其实这也是一种误解。他们选择白话，主要是一种自发的要求，他们似乎没有追随和声援国内白话文运动的意思。我甚至认为，他们这时还没有见到白话版的《新青年》，尽管他们两个进行这段谈话的时候，《新青年》已经改用白话，《狂人日记》已经面世。所以，简单地把他们的白话文学与国内的文学运动混为一谈，是不确切的。郭沫若后来将这次谈话称为创造社的"受胎期"。在这稚嫩的"胚胎"上，我们很容易发现他们试图改变国内文坛状况的冲动。这一冲动，在创造社创立的时候，郁达夫就把它和盘托出了："自文化运动发生之后，我国新文艺为一二偶像所垄断，以致艺术之新兴气运，

---

① 郭沫若：《创造十年》，载《郭沫若全集》文学编第12卷，人民文学出版社，1992，第46—47页。

澌灭将尽。创造社同人奋然兴起打破社会因袭，主张艺术独立，愿与天下之无名作家共兴起而造成中国未来之国民文学。"① 在这段话中，我们很容易感受到，他们这些"无名作家"决心与文坛"偶像"一比高低的要求。所以创造社成立后，他们很快就四面出击：挖苦胡适、讥评《呐喊》、小视周作人、蔑视康白情，批判"要拿一种主义来整齐天下的作家"的文学研究会。鲁迅与文学研究会成员们马上就感到了这股"异己"力量对自身的冲击，并立即给予回应。茅盾以笔名"损"发表了《〈创造〉给我的印象》一文，评创造社作家的作品"也不能竟可说与世界不朽的作品比肩罢。所以我觉得与其多批评别人，不如自己多努力，而想当然地猜想别人是'党同伐异的劣等精神，和卑陋的政客者不相上下'，更可不必"，由此引发了一场持续几年的论争。在任何一个国家或时代，各种风格的文学并存是一种极为普遍的现象，也是文学繁荣的主要标志之一。不管是郭沫若、郁达夫，还是鲁迅、茅盾，他们都熟稔中外文学，对此不会不了解，却为什么彼此之间表现得水火不容呢？这恐怕不是靠文学观念上的差异就能解释清楚的。郭沫若与成仿吾的一些文章，"其中大部分内容都是他们对'以利益结成的不正义的文学团体'（《一年的回顾》）文学研究会的憎恶和嫉恨。他们的非难，与其说是文学理论层面的批判，毋宁说是伦理层面的诘难"②。因此，它已不仅是一个文学问题，而是争夺文学

---

① 郁达夫：《纯文学季刊〈创造〉出版预告》，载《郁达夫文集》第12卷，花城出版社，1984，第230页。
② 杨义主笔：《中国新文学图志（上册）》，中井政喜、张中良合著，人民文学出版社，1996，第198页。

主流地位的"行邦意识"（郭沫若语）在起作用了；后来也有人认为是他们之间的误解，我看正好相反，这场论争恰好暴露了他们真实的内心世界——彼此都太看重自己在文坛上的地位了。

二

郭沫若及其他创造社成员，试图在鲁迅和文学研究会创立的新文学之外，开辟一片新的属于自己的文学园地，这无疑是非常可贵的。这种强烈的创新愿望，给他们的作品注入了新的特质。在创作方法上，他们在文学研究会"为人生"的写实主义之外，标示自叙传的抒情浪漫主义；在作品内容或题材选择上，他们一反文学研究会反映社会问题的视角，勇闯禁区：通过"食"与"色"这些一般文人"羞于启齿"的内容来反映"生的苦闷"和"性的苦闷"。这些创新举措，使创造社确实达到了"异军苍头突起"的创新效果，也得到了"一鸣惊人"的轰动效应。但五四新文化运动和文学研究会奠定的新文学传统像如来佛的掌心一样，他们无论怎样翻腾，都难以逃出这一新文学的领地。甚至，他们花样频出的创新行为，正被用来说明这一文学传统的内在活力，他们的作品，也成为这一文学传统的组成部分。直到今天，学术界依然是这样认为的，这不能不说是一种历史性的尴尬：他们向一统天下的"五四"文学挑战，而他们的挑战行为，成为其对手功绩的证明材料。

中国人自古就有"占山为王"的传统，又有"天无二日""山无二虎"的古训。因此，在文坛上，中国文人都有成为文坛霸主的雄心。一部现代文学史，为争夺这一至高无上的地位进行的文斗和武斗，可以说是触目惊心。"左"翼"右"翼之争、两个口号之争、京派海派之争，可以说是好戏连台。如果论争仅仅是在文人之间进行，那么也就只限于文学论战，如果参与者有一定的权势，这种文学论争有时会演变为你死我活的政治争锋。在"五四"文白之争的时候，林纾曾在小说《荆生》中渴望一位"伟丈夫"荆生出来惩罚他的对手，但他仅仅是渴望而已，在以后的文学运动中，"荆生"却真的出现了。文学研究会和创造社之争，虽然还没有那么明显，任何一方都没有能力请出"荆生"，但"逐鹿中原""鹿死谁手"的角逐，以及彼此之间难以兼容的排他性，不能不说与这一个人的动机有关。

《女神》《沉沦》《冲积期化石》是创造社成员们从日本"带回"的第一批成果。它们为创造社在新文学史上争夺了"两个第一"：第一部短篇小说集、第一部长篇小说。《女神》虽不是第一部诗集，但从艺术成就上来说，它也具有开一代诗风之功。这些作品的问世，在文坛上形成了颇具影响的创造社"冲击波"。在理论上他们也不示弱，素有"黑旋风"之称的成仿吾以富有颠覆力的文学批评，极力否定国内那些已经成名的作家——鲁迅、胡适、周作人、冰心均在被排斥之列，并以不无溢美之嫌的文字，向文坛推举自己的同伴。创造社采取这一"集体行动"的目的，就是以自己为核心创建一种新的文学传统。如果说鲁迅、胡适等人的文学创作是对封建文学进行的一场革命的话，创造社则是向这些初步成功的"革命者"发起的又一场"革命"。这两次"革命"在反封建文学上的目标是一致的，但在后者的心目中，前者成为新的革命对象。所以，创造社与文学研究会并不是从五四新文化的母体中诞生的"双生子",而是有着不同血缘、不同追求的"对手"。在文化和文学渊源上,文学研究会是新文化运动的直接产物,并直接承继着新文化和新文学的血脉;而创造社孕育于日本,其主要成员不仅没有参与《新青年》团体,而且与胡适、鲁迅等人非常陌生。在文化立场上,创造社成员也不赞成《新青年》团体的启蒙主张。这一切都决定了他们是很难携手共进的。但创造社成员很快就发现,本是"攻城略地"的挑战行为,看上去竟是在给"对手"加固城墙:因为他们被纳入"五四"文学这一大的系统之中。他们的成就越高,越说明了"五四"文学的辉煌,而"五四"文学的"头功"正在他们的"对手"那里。所以无论他们怎样"标新立异",他们被看作是"五四"新文化的受益者、承载者和体现者。

1921年之后,创造社成员基本在国内活动,他们对国内文坛的了解越来越多,当初在日本时那股"问鼎中原"的热情,在现实面前渐渐冷却。1924年,创造社开始发生变化,他们似乎在有意识地放弃"文学是天才的创造物"等"唯美主义"的观点,转向了"功利主义"文学,创造社进入郭沫若所说的"洪水"期。创造社突然转向的原因,历来是一个谜,但也是有迹可寻的。这群在日本遭受歧视、精神苦闷的年轻人,回国后面对的是"国破山河碎"的社会现实,加上五卅运动的刺激,他们对民族灾难的关注明显超过了对个人内心悲苦的倾诉;而转变前后一以贯之的特征,是在当时文坛上的孤立感和由此引起的与文学研究会等作家的对立情绪。创造社刚成立时,他们重在建设一种与其他人迥异的新文学,即郁达夫所谓"未来的国民文学"，后来的事实证明，他们的创作反响没有达到预期的效果。他们明显地感受到文坛对他们的冷落："自家人的创作译品，或出版物，总是极力捧场"，"团体外的作品……便一概加以冷落"[①]。这是指责别人，也是自我对内心情绪的诉说，从这句话我们不难体会到他们在文坛上孤立无援的苦闷和怨愤。既然辛苦的建设不能达到预期的目的，那么就转而从事"破坏"。周全平在《洪水》创刊号上对他们的"破坏"解释说："破坏是比创造更为紧要。不先破坏，创造的工程是无效的。"由"创造"到"破坏"，看上去转了一个一百八十度的弯，可本质上只是手段的差别，其心理动机是一样的，对此，早有人指出："《洪水》继承了第一期创造社'创造美善'的目标，其锋芒所向是妨碍'创造之花'生长的'荆棘'、文学研究会等。"[②] 由于手段的改变，这时的创造社在文学功利性的道路上，已经跑得比文学研究会更远了。理解了这一点，对后来创造社转向革命文学的激进行为也就很容易接受了。另一点值得注意的是，创造社成员开始有意识地协调与其他作家的关系。郁达夫在与鲁迅的交往中，渐渐地了解到鲁迅人格的伟大，并试图在郭沫若和鲁迅之间进行调解，他们之间的论争，也暂告结束。从表面看来，郭沫若、郁达夫等人与文学研究会里面的作家有着较为频繁的交往，似乎其乐融融了，但潜在的对立情绪和文学观念的距离，是不会在短时间内消除的。

---

① 黄侯兴、蔡震执笔：《创造社丛书·文艺理论卷·导论》，载黄侯兴主编《创造社丛书·文艺理论卷》，学苑出版社，1992，《导论》第4页。
② 杨义主笔：《中国新文学图志（上册）》，中井政喜、张中良合著，人民文学出版社，1996，第218页。

潜在的分歧还没有消除，而论争又在他们心上留下了难以抚平的创伤。著名文学史家杨义在评述这场论争时说："这种论争的经纬，给一直坚持到最后的成仿吾心上留下了深深的伤痕。"① 那么，一有机会，这种分歧必然会化作彼此之间的斗争，对极端情绪化的郭沫若来说尤其如此。成仿吾是一位主要以理论见长的人，但在情绪化方面，他同郭沫若是一样的。

1927年，国共两党分裂。政治的分野，逼使政治意识极强的作家们做出选择。五四时期"忧愤深广"的启蒙命题在短兵相接阶段，不能适应政治的要求，急切需要变革。1927年的政治动荡和新的形势下政治对文学提出的新要求，动摇着"五四"文学的根基，使其不得不对自身进行调整。

感觉异常敏锐的郭沫若、成仿吾马上就意识到，"五四"文学的时代应该结束了，潜藏在内心深处的压抑和分歧又一次爆发出来，并疾风暴雨般地投向了"垄断文坛"的"偶像"们。以郭沫若、成仿吾等几位宿将为中心，很快结成了一条与"五四"文学抗衡的革命文学阵线，他们以毋庸置疑的态度，试图给"五四"文学以毁灭性的打击。"死去的阿Q时代""鲁迅也走到了他的尽头"等斩钉截铁的"定论"大有为"五四"文学"盖棺"之势。

郭沫若这一时期写的文章，不能不让人疑惑：作为一个出色的马克思主义学者，他并不缺少理性的分析和判断能力；作为一个伟大的诗人，他更不缺少对现实的直觉，却为什么写出

---

① 杨义主笔：《中国新文学图志（上册）》，中井政喜、张中良合著，人民文学出版社，1996，第199页。

了如此失去理性控制的文章呢？答案就在这里：他这些文章要表达的不是深刻的思想，也不是艺术的直觉，而是潜藏在心灵深处面对"偶像"时的压抑感。政治运动给他们提供了一个难得的机会，当年在日本时内心的雄心壮志又被激活了，但这一次他们没有了当年靠创作实绩来与对手一决雌雄的耐心，而是借用意识形态的力量急不可耐地宣告"五四"文学的死刑；这场一直被称为文学运动的论争，事实上很少涉及文学的艺术性问题，它基本上是在社会政治层面上进行的。五四时期的社会运动思路，走向了极端，其缺陷也就更加明显。郭沫若和成仿吾在这一时期创作的文章中，扣在对方头上的"帽子"主要有："落伍""过时""死去""封建余孽""反革命""法西斯谛"，等等。这些激烈的言辞充分显示了他们掩饰不住的愤激情绪和良苦用心：尽快结束文学研究会"垄断"文坛的局面。但无论郭沫若与成仿吾多么声嘶力竭地呐喊，这场论争事实上还是以他们的失败而告终。为领导革命文学的健全发展，一个新的文学团体"左联"在1930年成立，而左联的盟主恰恰是被他们称为"二重的反革命"的鲁迅，我们已想象不出郭成二人面对这一事实时，是一种怎样的心情！

三

左联成立后，郭沫若与鲁迅的关系依然没有明显改善。郭沫若真正客观地评价鲁迅，是鲁迅逝世以后的事了。

对"五四"文学狂风暴雨式的袭击，确实让郭沫若和成仿吾长长地出了一口气，他们身上的青春激情得到了发挥，但他们当时并没有意识到"五四"文学是打不倒的。它作为一个巨大的历史存在,已沉积为中国新文学生生不息的源头,企图像《新青年》团体反叛封建文学那样将其全盘推翻是不可能的。当然也毋庸置疑,郭沫若与成仿吾对"五四"文学的两次挑战有着积极的意义,充分显示了他们身上极为可贵的挑战意识,这正是文学赖以发展的动力。"五四"是一个反抗偶像的时代,然而在新的文学运动中,人们仍自觉或不自觉地制造着新的偶像。历史的悖论常常是:偶像的破坏者往往会成为新的偶像,权威崇拜的反对者往往会成为新的权威。而创造社的这群年轻人,是继陈独秀、胡适之后的新的偶像破坏者,正是在他们身上,体现了这一现代精神的延续和发展。但是,正如许多事物都有两面性一样,创造社的挑战意识,也有着不可避免的负面效应,尤其是在革命文学论争中,他们那种简单化的粗暴行为,对"五四"文学传统造成了破坏。对今天的人们来说,他们的教训也是多方面的。首先,应该尽量避免以社会运动的方式从事文学运动。文学的发展,固然不能脱离社会运动,但它也应有自身的特点。无论是一个文学流派,还是文学运动,它最终的价值要落实到具体的创作之中。同样,一个文学流派的价值,也并不取决于人数的多少和嗓门的高低,更不取决于人为的标新立异。其次,文坛上应建立一种宽容的态度,避免"非此即彼"的思维方式。中国传统的中庸之道,有着明显的缺陷,若为了反对这一偏颇的观念而走向绝对主义的泥淖,其后果依然是可怕的。再次,文学研究应把个人动机考虑在内。创造社一直是现代文学界研究的热点,但关于创造社与文学研究会之间的关系,人们至今也未进行深入的分析。人们只关心它们之间的一致性,对它们的内部对立,语焉不详,主要原因就是忽视了创造社作家的个人动机。一个作家创作一部作品,除社会功利性动机之外,还有着个人动机,有时这种动机可能是不那么光明的,如个人的名利得失,等等。我认为,这种个人动机对作品的影响也是巨大的,如果忽视这一点,我们就很难对作品进行全面的把握。

反叛与危机[①]
——"五四"道德革命的缺陷与新文学的世俗化

列文森在《儒教中国及其现代命运》一书中用了一个著名的比喻——博物馆——来说明儒教在中国的命运。他解释说："孔子都被妥善地锁藏在玻璃橱窗里。现在是博物馆馆长而不是历史的创造者在看管着孔子。与儒家推崇的孔子不同，共产主义者时代的孔子只能被埋葬，被收藏。现在，孔子对传统主义者已不再起刺激作用，因为传统的东西已被粉碎，孔子只属于历史。"[②] 这显然是隔岸观火而带来的误读。孔子虽然已被置于博物馆中，如列文森所言，孔庙得到修缮和保护，成为人们游览娱乐的场所，但这并不意味着儒家学说已经退出了中国人的日常生活，甚至恰恰相反，直到今天，儒家学说特别是其中最为核心的伦理部分，一直沉积在中国民众的精神世界里，并时时发挥着强大的支配作用。因此，断言儒教已经成为博物馆里的陈列品，为时尚早。且不说十年"文革"是封建王权思想的

[①] 本文修改稿曾以《道德形而上缺失与"五四"新文学创作的世俗化》为题，发表于《河北学刊》2004年第1期，这次根据手稿编入，内容略有差异。
[②] 列文森：《儒教中国及其现代命运》，中国社会科学出版社，2000，第342页。

一次回光返照，即使在今天市场经济条件下，儒家伦理依然是维系诸多利益同盟的纽带。在体制内部，儒家伦理已经失去了其核心地位，但基于儒家伦理的等级制及人治而非法治的权力运作方式，仍然在顽强地发挥着一定作用。这说明，自中国近现代以来的文化启蒙运动并没有很好地完成自身担负的使命，因此，检视中国文化启蒙运动的得失，并将这一尚未完成的思想工程进行下去，就变得十分必要。

道德革命是五四新文化运动的核心内容，它决定着这场运动的深度和走向。陈独秀在那篇著名的《吾人最后之觉悟》一文中指出，自西洋文明传入中国之后，最先引起的是学术的革命，其次是政治革命，"继今以往，国人所怀疑莫决者，当为伦理问题。……吾敢断言曰：伦理的觉悟，为吾人最后觉悟之最后觉悟"①。在陈独秀看来，与学术、政治相比，伦理问题是中国传统的最后一座堡垒，使其彻底陷落，是他创办《新青年》的使命，充分反映了他以唤醒"伦理觉悟"自居的担当意识。后来的事实也证明了这一点，在新文化运动期间，《新青年》的主要火力集中指向了封建的道德领域。从用语的尖锐、态度的激进、批判的深度和广度来看，《新青年》对封建道德伦理的批判，都超过了此前的所有批判者。也正是从这场激进的道德革命开始，中国传统道德才失去了往日的尊严，并逐渐丧失了对日常生活的绝对控制力。但是我们应该看到，中国大规模的道德革命，并不自五四新文化运动始。在晚清，由于民族危机的催逼，当时的一大批知识者从自身的政治立场出发，向传统道

---

① 陈独秀：《吾人最后之觉悟》，《新青年》1916年第1卷6号。

德吹响了进军的号角。"五四"道德革命只有置于晚清以来道德革命的背景下,许多问题才能呈现出来。

维新派的主脑康有为从变法的政治需要出发,在"托古改制"的策略性考虑下,重塑孔子形象,将孔子这一"大成至圣先师"通过穿凿附会变为为变法服务的政治工具,看似尊孔,实则大大降低了孔子形象的神圣性;而他在《新学伪经考》中对经书真伪的重新厘定,也彻底动摇了儒家经典的神圣地位。古文经学家章太炎从政治革命的立场出发,对孔子进行"刻毒"的"人身攻击",称其为"湛心利禄"之徒:"所谓中庸者,是国愿也,有甚于乡愿者也。孔子讥乡愿而不讥国愿,其湛心利禄又可知也。"[①] 在他的笔下,千古圣人变成了庸俗的"势利小人"。维新派中的谭嗣同是当时最为激进的道德革命论者,他在吸收现代科学观念的基础上,创建了一个以"以太"为核心的"仁学"体系,取封建道统而代之。无论是维新派还是革命派,他们在未来社会建构的维度上,都倾向于资本主义,因而在道德革命中,西方资产阶级的道德资源成为他们反抗传统的有力武器。但是,从20世纪初期开始,无政府主义者开始规划自己未来的社会方案。他们与其他政治派别一样,对中国当时的社会现实十分不满,与此同时,他们对西方资本主义也深恶痛绝:资本主义的不平等成为他们攻击的主要目标。从这一政治立场出发,无政府主义者们要求废除一切道德规范,废除宗教、婚姻和家庭,使每一个人都变成绝对自由的个体。为了实现自己的政治理想,他们提出了"孔丘革命"的口号:"孔丘砌专制政

[①] 《章太炎政论选集》,中华书局,1977,第290页。

府之基，以荼毒吾同胞者，二千余年矣。……吾请正告曰：欲世界人进于幸福，必先破迷信；欲支那人之进于幸福，必先以孔丘之革命。"① 道德革命同样成为无政府主义者们的主要手段。在社会发展阶段上，无政府主义者企图横穿捷径，超越资本主义，避免资本主义的种种罪恶，他们在批判资本主义时，获得了道德的正义性。晚清这些道德革命背后强烈的政治诉求，决定了道德革命的最终目的是重新设计和规划社会道德秩序，重建道德行为规范，因而他们对传统的批判始终是与新的道德建制相伴而行的。

中国的传统伦理道德透视出一种泛道德主义的伦理精神，道德的规范能力从来就与政治纠缠在一起，成为构建社会秩序的重要力量。但在晚清时期，由于西方社会达尔文主义、卢梭民约论及各种民主、自由理论的介入，政治开始与道德疏离，一种新的具有现代意义的政治构想开始出现，成为打击传统道德的主要力量。

因此可以说，晚清道德革命的主要结果是娩出了现代政治，沉重打击了在中国延续数千年的泛道德主义体制，导致了中国政治体制的转型。但此时轰轰烈烈的道德革命，并没有引发文学上道德观念的明显转型，其原因主要有以下几个方面。一是晚清政治派别林立，各自从自己的政治立场出发倡言道德革命，政治立场的冲突与对立使他们的道德革命不能形成一股合力，反而相互排斥，造成了批判力量的内耗，削弱了对传统道德的杀伤力。二是倡导道德革命的知识分子本身忽视文学的宣传作

---

① 绝圣：《排孔征言》，《新世纪》1908年第52期。

用，阻止了道德革命成果向文学渗透。梁启超策动"晚清文学改良运动"，意识到小说在道德政治革命中的宣传作用，但他主要局限于政治小说，对宣传效果过分倚重，忽视了小说在艺术层面向现代的转型，因而半部《新中国未来记》成为"此路不通"的路标。三是主要的文学作者如谴责小说作者和言情小说作者始终游离于政治旋涡之外，也使道德革命的成果没有及时在文学中得到体现。当时著名小说家吴趼人认为："忠孝大节无不是从'情'字生出来的。至于这儿女之情只可叫作痴。更有那不必用情、不应用情，他却浪用其情的，那个只可叫作魔。"[①]所以他笔下的痴男怨女不是以死来成全名节，就是遁入空门，显示出其道德观念的保守性。《玉梨魂》中何梦霞和白梨影的悲剧根源也在于作者不敢让笔下人物超越礼教的禁锢，最终为了道德上的"纯洁"而放弃了对爱情的追求。在谴责小说中，作者在揭示官吏腐败时也重点强调他们在道德上的堕落。在这里，传统道德尺度依然是主导性的价值标准。很显然，晚清文学在道德观念上，远远落后于当时的道德革命思潮，封建的"道统"依然控制着文学的价值走向。

"五四"道德革命汇集了此前各种道德革命的成果，但在立足点上实现了一个重大转移：将道德革命与政治革命进行了剥离。当然这不是说"五四"道德革命没有政治革新的考虑，而是"五四"一代知识分子有一个普遍共识：道德是一切恶果之因，是最终起决定作用的因素；像袁世凯称帝这样的政治丑剧，就是封建"道统"的衍生物，因而，无须直接攻击政治，只要

[①] 吴趼人：《恨海》，载《中国近代小说大系》，江西人民出版社，1988，第6页。

将封建道德这一恶因铲除，封建政治恶果就会自然消失。陈独秀强调说："袁世凯之废共和复帝制，乃恶果非恶因；乃枝叶之罪恶，非根本之罪恶。若夫别尊卑，重阶级，主张人治，反对民权之思想之学说，实为制造专制帝王之根本恶因。吾国思想界不将此根本恶因铲除净尽，则有因必有果，无数废共和复帝制之袁世凯，当然接踵应运而生，毫不足怪。"① 因此，"五四"道德革命的背后没有明确的政治建制的指向，而是将目光汇集于世俗伦理的变革。

中国传统道德是一个以"仁"为体以"礼"为用的复合式结构，既有着道德理想主义的高远诉求，也有伦理中心主义的现实规约。"五四"道德革命打击的重点是伦理规范——"礼"，即所谓"三纲五常"。"三纲"是封建社会最基本的行为规范，对民众的控制与毒害最深，所以"五四"道德革命集中攻击这一基本的行为原则。鲁迅的《我之节烈观》《我们现在怎样做父亲》，胡适的《贞操问题》，李大钊的《妇女解放与民主》等，都是从具体的人伦关系入手，剖析"三纲"的荒诞性和残酷性。而作为道德本体的"五常"（仁、义、礼、智、信）几乎没有受到正面攻击。陈独秀认为"五常"是各民族道德的最小"公分母"，并非儒家所独具。这样一来，"五常"就由最高的"道德律令"变为日常生活的基本常识，丧失了其神圣性，这同样是对儒家道德体系的解构。

如果说晚清时期的道德革命是以西方政治制度的正当性为理论依据，那么到五四时期，道德革命的理论基础开始发生转

---

① 陈独秀：《袁世凯复活》，《新青年》1916 年第 2 卷第 4 号。

移。"重估一切价值",尼采这句话成为"五四"道德革命的口号。以什么来重估?新的价值标准是什么?从当时的文章来看,主要有两条:一是西方的文化价值尺度成为衡量中国文化价值的标准,正是在中西的对比中,中国道德文化失去了其正当性;二是是否能给人们带来世俗幸福。关于第一点,陈独秀在《东西民族根本思想之差异》(《新青年》1卷4号)中,将东西民族思想进行对比,盛赞西洋民族思想之进步,痛斥东方民族思想之腐败与堕落,这一思路在五四时期极具代表性,对此历来论者颇多,此处不再赘述。最重要的是第二点,它是被晚清以来所有道德革命的倡导者们所忽视的。

中国传统道德高居于日常生活之上,它要求所有人无条件服从,因此,对每一个体来说,它是先验的存在形式,每一个个体没有能力或资格去考虑它的合理性或合法性,只能无条件服从。《儒林外史》中儒生王玉辉的女儿在丈夫死后绝食八天殉节。王玉辉得到女儿死的消息后,大笑着说"死的好!死的好!"还羡慕自己将来得不到这样一个"死的好题目"[1]。在庄严的道德律令面前,个人的现世幸福是微不足道的,只有合乎道德的名节,才是毕生追求的目标。到五四时期,这一先验的道德律令最受知识分子们的攻击,"礼教吃人"就是对这一道德悲剧的最好概括。他们深入揭露礼教的欺骗性和虚伪本质,将现世幸福作为人生的目的。这背后潜藏着这样一个逻辑:礼教夺走了人们的幸福,只要废除礼教,使人获得自由,幸福就会接踵而至。这一浅近的利益诱导,推动了抵制道德形而上的思

---

[1] 吴敬梓:《儒林外史》,人民文学出版社,1981,第462页。

想潮流。不只是中国的封建礼教,甚至一切超越现实之上的纲常名教,包括来自西方的基督教,都在知识分子们的排斥之列。1922年,世界基督教学生同盟准备在清华大学召开第十一届大会,引起激进学生的强烈反对,就清楚地说明了这一点。国家、民族这类曾经鼓励几代人为之奋斗的概念被当作"偶像"成为鞭挞的对象。他们将目光盯在最现实的客观物质世界,拒绝形而上层面的理论思辨和理论建构。在科玄论战中,激进文化主义者对"玄学鬼"的揭批,也反映出五四新文化的基本价值立场。由此看出,五四新文化在反抗封建礼教的同时,回避了儒家思想中一个非常重要的维度——道德理想主义,从而使五四新文化变为拒斥形而上学、追求世俗人生价值的基本形态。毫无疑问,就像西方"文艺复兴"把人从神学的控制下解放出来,促进了历史的巨大进步一样,五四新文化的形而下姿态,自有其伟大的启蒙意义。但过于强调个人在现世生活中的欲望满足,忽视对超验世界的向往和建构,容易使启蒙主义演化为支持世俗人生欲望满足的工具。自由、民主、科学这些含义复杂的概念,被简化为经验世界的人生原则,必然会使启蒙主义流于浮薄和粗疏。

幸福是一个相对的概念,如果现实欲望(爱情、自由等)的满足就是幸福,那么这种幸福是靠不住的,更何况,按照叔本华的说法,人的欲望是无止境的,片面将欲望的满足作为人生的目标或者作为一种新文化的指向,是非常危险的。没有了彼岸世界的引领,没有了形而上的追求,失去了超越功利的信仰,就容易将一种文化变为市侩哲学。所以我们可以毫不夸张地说,五四新文化在对传统的批判和新文化的建构中,由于对世俗世界的过分认同,从而使启蒙主义陷入危机,同时给20世纪知识分子的人格建构和文学发展,带来了难以回避的诸多问题。

从"五四"思想的内部结构来说,五四新文化运动在反抗传统的时候,汲取了晚清时期的无政府主义者、维新派、革命派等先辈们的成果,并在许多方面实现了里程碑式的超越。但在新文化建构的理路上,与晚清时期的谭嗣同等人相比,他们放弃了对形而上世界的冥想和追寻,有意回避道德本体的重建,导致新文化在应对具体的现实问题时游刃有余,却难以给人们提供长久的、稳定的观念信仰体系。五四新文化运动的迅速落潮,鲁迅"梦醒之后无路可走"的困惑,对为封建人肉宴席制造"醉虾"的忏悔,都说明了"五四"启蒙主义有能力唤醒一部分启蒙者,却没有能力给这些被唤醒的人提供持续的价值支撑。"铁屋子"砸碎了,可是你让那些逃出"铁屋子"的人们去干什么呢?我们可以套用鲁迅"娜拉走后怎样"的提问方式追问一句:"逃出铁屋子之后怎样?"路在哪里?信仰在哪里?价值在哪里?五四新文化没有能力来解决这一终极问题。林毓生在谈到"五四"全盘反传统主义的时候指出:

> 当许多"五四"激烈反传统人士决心要把传统全部打倒并发起一个全盘化或整体主义的反传统运动的时候,面对未来,他们的思想出现了意识形态的"真空"(vacuum)(虽然,面对过去,他们的头脑充满了强势的意识形态)。易言之,他们坚持的全盘化反传统主义是负面的,无法提供正面的政治性行动方案。……这样内在的"空虚"是难

以忍受的，因为那意味着对未来完全不知所措……换句话说，当"五四"人物坚持要把传统全部打倒的时候，他们在心理上正急迫地寻求能够对未来提供确定的系统性政治导向与新的系统性思想的意识形态，以便填补内在空虚与恐慌。①

林毓生从现实政治层面指出了五四新文化内在的"空虚和恐慌"，很有见地。但这只是问题的一方面，因为政治道路的困惑不会长久地困扰处于彷徨中的知识者，除此之外，由于道德形而上的缺失带来的信仰真空才是带来内心恐慌的主要原因。因此，五四新文化运动最大的"真空"是击碎传统道德体系之后产生的形而上的真空和信仰的危机。也就是这一危机在"五四"文学的躯体上烙下了深深的印痕。

鲁迅作为"五四"文学的杰出代表，我们在他的创作中也能够看到这一文化趋向带来的困惑和焦虑。鲁迅在日本留学时，由于受到章太炎的影响，对宗教信仰给予了热烈的赞颂，他以"吠陀之民"和"希伯来之民"为例，说明了"形上之需求"对于人生的意义，他将其名之曰"正信"：

虽中国志士谓之迷（指宗教——引者注），而吾则谓此乃向上之民，欲离是有限相对之现世，以趣无限绝对之至上者也。人心必有所凭依，非信无以立，宗教之作，不可

---

① 许纪霖编：《二十世纪中国思想史论（上）》，东方出版中心，2000，第466—467页。

已矣。①

到五四时期，由于受到当时文化界的影响——所谓"须听将令"，鲁迅及时调整了自己的思考维度，注重从"有限相对之现世"来从事道德批判，并诚心祈祷："要人类都受正当的幸福。"② 如果没有对人生意义的终极追求，仅仅使被启蒙者摆脱传统道德的束缚，并不意味着能够解决所有的人生问题。鲁迅在五四时期所创作的带有自传性的作品，如《孤独者》《在酒楼上》等，其中人物最初的反叛激情很快冷却，陷入对人生价值的惶惑和怀疑之中。没有了"形上之需求"，所有的努力和抗争都显得苍白无力，而躲在背后那个"隐性的坏孩子"对一切价值进行嘲弄，足以使壮怀激烈的反抗行为陷入喜剧般的价值倾覆之中。《伤逝》中的子君，以反抗传统道德为手段，以爱情——世俗幸福为目的，"她并没有将新道德内化为一种自觉的道德诉求，没有使其上升为信仰层面的道德境界"③，所以爱情作为一种现实中的生活形式，不能给她提供持续的信仰支撑，当爱情一旦陷入危机，她就变得一无所有。在魏连殳、吕纬甫、子君的身上，我们看到了道德形而上缺失带来的人生悲剧。鲁迅本人对此也有着深刻体验："然而我至今终于不明白我一向在做什么。比方做土工的罢，做着做着，而不明白是在筑台呢还在掘坑。所知道的是即使是筑台，也无非要将自己从那上面跌

---

① 鲁迅：《破恶声论》，载《鲁迅全集》第 8 卷，人民文学出版社，2005，第 29 页。
② 鲁迅：《我之节烈观》，载《鲁迅全集》第 1 卷，人民文学出版社，2005，第 130 页。
③ 张光芒：《道德形而上主义与百年中国新文学》，《当代作家评论》2002 年第 3 期。

下来或者显示老死；倘是掘坑，那就当然不过是埋掉自己。"[1]由于没有明确的形而上观念的支持，自己的一切努力都显得毫无意义，只有生命的消失变得确定不移："逝去，逝去，一切一切，和光阴一同早逝去，在逝去，要逝去了。——不过如此，但也为我所十分甘愿的。"[2] 他笔下人物对自身价值的怀疑，正是鲁迅这一心理的投射。在其他作家笔下，情况也是如此。庐隐笔下那些女性知识者，反复地追问："人生的究竟是什么？"没有答案，只能在追寻的困惑中身心疲惫。冰心似乎找到了人生的基点，但"爱的哲学"只是在现实平面上展开的人生经验和对世俗幸福的温暖呓语，既没有托尔斯泰式的哲学冥想，也没有形成超越世俗的高远指向，所以其作品缺少丰厚的底蕴。而郁达夫等部分创造社作家，重在展示人物心理和生理上的累累伤痕，同样缺乏陀思妥耶夫斯基式的对苦难的超越性体悟。

作为一个除旧布新的时代，五四新文化在建构过程中对道德形而上的忽视，必然使道德文化陷入实用主义的泥淖，使感受敏锐的觉醒者陷入精神危机，也限制了作品的思想深度。如果把目光再放远一点，我们就会发现，"五四"道德革命中出现的形而上缺失，其影响十分深远。从 20 年代末期开始，中国文坛很多人随波逐流，相机行事，将文化和文学作为个人渔利的手段。这一人格缺陷也不能不与道德形而上的缺失有关。"饿死事小，失节事大"作为针对女性的道德训诫，制造了无数悲剧。

---

[1] 鲁迅：《写在〈坟〉后面》，载《鲁迅全集》第 1 卷，人民文学出版社，2005，第 299 页。

[2] 鲁迅：《写在〈坟〉后面》，载《鲁迅全集》第 1 卷，人民文学出版社，2005，第 299 页。

但如果将其颠倒过来——"失节事小，饿死事大"，被一些文人奉为生活的准则，其后果也同样是可怕的。

"五四"文学是百年中国文学的基础，它对"个人主义的人间本位主义"（周作人语）的重视，对世俗生活、现世幸福的过分强调，在产生巨大启蒙作用的同时，也导致了文学的世俗化倾向，限制了新文学迈向更高层次的步履，且影响深远。百年中国文学出现的很多问题，都可以从中找到解释。

在"民主"与"科学"的背后[1]
——重读《新青年》

我们习惯上说《新青年》是提倡"民主"与"科学"的，至于为什么这样说，这一说法是否与历史事实相符，并没有人认真进行探讨。在我看来，这种人云亦云的说法，包含着很多值得进一步探讨的理论问题。

将"民主"与"科学"看作《新青年》的主旨，这一早成定论的说法肇始于陈独秀。1919年，他面对一些人对《新青年》的攻击，撰写《本志罪案之答辩书》，表明《新青年》的立场：

> ……本志同人本来无罪，只因为拥护那德莫克拉西（Democracy）和赛因斯（science）两位先生，才犯了这几条滔天大罪。要拥护那德先生，便不得不反对孔教、礼法、贞节、旧伦理、旧政治。要用那赛先生，便不得不反对国粹和旧文学。大家平心细想，本志除了拥护德、赛两先生之外，还有别项罪案没有呢？[2]

---

[1] 原刊于《福建论坛（人文社会科学版）》2003年第1期。
[2] 陈独秀：《本志罪案之答辩书》，《新青年》1919年第6卷第1号。

这段已被反复引证的文字，一直是作为《新青年》提倡"民主"与"科学"的证据。没有人再进一步结合《新青年》的实际，对陈独秀的说法进行深入论证。事实上，在所谓"民主"与"科学"的背后，潜藏着很多理论上的误区。《新青年》之所以遭受攻击，按陈独秀的说法是因为它"破坏孔教、破坏礼法、破坏国粹、破坏贞节、破坏旧伦理（忠、孝、节）、破坏旧艺术（中国戏）、破坏旧宗教（鬼神）、破坏旧文学、破坏旧政治（特权政治）这几条罪案"。陈独秀为自己列举"罪名"时将相互包容的概念并列使用，有些"语无伦次"，明显是一副真理在握而又饱受委屈的模样。但从当时实际情况来看，《新青年》并没有遇到太大阻击。同许多充满浪漫激情的反叛者一样，《新青年》同人也喜欢过甚其词，问题未必有他们渲染得那么严重。鲁迅在《呐喊·自序》中透露出一点信息："（《新青年》）那时仿佛不特没有人来赞同，并且也还没有人来反对。"① ——找不着对手，可能是最让这些"叛逆者们"感到寂寞难耐的；钱玄同与刘半农上演的所谓"双簧戏"，正是没有对手时的寂寞之举。即使在这篇答辩书中，陈独秀也抱怨"社会上有一班人，因此笑骂他、讥笑他（指钱玄同——引者注），却不肯发表意见和他辩驳"，这显然是想引对手"出笼"。1919年前后，《新青年》遇到的最大对手是林纾。从林纾的文章和那两篇拙劣的小说来看，他反对《新青年》主要有两个原因：一是伦理革命，所谓"覆孔孟铲伦常"；二是文学革命，提倡白话，废除文言，

---

① 鲁迅：《〈呐喊〉自序》，载《鲁迅全集》第1卷，人民文学出版社，2005，第441页。

极力丑化古代文学。但在答辩中,陈独秀没有为这两条辩护,而是率先推出"德莫克拉西"和"赛因斯"两位"先生",认为一切"罪案"皆因拥护这两位"先生"所致。谁要反对"本志",就等于反对这二位"先生",这显然有转移矛头之嫌:他没有说清楚,为什么捍卫孔孟之道、捍卫文言就是反对"民主"与"科学"。这里陈独秀显然要了一个"狡计",将对手推向了一个更大的对立面,属于逻辑学上讲的"稻草人谬误"。因为自晚清以来,"科学"与"民主"一直是中国社会运动的两个核心主题。鸦片战争之后,李鸿章、曾国藩等洋务派率先介绍西方的"声光化电""坚船利炮",尽管洋务派的救国方案有致命的弱点,也未能挽狂澜于既倒,但他们对西方科学的介绍,使有识之士意识到科学的重要性,并心向往之。随后爆发的维新和革命运动,更使科学观念深入人心,科学的权威地位已经十分牢固。1923年胡适为《科学与人生观》作"序"时对此有生动的描述:

> 这三十年来,有一个名词在国内几乎做到了无上尊严的地位;无论懂与不懂的人,无论守旧与维新的人,都不敢公然对他表示轻视或戏侮的态度。那个名词就是"科学"。这样几乎全国一致的崇信,究竟有无价值,那是另一问题。我们至少可以说,自从中国讲变法维新以来,没有一个自命为新人物的人敢公然毁谤"科学"的。①

同"科学"一样,西方的民主、共和制度,经资产阶级维

---

① 胡适:《〈科学与人生观〉序》,载《科学与人生观》,山东人民出版社,1997,第10页。

新派和革命派的宣传以及辛亥革命的影响,已经有相当的群众基础。袁世凯复辟帝制,遭万人唾骂,正是民主、共和观念深入人心的明证。因此,谁反对民主,无疑就是逆历史潮流而动,就是"中华民国"的敌人。

由此不难看出,陈独秀举起"民主"与"科学"两面大旗,其实是在借已获广泛支持的两个权威命题来打击对手,并为《新青年》的"叛逆性"寻找可以依附的权威话语,使其具有更大的正义性,同时也可将论敌置于更为不利的地位。当然,如果将陈独秀此举完全指认为是一种斗争策略,也未必恰当。《新青年》除发表了一些讨论民主与科学的文章之外,基本贯穿着一种求真务实的科学精神和反对专制独裁的民主诉求。所以,用这两个口号来概括《新青年》,也并非"师出无名",只是不够精当而已。我们重新审视那个时代就会发现,提倡民主与科学几乎是进步人士的一种时尚,并不具有开风气之先的作用。在《新青年》创刊的同时,就有一份《科学》杂志创刊,它对科学的提倡比《新青年》更专业、更卖力,但其影响根本无法与《新青年》相提并论,这说明,《新青年》的影响并不是仅仅基于对科学的倡导。

从陈独秀的思想实际来看,他在1919年之前写的文章,主要围绕四个焦点问题:一是比较东西文化之差异;二是呼吁青年之自觉;三是伦理(孔教)批判;四是介绍文学。只有少数篇章如《当代二大科学家之思想》《实行民治的基础》是直接讨论科学与民主的。这说明,在1919年陈独秀写"答辩书"之前,他并没有明确意识到将"民主"与"科学"作为《新青年》的旗帜。陈独秀为《新青年》写的大量说明性文字中,也没有将"民主"与"科学"放在首要位置。据此可以判断,将"民主"与"科学"作为《新青年》的旗帜,是1919年陈独秀写"答辩书"时的"神来之笔",也是当时时代思潮的反映。这就难怪,文章中会有这样的句子:"我们现在认定:只有这两位先生可以救治中国政治上、道德上、学术上、思想上一切黑暗。"其中"现在认定"四个字,透露出了这一信息。所以,"民主"与"科学"是陈独秀在1919年为《新青年》制定的一个方向,一个口号。它只是表明陈独秀从此以后的立场,不能用来涵盖整个《新青年》杂志的价值。

我之所以认为"民主"与"科学"是陈独秀在1919年提出的一个口号,不能涵盖整个《新青年》的价值,还有其他的原因。

从文章的数量来看,《新青年》上直接讨论或间接涉及"民主"与"科学"的文章并不多,而且多是皮毛之论,无论从学理层面,还是从社会实践的可行性层面来看,它与此前的洋务派、维新派、革命派相比,都未显示出独到之处。《新青年》上直接讨论民主的文章,不过十余篇,直接讨论科学的文章还不足十篇。这样一个数字与《新青年》数量庞大的文章相比,未免少了一些。而从"通信栏"来看,读者关心的问题多是孔教、白话、女性解放等更为迫切、更有现实针对性的问题,与这类问题相比,"民主"与"科学"不免渺茫一些,也就没有成为讨论的热点。自然,我们也不能否认,对孔教的批判,对个性的张扬,也属于"民主"与"科学"的范畴,但对"科学"与"民主"这两个概念的宽泛理解,必然会扼杀其内在的严密性和精确性。"民主"至少有三个层面的含义:一,它是一种社会运作方式；二，它是一种反抗专制的工具；三，它体现为一种人文精神。《新青年》突出强调的是后两个方面，而不是第一个方面。这就导致《新青年》在讨论民主的时候，从来不涉及选举权、参政权等具有社会内容的问题。"科学"也同样如此，它有着多重含义：方法论层面、人文精神层面和物质技术层面。而《新青年》看重的是前两者而不是后者。这都说明了《新青年》对"民主"与"科学"的软性理解，事实上掩盖了这两个概念的原初含义，必然使二者流于空泛和粗疏。

从历史上来看，"一个成功的改革运动，必须具备关于改造对象和改造结果的相对精密而完备的知识，而这种知识的获得又需要理性的分析和科学的实验"[①]。但从知识结构来看，《新青年》中的骨干成员，有关"民主"与"科学"的知识储备并不丰厚。就"民主"来说，陈独秀、钱玄同、刘半农、鲁迅、周作人等没受过正规的政治学训练，也没有像严复一样，有意识地认真考察过西方的民主制度。因此，西方的民主制度是否适合于中国？其精神实质是什么？"中华民国"的"民主"制度为什么会迅速流产？……对这些问题，《新青年》同人自始至终没有提出深刻见解。陈独秀的几篇与民主有关的文章，更多是感性发挥与愤激之情的宣泄，未入民主理论之堂奥；鲁迅、周作人、钱玄同、刘半农等，几乎一篇相关文章也没有。鲁迅在1928年还承认，他"未曾研究过卢梭和托尔斯泰的书"[②]。自1917年开始，《新青年》上发表的大量白话诗、白话小说也没

[①] 汪晖：《无地彷徨》，浙江文艺出版社，1994，第6—7页。
[②] 鲁迅：《〈奔流〉编校后记》，载《鲁迅全集》第7卷，人民文学出版社，2005，第181页。

有明显民主、科学的气息，更多是对个人体验的描摹与对个体自由的诉求。《新青年》团体中真正了解西方民主观念的是北京大学的政治学教授高一涵。《新青年》上从学理层面谈民主的文章，多出自他之手。但有趣的是：一，此人已基本被遗忘，那些研究《新青年》的文章里，极少出现他的名字；二，他那些探讨民主的文章，多发表于1917年之前——《新青年》最沉闷的时候，1917年之后，《新青年》声誉鹊起，此人却渐渐淡出，文章几乎难得一见了。由此看来，《新青年》并没有像后人想象的那样，始终给民主留下一块地方。就科学来看，《新青年》的核心人物中受过正规科学训练的人较多，其中胡适、鲁迅最有代表性。胡适留学美国时学的是农科，鲁迅先就读于洋务学堂，后留日学医，在日本时还著有《科学史教篇》《中国地质略论》《说鈤》等科学类文章。这一时期他对科学认识已经相当深刻："盖科学者，以其知识，历探自然见象之深微，久而得效，改革遂及于社会，继复流衍，来溅远东，浸及震旦，而洪流所向，则尚浩荡而未有止也。"[①] 1918年加盟《新青年》后，他主要将科学看作一种批判传统的武器，而对科学本身的阐释就很少了。科学在胡适那里基本等同于"实验主义"的方法论，一种通向真理的最佳途径。所以《新青年》对科学的兴趣，"源自对社会、政治、经济及文化的关怀。'科学'概念作为一种对客观真理的理解，为新文化运动提供了社会历史变革的'必然性'，从而我们无法认定这种客观真理是事实的真理还是价值的真理，正是在这样的氛围中，'科学'概念成为以'反传统'为特征

---

① 鲁迅：《科学史教篇》，载《鲁迅全集》第1卷，人民文学出版社，2005，第25页。

的文化运动的意识形态支柱之一"[1]。

《新青年》作者群中也有真正的科学家。王星拱、任鸿隽等,他们依靠自身的专业素养,对西方科学的发展及科学家的社会角色进行了较为专业化的介绍,使《新青年》上出现了真正本色的科学文章。但我们不得不承认,这些本色的科学文章,并没有产生多大影响。这几位科学家出身的撰稿人也早已被遗忘。由此不难看出这样一个事实:越是专业性介绍民主与科学的人或文,越没有影响,而离开它的本义,将"民主"与"科学"作为反传统的工具或宣泄激情的通道时,就能引人注目,尽管实际上这些文章离"民主"与"科学"已经有些距离了。这也算是《新青年》的一大特色吧。

以上现象提醒我们正视这样一个事实:《新青年》不是一份专业的科学杂志或面向公众的科普杂志,也不是一份探讨政治学的社科杂志,而是一份文化杂志。科学也好,民主也好,只是它关注的大文化的两个方面,对《新青年》来说,甚至还不是主要方面,因而我们用"民主"与"科学"来概括这份杂志,就必然引起一些误解。在创办《新青年》之前,陈独秀曾说过,"让我办十年杂志,全国思想都全改观"[2]。他真正关注的是思想的改变,民主与科学是他改变中国人思想的两个手段。后来加盟的胡适等人在这一点上,与陈独秀的想法是一致的。但是在"答辩书"中,陈独秀将反对旧礼教、反对文言文看作是拥护"德""赛"二先生的结果,不免倒果为因了。

---

[1] 汪晖:《死火重温》,人民文学出版社,2000,第96页。
[2] 唐宝林、林茂生:《陈独秀年谱》,上海人民出版社,1988,第65页。

以"民主"与"科学"来概括《新青年》，同样会歪曲《新青年》的办刊宗旨。作为一份自觉的启蒙杂志，《新青年》以转变因袭的思想观念、破坏旧秩序为旨归。"民主"与"科学"只是其用来启蒙的众多理论之一部分，如果我们将它当作《新青年》的宗旨，必然会掩盖这份杂志的真正目的，并降低它在文化史上的价值。民主是"御人"之术，科学是"御物（自然）"之术，二者合为一处，暗示着一种让人不安的统治欲，与传统的专制王权相比，只是改变了一种形式，在根本上都是对人类社会与自然的占有与奴役。民主作为一种统治社会的手段，它隐含着对新的统治秩序的期待，在民主任务尚未完成的时候，这种新的统治秩序，必然是专制的另一种表现形式——如同辛亥革命后，民主共和依然杳无音讯一样。说到底，民主是解决纠纷、表达民意的一套程序，它既不是获取真理的方法，也不能为每一个人的自由提供保证，甚至恰恰相反，这套程序需要以每一个体的自由为前提，如果没有这个前提，这套"程序"就会被"修改"，走向它的反面。托克维尔在研究美国民主时指出："当我看到任何一个权威被授以决定一切的权利和能力时，不管人们把这个权威称作人民还是国王，或者称作民主政府还是贵族政府，或者这个权威是在君主国行使还是在共和国行使，我都要说：这是给暴政播下了种子，而且我将设法离开那里，到别的法制下生活。"[①] 对民主的渴望表达了对自由、平等的期待，但将民主神圣化必然会带来难以预料的恶果。同样，科学一旦由"技"而"道"成为一种意识形态，被当作不容置疑的

---

① ［法］托克维尔：《论美国的民主（上卷）》，商务印书馆，1989，第318页。

最高理念或是通往真理的唯一途径时，科学便演变为郭颖颐所说的"唯科学主义"，它"不再被诠释为一种解放力量，而是一种专制的根苗"①，这同样与《新青年》的启蒙要求相颉颃。因此，我们有必要重新认识这份杂志的价值，以免被人云亦云的常识遮住了眼睛。

《新青年》对"民主"与"科学"的探讨，无论从哪个角度来看，都是十分肤浅的，因此，我们用"民主"与"科学"来概括《新青年》，其实是在扬其短而掩其长。我不否认，《新青年》中的许多文章贯穿着一种"民主"与"科学"的精神，但这种"民主"与"科学"的精神仅仅停留在感性层面上，或仅仅作为一种方法论，为作者批判专制与迷信提供"武器"。当时许多进步的刊物几乎都能做到这一点，它并非《新青年》的特色。即使那些专门讨论"民主"与"科学"的文章，也流于表面化。高一涵作为《新青年》作者群中最懂西方民主制度的人，他倾力介绍的"民主"主要是西方的"社会契约论"。在《民约与邦本》②中，他详细介绍了霍布斯、洛克至卢梭的"社会契约论"。在介绍中，他认为前二人的理论，都没有将人民主权置于不可侵犯的地位，只有到了卢梭，"人民主权，乃克健极"。高一涵盛赞卢梭将包括立法权在内的国家权力交给人民的做法，因为"主权既在人民，断无自挟主权以胁迫人民自身之事。于是，凡为政府，即为奉行人民总意之仆。选仆易仆，无容动其声色"。高一涵对卢梭"社会契约论"的阐述基本传达出

---

① 汪晖：《死火重温》，人民文学出版社，2000，第96页。
② 高一涵：《民约与邦本》，《新青年》1915年第1卷3号。

了这一理论的精髓。但问题是，数千年的封建专制，将广大民众塑造为这一专制的帮凶。这一根深蒂固的群体心理积淀如果得不到清理，那么无论你是"行政契约"，还是"社会契约"，都会摇身一变，成为专制体制的还魂之尸。还是鲁迅看得清楚："见异己者兴，必借众以陵寡，托言众治，压制乃尤烈于暴君。"① 对于这样一个道理，陈独秀也是十分清醒的，他认为："我们中国多数国民口里虽然是不反对共和，脑子里实在装满了帝制时代的旧思想。欧美社会国家的文明制度，连影也没有。所以口一张、手一伸，不知不觉都带君主专制臭味。不过胆儿小，不敢像筹安会的人，堂堂正正的说将出来。其实心中见解都是一样。"由此可以断定，"袁世凯要做皇帝，也不是妄想，他实在见得多数民意相信帝制，不相信共和"②。在这种思想背景下，陈独秀不可能再去简单地宣传民主或共和，只不过是将民主与共和当作解毒剂，祛除人们心中的愚昧而已。因此，提倡民主其意不在民主自身，更不是在实践层面上实行民主制度。鲁迅在整个五四新文化运动期间，几乎所有文章都围绕着对传统专制、迷信的批判。在批判迷信与民众愚昧时，他借用了科学："现在有一班好讲鬼话的人，最恨科学，因为科学能教道理明白，能教人思路清楚，不许鬼混，所以自然而然的成了讲鬼话的人的对头。"③ 并进而指出："要救治这'几至国亡种灭'的中国，那种'孔圣人、张天师传言由山东来'的方法，是全

---

① 鲁迅:《文化偏至论》，载《鲁迅全集》第1卷，人民文学出版社，2005，第46页。
② 陈独秀:《旧思想与国体问题》，《新青年》1917年第3卷3号。
③ 鲁迅:《随感录三十三》，载《鲁迅全集》第1卷，人民文学出版社，2005，第314页。

不对症的,只有这鬼话的对头的科学!——不是皮毛的真正科学!"① 这才是"提倡科学"的本义。当年洋务派也曾将救国的希望押在西方科学上,但他们需要的是"真正"的科学:坚船利炮。而鲁迅这里强调的"真正的科学"却是一种务实求真的精神,科学被人文化。除任鸿隽、王星拱等少数科学家撰写了一些较为本色的科普类文章外,其他人"毫不置疑地把科学作为一种最好的东西,并把科学方法作为寻求真理和知识的唯一方法来接受"②。科学一旦演变为"唯科学主义",就走向了它的反面:原本是想用科学的精神来破除精神世界里的愚昧与迷信,但对科学的无条件臣服,透露出他们心中对物质文明和民族富强独立的渴求。国家的灾难与贫弱,使中国知识分子很难超越现实苦难,在精神的天国里做纯粹的抽象思辨,或仅在价值王国里从事文化启蒙。《新青年》群体的迅速瓦解,陈独秀、李大钊的转向,胡适对时政难以割舍的眷顾,鲁迅对学生运动的支持,都说明中国出现不了康德、黑格尔式的"纯粹"思想家,只能是思想家式的社会活动家或政治运动家。

事实上,《新青年》的真正价值,并不在于它提出了多少原创性的命题,也不在于它对"民主"与"科学"的宣传与阐释,而在于它的"伦理革命"和"文学革命":前者将孔子从"大成至圣先师"的"神坛"上拉了下来,并极大地改变了中国人的道德观念和行为规范;后者将文言彻底废除,使白话占

---

① 鲁迅:《随感录三十三》,载《鲁迅全集》第1卷,人民文学出版社,2005,第318页。
② [美]郭颖颐:《中国现代思想中的唯科学主义(1900—1950)》,江苏人民出版社,1995,第20页。

据绝对的统治地位，其意义和影响，怎样评价也不为过。可以说，如果没有这两个革命，它根本不可能产生那么大的影响，也就不会成为中国文化史上的一座里程碑。

《新青年》创刊距今已有 80 余载，每年都有大量的文章纪念这份伟大的杂志，但我不得不说，人们对它谈论得越多，误解也便越多。我们要真正理解这份杂志，必须穿越"常识"的迷雾，摒弃那些已经模式化的认知方式，还其历史本来面目。

"五四事件"与中国新文学[①]

一、"五四事件"的概念

所谓"五四事件",是指 1919 年 5 月 4 日在北京爆发的学生大游行及由此引发的一系列政治事件。这里使用"五四事件",而不使用人们习以为常的"五四运动",是因为"五四运动"一词的外延在传播过程中不断扩大,如今已经成为包括当时新文化运动、文学革命和政治事变的综合性概念。"五四运动"概念的变化,反映了研究者们在历史研究中的整体主义思路,它基于这样一个基本判断:1919 年 5 月 4 日的学生大游行,不是一个孤立的事件,而是五四新文化运动的一部分。所以历来研究"五四运动"的学者,都是将新文化运动(或思想革命)和"五四"学生大游行联系起来,作为一个不言自明的整体来论述,这自然不无道理,但我们也应该看到,这一整体主义的研究思路,其实遮蔽了历史发展过程中更为复杂的内部结构。所以这里特别使用"五四事件"一词,指代那场轰轰烈烈

[①] 原刊于《关东学刊》2019 年第 2 期。

的政治运动，以彰显它与文化和文学运动的区别，以便进一步考辨这场政治事件对刚刚诞生的新文学产生的影响。

"五四事件"延续的时间不足两个月，事件的起点是1919年5月4日的学生大游行、火烧赵家楼及部分学生被捕等相关事件，随后引发了6月3日的工人罢工、商人罢市风潮，事件愈演愈烈；延至6月7日，北洋政府被迫释放被捕学生；6月10日，北洋政府免去曹汝霖、章宗祥、陆宗舆的职务；6月28日，中国代表团拒绝在巴黎和约上签字。至此，这场政治风波基本达到了它的目的，也渐渐平息。从这一事件的起因、过程和结果来看，它与文学和文化并无直接的关系，它只能算是一次由进步学生引领、民众积极参与的抵制政府对外妥协、捍卫国家正当权益的政治事件。但长期以来，研究者们的整体主义思路，使"五四运动"这一概念成为一个外延漫漶的复合体。研究者在使用这个概念的时候，也是各取所需，各有所指，交叉错乱的情况时有发生。如文学史上讲"五四运动"的时候，主要讲的是文学革命；政治史上讲"五四运动"的时候，主要讲"反帝反封建"的学生爱国运动；而思想史上的"五四运动"则重在讲述新文化运动本身蕴含的思想矿藏，很少涉及政治运动。"五四运动"由此成为一个"百面魔女"。这种整体性研究思路，不仅带来了概念上的泛化、虚化，而且还容易使研究者陷入自设的困境，导致理论研究上的缺陷。如周策纵的名著《五四运动：现代中国的思想革命》一书，标题中的"五四运动"就是一个整体性概念，"包括新思潮、文学革命、学生运动、工商界的罢市罢工、抵制日货运动以及新式知识分子的种种社会和政治活动"①。1919年5月4日的学生运动，作者使用了一个次级概念："五四事件"。在作者笔下，这一概念仅仅指5月4日这一天的行动，之后的工人罢工、商人罢市等事件，均不在此概念之中。确立了这两个基本概念之后，周策纵就建立起了一个叙述结构，拆分如下：

1. "促成五四运动的力量（1915—1918）"：从"二十一条"引起的民愤和留学生的改革热情两个方面论述五四运动爆发的原因。

2. "运动的开始阶段：初期的文学和思想活动（1917—1919）"：分析了以《新青年》和《新潮》为中心，新派知识分子的改革观点。

3. "五四事件"：记述了1919年5月4日学生大游行的起因和过程。

4. "五四事件以后的发展：学生示威和罢课"：主要论述了波及全国的学生罢课和示威活动。

5. "运动的进一步发展：工商业者和工人的支持"：论述"六三"运动及此后的民众抗议热潮。

6. "新文化运动的扩展"：论述了新文化运动的新阶段。

由这6个关键事件构成的"五四运动"，隐含着这样一个逻辑：

1（政治的起因）——→2（文化与文学的初步展开）——→3（五四事件）——→4、5（五四事件之后的学生和群众运动）

---

① ［美］周策纵：《五四运动：现代中国的思想革命》，江苏人民出版社，1996，第5页。

──→6（新文化运动的新阶段）

在这一富有连续性和结构性的叙述链条中，"五四事件"与《新青年》的创刊及此前的政治风波（"二十一条"等）构成了一个紧紧咬合在一起的逻辑过程，而"五四事件"是这一叙述结构的高潮，《新青年》的创刊，仅仅是这一事件的铺垫；在这一事件之后，新文化运动又获得了新的动力，进入了一个新的发展时期。我不得不说，这一叙述结构只是一个假象，是理论对历史进行强行整合的产物。因为这里有两个问题无法解释：第一，本书的名字强调的"思想革命"，而作为"五四运动"核心部分的"五四事件"无论如何也说不上是一场思想革命，至多是一场具有重大影响的政治事件；第二，对《新青年》群体来说，"五四事件"是一次"意外"，不是他们期待的结果。这一事件固然与此前《新青年》的思想宣传不无关系，有些方面关系明显，如大量传单、标语、口号采用了流畅、上口的白话文，显然与《新青年》提倡白话、反对文言大有关系。但另一方面，这次运动就像古代太学生运动一样，是读书人自发行动的又一案例。如果没有此前的启蒙运动，那么这场运动可能会是另一副样子，但未必不会发生。所以强调文化启蒙对这场运动的决定作用，是没有依据的。同时还可以看出，在上述叙事过程中，1、3、4、5都属于政治范畴，它们之间有着连续性；而2和6叙述的都是文化和文学问题，它们之间有着密切关系。当把这些事件整合成一个编队的时候，就会发现它们之间存在着无法避免的缝隙。

几乎所有题名为"五四运动史"的著作，都将1919年之前和之后的文化（文学）运动跟1919年5月4日的学生运动连接起来,看作是一条"事件链",而学生运动是这个"事件链"的高峰。这样一个叙述结构,有意模糊政治事件和文化事件(文学)之间的界限,目的是借政治事件来抬高文化事件的价值,可谓用心良苦,但对历史研究而言,这种把两种不同性质的事件混为一谈的做法,必然会给历史研究带来盲点。

所以,当"五四运动"这一概念变得大而无当、无所不包的时候,为了能够清晰地描述历史,我将这一概念打碎、拆分为三个部分:五四新文化运动、五四文学革命和"五四事件",这样一来,那段历史的三个截面就变得十分清晰了。五四文学革命是中国新文学的发端,它为新文学提供了基本的身份属性,也为之奠定了基本走向。那么,在新文学诞生之初爆发的"五四事件",到底对文学革命和新文学产生了怎样的影响,这一问题长期以来并没有得到很好的解决。

二、"五四事件"与中国现代作家(上)

无须怀疑,"五四运动"的爆发,得益于之前就已开始的思想启蒙运动。这些青年学生们,经过了《新青年》团体的启蒙之后,获得了新的视野,拥有了关于民族、国家、自由、民主等的知识体系,建构起了具有现代意识的自我主体,这是他们走向街头、为国呐喊的思想基础。那么,当这些被唤醒的学生们走上街头的时候,那些启蒙他们的思想界的"窃火者"又有着怎样的表现呢?在这些老师们的眼里,这场运动获得了怎样的评价?这是一个值得深入思考的问题。

1919年5月4日这一天,作为五四新文化运动重要发起人的胡适不在北京。他为了迎接杜威来华讲学,已于4月赶往上海。杜威夫妇4月30日从日本抵沪,胡适与蒋梦麟、陶行知到码头迎接。5月2日,胡适到江苏教育会演讲,介绍杜威思想。这期间,他和蒋梦麟一起拜访了孙中山。5月4日,北京学生运动爆发,胡适浑然不知。这天上午,他陪同杜威在上海演讲。直到第二天早上,有记者敲门,他才从记者口中得知北京的学生事件。5月7日,陈独秀写信给胡适,告知五四事件的大体经过和京中舆论的导向,这使胡适对五四运动有了较为详细的了解。

5月8日,胡适陪同杜威夫妇离开上海,回到北京。在整个"五四运动"洪波腾涌的过程中,胡适从未参与相关活动,也极少发表相关评论。在这一年,他除了给他的老师杜威做翻译外,还写下了多篇与学生运动无关的重要文章,使他的思想得到了更为充分的表达,尤其于年底撰写的《新思潮的意义》,跟《易卜生主义》一样,成为集学理、思想和情感于一体的名文,即使今天看来仍掷地有声。

胡适第一次充分表达对"五四运动"的评价是一年之后的事了。1920年5月4日,他和蒋梦麟联合发表《我们对于学生运动的希望》[①]一文,详细阐释了他对学生运动的态度。作为五四时期青年们的精神领袖,他充分肯定了学生运动的意义和价值,并对引发学生运动的"变态社会"进行了批判。但总体而言,他对学生罢课、游行这类事件是持否定态度的。所以在这篇文章中,他对学生运动的正面评价显得粗疏,甚至大而无当,如说学生运动可以"使学生增加团体生活的经验","引起许多

[①] 胡适、蒋梦麟:《我们对于学生运动的希望》,《晨报副刊》1920年5月4日。

学生求知识的欲望",等等,都属于想当然的猜测。而他对学生运动负面影响的评论,则是一针见血、鞭辟入里。他一再提醒学生,罢课游行是非常态的,是不经济的,是不能常用的,因为它很容易带来三个方面的恶劣影响:"养成依赖群众的恶心理""养成逃学的恶习惯""养成无意识行为的恶习惯"。显然,他发表这篇文章的目的,不是为学生运动鼓劲,或给学生运动张目,而是给学生运动泼一盆冷水,所以文章开篇那些好话,都是应景而制,后面的批评才是他的真正目的。为什么对这样一个伟大的政治事件,胡适表现得如此冷静,甚至不惜词锋相向?因为这场运动完全违背了胡适一贯的主张,也违背了他对新文化运动前景的规划。

胡适对群众运动一直怀有戒备心理,他认为"所谓'民气',所谓'群众运动',都只是一时的大问题刺激起来的一种感情上的反应。感情的冲动是没有持久性的;无组织又无领袖的群众行动是最容易松散的"[1],往往会助长运动的盲目性和破坏性。正如有人早就指出的那样:"在政治上,胡适走的绝不是'群众路线'。相反的,他的主张往往是反群众的。"[2] 1915年,胡适在美国留学时,因中日关系紧张,留美学生集会抗议。胡适因事不能参加,便给大会留一便条,他写道:"吾辈远去祖国,爱莫能助,纷扰无益于实际,徒乱求学之心,电函交驰,何裨国难?不如以镇静处之。……"此便条在大会上宣读之后,"会中人皆争嗤之以鼻"[3]。1925年,当学生运动再次涛飞浪涌的时

---

[1] 胡适:《爱国运动与求学》,《现代评论》1925年第2卷第39期。
[2] 周质平:《胡适与中国现代思潮》,南京大学出版社,2002,第289页。
[3] 《胡适留学日记》,第570页,上海书店影印本"民国丛书"之一种。

候,胡适仍然固执地提醒:"在一个扰攘纷乱的时期里跟着人家乱跑乱喊,不能就算是尽了爱国的责任,此外还有更难更可贵的任务:在纷乱的喊声里,能立定脚跟,打定主意,救出你自己,努力把你这块材料铸造成个有用的东西。"① 到1930年代,面对着日本帝国主义觊觎中国的野心,胡适则常常与"低调俱乐部"的人混在一起,反对中国与日本开战,一时被很多人骂为汉奸。这就是胡适,一个特立独行、坚守自己立场的书生,一个始终以理性主义态度应对现实的人,即使为千夫所指,也从不动摇。

胡适作为一名崇尚自由的知识分子,始终将个体置于群体之上,这是他的基本立场。同时,作为一名启蒙主义者,他希望通过文化变革,从根本上改变中国落后的状况,而不指望通过一两次群众运动就能完成改变中国的目的。所以,"五四事件"爆发以后,他心里充满了焦虑和担忧,后来甚至公开表示厌恶。他后来谈到"五四事件"的时候说:

> 从我们所说的"中国文艺复兴"这个文化运动的观点来看,那项由北京学生所发动而为全国人民一致支持的,在1919年所发生的"五四运动",实是这整个文化运动中的,一项历史性的政治干扰。它把一个文化运动转变成一个政治运动。②

---

① 胡适:《爱国运动与求学》,《现代评论》1925年第2卷第39期。
② 《胡适口述自传》,载《胡适文集》第1卷,北京大学出版社,1998,第352页。

随后他又补充说:"我们那时可能是由于一番愚忱想把这一运动,维持成一个纯粹的文化运动和文学改良运动——但是它终于不幸地被政治所阻挠而中断了!"① 遗憾之情溢于言表。

胡适对"五四事件"的反感,似乎随着时光的推移越来越强烈。这除了"五四事件"间接导致了《新青年》团体的散伙,使启蒙运动受到干扰以外,更重要的原因,他发现中国各方政治力量,从"五四事件"中得到启发,开始创办刊物,吸引学生,借助学生的力量来达到自己的目的,尤其是左派对学生运动的参与和引领,让胡适耿耿于怀。在给高一涵的信中,他写道:"《新青年》的使命在于文学革命与思想革命,这个使命不幸中断了,直至今日。倘使《新青年》继续至今,六年不断的作文学革命的事业,影响定然不小了。我想,我们今后的事业,在于扩充《努力》,使他直接《新青年》三年前未竟的使命,再下二十年不绝的努力,在思想文艺上给中国政治建筑一个可靠的基础。"② 胡适是一位坚定的文化决定论者,他认为只有思想文化的改变,才是解决中国问题的根本所在,对群众性政治运动,始终怀有敌意。在《新青年》群体中,和胡适持有同样看法的还有周氏兄弟,尤其是鲁迅,他和胡适在很多问题上存有分歧,但在通过思想文化的转变来改变中国社会的看法上却惊人地一致,对"五四事件"的态度也十分相似,这是耐人寻味的。

"五四事件"爆发的这一天,鲁迅在日记中写道:"昙。星

---

① 《胡适口述自传》,载《胡适文集》第1卷,北京大学出版社,1998,第355页。
② 《胡适全集》第30卷,安徽教育出版社,2003,第180页。

期休息。徐吉轩为父设奠,上午赴吊并赙三元。下午孙福源君来。刘半农来,交与书籍二册,是丸善寄来者。"[1] 从日记来看,他和往常一样,忙于应付日常事务,当天轰动京城乃至影响全国的学生运动在他的日记中没有留下任何痕迹。我们只有借助孙福源的回忆,得以窥见鲁迅对这一事件的态度:

> 五月四日,我参加天安门大会以后,又参加了示威游行。游行完了,我便到南半截胡同找鲁迅先生去了,我并不知道后面还有"火烧赵家楼"的一幕。晚上回到宿舍,才知道今天这后一幕是轰轰烈烈的,而且有一大批同学被反动军警捕去了,运动这才开始呢。
>
> 鲁迅先生详细问我天安门大会场的情形,还详细问我游行时大街上的情形,他对于青年们的一举一动是无刻不关怀着的。一九一九年他并没有在大学兼任教课,到他那里走动的青年大抵是他旧日的学生。他并不只是关怀某些个别青年的一举一动,他所无时无刻不关怀着的是全体进步青年,大部分是他所不认识的,也是大部分不认识他的那些进步青年的一举一动。他怕青年上当,怕青年吃亏,怕青年不懂得反动势力的狡猾与凶残,因而敌不过反动势力。[2]

这段回忆表明,鲁迅对这场运动是关注的,对青年学生的

---

[1] 鲁迅:《日记》,载《鲁迅全集》第15卷,人民文学出版社,2005,第367页。
[2] 孙伏园:《五四运动中的鲁迅先生》,载孙伏园、孙福熙著《孙氏兄弟谈鲁迅》,新星出版社,2006,第60页。

安危是担忧的，但这种关注和担忧也仅仅停留在外围——他完全以一个旁观者的身份静观事态变化。5月4日之后，学生运动愈演愈烈，引发了工人罢工、商人罢市，还有蔡元培辞职、陈独秀被捕等重大事件。所有这一切，在鲁迅的创作、书信和日记中均未留下任何记录。为什么自称直面现实人生的鲁迅，对身边如此重大的事件视而不见呢？这里有两个显而易见的原因：一是鲁迅这段时间一直忙着找房子，准备将所有家人接到北京安顿下，以尽长子之责；二是他的公务员身份。在学生和政府交恶，结局还不明朗的时候，作为政府职员，他多少会有所顾忌。除这两个客观原因之外，还有主观原因，那就是鲁迅对群众性运动的警觉和怀疑——他从来不指望群众性运动能有好的结果。也就是在这一点上，他跟胡适走到了一起。

鲁迅自从在日本确立了以"立人"为核心的启蒙思想之后，就将"剖物质而张灵明，任个人而排众数"作为自己的基本立场。回国以后，他目睹了一次次政治事变，从中更深地体味到"立人"的重要性，愈加强化了他早期的判断。他后来回忆说："见过辛亥革命，见过二次革命，见过袁世凯称帝，张勋复辟，看来看去，就看得怀疑起来，于是失望，颓唐得很了。"[1] 在文学革命过程中，他也一直抱着"敲边鼓"的心态。他曾坦诚地说，"我那时对于'文学革命'，其实并没有怎样的热情"，后来之所以提笔创作，"大半倒是为了对于

---

[1] 鲁迅：《〈自选集〉自序》，载《鲁迅全集》第4卷，人民文学出版社，2005，第468页。

热情者们的同感。这些战士，我想，虽在寂寞中，想头是不错的，也来喊几声助助威罢"①。后来提到做新诗的时候，他说得就更直白了，就是为了"敲敲边鼓"。这种心态，同样根源于他对中国未来的失望，他不太相信，凭借这么几个人，能改变中国。但"边鼓"一敲便不能收，便成为一个时代的强音，他在日本时的热情，似乎被唤醒了，"立人"之梦渐渐复活。1918年，继《狂人日记》之后，他如火山喷发一般，将心中积聚已久的思想化作电光石火一般的文字，夺人眼目，这位甘当配角的"敲边鼓"者，把自己"敲"成了主角。1919年是鲁迅的"随感录"年，从1月份开始，他就在《新青年》上连载多篇"随感录"，篇篇如响雷，如闪电，撕裂着沉沉暗夜。就在这种情况下，"五四事件"爆发，他似乎没有受到影响，鲁迅一如既往地撰写杂文、小说和跨越文体的"自言自语"系列，固执地延续一个启蒙者的使命，没有将眼前的政治风波纳入笔底。但如果细加揣摩，也能从鲁迅这期间发表的文字中找到他对这场政治运动的看法。《"来了"》《"圣武"》等杂文，对任何"主义"都与中国"不相干"的分析，"我怕现在的人，也还被这思想支配着"的提醒，似乎都有所指；在"自言自语"系列文章中，《古城》里少年和老年的分歧，《波儿》对理想主义者和急功近利者的善意调侃，都似乎暗示着"五四事件"难以避免的悲剧结局。

鲁迅在文字中第一次提到"五四事件"（当时统称为"五

---

① 鲁迅：《〈自选集〉自序》，载《鲁迅全集》第4卷，人民文学出版社，2005，第468页。

四运动")是1920年5月4日,他在给宋崇义的信中写道:"比年以来,国内不靖,影响及于学界,纷扰已经一年。世之守旧者,以为此事实为乱源;而维新者则又赞扬甚至。全国学生,或被称为乱萌,或被誉为志士;然由仆观之,则于中国实无何种影响,仅是一时之现象而已;谓之志士固过誉,谓之乱萌,亦甚冤也。"[①] 鲁迅的态度十分清楚,"五四事件"对中国起不到什么作用,就像水面忽然皱起的波纹,风过后会复归于宁静。鲁迅这一看法,跟他在《"来了"》《"圣武"》中表达的思想是一致的,"什么主义也改变不了中国",同样,什么运动也改变不了中国,他沉痛地说:"中国人无感染性,他国思潮,甚难移殖;将来之乱,亦仍是中国式之乱,非俄国式之乱也。"在这封信的结尾,谈到学生时说:"仆以为一无根柢学问,爱国之类,俱是空谈;现在要图,实只在熬苦求学,惜此又非今之学者所乐闻也。"[②] 鲁迅将"学问"看作是爱国的根柢,建议年轻人熬苦求学,这跟胡适的说法如出一辙。随后,鲁迅对"五四事件"的评价愈加苛刻:"我还记得第一次五四以后,军警们很客气地只用枪托,乱打那手无寸铁的教员和学生,威武到很像一队铁骑在苗田上驰骋;学生们则惊叫奔避,正如遇见虎狼的羊群。但是,当学生们成了大群,袭击他们的敌人时,不是遇见孩子也要推他摔几个勋斗么?在学校里,不是还唾骂敌人的儿子,使他非逃回家去不可?这和古代暴君的灭族的意见,有什么

---

① 鲁迅:《200504 致宋崇义》,载《鲁迅全集》第 11 卷,人民文学出版社,2005,第 382 页。
② 鲁迅:《200504 致宋崇义》,载《鲁迅全集》第 11 卷,人民文学出版社,2005,第 383 页。

区分!"① 这已经不是一般性的恶评,而是讨伐了。所以,"五四事件"之后,在一片赞扬声里,鲁迅的声音显得很特别,比胡适还要尖锐得多。在鲁迅看来,中国现实中发生的一切,都是历史丑剧的重演,因而不具有任何新意,也不具有改变中国社会的能力,他分析说:"史书本来是过去的陈帐簿,和急进的猛士不相干。但先前说过,倘若还不能忘情于咿唔,倒也可以翻翻,知道我们现在的情形,和那时的何其神似,而现在的昏妄举动,胡涂思想,那时也早已有过,并且都闹糟了。"② 鲁迅这一看法是根深蒂固的,这直接影响了他对"五四事件"的评价。到"三一八"惨案时,鲁迅虽然坚定地站在学生一边,愤怒讨伐当局者的阴险和毒辣,但他对游行、示威依然表示了明确的反对态度。可以说,对学生运动,他同情归同情,但反对的立场一直都是很明确的。与鲁迅相比,周作人对"五四事件"的态度有一个明显的转变:事件爆发的时候,因为他已是北京大学的教授,所以表现出了较多热情,但随后,他和鲁迅一样,对这一事件提出了激烈批评,其尖锐和深刻程度,与鲁迅相比毫不逊色。

"五四事件"爆发的时候,周作人陪妻子和孩子在日本省亲,听到"五四"的消息,"赶紧回北京来,已经是五月十八日了"③。之后,他密切关注这场运动。"六三"运动这一天,周

---

① 鲁迅:《忽然想到·七》,载《鲁迅全集》第 3 卷,人民文学出版社,2005,第 63 页。
② 鲁迅:《这个与那个》,载《鲁迅全集》第 3 卷,人民文学出版社,2005,第 149 页。
③ 周作人:《小河与新村(下)》,载《知堂回想录》第 3 卷,群众出版社,1999,第 348 页。

作人还同其他人一起，试图探望被捕学生，他回来回忆说："那一天下午，我在北大新造成的第一院，二楼中间的国文系教授室，那时作为教职员联合会办事室的一间屋里，听说政府捉了许多中小学生拘留各处，最近的北路便是第三院法科那里，于是陈伯年、刘半农、王星拱和我四人便一同前去，自称系北大代表，慰问被捕学生，要求进去，结果自然是被拒绝，只在门前站着看了一会儿。"[①] 6月5日，他撰写《前门遇马队记》，讽刺当局马队的野蛮和粗暴。7月他再赴日本接妻子和孩子，8月返回北京，这时"五四事件"已基本结束。本次到日本，周作人拜访了武者小路实笃等人创办的"新村"，撰写了《访日本新村记》，发表于《新潮》杂志，产生了广泛影响。此后周作人极少在文章中提到这一事件，直到1925年"三一八"事件和"五卅"惨案之后，周作人开始反思"五四"以来的学生运动（群众运动）。他指出："从五四运动的往事中看出幻妄的教训，以为①有公理无强权，②群众运动可以成事：这两条迷信成立以后，近四年中遂无日不见大同盟小同盟之设立，凭了檄，代电，宣言，游行之神力想去解决一切的不自由不平等，把思想改造实力养成等事放在脑后。在感情兴奋的人的眼中一切事实都变了相……这种高尚而微妙的空想不幸一与事实接触，一定立即破灭，这回游行市民之再三被枪击即其实证。"[②] 在周作人看来，"五四事件"的影响，开创了一个恶劣的先例，导致了民众对游

[①] 周作人：《每周评论（下）》，载《知堂回想录》第3卷，群众出版社，1999，第340页。
[②] 周作人：《五四运动之功过》，载陈子善、张铁荣编《周作人集外文（上集1904—1925）》，海南国际新闻出版中心，1995，第720页。

行示威的盲目迷信，而忽视了思想的变革和实力的养成，其结果便是20世纪20年代上半叶复古主义思潮的回流。他不无揶揄地说："五四运动之过——示威游行万能的迷信——既如上述了，其功又如何？我将如'大鸦'的回答道：'没有啦，没有啦！'打破传统一变而为继承正统，伦理改革一变而为忠孝提倡，贞操的讨论一变而为拥护道德，主张自由恋爱的记者因教授之抗议而免职，与女学生通信的教员因学校之呈请而缉捕，都是最近的事实，此外不必多举。思想言论之自由已由政府民众及外国人三个方面协同迫压，旧的与新的迷信割据了全国的精神界，以前《新青年》同人所梦想的德先生和赛先生不但不见到来，恐怕反已愈逃愈远：复古复古，这是民国的前途。"最后他与鲁迅一样，看到了历史与现实之间的惊人相似："我们翻历史，不禁不杞天之虑：我不信神而信鬼，我们都是祖先的鬼的重来，这是最可悲的事。"①

周作人对"五四事件"的批评，跟鲁迅一样，是基于对群众运动的警惕和疑虑。早在《小河》一诗中，他就表露出了对群众运动的恐惧，在他写的随感录中，专门有对"合群的爱国的自大"提出了激烈批评。"我是不相信群众的，群众就只是暴君与顺民的平均罢了，然而因此凡以群众为根据的一切主义与运动我也就不能不否认，——这不必是反对，只是不能承认他是可能。"②

从上面分析不难看出，胡适、鲁迅、周作人对"五四事件"

---

① 周作人：《五四运动之功过》，载陈子善、张铁荣编《周作人集外文（上集 1904—1925）》，海南国际新闻出版中心，1995，第721页。
② 周作人：《北沟沿通讯》，载《谈虎集》，河北教育出版社，2002，第274页。

的态度表现出惊人的相似之处,这都根源于他们对群众性运动的怀疑和忧虑,都将思想革命看作是解决中国问题的根本。现在看来,这种想法不无道理,但也反映了知识分子根深蒂固的精英意识。在"群众/精英"的对立结构中,群众只能是社会的配角,用鲁迅的话说,就是"群众——,尤其是中国的,永远是戏剧的看客。"① 对群众的批判,导致了中国现代知识分子在现实面前的无能感和无力感,使他们只能成为一个时代的批判者和反省者。

与上述三人相比,陈独秀是运动的激进派,他始终坚定地站在学生一边,痛斥政府镇压学生、丧权辱国的罪恶行径。"五四事件"爆发后三天,他就给在上海的胡适写信,报告运动情况,并强调"京中舆论,颇袒护学生;但是说起官话来,总觉得聚众打人放火(放火是不是学生做的,还没有证明),难免犯法"②。《每周评论》5月11日、5月18日、5月26日连续使用"山东问题"的大标题,展开对"五四事件"的讨论。在这一过程中,陈独秀撰写了大量文章,为山东问题呐喊,为学生呐喊:"现在可怜只有一部分的学生团体,稍微发出一点人心还未死尽的一线生机。仅此一线生机,政府还要将它斩尽杀绝,说他们不应该干涉政治,把他们送交法庭讯办。像这样办法,是要中国人心死尽,是要国民没丝毫爱国心,是要无论外国怎样欺压中国,政府外交无论怎样失败,国民都应当哑口无言。"③

---

① 鲁迅:《娜拉走后怎样》,载《鲁迅全集》第1卷,人民文学出版社,2005,第170页。
② 《胡适往来书信选(上)》,中华书局,1979,第42页。
③ 只眼(陈独秀):《对日外交的根本罪恶》,《每周评论》第21号,1919年5月11日。

对那些随声附和政府，也同样主张学生不应该干涉政治的人，陈独秀破口大骂："若还不要脸帮着日本人说学生不该干涉政治不该暴动，又说是政客利用煽动……这真不是吃人饭的人说的话，这真是下等无血动物。像这种下等无耻的国民，真不应当让他住在中国国土上呼吸空气。"①

6月3日，运动进一步发展，又有学生被捕，陈独秀在《每周评论》发表了《六月三日的北京》："民国八年六月三日，就是端午节的后一日，离学生的（五四）运动刚满一个月，政府里因为学生团又上街演说，下令派军警严拿多人。这时候陡打大雷刮大风，黑云遮天，灰尘满目，对面不见人，是何等阴惨暗淡！"② 同时，他还发表了《研究室与监狱》，认为"世界文明发源地有二，一是科学研究室，一是监狱。我们青年要立志出了研究室就入监狱，出了监狱就入研究室，这才是人生最高尚优美的生活。"③ 6月11日，陈独秀在散发传单时被捕，学界震动，各方积极营救，终于在9月16日出狱。

从"五四事件"的整个过程来看，陈独秀是这场运动的积极支持者，也是唯一一个被捕的教授，所以在这一点上，他和胡适、鲁迅、周作人有着很大不同。一年以后，陈独秀在上海公学演讲，题目是《五四运动的精神是什么？》。他归结为两条："（一）直接行动；（二）牺牲精神。"对这一事件的评价仍然很高。后来在多篇文稿中谈及这一事件，他均给予高度评价。

---

① 只眼（陈独秀）：《为山东问题敬告各方面》，《每周评论》第22号，1919年5月18日。
② 只眼（陈独秀）：《六月三日的北京》，《每周评论》第25号，1919年6月8日。
③ 只眼（陈独秀）：《研究室与监狱》，《每周评论》第25号，1919年6月8日。

同是《新青年》的作者，五四文化启蒙运动的先驱者，为什么他们对这同一事件的态度有着如此大的差别？这是因为，胡适、鲁迅、周作人等，有着清晰的、坚定的思想启蒙立场，十分警惕地维护着刚刚建立起来的思想启蒙传统，并把中国的根本改变，寄希望于这一思想传统，所以对现实的政治运动心怀戒备；而陈独秀跟他们不同，陈氏脚踩两只船：他对现实政治运动的兴趣跟对思想启蒙（文学革命）的兴趣一样浓厚，所以他才能够如此坦荡地为这一事件鼓吹和宣传。陈独秀的这一立场其实早有表现。在1916年发表的《我之爱国主义》一文中，他就指出："故我之爱国主义，不在为国捐躯，而在笃行自好之上，为国家惜名誉，为国家弭乱源，为国家增实力。我爱国诸青年乎！为国捐躯之烈士，固吾人所服膺，所崇拜，会当其时，愿诸君决然为之，无所审顾；然此种爱国行为，乃一时的而非持续的，乃治标的而非治本的。"作为思想家，他是睿智的，深刻的；作为政治家，他是富有激情的，所以提醒青年人，一旦遇到为国捐躯的机会，一定"决然为之"，胡适、鲁迅、周作人等是不会做这种提醒的。

所以五四新文化运动最终分化的结局，其实早就已经埋伏在这一群体的内部，早就由其参与者们的思想倾向决定了。

在《新青年》群体中，除上述人物以外，钱玄同、刘半农、李大钊等人，对"五四事件"的态度接近陈独秀，都是这场运动的积极支持者。据说运动发生期间，"刘半农坐守北大指挥部"①，钱玄同在"五四事件"当天，"始终陪着学生走"②。李大钊的情况，高一涵有着详细回忆：

> 五四游行，守常和学生一道参加（到底哪一天游行，不详——引者注）。
>
> 有一次，为了救援被捕学生，大家集队往政府请愿。队伍走到国务院门前，只见铁门紧闭，门内架着机关枪。守常愤怒异常，一个人跑出队伍冲将上去，大家赶忙上前把他拖住，真是又英勇、又危险。
>
> 这些读书人，在历史的紧要关头，挺身而出，加入了政治运动的行列，成为新知识分子的杰出代表。

所以，《新青年》人物对待"五四事件"的态度大致划分为两类：一是"五四事件"的批判者，二是"五四事件"的支持者。当然这种划分并非绝对的，也不是泾渭分明的。胡适、鲁迅、周作人等，对"五四事件"的积极意义、对学生爱国热情还是肯定的，只是他们从历史发展的角度，看到了这一运动对思想革命的中断，因而提出批评，所以问题其实是很复杂的。

三、"五四事件"与中国现代作家（下）

"五四事件"中的中国现代作家主要有两代人，上面所提到的胡适、鲁迅、周作人等属于第一代，同时还有第二代作家如

---

① 徐瑞岳编著：《刘半农年谱》，中国矿业大学出版社，1989，第63页。
② 周谷城：《五四运动与青年学生》，《解放日报》1959年5月4日。

傅斯年、罗家伦、冰心、叶绍钧、王统照、庐隐等人,也参与了这场运动,或在这场运动中得到洗礼,并迅速登上文坛。

傅斯年、罗家伦、俞平伯均为新潮社的骨干,傅、罗是"五四事件"的发动者和参与者,罗家伦是第一个对"五四运动"精神进行概括的人。新潮社并非一个文学团体,其中主要人物也偶尔进行创作,如傅、罗和俞平伯等,但也往往昙花一现,没有坚持下来。

在"五四"文学创作中崭露头角,成为"五四"文坛代表人物的第二代作家,是文学研究会和创造社的年轻人,他们与"五四事件"的关系,值得深入分析。

文学研究会和创造社作为"五四"文学的两股生力军,标志着"五四"新文学创作的全面繁荣,但这两个组织跟"五四事件"的关系有着很大不同。文学研究会的年轻作家,是文学革命的直接产物,而1919年爆发的"五四事件"在他们的文学生涯中也发挥了重要作用。与之相比,在日本成立的创造社,与"五四"文学革命和"五四事件"的关系显得相对疏离。这也决定了两个组织在文学创作上的根本差异。

冰心是文学研究会的重要作家。在谈到自己的文学道路时,她形象地说:"五四运动的一声惊雷,把我'震'上了写作道路。"[①] 这一声"惊雷"指的是1919年5月4日爆发的学生运动。那个时候,冰心是华北协和女子大学的理预科一年级的学生,她的理想是当一名医生,以便给体弱的母亲治病。5月4日这一天,她在协和医院的病房里照顾动了手术的弟弟,没有参

---

① 《冰心文集》第7卷,燕山出版社,1998,第39页。

加这场注定要改变她命运的运动。她是最先从家里的女佣那里听说这一事件的,之后她回到学校,积极参与协和女子大学学生自治会组织的罢课、游行活动,并在自治会担任文书,负责文字宣传工作。她后来回忆说:"从写宣传文章,发表宣传文章开始,这奔腾澎湃的划时代的中国青年爱国运动,文化革新运动,这个强烈的时代思潮,把我卷出了狭小的家庭和教会学校的门槛,使我由模糊而慢慢地看出了在我周围的半封建半殖民地的中国社会里的种种问题。这里面有血,有泪,有凌辱和呻吟,有压迫和呼喊……静夜听来,连凄清悠远的'赛梨的萝卜咧'的叫卖声,以及敲震心弦的算命的锣声,都会引起我的许多感喟。"[1]"五四事件"使这位懵懂的女生睁开了眼睛,学会了体察下层民众的苦难,学会了以人道主义的情怀去感受日常生活中的种种辛酸和凄苦,使她拥有了一双作家的慧眼。冰心拿起笔来就能写出流畅的白话文,这无疑是"五四"文学革命培育的结果。正如她的传记中所言:"'五四'改变了冰心的志向,改变了冰心以后的职业,也改变了冰心的生活道路。"[2] 就像当年刺激鲁迅放弃学医的"幻灯事件"一样,对冰心来说,"五四事件"是她弃医从文的触媒。

文学研究会的另一位重要作家叶绍钧(叶圣陶),自幼爱好文学,1914 年就开始创作小说,在鸳鸯蝴蝶派的重要刊物《礼拜六》上发表作品多篇,具有明显的探索性和尝试性,"有的酷似《聊斋志异》,有的近乎唐宋小说,甚至还用过'四六骈

---

[1] 《冰心著译选集(中册)》,海峡文艺出版社,1986,第 45 页。
[2] 肖凤:《冰心传》,北京十月文艺出版社,1987,第 81 页。

文'。但就总的趋势来看，他孜孜以求的是欧美小说的意境；在语言方面，受当时各位翻译家的影响很深，如林琴南译的各种小说，周氏兄弟译的《域外小说集》，有时刻意追求古奥，有损于表达的顺畅"①。这些文言小说显示了作家在捕捉生活细节、驾驭叙事过程方面的能力，但就整部作品而言，乏善可陈。叶圣陶对当时自己的处境十分清醒，虽迫于生计，有时不得不卖文为生，但他对这种行为深感惭愧，他在日记中写道："如今为金钱计，日节一、二小时为出卖之文，凡可得酬者皆寄之。近来又得《新闻报》之主顾，然为文而至此，亦无赖之尤者矣。"② 叶圣陶当时不仅对自己的卖文行为深感耻辱，对当时的文坛状况也深表不满，尤其对当时饮誉文坛的名作《玉梨魂》提出了严厉批评："晚近小说恒有一种腔拍，如制艺之有烂调。此书复中之最深，徒取几许辞藻陈旧艳语，以占延其篇幅。即此一端，在小说中已为格之最卑者矣。"③ 他的批评是深刻到位的。由于对文坛状况的不满，本人也羞于卖文为生，所以叶绍钧一度搁笔，远离文学创作。

《新青年》倡导"五四"文学革命之后，叶绍钧成为该刊的忠实读者，并受到巨大冲击。1919年1月，北京大学学生成立新潮社，创办《新潮》杂志。叶绍钧的好友邀请叶加盟，叶欣然应允，成为新潮社中为数很少的外地会员之一。《新潮》创刊后，叶绍钧积极投稿，成为一位引人瞩目的文坛新秀。很显然，"五四"文学革命带来的新的文学生机，激发了他极大的热

---

① 商金林：《叶圣陶传论》，安徽教育出版社，1995，第179页。
② 商金林：《叶圣陶传论》，安徽教育出版社，1995，第149页。
③ 商金林：《叶圣陶传论》，安徽教育出版社，1995，第176页。

情,使他重新披挂上阵,加入新的文学阵营中,成为新文学大军中的骨干成员。可以说,"五四"文学革命给叶绍钧的文学创作带来了新的生命,也给他带来了期待已久的新的文学形式。

1919年5月4日,"五四事件"爆发的时候,叶绍钧在甪直"五高"(吴县甪直县立第五高等小学)任教。第二天,北京的消息传到甪直,叶绍钧十分激动,他连夜和王伯祥等其他教员一起,商量如何呼应北京的学生爱国运动。第二天,他们在学校的操场上召开了"五四宣讲会",叶绍钧做了"独立与互助"的演讲,带领群众高呼"外争国权,内惩国贼"的口号,使北京的学潮在这偏远的小镇得到了响亮的回应。随后,叶绍钧在《时事新报》(1919年5月15日)上发表《吾人近今的觉悟》,根据他早期接受的无政府主义思想,提出了反抗强权的问题。5月10日,苏州学界联合会成立,5月31日,苏州教职员联合会成立,叶绍钧是这两个联合会的发起人之一,并参与起草了成立宣言和发给政府的电文。为了宣传"五四运动"的精神,甪直的几个高小于6月11日举行了罢课,叶绍钧草拟了《甪直高小国民学校宣言》,要求政府释放被捕学生,坚决地表示:"标的既悬,誓必践之。"这年冬天,叶绍钧又与王伯祥等人创办《甪声》文艺周刊,通过文艺作品,宣扬五四精神。从叶绍钧的这些激进表现可以看出,"五四事件"的发生,极大地激发了叶绍钧文学创作的热情。"五四事件"之后,其作品数量不断增多,门类也不断扩展,到1921年,他迎来第一个创作的高峰期。叶绍钧是一位重视文学社会作用的小说家,所以像"五四事件"这样影响中国社会进程的重要运动,对他产生影响是必然的。在他后来的作品中,"五四事件"得到了充分的描写,就见出这一事件对他的影响。在小说《倪焕之》中，关于"五四事件"的一段描写，尤其对倪焕之雨中演讲的描写，是整部作品中最有激情、最具感性的部分，在叶氏这位理性小说家笔下，这类描写是不多见的。

"五四事件"到底对叶绍钧的创作产生了多大的影响，这是无法精确衡量的，但从他在这一事件中的反应可以看出影响是存在的，而且很大。

文学研究会的另外一位重要作家王统照，与"五四事件"的关系显得更为密切。王统照自幼爱好文学，1918年考入孙中山创办的私立学校中国大学英国文学系。1919年3月，中国大学筹办学报，王统照因已有作品发表，所以以学生身份被吸收进"中国大学学报社"，4月13日创刊号问世，王统照在上边发表的作品有十篇之多。5月，"五四事件"爆发，王统照作为一名热血沸腾的青年学生，积极参加了这一活动。在5月4日的游行中，他始终站在游行队伍中间稍前的部分，尽管对整个游行的组织、安排并不十分清楚，但在普遍弥漫的爱国主义情绪的影响下，他成为这一事件中的一员，直到火烧赵家楼以后，他随着撤退的人群走散。在整个游行过程中，王统照不只是一个参加者，还是一个观察者，他在后来的回忆录中，对围观群众的描写细致、翔实，说明他是以一个文学者的身份介入这场运动的。当时在北京读书，同时参加学生大游行的作家还有冯沅君（淦女士）。她1917年考入北京女高师文科专修班，在"五四事件"期间，冯沅君带头砸开学校大门的铁锁，率众冲出校门，参加游行队伍；比她晚到女高师的庐隐，也是运动的激进分子，被选为学生会的干事。这些五四时期的年轻作家，都是在五四新文化运动和新的政治运动的哺育下成长起来的，所以五四新文化运动和五四政治运动的激情，成为支持他们创作的重要力量。

"五四"作家除上述文学研究会的作家群体之外，还有创造社阵营，他们与"五四事件"的关系跟文学研究会明显不同。创造社作家早年到日本留学，个人所学专业基本与文学无关，但他们都有一个文学梦。五四新文化运动爆发以后，这些旅居日本的年轻人对《新青年》杂志并无好感。1918年，郭沫若和张资平在日本的博多湾有一次对谈，提到国内文坛，他们表示出明显的不满，提到《新青年》杂志，张资平说"还差强人意，但都是一些启蒙的普通文章，一篇文字的密圈胖点和字数比较起来还要多"[1]。张资平认为"中国现在所缺乏的是一种浅近的科学杂志和纯粹的文学杂志"[2]，"中国人的杂志是不分性质，乌涅白糟地什么都杂在一起。要想找日本所有的纯粹的科学杂志和纯粹的文艺杂志是找不到的"。郭沫若问国内是否有这样的要求，张资平回答说："光景是有。像我们住在国外的人不满意的一样，住在国内的学生也很不满意。你看《新青年》那样浅薄的杂志，不已经很受欢迎的吗？"[3] 郁达夫的看法和他们二人并无二致："（因为）当时的中国，思想实在还混乱得很，适之他们的《新青年》，在北京也不过博得一部分的学生的同情而已，大家决不想到变迁这样的快的。"[4] 很显然，创造社诸君的文学

---

[1] 郭沫若：《创造十年》，载《沫若文集》第6卷，人民文学出版社，1959，第38页。
[2] 郭沫若：《创造十年》，载《沫若文集》第6卷，人民文学出版社，1959，第38页。
[3] 郭沫若：《创造十年》，载《沫若文集》第6卷，人民文学出版社，1959，第38页。
[4] 《郁达夫自传》，江苏文艺出版社，1997，第58页。

活动，源于对国内文坛的强烈不满，所以他们回国后高举反叛的大旗，掀起了一轮新的文学革命，我称之为"五四"文学的"第二次革命"。创造社与"五四"文学革命之间的对立关系，反映了在"五四"文学革命之外，一种异质文学的诞生。它与文学研究会之间的论争，是两种形态的新文学之间的论争：一个是"五四"文学革命嫡传子孙，一个是从异域归来的浪子。前者将"五四"文学革命期间建立起来的文学观念奉为圭臬，后者则反叛"五四"文学革命，将"五四事件"看作中国文化乃至文学发展的重要界碑。郭沫若指出，"不久之间五四运动的风潮澎湃起来。那在形式上是表示为民族主义的自卫运动，但在实质上是中国自受资本主义的影响以来所培植成的资本主义文化对于旧有的封建社会作决死的斗争。自那次运动以后，中国的文化便呈现了一个划时期的外观"[①]。郭沫若在回顾自己的创作时，将"五四事件"看作是自己走上文学道路的重要驱动。他的第二篇小说《牧羊哀话》，源自"巴黎和会"："转瞬便是1919年了。绵延了五年的世界大战告了终结，从正月起，在巴黎正开着分赃的和平会议。因而'山东问题'又闹得甚嚣且尘上来了。我的第二篇创作《牧羊哀话》便是在这时候产生的。"[②] 创造社的前身"夏社"，也是受到"五四事件"的影响，在日本成立的爱国组织，"我们的目的是抗日，要专门把日本各种报章杂志的侵略中国的言论和资料搜集起来，译成中文向国内各学校、各报馆投寄。由几个人的自由的捐献，买了一架油

[①] 郭沫若：《创造十年》，载《沫若文集》第6卷，人民文学出版社，1959，第55页。
[②] 郭沫若：《创造十年》，载《沫若文集》第6卷，人民文学出版社，1959，第54页。

印机来作为我们的宣传武器"①。为了完成这一使命,郭沫若订阅了《时事新报》,看到了副刊《学灯》,引发了他写诗的兴趣,一发而不可收。"五四事件"爆发的时候,郁达夫在日本,他无法参与这场爱国运动,但他激动的心情留在了他的日记中。1919年5月5日,他写道:"山东半岛又为日人窃去,故国日削,予复何颜再生于斯世!今与日人约:二十年后必须还我河山。否则,予将哭诉秦庭求报复也。"② 5月7日又写道:"国耻纪念日也。章宗祥被殴死矣。午前摄影作纪念。以后当每年于此日留写真一张。"③ 很显然,对郁达夫来说,"五四事件"对他的冲击力远远大于"五四"文学革命对他的影响。

在"五四事件"中,还有很多作家受到了影响,除文学研究会和创造社两大群体的作家外,后来才成为作家的像巴金、老舍等人,也受到这一事件的很大影响,这是值得充分关注的现象,但过去由于将"五四事件"与五四新文化运动合为一体,并称为"五四运动",因此认为在讨论文学的时候突显前者,就遮蔽了后者对文学的影响。老舍坦白地说:"没有'五四',我不可能变成个作家。'五四'给我创造了当作家的条件。"④

四、"五四事件"与新文学

"五四事件"到底对当时的新文学产生了怎样的影响,这一

---

① 郭沫若:《创造十年》,载《沫若文集》第6卷,人民文学出版社,1959,第55页。
② 郁达夫:《断篇日记一》,载《郁达夫全集》第5卷,浙江大学出版社,第12页。
③ 郁达夫:《断篇日记一》,载《郁达夫全集》第5卷,浙江大学出版社,第13页。
④ 老舍:《"五四"给了我什么》,《老舍生活与创作自述》,人民文学出版社,1997,第299页。

事件在后世文学作品中又是如何被叙述的,这是一个长期没有得到充分重视的问题。

在过去关于"五四"文学史叙述的过程中,"五四事件"一直被看作"五四"文学革命的核心事件,得到充分的强调,但在具体的论述中,我们又看不到这一事件是如何影响文学的,这实在是一件很诡异的事情。当人们使用"五四运动"一词的时候,"五四事件"有时含在其中,有时不在其中,这完全要看叙述者的需要。如王瑶在其《中国新文学史稿》中写道:

> 由"五四"开始的中国现代文学,人们一向习惯称为"新文学"。这个"新"字的意义是与主要产生于封建社会的"旧文学"相对而言的,说明它"从思想到形式"都与过去的文学有了不同的风貌。这是由"五四"运动的历史意义和中国革命的性质决定的。

很显然,在这段话中,"'五四'运动"一词主要指的是五四新文化运动,而不是1919年的学生运动。在接一下来的一段论述中,王瑶又写道:

> "五四"是由反帝开始的,到这个运动大规模地展开以后,就又成了汹涌澎湃的反封建运动;当时的群众口号是"外争国权,内除国贼",就有力地表现了这个运动的性质。

这里说的"五四"主要指的学生运动,也就是"五四事件"。在紧邻的两段文字中,"五四"或"五四运动"的含义差别很大。很显然，对"五四运动"这一概念使用的随意性及其含义的不稳定性，导致了文学史叙述的模糊和混乱，使人更无法看清楚"五四事件"对当时文学产生的影响。

那么"五四事件"到底对当时的文学产生了怎样的影响？考察1917年至1927年这10年的文坛，你会惊讶地发现，"五四事件"尽管是一个政治事件，但它对文学的影响不可估量，也许它不像胡适抱怨的那样，强行中断了刚刚兴起的思想启蒙运动，而是像一支点燃的引信，使刚刚诞生的新文学如天女散花般粲然绽放，并很快统领了整个文坛。如果没有"五四事件"，"五四"新文学不可能在如此短暂的时间内赢得那么多的青年追随者，更不可能激发起如此广泛的社会激情和阅读兴趣。

就事实来说，"五四事件"之后，新文学出现几个明显的变化。一、"五四事件"以其强烈的震撼力，大幅推进了《新青年》标举的思想解放运动，其效果超过任何的文字宣传。这里有一个明显的良性循环：《新青年》宣扬的现代民主、自由的观念，是"五四事件"得以发生的思想基础；而"五四事件"反过来又进一步推进了这些现代个人和社会观念的广泛传播。从这个意义上来说，"五四事件"以政治运动的形式，高扬起了思想革命的旗帜。从社会效果上看，这场政治运动，像一场疾风骤雨，使那些仅仅在读书界传播的现代思想得以在民间广泛传播和渗透。罗家伦对此说得很清楚："新思潮的运动，在中国发生，于世界大战终了之时。当时提倡的还不过是少数的人，大多数还是莫名其妙，漠不相关，自从受了五四这个大刺激以后，大家都从睡梦中警醒了。无论是谁，都觉从前的老法子不适用，不能不别开生面，去找新的；这种潮流布满于青年界。就是那许多不赞成青年运动的人，为谋应付现状起见，也无形中不能不受影响。譬如"五四"以前，谈文学革命思想革命的不过《新青年》《新潮》《每周评论》和其他两三个日报，而到五四以后，新出版骤然增至四百余种之多。其中内容虽有深浅之不同，要之大家肯出来而且敢出来的干，已经是了不得了！又如五四以前，白话文章不过是几个谈学问的人写写；五四以后，则不但各报纸大概都用白话，即全国教育会在山西开会，也都通过以国语为小学校的课本，现在已经一律实行采用。"[1] 事实的确如此，在"五四事件"之前，提倡白话文，高扬民主、科学旗帜的刊物，数量是有限的，但在"五四事件"之后，以白话文为载体，宣扬民主、科学、个性自由解放的刊物迅速增多，特别在1920年以后，随着文学研究会和创造社的出现，一大批新文学刊物涌现出来，使新文学彻底站稳了脚跟，成为一个时代的文学主流。而在"五四事件"中，学生们高举的白话标语，充分彰显了白话文在社会宣传方面难以抵挡的魅力，这为白话文的传播提供了充分的事实依据。

二、"五四事件"之后，冰心、庐隐、王统照、许地山等一大批年轻作家脱颖而出，成为新文学阵营中的生力军。更为重要的是，1921年，新文学的两大团体——文学研究会和创造社成立，前者几乎囊括了国内乐于从事新文学创作的作家和新文学爱好者（鲁迅除外），同时在它的引导和支持下，一批年轻作家崭露头角，使新文学有了充实的后备军；后者"异军突起"，

---

[1] 罗家伦：《一年来我们学生运动底成功失败和将来应取的方针》，《新潮》第2卷第4号。

以新文学批判者的姿态①，加入新文学创作的阵营中，使新文学在题材和创作手法上得到了极大的拓展，影响遍及全国，正如有人指出的那样："在'五四'以后的十年间，白话文风行，文学杂志如雨后春笋，文学社团纷纷成立，集中在两大城市：起先是北京，后来是上海。风气首开于此二城，但随即风起云涌，传遍各省，于是重要省城重镇如广州、长沙、武汉、济南、杭州等市，也成立了'新文化'的中心。"② 文学研究会与创造社的成立，与"五四事件"也有着密切关系。

　　三、"五四事件"极大地激发了年轻人参与政治、思考国事民瘼的风气，使新文学的政治意识普遍增强，对现实问题的关注与思考也更为热切，与日常生活之间的联系变得更为紧密。在"五四事件"爆发之前，新文学刚刚起步，作品数量稀少，题材也较为单一，除鲁迅的小说《狂人日记》和部分新诗外，成熟之作尚不多见。个别作品开始关注下层民众的苦难生活，如胡适、沈尹默的同题诗《人力车夫》，以及小说方面汪敬熙的《雪夜》、扬振声的《渔家》等，但数量不多，意义指向也十分单一。"五四事件"之后，新文学有了一些新迹象。如同样写人力车夫，在"五四事件"之前，胡适和沈尹默写的两首同题诗，充分表达了对车夫的人道主义同情；"五四事件"之后，陈绵发表短剧《人力车夫》（《新青年》7卷5号），在意义表达上，迥

---

① 创造社甫一崛起，就将批判的矛头指向了刚刚诞生不久的新文学，但事实上，他们的文学活动最终成为新文学传统的一部分，这是颇有意味的历史现象。关于该文学的详细论述，可参见拙著《"五四"文学的"二次革命"——重评创造社在五四文坛上的地位》，《中州学刊》1998年第4期。
② 王跃、高力克编：《五四：文化的阐释与评价——西方学者论五四》，山西人民出版社，1989，第172页。

然不同。他在写车夫生活艰难的同时，重点描写了三个细节：一是学生在街上游行，二是车夫被汽车撞伤，三是车夫的儿子秃儿被大兵殴打。这三个细节放在一起，饱含着明确的反抗意识，其政治寓意十分明显。这无疑得益于"五四事件"的刺激和启发。当然，对新文学创作的转向最具有标志性意义的，是1919年10月冰心发表的《斯人独憔悴》，小说写于"五四事件"尚未平息之时，但仍然带着"五四事件"引发的政治激情。小说中出身豪门的兄弟两个颖铭和颖石是"五四事件"的骨干分子，这事惹恼了他们的父亲，他们被强制带回家，最后还被剥夺了继续读书的权利。小说从一个侧面反映了"五四事件"发生时，新旧两代人——也是官僚和学生——对这一事件的不同态度。作为官僚的父亲，对日本人的"帮助"感激不尽，对学生的游行十分愤怒，而颖铭和颖石则同大多数学生一样，抱着一颗爱国心，走向街头。当然，在这场父子较量中，父亲是胜者，两个儿子最终屈服于父亲的淫威，退出了时代大潮。作品正是通过父辈对子辈的压制，来批判封建家长制的罪恶。这篇作品，无论是从题材，还是从写法上来看，都充盈着新时代的气息，表现了新一代作家对现实与政治的关注与思考。所以，正如有学者指出的那样："五四运动激起了一种关心国事、关心'新思潮'的风气，造成了一种阅读革命，书报阅读者激增，能读新书报即代表一种新的意向；而且也深刻地影响着青年的生命及行为的形式，人们常常从新文学中引出新的人生态度及行为的方式。"[1]

---

[1] 王汎森：《五四运动与生活世界的变化》，《二十一世纪》2009年6月，总第113期。

"五四事件"对新文学的影响是多方面的,除上面列举的之外,在新文学的传播、新文学审美风格等其他方面,也产生了重要影响。

"五四事件"不仅影响了新文学,也成为新文学不断讲述的重要历史事件。考察作品对"五四事件"的讲述方式,可以使我们看到这一事件进入文学叙事之后,被赋予的意义,这其实也是"五四事件"影响文学叙事的一个重要方面。

最早将"五四事件"写入小说的,应该是《每周评论》在1919年5月26日"新文艺"栏推出的小说《白旗子》,作者程生。小说写一官僚家庭的两个年幼的儿子,老二看到学生游行,听说日本要占领青岛,中国要亡国,就痛哭流涕;老大举着白旗子参与了学生游行,目睹了学生火烧赵家楼的景象,十分兴奋、激动。与这兄弟两个形成鲜明对比的是他们的父亲,这位曹汝霖的弟子,章宗祥的同乡,靠巴结曹汝霖进了交通部,所以对曹感恩戴德。当听到学生痛骂曹、章等为卖国贼时,他十分生气,认为学生无法无天。后来听说自己的大儿子也参与游行时,就打了大儿子一个嘴巴。当他得知学生烧了曹的住宅,打伤了章时,则如丧考妣,急忙出去打探消息。小说通过两代人对学生游行的不同态度,批判了封建官僚作为既得利益者的卖国嘴脸,歌颂年轻一代对国家前途命运的忧虑。随后,冰心发表的《斯人独憔悴》,在人物设置和矛盾冲突上,与这篇作品十分相似,说明当时的年轻作者对"五四事件"的看法是基本一致的。

随后一些作品虽涉及五四新文化运动,如《倪焕之》《家》《虹》等,但对"五四事件"的描写较少。真正对"五四事件"

进行全方位描写的小说是《五四历史演义》。该书封面标"蔷薇园主编订",蔷薇园主乃曹伯韩的笔名,1937年由读书生活出版社出版,现在流传较广的版本是书目文献出版社1980年的重印本。由于小说采用章回体形式,因此历来不为现代文学研究者所重视,《中国现代文学总书目》也没有收录。但这本貌似"古旧"的书,却采用流畅的白话语言,有着鲜明的现代文化立场,因而是一本很"现代"的书。小说从第一次世界大战的发生、日本侵占中国领土的野心和图谋写起,直至科玄论战,都十分详尽,把文人之间的笔墨之战,演义成了战场上刀枪剑戟的拼杀,读来很有韵味。小说对"五四事件"的叙述,增加了很多历史细节,尽管这些细节无从查考,但却使单薄的历史叙述变得浑厚、丰满,富有了戏剧性和娱乐性。

如在写"五四事件"的过程时,重点描写了匡务逊(实则是匡互生,小说有意用了化名)在游行之前组织敢死队,教训三个卖国贼,并留下遗书和遗言,向同学交代自己的"后事":

> "……现在参加的(指敢死队——引者注)有二十一个人,每个人都宣了誓,愿意牺牲。我们已经采取了破釜沉舟的势子,所以不能再有侥幸生还的心思。我今天要托付你的事情,也很简单,第一件,如果我死了,请你把这里面的几件东西连信件寄到我的家里去。"说着,把桌子的抽屉打开,指给克凝看……[1]

---

[1] 蔷薇园主编订:《五四历史演义》,书目文献出版社,1980,第85页。

这段文字成功地再现了五四时期的青年学生们以身许国、万死不辞的决心和勇气；游行队伍到了赵家楼后，匡互生等人从窗子进入曹宅的过程，及学生进入曹宅后发生的事情，也写得十分具体：

> 首先由匡务逊等五个健强勇敢的斗士，拿砖石打开一个窗洞，一跃而上，顺手把那铁窗一推，只听得豁琅琅一声，那窗就向围墙里面倒了。五位战士跳进墙去，就去开启后门。曹家十几个卫士，听得外面呼啸之声，震动屋瓦，早已吓得战战兢兢。这时候匡务逊等几个对他们宣传卖国官僚的罪恶，又道："我们大家都是中国人，大家都是不愿做亡国奴的，我们正和亲兄弟一般，应该一齐起来救国家，不应该自相残杀。"那些卫士，不由得十分感动，不忍和务逊等人作对，竟让务逊等人把后门开了。[①]

这些精彩生动的历史细节，使"五四事件"带上了丰满的血肉，变得更为真实、可信。作者对卖国官僚恨之入骨，所以对官僚的描写也是入木三分。小说写章宗祥回国后，陆宗舆接待他，两位卖国贼见面之后，"各自把卖国成绩，报告一番；又将口袋拍拍，表示私囊都很充满，都算得上是卖国英雄，得意之极"（72页）。章似乎比陆更有"见识"，所以他对陆说："你真不懂！我们其所以能够凭藉政权来胡作乱为，发财享福，便是利用一般民众的无知和怕事的心理。向来一般中国人都是安

---

① 蔷薇园主编订：《五四历史演义》，书目文献出版社，1980，第90—91页。

分守己，对于做官的，不论是什么王八蛋，也是尊敬服从，不敢反抗，所以我们现在拿了最高政权，就是曹操挟天子以令诸侯，谁敢不服？便有少数知识分子不满意，秀才们也造不起反来，所怕的是下层民众有知识、有组织，敢于犯上作乱。到那时，再加以反对派的知识分子从中指挥，那我们还有不坍台之理吗？"（73页）小说以漫画的手法写出了卖国贼的丑恶嘴脸，也揭露了中国沦亡的真正根源，作者可谓用心良苦。

小说难能可贵的是，用了较大篇幅写毛泽东（化名董折矛）在五四时期的表现，以及他与杨开慧之间的爱情，极大地弥补了历史叙述中的缺憾。

总的来看，这部作品对历史事件的叙述，基本符合实际，它以小说的形式，再现了五四新文化运动和"五四事件"的全过程，极大地增加了历史叙述中的趣味性，是一部值得重视的作品。

以"五四事件"为题材的另一部作品是朱星的独幕剧《五四》（又名《民众怒吼了》）。该剧以游行群众从冲击总统府到奔赴赵家楼的过程，展示了群众游行时的愤激情绪；而剧中人的长篇演讲，充分说明了游行者们的正义诉求，具有震撼人心的力量。作为一个独幕剧，它无法将人物性格进行充分的展示和描绘，但它采用了特别的写作手法，作者在剧本后面特别解释说："这是我草拟的一个新型剧，是台下的观众帮着台上的演员演出。一部分演员是从台下走上去的，后来又从台上走下来与观众打成一片。"[1] 该剧将台上演员和台下观众全都调动起来，

---

[1] 朱星：《五四》，中国文学服务社，1948，第99页。

参与演出，以表现群众游行时的场景，很好地提升了戏剧效果。

"五四事件"成为很多文学作品的题材，被一次次讲述，其形象也会发生不断变化，人们不仅能从中看出历史的真实，也能窥见叙述者的用心，因而这是一个值得认真分析的现象。

中国现代文学史写作中的"五四文学革命"[1]

历史上只有一个"五四文学革命",但在文学史写作中,"五四文学革命"幻化出无数张不同的面孔,承载着不同的意义,昭示出不同的价值。这主要取决于文学史撰写者不同的史观、史识,以及所依据的不同的理论框架。本文要考察的是两个相关的问题:一,各种版本的文学史是如何评述"五四文学革命"的?二,"五四文学革命"与此后文学的关系是如何被讲述的?也就是说,在"五四文学革命"基础上形成的"五四"文学传统在现代文学流变中的命运,在各种版本的文学史中是如何被描述的?考察这两个相关问题,目的是反思中国现代文学史写作中存在的问题。

"五四文学革命"作为一个重要的文学史事件,成为中国现代文学的起点。尽管"20世纪中国文学"概念提出之后,"五四文学革命"不再是一个截断众流、横空出世的"创世神话",但它作为新文学起点的意义并没有被抹杀。文学史家们对晚清

---

[1] 原刊于《广播电视大学学报(哲学社会科学版)》2008年第2期。

文学的重视和铺陈，不过是为这一事件提供丰富、翔实的历史依据，使这一事件变得更为顺理成章、更合乎历史的发展规律。所以在各种版本的文学史中，"五四文学革命"的开创新文学之功一直得到了充分的肯定和评价。但在具体评述这一事件时，不同的文学史家还是表现出了不同的倾向性，在对材料的取舍和对历史人物的评价上出现了明显分歧。这为我们考察中国现代文学史写作提供了一个重要的观测点。

迄今为止，中国现代文学史对"五四文学革命"的讲述可以归纳出以下四种倾向。

第一，将"五四文学革命"纳入到由来已久的文学传统中去，目的是缝合伤口，认祖归宗。"五四文学革命"以激烈的反传统姿态，开创了中国文学的新路向。但在反传统的任务完成之后，一些新文化运动的参与者开始调和"五四文学革命"与传统文学的关系，试图为这场否定传统文学的"叛逆"事件钩沉出传统的精神谱系，以便把"五四文学革命"看作是中国传统文学内蕴力量的爆发，而不单纯是西方文化和文学影响的产物。胡适作为"五四文学革命"的发难者，一直将"五四文学革命"看作是一次"文艺复兴"。他解释说："我本人比较喜欢用'中国文艺复兴'这一名词。那时在北大上学的一些很成熟的学生，其中包括很多后来文化界知识界的领袖们如傅斯年、汪敬熙、顾颉刚、罗家伦等人，他们在几位北大教授的影响下，组织了一个社团，发行了一份叫作《新潮》的学生杂志。这杂志的英文刊名便叫'Renaissance'（'文艺复兴'）。"[①] 胡适认为

[①] 《胡适口述自传》，安徽教育出版社，1999，第198页。

这个刊名受了他的影响。胡适所说的"复兴"自然不是指封建正统文学的复兴，而是指传统白话文学的复兴。为了证明这一点，他一刀将中国古代文学史纵向劈为两半，一半是"古文传统史"，一半是"白话文学史"。他认为后者是"中国文学史的中心部分"[①]，"五四文学革命"要复兴的正是这一部分。这种强解历史以为己用的思路，无非是给"五四文学革命"提供一个本土的流脉，目的是弥合"五四文学革命"与传统文学之间的裂痕。持此种看法的还有蔡元培。他在《中国新文学大系》的总序中，将"五四文学革命"看作是对周季文化的复兴："我国周季文化，可与希腊罗马比拟，也经过一种繁琐哲学时期，与欧洲中古时代相埒，非有一种复兴运动，不能振发起衰；五四运动的新文学运动，就是复兴的开始。"[②] 这明显套用了欧洲文艺复兴的阐释思路，将"五四文学革命"与中国古老文化焊接在一起，为这场反传统的文学革命提供历史依据。周作人则另辟蹊径，把一部文学史简化为"言志"与"载道"的循环隆替，"五四文学革命"则被看作是明代"公安""竟陵"派"言志"文学的回归[③]。这种漏洞百出的阐释，与其说反映了历史的真实，不如说暴露了周作人试图调和新文学与传统文学关系的心事。胡适、蔡元培、周作人作为"五四文学革命"的参与者，都不约而同地缝合"五四文学革命"与传统文学之间撕裂的伤口，既是为了让新文学认祖归宗，也是为了"将'传统'读入

[①] 《胡适全集》第11卷，安徽教育出版社，2003，第216页。
[②] 《中国新文学大系·建设理论集》，上海文艺出版社，1981年影印本，第3页。
[③] 周作人：《中国新文学的源流》，华东师范大学出版社，1996，第59页。

'现代'"①，以实现传统与现代的融合，为新文学提供合法性。由此看来，"五四"一代知识分子在诅咒过传统之后，内心产生很深的虚空感，甚至是负罪感，导致了精神上的"无根"状态。所以在新文学脚跟立稳之后，急忙向传统皈依，这既是对传统的一种补偿，也是对"现代性"焦虑的一种释放。这种"认祖归宗"的思路，直接影响了文学史写作，司马长风的《中国新文学史稿》借用胡适的"文艺复兴"说，认为新文学"完全与传统断绝，不但在理论上说不通，在事实上也不可能"②，新文学要想摆脱模仿西方文学的处境，"应该回过头来，看看自己的传统——尤其是白话文学的传统"③。

第二，"五四文学革命"的政治学阐释。自1920年代后期开始，随着马克思主义的广泛传播，唯物史观开始向文学史领域渗透，并对文学史写作产生了重要影响。李何林的《近二十年中国文艺思潮论》最有代表性。该书从经济基础的变动出发，将"五四文学革命"确定为一场资产阶级的文化运动，并把进化论看作是这场运动的指导思想。唯物论与阶级论的理论框架，为评价"五四文学革命"开拓出了新的意义空间。但有意味的是，1950年李何林迫于形势，开始自我检讨："我把'五四时代'（即五四前后一二年到1925年的五卅。）的新文学运动当作资产阶级的文学运动（虽然我也说过无产阶级文学思潮在1923年的'二七'以后也就产生），没有看出从'五四'开始，无

---

① 罗岗：《写史偏多言外意——从周作人〈中国新文学的源流〉看中国现代"文学"观念的建构》，《中国现代文学研究丛刊》1996年第3期。
② 司马长风：《中国新文学史（第3版）》，昭明出版社，1980，"导言"第2页。
③ 司马长风：《中国新文学史（第3版）》，昭明出版社，1980，"导言"第3页。

产阶级思想就在起着领导作用。"① 这是一个信号,预示了此后文学史写作的基本走向。也就在这时,李何林参与了《〈中国新文学史〉教学大纲》的编写工作,所以《大纲》的内容和他的自我检讨在基本思路上是一致的。《大纲》规定的"学习目的"第一条就是"了解新文学运动与新民主主义革命的关系";在"新文学的特性"中,《大纲》明确规定,"新文学不是'白话文学''国语文学''人的文学''平民文学'等等","新文学是新民主主义的文学"②。"新民主主义革命"成为文学史写作的核心理念,而毛泽东的《新民主主义论》则成为立论的思想基础。

这一时期重要的文学史著作共有四部:王瑶的《中国新文学史稿》、丁易的《中国现代文学史略》、张毕来的《新文学史纲》和刘绶松的《中国新文学史初稿》。这几部史著尽管各有特点,但也有一致性:都以中国革命史为主导,展示中国文学的演变轨迹。在论及"五四文学革命"时,作者极力凸现陈独秀、李大钊、鲁迅、钱玄同和刘半农,而在这些人物中重点强调陈独秀和李大钊的马克思主义倾向。如刘绶松将《新青年》团体看作是一个由三部分人组成的统一战线:"共产主义知识分子、革命小资产阶级知识分子和资产阶级知识分子","新文化运动的领导思想,也就不能不是共产主义的文化思想,也就是共产主义的宇宙观和社会革命论,而不是其他的任何思想。"③ 张毕

---

① 李何林:《近二十年中国文艺思潮论自评》,载《近二十年中国文艺思潮论》,陕西人民出版社,1981,第18页。
② 《中国文学史教学大纲》,高等教育出版社,1958,第127页。
③ 刘绶松:《中国新文学史初稿》,人民文学出版社,1979,第11页。

来也看到了五四新文化运动的资产阶级性质，但进行具体的思想分析时，仍然强调："整个新文化运动在共产主义影响之下呈现出空前的彻底性和坚决性：这是一个客观事实。"① 在这时期的现代文学史著作中，王瑶的《史稿》影响最大，学术水平最高，但从写作思路上看，与其他著作没有本质的区别，它仍然是"力图以毛泽东的《新民主主义论》《在延安文艺座谈会上的讲话》为指导，所编写出的新文学史"②。在评价"五四文学革命"时，仍然强调它是"以李大钊、陈独秀等为代表的具有初步共产主义思想的知识分子所领导的"③。但王瑶毕竟是一位严肃的学者，他不愿无中生有，更不会歪曲历史，所以"共产主义思想的领导作用"在具体的论述中并没有得到体现，倒是对胡适的批判性介绍，透露出了某些历史的真相。其他几部著作也和王瑶一样，不能不提胡适，但都是以批判为前提的。"改良主义"和"形式主义"是这些文学史家们给胡适准备的两顶"帽子"。

"五四"人物中还有一位有严重政治问题的是周作人。他的《人的文学》和《平民文学》是"五四文学革命"在理论建设上的重要基石。但在这时期的文学史著作中，只有王瑶的《史稿》谨慎地提到了他。"五四文学革命"如果弃置或否定了周作人，就变成了一场忽视人性、只有政治性的社会运动了，文学的内涵也随之被掏空。

从李何林的阶级论到王瑶等人的"新民主主义革命论"，看

---

① 张毕来：《新文学史纲》，人民文学出版社，1985，第23页。
② 黄修己：《中国新文学史编纂史》，北京大学出版社，1995，第133页。
③ 王瑶：《中国新文学史稿》，上海文艺出版社，1982，第13页。

上去对"五四文学革命"解释有所不同,但在本质上,都把这场文化文学运动看作是一场政治性运动,所以基本思路是一样的。

第三,启蒙主义旗帜下的"五四文学革命"。"文革"结束后,随着政治上的"拨乱反正",中国现代文学史写作进入一个新时期。据当时的亲历者描述:"1978年,出现了若干高校联合编教材的热潮,当时的确还没有哪家有魄力自己来编一本,确也需要团结起来,联合若干力量一起来写,一时竟出现了'合纵'、'连横'或者东南西北、五湖四海的集合体,出现前所未有的热烈、繁忙的编写新文学史的高潮,真可谓一时期有一时期之景象。"[①] 唐弢主编的三卷本《中国现代文学史》(人民文学出版社,1979—1980年版)就是这时期出现的集体编写新文学史的代表作。由于该书出版于60年代,所以它在表现出某些开拓性的同时,还有着时代的鲜明印记,带有明显的过渡性特征。随后出版的黄修己的《中国现代文学简史》(中国青年出版社,1984年版)显示出明显的新气象。这主要表现在两个方面:一,对胡适、周作人的文学主张进行系统评述,而周作人的复出,意味着文学史写作中"人"的意识的回归;二,虽然仍用了很大篇幅讲述十月革命和马克思主义在中国的传播,但立论较为客观公允。自黄著之后,随着80年代文化、文学界对启蒙问题的重视,"五四""人的文学"的旗帜高高竖起,启蒙主义成为阐释"五四文学革命"的主流话语,这在文学史写作中得到了充分体现。钱理群、吴福辉、温儒敏、王超冰合著的《中

---

① 黄修己:《中国新文学史编纂史》,北京大学出版社,1995,第200页。

国现代文学三十年》（上海文艺出版社，1987年版）最具代表性。该书作者之一的钱理群是"20世纪中国文学"的提出者之一，自然把这一理念灌注到本书的写作之中。按照"20世纪中国文学"提出者们的基本判断，"改造民族灵魂"是百年文学的母题，所以《中国现代文学三十年》也有着相同的认识："作为'改造民族灵魂'的文学，其所特具的思想启蒙性质，是现代文学的一个带有根本性的特征，它不但决定着现代文学的基本面貌，而且引发出现代文学的基本矛盾，推动着现代文学的发展，并由此形成了现代文学在文学题材、主题、创作方法、文学形式、文学风格上的基本特点。"[①] 第二年出版的魏绍馨的《中国现代文学思潮史》（浙江大学出版社，1988年版）和晚一年出版的郭志刚的《中国现代文学史》（高等教育出版社，1989年版）也都是在启蒙主义的框架内，论述"五四文学革命"的。在20世纪80年代，李泽厚的一篇《启蒙与救亡的双重变奏》，实际上认定了"五四文学革命"的"启蒙"性质，更为文学史写作提供了理论勇气。所以，20世纪80年代的文学史著作尽管数量众多，但在论及"五四文学革命"时基本都高举着"人的文学"的旗帜，把启蒙主义作为中国现代文学史的精髓，标志着一种新的文学史写作范式的诞生。

第四，"现代化"或"现代性"语境中的"五四文学革命"。自20世纪90年代之后，特别是1995年之后，"现代性"一词突然风行起来，"几近成为现代中国文学与文化研究的基本语

[①] 钱理群、吴福辉、温儒敏、王超冰：《中国现代文学三十年》，上海文艺出版社，1987，第7页。

汇。至此,'现代性批评话语'似乎真的正在实现着对于20世纪80年代一系列基本概念的置换"①。影响所及,"现代性"成为文学史构建的核心理念。

据说当前中国有数以千计的文学史著作,但多是出于教学的需要,多人合作的产物,往往内容相互重复,了无新意。其中有代表性的著作有程光炜等5位学者主编的《中国现代文学史》(中国人民大学出版社,2000年版)、朱栋霖等3位学者主编的《中国现代文学史》(高等教育出版社,1999年版)。朱著在"引言"中开宗明义地宣称:"中国现代文学,是中国文学在20世纪持续获得现代性的长期、复杂的过程中形成的。"② 而程光炜等人的著作标举的是一个近似"现代性"概念——"现代化":"在20世纪中国社会痛苦焦虑、忧患不断的历史进程中,贯穿着一个'走向现代化'的总主题。"③ 从"现代性"入手,"五四文学革命"的西化色彩就成为这两部教材重点呈现的目标,所以朱著辟出"外来文艺思潮的影响"一节,介绍西方文学思潮对"五四文学革命"的深刻影响;程著则强调"文学革命打破了近代以来体用之争的思想藩篱,以前所未有的开放姿态和极大热情吸收和引介外国现代文学和文化思想"④。与"阶级斗争"或"启蒙"相比,"现代性"概念的模糊性、复杂性

---

① 李怡:《现代性:批判的批判——中国现代文学研究的核心问题》,人民文学出版社,2006,第4页。
② 朱栋霖、丁帆、朱晓进主编:《中国现代文学史》,高等教育出版社,1999,第1页。
③ 程光炜、吴晓东、孔庆东、郜元宝、刘勇主编:《中国现代文学史》,中国人民大学出版社,2000,第1页。
④ 程光炜、吴晓东、孔庆东、郜元宝、刘勇主编:《中国现代文学史》,中国人民大学出版社,2000,第41页。

及其内在的悖论性,为文学史写作提供了一个更为客观和有效的平台,有助于呈现"五四文学革命"的多重价值,它标志着中国现代文学史写作进入了一个新的阶段。

文学史作为一门历史科学,本应有着客观、中立的立场,以逼近历史的真实为基本宗旨,但事实上这只是一种理想。从"五四文学革命"的这四张面孔来看,写作文学史的"时间"以无比强大的力量,覆盖或扭曲了文学史发生的"时间",造成了文学史写作的"现在性"和"实用性",所以讨论文学写作的客观性、科学性,仍然显得迂阔而奢侈。

从现代文学史发展的纵向来看,史家如何评述"五四文学革命"与此后文学之关系,这是现代文学史写作中必须面对的问题,而且也是一个至关重要的问题。文学史作为一个历史学科,"都面临着一个费力不讨好的任务,即把看起来乱成一团、纷至沓来的事件整理出头绪来。用韦勒克的话来说,这些事件是'没有方向的涌流'"[1]。既然注定要承担这一"费力不讨好的任务",那么如何承担就是一个大问题。这里最重要的是"史识",也就是文学史观,这是文学史书写的"灵魂"。讨论文学史观之间的优劣得失,不是本文的任务,这里要思考的问题是:各种不同史观的文学史著作,在处理"五四文学革命"与此后文学之关系时是否表现出了某些相似性?也就是说,那些坚守不同文学史观的写作者,在处理"五四文学革命"和此后文学之关系时,是否有某些共性?答案是肯定的。我们翻检众多的

---

[1] [美]乌尔利希·威斯坦因:《文学史上的分期和运动》,载北京师范大学中文系比较文学研究组编《比较文学研究资料》,北京师范大学出版社,1986,第401页。

文学史著作，就会发现这样一种奇怪的现象：在各种版本的文学史中，中国现代文学史变成了一段完美的情节剧，"开端""继承"和"发展"是这一情节剧的3个"故事单元"，情节连贯、线索清晰、高潮迭起，又都不背离故事开篇时的伏笔。一段错乱、混沌，充满偶然性和阵发性事件的历史，通过"因果思维"的整合，变得平整、光润，逻辑井然。每一个重要作家，每一部重要作品，都被安放在适当的位置，成为历史必然性的组成部分。这看上去不是历史，像根据某个底本排练的演出，而"五四文学革命"是这幕"好戏"的开场，也奠定了整个"演出"的基调。如此完美的历史，不能不使人产生怀疑：这是真实的历史，还是史家对历史进行扭曲的产物？

"五四文学革命"发生后，"五四"新文学传统开始形成，并获得了主流话语的地位。但"五四"文学传统的扩展并不是一个畅通无阻的过程，而是经常遇到阻击和抵抗：林纾、学衡派、章士钊等，都对"五四"新文学革命提出了种种质疑。但这些反抗都没有撼动"五四"新文学传统的主流地位，都成为历史上的笑柄。所以我们各种版本的新文学史，都会对此进行评述，把这些"螳臂当车"之辈拉出来示众，以显示"五四"新文学传统的不可战胜性。革命文学在刚刚兴起的时候，也曾将"五四"新文学判为"小资产阶级文学"给予全盘否定，但很快他们就意识到了自己的鲁莽，停止了对鲁迅及整个"五四"新文学的攻击。似乎除了这些"阻力"外，"五四文学革命"所开创的新文学传统经过30多年的发展，终于由一棵幼苗成长为一棵参天大树。这其实是一种历史的假象。韦勒克把这种描述文学史的方法称为"生物器官论"："这些看法中共同的东西就是一致认为在各主要文学类型中,存在着类似动物生长的持续缓慢的变化,存在着一种不断演变的基层;还一致承认一种极力缩小个体作用的决定论,并且认为纯文学的演变存在于整个历史过程之中。"① 在这一理论指导下所描述出来的文学史,"成了一系列用来具体说明一个普遍科学法则的个别事情"②。在中国现代文学史写作中,这种"普遍科学法则"可能有很大区别,如在刘绶松、王瑶等人笔下是"阶级斗争",在钱理群等人这里,就变为"改造民族灵魂"的过程,而到朱栋霖笔下,就成为"现代性"的萌生和发展。很明显,这种"生物器官论"是通过单一视角对文学史强行收编、整合的结果,这种整合必然是以抹杀历史的丰富性和复杂性为代价的。"五四文学革命"之后,中国新文学的发展并非沿着"五四文学革命"的路向一线到底。也就是说,除了林纾、梅光迪、章士钊等人的公然抵抗外,在主流文学内部,始终存在着瓦解和颠覆"五四文学革命"核心价值的潜流。而我们所有的文学史著作几乎都忽视了这股潜在的力量。

最早从新文学内部批判新文学传统的是创造社诸君。《创造》创刊伊始,郭沫若就指出:"四五年前的白话文革命,在破了的絮袄上虽打上了几个补丁,在污了的粉壁上虽然涂了一层白垩,但是里面的内容依然还是败棉,依然还是粪土。Bourgeois(资产阶级)的根性,在那些提倡者与附和者之中是植根太深

---

① [美]雷内·韦勒克:《批评的概念》,张今言译,中国美术学院出版社,1999,第37页。

② [美]雷内·韦勒克:《批评的概念》,张今言译,中国美术学院出版社,1999,第39页。

了，我们要把选（这）根性和盘推翻，要把那败棉烧成灰烬，把那粪土消灭于无形。"[1] 成仿吾、张资平、郁达夫等人都表达了对新文学的不满和全盘推翻新文学的野心。他们的目的是发动一场新的文学革命，以取代国内文坛上已经占据主流地位的新文学。但在所有的文学史中，创造社与新文学之间的对立被判为义气之争或门户之见，创造社被强行纳入到新文学的框架中，成为"五四文学革命"的一部分。

1927年之后，至少有三股力量在瓦解"五四"新文学传统：第一，"大众化"思潮中出现的对民间文化的俯就和依从；第二，在抗战旗帜引领下出现的民族传统文化的回潮；第三，一些新文学作家对"五四文学革命"的反思与批判。这三股力量暗潮涌动，构成了对"五四"新文学传统的瓦解。1942年毛泽东发表的讲话，正是对这三股力量的有效征用。而毛泽东讲话催生的延安文学，除了在语言上采用白话外，其精神实质与"五四"新文学已经离得很远了。"五四"新文学传统只有在一些边缘作家那里，才得到了继承与发展，如30年代的巴金、曹禺和萧红，40年代的路翎。在主流文学圈内，一直坚守和捍卫"五四"新文学传统的是鲁迅和胡风，而胡风一步步被排挤、被批判的过程，形象地演绎了"五四"新文学传统的命运。

"大众化"不只是一个文学语言形式的问题，而且是一个文化问题。文学对大众语言的吸纳与接受，是以认同和颂扬民间文化为前提的。而藏污纳垢、寄生着奴性与惰性的民间旧文化，正是"五四"新文学要讨伐和清洗的对象；民族主义带来的民

---

[1] 郭沫若：《我们的文学新运动》，《创造周报》第3号，1923年5月。

族传统文化的回潮和"民族自大"意识的复苏,走向了五四新文化运动的反面。在新文学作家内部,"五四文学革命"的权威性也不是不证自明的。鲁迅在新文化落潮之后,忏悔自己在"五四"高潮期的"呐喊"不过是给吃人者炮制"醉虾",他是在忏悔中坚守着"五四"传统的,而这"忏悔"成为鲁迅思想的重要组成部分,是不能被轻易忽视的。在茅盾的作品中,我们也看到了这样的描写:"梅女士的忿忿的心忽然觉得那些'新文化者'也是或多或少地牺牲了别人来肥益自己的。"① 梅女士的指责正好验证了鲁迅的忏悔,构成了启蒙者与被启蒙者之间的对话关系,质疑着五四新文化运动的合法性和正当性。梁实秋作为新文学阵营中的一员,始终对"五四"文学传统持批判态度,抨击新文学中的浪漫情调和个人主义倾向。但在我们的文学史叙述中,这类"异己"的声音都被遮蔽了,剩下的是一曲和谐的乐章。

所以,目前所有的文学史都从"五四文学革命"开始,一线贯通30年文学,呈现出和谐与繁荣、继承与创新的"情节"模式,是值得怀疑的,它忽视了"五四"新文学传统被批判、被淹没、被瓦解的事实。在西方,克罗齐早就对这种"生物器官论"提出了批评,他指出:"人们经常把全部科学的历史看成沿着一条单线前进或后退。……这种单线的看法对于科学是否正确,不是短时间所能讨论的。但是它对于艺术却是错误的;艺术是直觉,直觉是个别性相,而个别性相向来不复演。把人类艺术造作的历史看成沿一条前进和后退的单线发展,所以完

---

① 茅盾:《虹》,载《茅盾全集》第2卷,人民文学出版社,1984,第67页。

全是错误的。"① 因此文学史写作应该正视这一点，不能为了理论的圆满和系统的严整，而置事实于不顾。

1927年之后，"五四"新文学传统事实上已退居边缘，到"文革"时期被彻底从文学中清除出去，导致了封建文化的全面回潮，由此带来的恶果是十分清楚的。所以，中国现代文学史写作必须正视这一事实，检讨和反思新文学传统所遭受的曲折命运，只有如此，中国现代文学史才能贴近历史的实际，才能揭示出更为深刻的问题。

---

① ［意］克罗齐：《美学原理·美学纲要》，朱光潜等译，外国文学出版社，1983，第147页。

诚与真:"五四"文学的精神特征及其当代意义[1]

诚与真,是"五四"文学获得永恒魅力的根源,也是其最明显的时代徽标。"五四"文学是中国新文学的儿童时期,散发着童真般的光芒,承载着诚与真的原始色调,显示了一个"健康儿童"应有的美学特征。所谓诚,即真诚,是中国文化自古以来就反复强调和捍卫的人格原则,"诚者,天之道也,诚之者,人之道也"(《礼记·中庸》)。所谓真,即真实,不掩盖事物(或事件)的真相。真诚,是人对待世界的一种态度,真实是这一态度最终达到的结果。在文学创作中,"真诚可以说是求得真实的必不可少的先决条件,没有一个真诚的态度,是决走不到真实的彼岸去的"[2]。所以真诚是真实的前提,更具有决定性的意义。中国文化虽然历来强调诚与信,但经过漫长的封建礼教的规约和政治权谋(所谓"兵不厌诈")的同化,诚与信变成了人生谋略的一部分,最终被淹没在狡与诈的污水之中。

---

[1] 原刊于《济南大学学报(社会科学版)》2009年第3期。
[2] 钱谷融:《艺术·人·真诚——钱谷融论文自选集》,华东师范大学出版社,1995,第181页。

而"五四"文学是在对真诚的呼唤中诞生的,并在其成长过程中,始终将真诚作为基本的精神品格。鲁迅在日本留学期间,就以极大的热情歌颂拜伦、雪莱、普希金等"制诗极诚"的"摩罗诗人",呼唤"至诚之声":"今索诸中国,为精神界之战士者安在?有作至诚之声,致吾人于善美刚健者乎?有作温煦之声,援吾人出于荒寒者乎?"① 在未完成的《破恶声论》中,他提出"内曜"与"心声"两个重要的概念,来颠覆中国传统文化的"黯暗"与"伪诈"②。到五四时期,他痛斥中国历史上"瞒和骗"的文艺,呼吁人们要"敢于直面惨淡的人生,敢于正视淋漓的鲜血"③。对中国国民性进行解剖的时候,他也重点抨击中国人的"世故与巧滑",他分析说:"看看中国的一些人,至少是上等人,他们的对于神,宗教,传统的权威,是'信'和'从'呢,还是'怕'和'利用'?只要看他们的善于变化,毫无特操,是什么也不信从的,但总要摆出和内心两样的架子来。……虽然这么想,却是那么说,在后台这么做,到前台又那么做……"④ 其本质就是缺乏"诚与爱"。鲁迅正是在对中国国民性伪与诈的讨伐中,呼唤着诚与真。他的每一篇作品,都印证着对自我灵魂的深度犁耕——"我解剖自己并不比解剖别

---

① 鲁迅:《摩罗诗力说》,载《鲁迅全集》第1卷,人民文学出版社,2005,第102页。
② 《鲁迅全集》第8卷,人民文学出版社,1981,第23页。
③ 鲁迅:《记念刘和珍君》,载《鲁迅全集》第3卷,人民文学出版社,2005,第290页。
④ 鲁迅:《马上支日记》,载《鲁迅全集》第3卷,人民文学出版社,2005,第346页。

人留情面"①，正是这种"掘心自食"的精神，使其笔下的文字，带上了身体的温热，袒露着内心的创痛与欢欣。鲁迅的挚友许寿裳在谈到鲁迅人格的时候，特别强调了他的真诚与挚爱，认为"真诚，是他的人格的核心之一，也就是作品所以深刻的原因之一"②。这的确是知人之论。与鲁迅十分相似，"五四"新文学从最初发动的时候起，就把诚与真作为新文学的灵魂。胡适率先抛出的"文学改良八事"一针见血地批判了传统文学的虚饰与泥古风气，提出"惟实写今日社会之情状，故能成真正文学"的主张；随后陈独秀标举的"三大主义"，也将"平易的、抒情的国民文学"和"新鲜的、立诚的写实文学"作为鹄的。后来谈到白话诗时，胡适提出了"有什么话，说什么话；话怎么说，就怎么说"③的著名论断，也同样指向了文学创作的诚与真的问题。与陈、胡一样，周作人看重诚与真之于新文学的价值和意义。他将文学分为"人的文学"和"非人的文学"，"这区别就只在著作的态度的不同：一个严肃；一个游戏"④，"严肃"就是真诚，而"游戏"则是玩弄与伪饰。正是在鲁迅和文学革命先驱的引领下，"五四"新文学充分展示了诚与真的魅力，并缔造了一个辉煌的文学时代。

"五四"文学之诚，表现在作家的创作态度上。鲁迅怀抱着启蒙主义的宏愿，咬牙切齿地诅咒中国社会的暗黑和国民性的堕落，每一篇作品中都有作家心灵的跳动。他创作的小说、杂

---

① 鲁迅：《答有恒先生》，载《鲁迅全集》第3卷，人民文学出版社，2005，第477页。
② 许寿裳：《我所认识的鲁迅》，人民文学出版社，1978，第94页。
③ 胡适：《建设的文学革命论》，《新青年》第4卷4号，1918年4月。
④ 周作人：《人的文学》，《新青年》第5卷6号，1918年12月。

文、散文或散文诗，虽文体不同，反映人生与社会的角度不同，但都有着相同的血脉，包裹着同一颗赤子之心。郭沫若声称"诗是写出来的，不是做出来的"，"写"是自然流露，"做"则是人工雕凿，所以《女神》中的诗句浑然天成，饱渗着浓浓的情感汁液，于粗粝中现真情。郁达夫则将自己内心最隐秘的部分向公众敞开，袒露出充满伤痕、怨恨、欲望和抗争的情感激流。《沉沦》《银灰色的死》等作品，直面自身达到了令人战栗的程度，郭沫若都为之惊叹："他的清新的笔调，在中国的枯槁的社会里面好像吹来了一股春风，立刻吹醒了当时的无数青年的心。他那大胆的自我暴露对于深藏在千年万年的背甲里面的士大夫的虚伪，完全是一种暴风雨式的闪击，把一些假道学假才子们震惊得至于狂怒了。为什么？就因为有这样露骨的真率，使他们感受着作假的困难。"① 冰心、叶绍钧、王统照、庐隐等年轻作家，也无不严肃、真诚地书写每一行文字，苦苦经营着自己的文学世界。我们可以批评这些作家的肤浅甚至幼稚，但绝不能怀疑他们对文学的那些虔敬和热诚。所以在"五四"文坛上，无论是耀眼的大师，还是密布的繁星，对文学的真诚都是一样的。他们不造作、不虚饰，不卖弄、不轻佻，用心中的赤诚，装点"五四"文学的天空。鲁迅为一首年轻人的诗曾经写下了这样的文字："诗的好歹，意思的深浅，姑且勿论；但我说，这是血的蒸气，醒过来的人的真声音。"② 鲁迅看重的不是艺术的精湛与思想的深邃，而是"真声音"。就像他在《狂人日

---

① 郭沫若：《论郁达夫》，《人物杂志》第3期，1946年4月。
② 鲁迅：《随感录四十》，载《鲁迅全集》第1卷，人民文学出版社，2005，第338页。

记》中呼唤"真的人"一样,"真"是他文学追求的至高境界,也是"五四"文学的基本底色,所以鲁迅这段话,我们用来评价整个"五四"文学,也是十分贴切的。

有了作家真诚的创作态度,真实就会应约之至。鲁迅作品对中国国民精神病灶入木三分的剖析,对中国知识分子生存困境的深刻体悟,对中国农村衰败景象的逼真摄取,都达到了令人难以企及的高度。他常说,中国人的脸被他写在杂文里面了,他像一位心理医生,又像一位工笔画家,不仅画出了脸,还画出了"沉默的国民的魂灵"。文学研究会作家以朴素的人道主义视角,对妓女、人力车夫、劳工以及农民的命运给予了热切关注;对觉醒的青年知识分子面临的人生困境,也有着深入的体察和独到的思考,显示了足够的直面现实人生的勇气。创造社一向被划归到浪漫主义的范畴,但浪漫主义不排斥对个人命运和社会现实的烛照。如果真如艾布拉姆斯所形容的那样,心灵与外部世界的关系体现为两种形式——镜与灯,那么"镜"能映照出外部世界的真实形态,"灯"则能照亮周围的一切。如果脱离了外部世界,无论是镜还是灯,都变得毫无意义。从这个意义上说,文学上的写实主义和浪漫主义都与外部世界构成了相互依存的关系。创造社作家固然在手法上与文学研究会略有不同,如《女神》中大胆的想象和夸张,《沉沦》中浓得化不开的伤感情绪,是写实主义作品中难得见到的,但他们对真实的追求却是相似的。例如,《狂人日记》和《沉沦》在创作手法上迥然不同,但在真实性上有着相似之处。狂人以非常态的目光,发现了吃人的秘密。这一发现就像一道闪电,划破了黑沉沉的历史夜空。《沉沦》则借助于"忧郁症"患者的生存体验，揭示了个人在欲海中沉沦挣扎的真实处境，把文学的触角深深植入了个体心灵世界的最底层，加深人们对自我的认知。在"五四""人的解放"的时代背景下，文学无论是指向历史，还是指向个人的内宇宙，都显示了对真实的不懈追寻。

所以说，在"五四"文学创作中，真诚引领着真实，并赋予真实以生命。就思想和艺术而言，"五四"文学不是不可超越的，它必将会成为历史，其对未来文学发展的参与和辐射能力从而逐渐衰退，但它作为新文学"童年时期"特有的那份天使般的诚与真，则永远不会过时，也无法被复制，它将以此葆有其永恒的魅力。

"五四"文学的这份诚与真，在20世纪30年代被巴金等少数作家承传了下来，而在大多数作家身上并没有得到很好的继承。因为进入30年代之后，人们对真的追求压倒了对诚的守护，而没有诚的真，那能叫真吗？要么偏离了文学的本体，要么就是做伪的真。在一些高度政治化和社会化的作家身上，求真似乎成为他们的首要追求。作品大跨度、大视野地反映社会的变迁，追求所谓的史诗品格，而诚退居了边缘。在这种情况下，历史发展规律和政治理念在作品中自由穿行，作品成了没有体温的历史书写和没有质感的形象陈列。就以茅盾的创作为例，《蚀》三部曲无论有多少缺点，读起来总能够让人热血沸腾，"人"味十足；但当我们阅读《子夜》的时候，总有一种冰冷的感觉，因为这是一部创作主体缺席的作品，它传达的不是作家的感受，而是某种政治使命。随着政治对文学的进一步渗透，真也受到剥蚀，到"文革"时期，诚与真双双陨灭，文学成为泥塑或者木偶，以其僵硬的表情，表征着时代的面影。

"文革"结束后,伤痕文学和反思文学大有重返"五四"文学的气象,但与"五四"文学相比,作家的主体性仍没有得到充分重视,诚也就略显萎缩。因为这两种文学创作潮流是在拨乱反正的政治举措下出现的,它的舞姿和步伐,总是与政治的开放程度成正比,诚不是指向作家的内心,不是指向文学,而是指向了庙堂,指向了新的政治运动。自20世纪80年代中期开始,作家对文化和艺术技法的兴趣突然浓厚起来,寻根文学和新潮小说大行其道。寻根文学看上去是在延续"五四"文学的命脉,但与"五四"文学相比,寻根文学超负荷运载的文化信息,使文学气喘吁吁,陷入危局。"五四"作家虽然喜欢讨论中西文化,但他们极少在创作中演绎文化对垒,而是重在展示人的命运。子君的离家出走,首先是一个人的命运问题,其次才是一个文化问题。寻根文学显然没有把握住"五四"文学的精髓。新潮小说在艺术技法的引进与探索上卓有成效,也取得了值得珍视的成果,但读起来常常让人无所适从,更难引起人们心灵的波动,这大概与诚与真的缺失不无关系。自20世纪90年代以来,随着市场经济大潮的来临,文学显得措手不及,很多作家似乎一下子丧失了脚下的阵地,显得无所适从。市场经济以其无坚不摧的魔力,改变着人们的生活方式和价值观念。在日常生活中,诚信变成了傻瓜的同义词,在文学中,诚与真更显得陈旧、不合时宜。特里林在论述诚与真时说的一段话,可以作为我们这个时代的注脚:"'真诚'一词昔日所有的尊荣如今已丧失殆尽,我们今天听到这个词时,会有一种恍若隔世的古怪感觉。如果我们说真诚,我们可能不太自在或含讥带讽。最常见的情况是,这个词已经被贬值为一个强调成分,反倒否定了其字面意思。"①

　　自然，诚与真并不能决定文学创作的成就，也不能成为衡量作品价值的绝对尺度，但它应该是文学应有的基本品格，如鲁迅所强调的那样："文艺家至少是须有直抒己见的诚心和勇气的，倘不肯吐露本心，就谈不到什么意识。"② 今天我们纪念"五四"，重读"五四"文学，如能将那份诚与真的遗产继承一些下来，可能会给当下文学提供一些创新的生机，至少能补充一些血色，增加一些人的气息。

---

① ［美］莱昂内尔·特里林：《诚与真——诺顿演讲集1969—1970》，刘佳林译，江苏教育出版社，2006，第8页。
② 鲁迅：《叶永蓁作〈小小十年〉小引》，载《鲁迅全集》第4卷，人民文学出版社，2005，第151页。

吴稚晖与《新青年》[①]

《新青年》群体,历来为人关注的是陈独秀、胡适、周作人、鲁迅、钱玄同、刘半农、李大钊等这些极为活跃的人物,而在这一群显赫的人物背后,还有一些人为这份刊物的兴盛发挥了重要作用,像蔡元培、吴稚晖、马君武、李石曾等,其中吴稚晖的作用最为显著,他在《新青年》上扮演了重要角色。吴稚晖在《新青年》上发表文字主要有 10 次,数量虽不算多,但其意义不容小觑。从这些文字来看,吴稚晖以其年龄(老)、资历(深)、学识(博)和对中国语言文字变革的业绩(高),在《新青年》上扮演着导师的角色,深得《新青年》同人的尊敬和爱戴,为扩大《新青年》的影响发挥了重要作用。

吴稚晖(1865—1953),现代史上著名的教育家、书法家、社会活动家、语言文字学家等。他一生常常处于中国的政治旋涡,所以成为一个影响巨大而又富有争议的人物。1963 年,联合国教科文组织第十三届大会推荐他为"世纪伟人"。他早期信奉无政府主义,后来加入同盟会,支持孙中山领导的资产阶级

[①] 原刊于《中国现代文学研究丛刊》2016 年第 6 期。

革命。为此，他与张静江、李石曾和蔡元培并称为"国民党四大元老"。他一生生活简朴、崇尚劳动，行为放达、不拘小节，拒绝为官、轻薄名利，致力于推进国民教育发展和语言文字变革。1907年，他与李石曾等人在巴黎创办《新世纪》杂志，宣扬无政府主义思想，高扬起反孔孟、批王权的大旗；为了推广世界语，《新世纪》杂志率先提出"中国文字，迟早必废"① 的著名论断，影响深远。但他同时意识到：废除汉字，代之以世界语或拼音文字，非一朝一夕之功，所以在此之前，应该为汉字注音。用他的话来说，就是为汉字"娶一注音的老婆，配合起来"②，在全国推广。统一读音，是普及教育和推广拼音文字的重要前提，所以他对此一直十分热心。1913年1月，他担任了国语统一读音会会长，主持制定注音字母。当时在教育部工作的鲁迅后来回忆说："劳乃宣和王照他两位都有简字，进步得很，可以照音写字了。民国初年，教育部要制字母，他们俩都是会员，劳先生派了一位代表，王先生是亲到的，为了入声存废问题，曾和吴稚晖先生大战，战得吴先生肚子一凹，棉裤也落了下来。"③ 这大概是当时的实际情形。的确，注音字母的推行，吴稚晖功劳甚大。1917年，他取600余汉字编成《国音字典》一部，于1918年出版。自1919年起，他主持国语统一筹备会（后改为国语推行委员会），修订标准读音，审定《国音常用字汇》等多种国语书籍。

---

① 吴稚晖：《〈编造中国新语凡例〉本报附注》，载《新世纪》第40号，1908年3月。
② 吴稚晖：《二百兆平民大问题最轻便的解决法》，载《东方杂志》第21卷第2期，1924年1月。
③ 鲁迅：《门外文谈》，载《鲁迅全集》第6卷，人民文学出版社，2005，第98页。

此外，吴稚晖重视教育，1915年他与李石曾等发起勤工俭学运动；1917年初在《中华新报》辟"朏庵客座谈话"专栏，介绍留学欧洲应具备的知识和外国风俗见闻；1919年初与李石曾等发起组织留法勤工俭学会；1920—1922年间筹建了中法里昂大学并出任校长；1925年又创办了海外补习学校，为国民党要人子弟出国留学做准备。

所以在20世纪开头的20年中，吴稚晖以其激进的革命姿态及其对语言文字变革的热情和对中国教育的巨大贡献，赢得了极高的声誉。

吴稚晖名声的沦落，始自20世纪20年代后期。大革命失败以后，他积极怂恿蒋介石清党，出卖了陈独秀的儿子陈延年，直接导致陈延年被杀。在军阀混战时期，他追随蒋介石，成为"一姓之家奴"，常常为世人诟病。但在此之前，吴稚晖在各方面的名声如日中天，颇为时人看重，堪称中国文化界的领袖人物之一。陈独秀筹备创刊《新青年》时，曾经邀请吴稚晖参与策划，吴稚晖的一段回忆，透露了这一信息："见独秀两个名词，尚以为是个绝世美男子。后我在《新青年》发起时晤到，正如韩退之所状苍苍者动摇者的形貌，令我叫奇。"[①] 这说明，从陈独秀筹划创办《新青年》时起，吴稚晖就是他颇为倚重的人物。所以在《新青年》第2卷上，我们就看到了吴稚晖应约撰写的《青年与工具》一文。在这篇文章的后面，陈独秀写下了长篇按语："吴先生稚晖，笃行好学，老而愈挚。诚国民之模范，吾辈之师资。此文竟于发热剧烈时力疾为之，以践本志之

[①] 《吴稚晖全集》第8卷，九州出版社，2013，第492页。

约，其诲不倦重然诺如此。全文无一语非药石，我中国人头脑中得未曾有，望读者诸君珍重读之，勿轻轻放过一行一句一字也。"① 吴稚晖写此文时正发高烧，这让陈独秀十分感动。而对于吴文，陈氏更是珍爱有加、推崇备至，提醒读者"勿轻轻放过一行一句一字"，并把吴奉为"吾辈之师资"。自负如陈氏，很少在别人的文后写下如此谦恭的文字。不只是陈独秀，《新青年》其他编者对吴的态度跟陈独秀是一样的。

《新青年》提倡文字改革和注音字母，钱玄同专门写信向吴求教，吴稚晖回复一文《补救中国文字之方法若何？》，钱玄同在文后的按语中也写道：

> 玄同以为我们对于中国文字，应该讨论的狠（很）多，并且为了要革新文艺，振兴科学，普及教育起见，更非赶紧在旧文字上谋补救的方法不可。因此曾于十月里写给吴稚晖先生一信，信中提出几个问题，请教吴先生，吴先生思想见解的超卓，知道的人狠（很）多，不用我再来赞扬。单是就改革中国文字方面说，吴先生于1908年在《新世纪》上曾经发表过很多议论；1913年读音统一会所制的"注音字母"，吴先生又把它传播给巴黎的华工；两年以来又替教育部编了一部注音字典的字典——名叫《国音字典》。我知道吴先生对于补救中国文字的方法怀抱的精思伟识非常之多，所以写信去请教他。现在接到这篇文章说得

---

① 陈独秀为吴稚晖《青年与工具》一文写的按语，见《新青年》第2卷第2号，1916年10月。

详详细细，有一万四五千字光景；其中所言极有价值。因亟录登《新青年》以资国人之讨论。①

这段话历数吴稚晖在语言文字上的贡献，并说明了自己向吴稚晖请教的缘起，文中景仰、赞美之情溢于言表。鲁迅在《新青年》时期并未对吴稚晖表现出多少崇敬之情，但后来在谈到吴稚晖时也写下了这样的文字："想起来就记得，吴稚老的笔和舌，是尽过很大的任务的，清末的时候，五四的时候，北伐的时候，清党的时候，清党以后的还是闹不清白的时候。然而他现在一开口，却连躲躲闪闪的人物儿也来冷笑了。"② 文章对吴稚晖颇多调侃，甚至称他为"药渣"，但对吴稚晖在过去发挥的作用，还是给予了客观公允的评价。

科玄论战以后，胡适在为《科学与人生观》写的序中，对吴稚晖也有极高的评价：

> 我们十分诚恳地对吴稚晖先生表示敬意，因为他老先生在这个时候很大胆地把他信仰的宇宙观和人生观提出来，很老实地宣布他的"漆黑一团"的宇宙观"人欲横流"的人生观……
>
> 从此以后，科学与人生观的战线上的押阵老将吴老先生要倒转来做先锋了！（原文有着重点）③

---

① 钱玄同为《补救中国文字之方法若何？》（署名吴敬恒）一文写的按语，见《新青年》第5卷第5号，1918年11月。
② 鲁迅：《新药》，载《鲁迅全集》第5卷，人民文学出版社，2005，第132页。
③ 胡适：《〈科学与人生观〉序》，载张君劢、胡适、梁启超、陈独秀等著《科学与人生观》，中国致公出版社，2009，第14页。

跟陈独秀、钱玄同一样，文字中浸透着对吴稚晖难以掩饰的崇敬之情，这是后辈对前辈才有的态度。所以说吴稚晖在《新青年》群体中，始终扮演着导师的角色，《新青年》同人也心悦诚服地将他奉为师长，在一些重要问题上向他请教。可以说，吴稚晖是"民国大佬"，也是《新青年》上的"大佬"。

吴稚晖在《新青年》上发表的文字有多篇是编者从其他报刊转载过来的，如《论旅欧俭学之情形及移家就学之生活》转自《中华新报》，《机器促进大同说》转自《劳动杂志》；除此之外，就是应约写稿，或为了回答《新青年》编者、读者的提问而撰写的稿件，这说明吴稚晖在《新青年》上出现，不是他自己主动显身，而是《新青年》需要他来解疑答惑，从这个意义上说，吴稚晖在《新青年》上扮演的角色是无人替代的。更为重要的是，吴稚晖的文章从不故作高深或故作激进，而是用最通俗的语言讲述最切实的内容，娓娓道来、平易诙谐，颇受读者欢迎。令人感兴趣的是，吴稚晖在《新世纪》时期，文风泼辣、粗俗，不避污言秽语，"放狗屁""王八蛋"之类的粗话层出不穷，用他自己的话说就是"瞎嚼蛆"。但到《新青年》时期，他的文字虽然依然通俗、浅易，但明显干净了很多。

吴氏这些文字，涉及三个方面的问题：一是科学，二是教育，三是文字变革与注音字母。这三个方面的问题，均是《新青年》杂志上的热点问题。

吴氏谈科学，不讲大道理，不介绍西方大科学家之发明，而是从青年教育入手，比较中西之差异，给中国青年指明出路。在《青年与工具》一文中，他从自己较为优越的生活条件，谈到人力车夫简陋的生活条件，在两相对比中，提出"物质文明"的重要性，随后介绍了英国青年"自修室"里的种种工具，以彰显科学教育在欧洲的盛行和在中国的缺失，入情入理，发人深省。该文发表后，得到陈独秀的积极回应。由于文中提到英国青年自修室中备有刨床、钻台、锯座，陈氏询问这三样东西之"形制"，吴氏便写下《再论工具》一文，详细介绍了这三样东西的形状及其用处，又介绍了德国家庭"工场"的存在及其意义。这些介绍，对只知道读经诵典的中国年轻人来说，无疑有醍醐灌顶之感。

对于教育问题，吴稚晖在《论旅欧俭学之情形及移家就学之生活》一文中以问答形式，详细介绍了赴欧勤工俭学的情况，是中国学生赴欧留学的指南。在文章前面的按语中，钱玄同指出："吴先生以六十老翁，而具二十世纪最新之脑子，十余年来所撰文字，虽庄谐杂陈，而从不说一句悲观消极的暴弃的话，从不说一句保存国粹的退化话，唯一提倡科学教育，力役教育为事，诚吾人极良好之师资也……吾愿青年读吴先生之文而幡然醒悟，勉为'新青年'，勿作'陈死人'，此则鄙人选录此文之意也。"[①]

关于汉字改革和注音字母的讨论，是吴稚晖在《新青年》上发言最多的领域，也是钱玄同最为推崇的部分。在这些文章中，吴稚晖充分表达了他对注音字母的热忱和改良中国汉字的构想，在那个时代具有权威性和代表性，是《新青年》杂志上

---

① 钱玄同为吴稚晖《论旅欧俭学之情形及移家就学之生活》（署名吴敬恒）一文写的按语，见《新青年》第4卷第2号，1918年2月。

最为清晰也最有说服力的文字。吴稚晖认为，注音字母只是汉字的辅助手段，不能作为一种新文字来推广，就救治汉字烦难之弊，可以推广世界语，但他意识到这事十分困难，所以理想的办法是将一门外国语作为中国第二种文字进行推广，作为汉字的辅助。事实上，今天全民学英语，基本上达到了这样的效果，这与吴稚晖当年的构想不谋而合。

科学、教育、汉字改革，在这些重要问题上，吴稚晖均扮演了师者的角色。《新青年》是一份思想性很强的杂志，上面说论宏议甚多，但吴稚晖的文章独成一家，他都是从最具体、最可行的事情谈起，很少讨论脱离实际的思想问题，所以他一直被《新青年》同人视为权威和表率，说明他在这份刊物上发挥了重要作用。

吴稚晖的"师者"身份，除了基于他的学识、见识、胆识之外，还有一个重要原因，他曾是早年《新世纪》的主笔。《新青年》上讨论汉字改革时，《新世纪》杂志上的言论屡屡被提及，就说明《新青年》和《新世纪》杂志之间有明显的继承关系[①]。事实上，《新青年》上讨论的所有问题，在《新世纪》上均有反应：批孔反儒、反对专制、废除汉字、崇尚民主科学自由、男女平等、文学启蒙、劳动至上，等等。《新世纪》是晚清时期最为激进的刊物，为《新青年》提供了重要的思想资源，实乃《新青年》之前驱。从钱玄同的日记来看，他在1907—1908年间多次购阅《新世纪》杂志和"新世纪丛书"，如1907

---

① 关于《新世纪》杂志与《新青年》的关系，笔者曾进行过专题研究，此处不再详述。见拙著《从〈新世纪〉到〈新青年〉：无政府主义与五四文学革命》一文，载《中国现代文学研究丛刊》2005年第5期。

年9月18日写道:"购得《新世纪》三、四号。打破阶级社会,破坏一切,固亦大有识见,惟作者于中文太浅,历史不知,每有不轨于理之言。"① 10月3日写道:"购得《新世纪》五至八号,于晚间卧被中观之,觉所言破坏一切,颇具卓识,惟终以学识太浅,而东方之学尤所未悉,故总有不衷(忠)于事实之处。"② 1908年2月28日的日记写道:"实《新世纪》所言,自吾观之,尚非尽善。"③ 从这些日记可以看出,钱玄同对《新世纪》颇有好感,但并不完全认同他们的看法,甚至认为该刊物在文化知识方面显得浅薄。到五四新文化运动时期,钱玄同重新阅读这份杂志,感受截然不同:"阅《新世纪》。九年前阅此,觉其议论过激,颇不谓然。现在重读,乃觉其甚为和平。社会进步欤?抑我之知识进步欤?"④ 他认为《新世纪》杂志"主张新真理,针砭旧恶俗,实为一极有价值之报"⑤。《新世纪》凭借无政府主义理论,与日本的《天义》报一起,开中国现代极端激进文化之先河,在当时并不为时人所认同,但十年后,《新青年》将这脉传统继承下来,揭开了一个时代的序幕。从这种历史传承中,就不难看出,吴稚晖等《新世纪》诸人对《新青年》团体的影响。1917年,钱玄同参与"中华民国"国语研究会,同年,参与审订吴稚晖主编的《国音字典》。在这些活动中,吴稚晖对他的影响是很大的。

《新青年》高举"文学革命"的大旗,吴稚晖此时的言论

---

① 杨天石主编:《钱玄同日记(整理本)》上卷,北京大学出版社,2014,第105页。
② 杨天石主编:《钱玄同日记(整理本)》上卷,北京大学出版社,2014,第106页。
③ 杨天石主编:《钱玄同日记(整理本)》上卷,北京大学出版社,2014,第119页。
④ 杨天石主编:《钱玄同日记(整理本)》上卷,北京大学出版社,2014,第318页。
⑤ 杨天石主编:《钱玄同日记(整理本)》上卷,北京大学出版社,2014,第300页。

很少涉及文学问题,这主要是因为,吴稚晖一向重科学而轻文学。他在一次跟记者的谈话中说"文学不死,大难不止","毕竟文学家放狗屁,臭味有余,实用不足。哲学家是造空气,似是而非,不着边际。科学家是江湖术士吞宝剑,完全是硬功夫"①。他甚至极为轻蔑地问:"文学家,卖几文一斤呢?"② 虽然他对文学如此轻慢,但正像人们已经意识到的那样,吴稚晖为"五四"新文学的诞生和发展做出了重要贡献,是推动"五四"文学革命的重要力量③。这主要源于以下原因:一,早在《新世纪》时期,吴稚晖已经使用完全口语化的白话进行写作,极具特色,影响深远,颇受读者好评。五四时期,钱玄同在谈到梁启超和吴稚晖的文章时说:"……吴更就应用之文字言之,则梁任公之文,人皆讥其以东瀛文体破坏国风,吴稚晖之文,诙谐百出,无论若何俚俗之语,皆可入文,在岸然道貌、以'文以载道'之腐臭语装点门面者,必极诟病梁、吴,然吾谓梁、吴文之有用,断非吴挚甫所能望其项背。"④ 到1930年代,周作人在为《中国新文学大系·散文卷》写的"导言"中,将吴稚晖列为活着的散文家中的第一人。他分析说,吴稚晖"实在是文学革命以前的人物,他在《新世纪》上发表的妙文凡读过的人是谁也不会忘记的。他的这一种特别的说话法与作文法可惜至今竟无传人,真令人有广陵散之感。为表示尊重这奇文起见,特选录在民十以后所作几篇,只可惜有些在现今恐有违

---

① 《吴稚晖全集》第14卷,九州出版社,2013,第535页。
② 《吴稚晖全集》第14卷,九州出版社,2013,第479页。
③ 冯仰操:《吴稚晖对新文学家的影响》,《海南师范大学学报(社会科学版)》2013年第3期。
④ 杨天石主编:《钱玄同日记(整理本)》上卷,北京大学出版社,2014,第304页。

碍不能重印,所以只抄了短短的两篇小文。"① 在"五四"科玄论战中,他以一篇长达 7 万字的《一个新信仰的宇宙观及人生观》震动一时,该文堪称白话政论文写作的典范,当然是一个不可效仿的典范,充分验证了现代白话谈科学、讲哲学、述人生的能力和魅力。吴稚晖虽然鄙薄文人,蔑视文学,但他著有长篇科学小说《上下古今谈》,颇受时人欢迎。1916 年,胡适在《归国杂感》中说,他想"找一部轮船上火车上消遣的书,也找不出!""(后来)寻来寻去,只寻得一部吴稚晖先生的《上下古今谈》,带到芜湖路上去看。"② 吴稚晖的另一部小说《风水先生》,"人物环境的荒村设置、风水先生与工人群像的冲突对抗,以及文言白话的夸张离奇,无不透露着这一作品的现代气息"③。不仅文坛名家钟爱吴氏的文字,就是一般读者也珍爱有加。《新青年》3 卷 5 号(1917 年)"读者论坛"栏发表易明的文章《改良文学之第一步》,谈到"论说类"文章时,作者写道:"仆读吴君稚晖所著之论说,极为赞成,极其钦佩。以其能广引俗语笑话、润以滑稽之笔、参以精透之理,使观其文者有如仲尼之闻韶,三月不知肉味。而其文势又如天马之行空、鹰隼之搏击。昔东坡嬉笑怒骂,皆为文章,吴君庶足当之。"④ 这些都说明,吴稚晖以先于五四时期的创作和在五四时期撰写的大量随笔、谈话录等文字,大力支援了"五四"新文学与旧

---

① 周作人:《中国新文学大系·散文卷》,载周作人选编《中国新文学大系·散文一集(影印本)》,上海文艺出版社,2003,"导言"第 12 页。
② 胡适:《归国杂感》,《新青年》1918 年 1 月第 4 卷第 1 号。
③ 文贵良:《"自成为一种白话":吴稚晖与五四新文学》,《文艺争鸣》2014 年第 6 期。
④ 易明:《文学改良之第一步》,《新青年》第 3 卷第 5 号"读者论坛"栏,1917 年。

文学之间的抗争，为"五四"新文学的诞生与发生，做出了重要贡献。即使到20年代中期，吴稚晖对现代作家的影响也是十分明显的，他特殊的言说方式，开创了现代文学史上滑稽讽刺的文体风尚[①]。

总的来说，吴稚晖虽然不是《新青年》上最活跃的作者，但他通过参与一些重大问题的讨论，有效地扩大了《新青年》的影响，为《新青年》抢占舆论阵地，做出了重要贡献。

[①] 冯仰操：《吴稚晖对新文学家的影响》，《海南师范大学学报（社会科学版）》2013年第3期。

第二章
文学史教学与写作研究

人文教育：商海大潮中的自救之舟[1]
——中国现当代文学教学研究

一、务实与务虚："中国现代文学"教学现状与对策

中国现代文学被作为一门高等院校的正规课程（现代中国文学），最早始于20世纪30年代[2]，新中国成立后则被正式确定下来。在这不算太长的历史中，这门课程经历了两次严峻的考验：一次是六七十年代政治运动的干预，另一次是90年代初市场经济发展的冲击。在那场史无前例的政治运动中，高校成为阶级斗争的前沿阵地，现代文学也被蹂躏得面目全非。"文革"结束以后，到80年代中后期，从噩梦中渐渐复苏的中国现当代文学，在教学与科研两方面，都呈现出勃勃生机。开放、自由的学术氛围与激进、前卫的文化姿态，激励着校园里的莘莘学子，从而使中国现当代文学成为高等院校里非常受欢迎的课程之一。与此同时，教材建设也取得了很大的进展。唐弢主

---

[1] 原刊于《山东师范大学学报（社会科学版）》2000年第6期。
[2] 钱理群：《学魂重铸》，文汇出版社，1999，第82—83页。

编的《中国现代文学史》、钱理群等人的《中国现代文学三十年》、黄修己的《中国现代文学发展史》、洪子诚等人的《当代文学概观》等，为高校中国现当代文学基础课的教学工作，夯实了基础。进入90年代以后，大众文化借助科技手段汹涌而至，一向引领时代风潮的现当代文学研究开始出现危机。一位80年代的精英型知识分子进入90年代以后，曾极为感慨地说："我过去认为，文学在我们的生活中占有非常重要的地位，现在明白了，这是个错觉。即使在文学最有'轰动效应'的那些时候，公众真正关注的也并非文学，而是裹在文学外衣里面的那些非文学的东西。可惜我们被那些'轰动'迷住了眼，直到这一股极富中国特色的'商品化'潮水几乎要将文学界连根拔起，才猛然发觉，这个社会的大多数人，早已经对文学失去兴趣了。"[1] 与此相伴随的是教育为浅近的利益所吸引，走向实用化和功利化。公关、营销、财会、文秘、计算机等应用性专业成为热门，与之相比，传统的文、史、哲等"老"学科，变得"寒蝉凄切"。父母送孩子读大学，不是为了研究学问，而是为了学一门"手艺"，以便找一份谋生的职业。为了应对这一"新"形势，许多大学中文系对自身进行了调整，无论是否具备条件都迅速上马文秘、新闻、公关等有"卖点"的专业。在这些新的专业中，中国现当代文学被改为"文学欣赏"课，成为点缀。在依然保留着的中文专业中，中国现当代文学也开始调整自己，以回应时代的变化。

务实自然是必要的，尤其在一个商业社会里，教育也不可

---

[1] 王晓明：《人文精神寻思录》，文汇出版社，1996，第1—2页。

避免地成为一种"产业"。但大学不仅是一个务实的地方,而且更是一个务"虚"的地方。它除了担负着给社会提供技术人才的使命外,还必须"起着提供新理想、新思维、新观念,新的资源、新的想象力与创造力的作用"[1]。它除了在现实功利层面,去关注政治动荡、经济形势和民生状态之外,还要超越现实功利,去追究知识、观念、价值、信仰等形而上的世界;它除了关心本民族、本国家的利益和前途之外,还要去关注人类的精神状态、价值范式、文化走向及信仰自由等一系列的问题。著名教育家蔡元培先生"把教育分成两个层面。一是'现象世界'的教育,就是德育、智育、体育。它是服务于国家政治和国家利益的,也就是说是为国家建设培养人才,是服务于眼前的现实利益的。另一个层面就是在'现象世界'之外,还有一个'实体世界'。他是用康德的理论前提,即人不只是为了追求眼前的物质利益而活着,人还有一种超越于现象世界的追求,一种形而上的精神世界的追求,也就是培养学生的一种终极关怀,培养人的信仰和信念"[2]。这充分说明,高等教育在务实之外,必须具有务虚的特点。蔡元培当年曾反复强调:"大学为纯粹研究学问之机关,不可视为养成资格之所,亦不可视为贩卖知识之所。"[3] 可如今,上大学就是为了一张文凭(资格),而教师能认真地"贩卖"一些知识,已是十分难得。物质的繁荣是可贵的,但最终决定一个社会发展速度和发展方向的,是隐藏在"现象世界"背后的价值观念与行为规范。因此,仅有物质世界

---

[1] 钱理群:《学魂重铸》,文汇出版社,1999,第89页。
[2] 钱理群:《学魂重铸》,文汇出版社,1999,第132页。
[3] 蔡元培:《蔡元培全集》第3卷,浙江教育出版社,1997,第382页。

的现代化是远远不够的。阿Q穿上西装、带上手机，依然是个奴才，他仍然会梦想着"我要什么就是什么，我欢喜谁就是谁"。

要想纠正这种目光短浅、追逐眼前利益的"务实"学风，中国现当代文学应该坚守其人文立场，以其对个体生命的关爱，对民族、国家、人类的深切关注及对艺术美、人性美、自然美的不懈追求，去重塑新型的国民人格，建构新的文化体系，以便引导社会的价值观念向着有利于人类进步的方向迈进。鲁迅将文学看作"国民精神的前途的灯火"，就明确指出了新文学的这一使命。为此，它应该与市场保持一定距离，以维护自身的独立性，以便为人类社会的长久发展提供理想、正义和人道的支撑。要做到这一点，在教学中，本课程必须坚持两点："人本"与"文本"。

二、"人本"与"文本"："中国现当代文学"教学的"两点论"

"人的觉醒"与"文的觉醒"，是中国现当代文学"两位一体"的"灵魂"，它们有时相互依存，融为一体；有时各具特色，相互辉映，共同演绎出中国现当代文学的壮丽篇章。这就要求在教学中，紧紧抓住这两个基本点，使学生自觉地追求人性美，坚守艺术美。

一位著名评论家曾经指出："对于任何作家来说，他的创造性的劳动的第一要义就是'人'。人就是他们创造的对象和根据，创造的源泉和出发点"[①]，所以，"文学发展的历史，在很大

---

① 刘再复：《性格组合论》，上海文艺出版社，1986，第4页。

程度上，是人的观念变迁的历史"①。在20世纪中国文学发展史上，"人"的价值经历了一个"非人"（清末民初）—"人"（"五四"）—"非人"（"文革"）—"人"（80年代）的过程。与此结伴而行的是"非文学"（清末民初）—文学（"五四"）—"非文学"（"文革"）—文学（80年代）的过程。将这两个过程进行对比，我们会发现，"人"的沉沦与文学的变异及民族的灾难是携手同行的，这不只是历史的巧合，而是历史在向我们昭示：对人的尊重，对个体生命的珍视，对人性丰富性的认同，是一个时代政体是否健全、文学能否繁荣的重要标志。基于这样一种认识，中国现当代文学课程除了培养学生读写能力之外，必须充分利用这一文学传统中的人学资源，培养学生的人文意识。这需要从两个方面去理解：一是在教学过程中，要充分尊重学生个性的丰富性和复杂性，保护彼此间的差异性，使他们的个性得到充分发扬。在作业和考试中，不制定统一的标准答案，给学生提供发挥想象的空间。二是在教学内容上，以人的觉醒（"五四"）、变异（30年代）、沉沦（"文革"）、再觉醒（80年代）为线索，梳理中国现当代文学的艰难历程，使学生明白，对个体生命的尊重，对人性差异性的认同，对民众幸福的保障，等等，这些看似普通的命题，其实是对一个社会的最低要求，也是检验其存在是否合理的"底线"。20世纪初年，鲁迅在日本提出"掊物质而张灵明，任个人而排众数"②的"立人"主张，正是抓住了问题的症结：没有个体的

---

① 刘再复：《性格组合论》，上海文艺出版社，1986，第17页。
② 鲁迅：《文化偏至论》，载《鲁迅全集》第1卷，人民文学出版社，2005，第47页。

觉醒,不可能有民族的觉醒,没有个体的解放,不可能有群体的解放,没有个体的尊严,民族的尊严也就无从谈起。到五四新文化运动时期,知识分子们提出"救国必先救我"的口号,也是意识到了个体价值的重要性。但长期以来,尤其是"文革"时代,要求人们无条件地交出自己的一切,人变得一无所有,甚至还有谈"我"色变之势,似乎一说"我""个人"就是"自私自利的小资产阶级",如此极端的观念,已经使人们付出了惨重的代价,其"后遗症"仍然存在。因此,在中国现当代文学的教学过程中,应该培养学生的人文意识,使他们意识到:"社会主义的目的是人。人能从生产中、从他的劳动中、从他的伙伴中、从他自身和自然中,克服异化……人能复归他自身,并以他自己的力量掌握世界,从而跟世界相统一。"[1] 大学生正处在世界观的形成期,如果不知道尊重自我的个性和他人的价值,在竞争日益激烈的社会中,很容易导致人格的变异。

当然,文学不只是人学观念、政治理论与启蒙思想的载体,还是美的化身。如果一部作品不具有审美价值,无论它在思想观念上多么进步,多么重要,都不能算作文学。文学之美,不是外在的装饰,而是文学本身。因此,中国现当代文学坚守"文本"立场,也同样重要。所谓"文本",至少应该包括以下四个方面的内容:第一,必须承认文学是一种独立的存在物,而不是一张依附于某种观念之"皮"上的"毛";第二,文学反映生活,反映政治,但它不是生活,也不是政治,它是人类

---

[1] 沈恒炎、燕宏远主编:《国外学者论人和人道主义》第1辑,社会科学文献出版社,1991,第213—214页。

精神的结晶体；第三，文学有自身的发展规律，因此评价文学只能以文学的标准，而不能以其他的标准取而代之，所谓文学的标准，最主要的是指它包含的审美价值；第四，"文学是人学"，但文学不屈从于人学。文学的审美价值常常与其人学价值构成一枚硬币的两面，不是截然分开的。没有"人学"价值的审美，是一种病态的美，没有审美价值的"人学"（如哲学著作），与文学无关。但在苦难的20世纪，知识分子的思想激情和政治激情常常无情地践踏着文学的美丽。有时它被当作"政治的留声机"（郭沫若语），有时又被当作"阶级斗争的工具"。在评价文学时，反映生活真实的程度与符合政治要求的程度，成为衡量文学价值高低的标准，这就不可避免地给文学发展带来了负面作用。黑格尔在他的《美学》一书中，极为肯定地指出："艺术美高于自然"，"因为艺术美是由心灵产生和再生的美，心灵和它的产品比自然和它的现象高多少，艺术美也就比自然美高多少"。[①] 这对重新认识拘泥于生活的所谓现实主义理论，大有裨益。因此在教学中，必须立足于艺术本位立场，使学生清楚分辨哪些是真艺术，哪些是伪艺术，以培养他们健全的审美能力。

在商业社会中，文学的娱乐功能被醒目地突现出来，如果公众没有较强的审美能力，就会被传媒炒作的那些庸俗的娱乐文化所左右，就会导致审美能力的萎缩。文学作为"国民精神的前途的灯火"，毫无疑问要担负起培育健全审美心理的责任。充分利用世纪文学中的经典，提高受教育者的审美品位和鉴赏

[①] ［德］黑格尔：《美学》第1卷，商务印书馆，1996，第4页。

能力，具有重要意义。

"人本"与"文本"像两个支架，支撑一个世纪的文学大厦。课程教学也必须立足于这两个基本点，达到"转移性情"（鲁迅语）的目的。

三、"史识"与"时识"："中国现当代文学"课程的历史性与当代性

中国现当代文学融汇着百年沧桑。对逝去的100年来说，这是一门历史性的学科；但随着新世纪的到来，中国现当代文学并没有结束，其中被称为"当代文学"的部分，一直与现实的社会、政治、经济、文化紧紧地结合在一起，接受着现实的挑战和检验，并在与现实的对话中，寻找着自己的位置。这就要求在教学过程中，既要以史的眼光，做出合理、中肯的评判，又要在现实的文化背景上，对正在发生、发展的文学和学术及时地做出反应，以便引导学生进入当下的语境。

所谓"史识"，是指史学家对历史进行整合、解析、筛选、判断的能力。而文学史与其他学科的历史有所不同，这种不同主要表现在它具有"强烈的个人性"。一位论者指出，"在文学史家眼中，最重要的历史现象自然是文学作品，可对一部作品，我们所能共同确认的又是些什么呢？篇幅，作者，写作时间和地点，至多再加上故事梗概，我们能够取得一致意见的，大概就只有这么几条了。一旦涉及作品的最重要的方面，也就是它的艺术风貌的时候，我们立刻就会争吵起来，因为我们现在所依据的，已经不再是他人留下来的记载，而是我们自己对作品

的情感体验了"①。文学史的私人化叙述特征，决定了不同叙述之间的价值高低基于叙述者的"史识"。在这一点上，文学史的讲述者与写作者有着不同的职责。陈平原将文学史写作分为三种类型：研究型、教科书型、普及型。谈及教科书型时，他认为"教科书文学史……要求全面系统地介绍本专业的基本知识和学界大体认可的价值判断，立论平正通达"②，但文学史的讲述者除了将教科书的内容向学生进行阐释外，还必须以开放的视野和前卫的眼光，向学生传授获得"史识"的方法和途径，以便当他们脱离教师之后，仍能独立地做出判断。自然，"史识"并非仅是一个纯粹的个人化问题，它还受到时代思潮和政治运动的影响。这一点，在近现代中国，表现得更为突出。一些学者，没有自己的理论根基，只是随着时代的变化不断调整自己的立场，文学史在他的笔下，也就成了可任意捏弄的"玩偶"。因此，结合文学研究的新成果，使学生养成独立、自由、批判的精神和大胆摆脱权威束缚，坚守人文立场的意志是极为重要的。

历史性学术研究指向两个方向：一个是回到历史中去，探求历史的真相，发掘历史的精神；一个是指向当下，并在与当下文化的对话与交流中，拓展探求历史的途径，并参与当下的文化建设。作为人文科学的中国现当代文学与自然科学不同。自然科学研究，随着历史的发展，基本上是一个渐进的过程：人们一步步从野蛮走向文明，与此伴随的，是新的研究成果对

---

① 王晓明：《刺丛里的求索》，上海远东出版社，1995，第247页。
② 陈平原：《陈平原小说史论集》，河北人民出版社，1997，第1202页。

旧成果的无情淘汰。电灯发明以后，马灯就被送进了博物馆；汽车出现了，马车就退出历史舞台……而人文科学与此迥然不同，从文学史来说，李白的诗歌出现了，屈原依然不可或缺；鲁迅出现了，曹雪芹不会因此而逊色……因此，时间的风沙不会冲淡历史的记忆，甚至常常相反，时间愈久，人们对历史的想象会愈加丰富、充盈。一部《中国现当代文学史》，就是人们对这段文学史进行想象的产物。但想象不是随意的，任何一个想象者，都是当下语境的参与者，都不可避免地带着来自当下的人文激情和试图干预现实的强烈冲动，完全超越现实的研究者是不存在的。对文学史的想象，其实就是现实与历史的对话过程。人们在现实中获得进入历史的"武器装备"，从历史中，获得解读现实、重构现实的资源。那么，中国现当代文学研究，也同样是作为历史存在的文学与当下现实文化对话的过程，这就要求研究者在重述历史的同时，还必须与当下学术潮流和文学创作保持着密切的联系。中国现当代文学的两大母题，文化启蒙（人的觉醒）与艺术自觉（文的觉醒）至今仍在建构中。但市场经济的发展，使这两大母题面临着挑战。因此，这一课程不只是一个历史学课题，还是一个与当下文化建设密切相关的课题。教师在讲授中，将当代文化建设的课题放在整个20世纪中国文学史的整体格局中，引导学生去思考、探求文化发展的道路，其重要性就显得异乎寻常。

总之，"史识"与"时识"，是中国现当代文学课程教学中必须注意的问题，其意义已经超出了文学史的范畴。

四、知识与智慧:"中国现当代文学"教学的方式方法

提倡人文教育,绝不意味着忽视能力的培养;重在培育"素养",也并不意味着拒绝培养"技能"。在教学过程中,我们注重提高学生的阅读、写作能力和基本的研究能力,不仅使学生掌握知识,还要使他们拥有来自文学的智慧。

在中国传统的书院或私塾中,文学课的传授是没有文学史教材的。先生向学生传授既往的文学,最重要的方法是让他们直接去阅读、背诵原作,并一起切磋。鲁迅《从百草园到三味书屋》中的那位先生,摇头晃脑地与学生一起读古文,就是当时最普遍的教学方法。今天"一统天下"的"文学史"教学方法,是进入20世纪之后在西方与日本的影响下诞生的。1903年的一份《奏定大学堂章程》中规定,"中国文学门"的科目包括"文学研究法""历代文章源流""周秦至今文章名家"和"西国文学史"等,并有明确的提示:"日本有《中国文学史》,可仿其意自行编纂讲授。"第二年,林传甲在京师大学堂优级师范馆讲授《中国文学史》[1],这大概是中国最早对"文学史"教学进行的尝试。1920年,鲁迅应邀在北京大学讲授"中国古代小说史"课程,并出版了《中国小说史略》一书,开创了文学史教学和写作的新时代,"尔后研治之风,颇益盛大"[2]。作为一种新型的教学方法,文学史教学利弊参半。它的好处是可以使学生在很短的时间内,对漫长的文学史有一个大致的了解,并

---

[1] 陈平原:《文学史的形成与建构》,广西教育出版社,1999,第4页。
[2] 鲁迅:《中国小说史略·题记》,载《鲁迅全集》第9卷,人民文学出版社,2005,第3页。

有重点地对每个时代的代表作有较为中肯的把握。然而，其缺陷也是显而易见的。首先，授课教师对众多作品的筛选，不可避免地限制了学生的视野，使他们先入为主地将作品分为不同的等级，从而剥夺了学生进行判断和遴选的权利；其次，授课教师在学生面前先天具有的权威性，会成为学生阅读的障碍；第三，那些由概念、名词、结论构成的文学史知识，掩盖了作品丰富的情感内容。学生背诵这些既成的结论，如果不去阅读这些作品的话，就无法进入文本的本体世界。这样就会导致非常可怕的后果：学生掌握了一大堆文学史知识，却无法接受来自作品的智慧和情感。他们谈起某一时代的文学来，头头是道，可一旦进入具体文本，就不知所措。因此，作为一名文学史课的教师，必须对此有清醒的认识。由此看来，认真思考文学课教学的方式方法，从具体的操作层面上，对现当代文学的教学进行改革，以祛除文学史教学的弊病，具有重要意义。好在已经有许多有识之士，开始了这方面的探索。早在1985年，苏州大学现代文学教研室，有感于文学史教学方式方法的巨大缺陷，就开始着手进行改革。尽管他们的教育目的与这里所说的人文教育不同，但他们的具体做法还是让人感奋的。他们教学改革的基本思路是将学生由被动的接受者变为主动的求知者，以便"不仅要学生知道文学史上曾经发生的现象，而且要着重培养学生从事这段文学史研究的初步能力；不仅要让学生知道如何评价这些文学现象，而且强调通过自己动手去获得这种能力"[①]。此外，华中师范大学的黄曼君教授，在实践中摸索出了一套

---

① 朱栋霖：《在教学中培养学生创造能力》，《中国现代文学研究丛刊》1985年第1期。

"以美引真臻于善"的教学体系。他们"根据马克思关于人类'按照美的规律来塑造物体'的总体构想",认为"美应该是自由运用客观规律(真)以保证实现培养目标、教育目的(善)的中介结构形式。如果说,古今中外的各种知识体系,作为人对客观世界的认识和把握,是属于认识规律,即'真'的范畴,那么,在教学过程中所展示的一系列目的性活动属于'善'的范畴"[1]。为此,他们在方式方法上进行了大胆的尝试,如在传授知识的同时,注重研究方法的指导、学术信息的交流,增加选修课,发展求异思维,等等。

在我们的期待中,"中国现当代文学"的教学效果是使受教育者既拥有文学史知识,又具备一定的科研能力;既可以在学校、机关等单位成为操作型的应用人才,又始终坚持以人为本的人文立场;既具有应付社会上各种复杂情形的灵活性,又有始终不移的坚定人格。只有做到这一点,他们才能一边适应市场需要,一边守住自己的良知。在教学过程中,我们放弃了原来一分析作品就是思想和艺术的旧模式,要求学生着重阐发作品中的精神内核和艺术美感。我们不再让学生被动地接受那些现成的结论,而是让他们用心灵去感受作品强烈的情感冲击力和思想震撼力。为了达到教学目的,我们采用导师制,将课堂教学与课外辅导结合起来,取得了较好的效果。

本课程的教学改革势在必行,但目前还没有绝对权威的方案供人们广泛地借鉴。因此,一切都是在"摸着石头过河"。我们希望有更多的同人参与到这一改革中来。

---

[1] 黄曼君:《中国现代文学"以美引真臻于善"教育体系探索》,《中国现代文学研究丛刊》1990年第4期。

从大学教育看中国现当代文学史的分期问题[①]

中国现当代文学不仅是学术研究的对象，也是高等院校中文专业极为重要的两门基础课程。经过几十年的教学实践，这两门课程已经形成了各自的教学体系，各高等院校中文专业的教学计划、培养方案等也都已相当完备，有的学校（如北京大学）还分设现代文学和当代文学两个教研室，招收硕士、博士时，分设两个专业。另外，当今相当一部分学者都在高等院校从事教学工作，他们讲授文学史的时段都已按照传统的分期方法固定了，他们的教学与科研活动也构成了一个相互依赖、相互促进的过程。这就要求我们重新给文学史分期时，除考虑到学术研究的需要外，还要照顾到高等教育的需求及其所能承受的变革幅度，以免给当前的教育带来不利影响。

为此，在讨论文学史分期时我们要追问两点：第一，从中国现当代文学的教学需要出发，文学史的分期是否有重新厘定的必要？第二，如果有必要，那么应该怎样划分才有利于教师

---

① 原刊于《聊城大学学报（社会科学版）》2003年第4期。

的教学和学生的学习？本文尝试对以上这两个问题进行探讨，以就教于学界同人。

学界对传统文学史分期方法的不满始于1980年代中期。"20世纪中国文学"概念的提出及在学界的流行，反映了学者们的普遍要求。但是我们不能否认，这一概念主要是在学术研究中发挥作用，对高等院校的课程设置、教材编写没有产生太大的影响。几部以"20世纪中国文学"命名的教材，直到近几年才出版，这已是这一概念提出十几年之后了，大多数院校还在承袭着"中国现、当代文学"这一既定的分期方式。洪子诚、陈思和分别编写的两部产生重大影响的教材，也仍然沿用了"当代文学"的说法。这也多少说明了"20世纪中国文学"这一概念的局限性：它不适用于教学实践。当然，这绝不意味着"中国现当代文学"的分期方法有多少优越性，在我看来，这一传统的分期方式内部隐含着致命的缺陷，只因相沿成习，人们难以觉察而已。

今天，文学史分期问题再一次成为学界热点，到了对这一概念进行深刻反思的时候了。能否寻找一个既有利于学术研究，又有利于高校教学的新的分期方法取代它，将是衡量这次讨论是否取得成效的关键。

传统文学史分期方法的弊端主要表现在以下几个方面：

一、从理论上讲，这一分期方法背后隐含着一个坚硬的意识形态结构，即所谓的旧民主主义革命、新民主主义革命和社会主义革命的三段论模式。这一模式暗示着一种权力关系，对文学产生多种复杂影响。1950年代的颂歌狂潮，正是这一权力关系暗示的结果。"大救星"和"红太阳"作为两个颇具代表性的意象，成为文学叙事需要环绕的核心。胡风的长诗《时间开始了》，可作为那个时代的隐喻：过去的一切都是旧的，从此以后的一切都是新的，1949年是新与旧的界碑。文学史的分期以1949年为界，也是这一"政治神话"的产物。如今，当这一"政治神话"成为历史的时候，文学史仍然以此为界，显然已经不合时宜。过去的大学生在"政治挂帅"的时代氛围中，很容易接受这一充满暗示的文学史观，可在今天这样一个商业化的时代，大学生们表现出了明显的抵触情绪，他们不愿意从父辈那里继承这样一笔在他们出生前就已欠下的感情债务，他们需要的是以自己的主体意识在市场经济的大潮中实现自己的价值，他们关心未来甚于关心历史。因此，这一分期方法毫无疑问地会对学生学习的积极性产生影响。

二、在这一分期方法的隐性支配下，文学史的编写难以彻底摆脱那一套已经僵硬的政治话语。无论是现代文学史还是当代文学史都在演绎着一个"从胜利走向胜利"的政治过程。即使有曲折，有失败，前途总是光明的。现代文学史以十年为单位，被分为三个时期。第一个十年重点在"五四"，着力渲染马克思列宁主义在中国的传播；第二个十年的重点是左翼文艺运动，它显示了革命文艺前进的艰难过程；第三个十年是解放区文学，是当时唯一积极进步的方向。当代文学也同样贯穿着一条所谓的"红线"：20世纪50年代的文学极力证明新的社会制度的优越性及这一制度的来之不易，"三红一创"就是最好的代表；随后是一段曲折的历程，但光明再次来临——拨乱反正、改革开放，文学再一次与政治联手同仇"敌"忾，共度蜜月。从20世纪80年代中后期开始，文学史的编写者们一直在努力摆脱这一模式的束缚，洗尽政治"铅华"，但由于没有从根本上实现文学史观念的变革，也就没有能够建立起一套新的话语以取代那套旧的话语，由此使现当代文学教学变成了雅斯贝尔斯所说的"经院式教育"："这种教育仅仅限于'传授'知识，教师只是照本宣科，而自己毫无创新精神。教材已形成一套固定的体系。人们崇拜权威作家及其书籍。教师本人无足轻重，只是一个代替人而已，可以任意替换。教材内容已成为固定的形式……人们把自己的思想归属于一个可以栖身其中的观念体系，而泯灭自己鲜活的个性。"① 这种"经院式教育"扼杀的不仅是教师和学生的个性，而且将文学史变成了死的教条。这次文学史分期问题的讨论是一个很好的开端，它预示着中国现当代文学研究者对这一问题的自觉反思。

三、传统的分期方法对中国现当代文学教学造成的再一个不良后果是加重了学生的学习负担。不到一百年（从1919年或1917年算起）且名作稀少的文学史被分成两段，在教学中变成了两门课。如果按照这样的方式去切割，数千年的古代文学史，不知要被分成多少门课。为了使这门课内容丰富，教材编写者和授课者不得不将大量的三流作家写入文学史，在课堂上进行详细分析，浪费学生大量的时间。更要命的是，学生为了应付考试，不得不去大量阅读或背诵那些早该被遗忘的作家作品。根据法国"波尔多文学现象社会学研究中心"的调查结果，一年之后，90%的书被淘汰，两年之后，95%的书被淘汰。通过对重印本的研究也得出相同的结论。……没有一本书在第一版完

---

① 王承绪、赵祥麟：《西方现代教育论著选》，人民教育出版社，2001，第341页。

全失败后重新被挖掘出来"①,但现代文学史的编写确与此不同,随着时间的流逝,文学史不是越写越精练,而是越写内容越多。许多已经被埋没的作家,又一个一个被挖了出来,今天填补一项"空白",明天填补一项"空白",如此"填补"下去,可有个了局？有些作家因为政治原因被埋没,像张爱玲、钱锺书、沈从文等,自有其挖掘的价值,但有些作家并没有多少挖掘的价值,也被挖掘了出来；有些早该被淘汰的著作,至今没有被淘汰。其中原因自然很多,但文学史时间跨度短,从业人员多,是造成这一局面的原因之一。将这些被挖出来的作家写入文学史教材,成为某些人编写教材时"创新"的手段。让学生花大量时间去学习这些三流甚至三流以下的作家作品,除了磨钝他们的艺术感觉之外,看不出还有什么价值。一位西方学者指出："历史学研究工作同其他任何学科一样,不能纯粹靠搜集和罗列事实来进行。'过去'是不存在的,试图通过努力重组残篇断片,为'一堆遗体'恢复生命,是一种错误的幻想。"② 中国现当代文学教材的编写正陷入这样"一种错误的幻想"中,如果文学史观不做调整,这一教学局面将难以得到根本改变。

总之,中国现当代文学传统的分期方法,给这门课的教学带来了巨大的负面影响,通过调整分期方法来优化课程设置,是解决这一问题的重要手段。

基于上述考虑,我认为在调整中国现当代文学的分期时,应该拉长中国现代文学史的时间跨度。对文学史的划分只不过

---

① 李昆、崔文华:《文学史构成论》,东方出版社,1991,第91页。
② [英] 杰弗里·巴勒克拉夫:《当代史学主要趋势》,上海译文出版社,1987,第56页。

是一种权宜之计，无论怎样划分，都会有其不可避免的缺陷，不可能有一种划分方法是完美的。在这种情况下，我们不必过分夸大文学史分期问题对学术研究的制约或者促进作用。陈平原、杨义、赵园等从事现代文学研究的学者，轻而易举地就跨入古代文学领域，对他们来说，文学史分期根本就不是一个值得认真对待的问题。因此，在今天这样一个开放的时代，谁如果抱怨文学史的分期束缚了他的学术视野和思路，那他最好从自己身上去找原因。如果单纯从学术研究的角度来说，一百个学者可以有一百种划分方法，不必强求完全统一。但从教学角度来讲就不一样了，文学史的划分如果不统一，就会给教学带来混乱，学生会无所适从。这就要求我们在划分文学史时，要更多考虑教学的需要。那么我认为，拉长文学史跨度，是一种有效的办法，它有利于筛选出经典作品，优化教材内容，并把那些"垃圾作家"挤出文学史课堂，让学生去学习真正的优秀作家和优秀作品。

拉长中国现代文学的时间跨度最好采用两种方法：一是将现代文学的起点上移，至少要移至19世纪末和20世纪初；二是将现代文学的终点下移，至少要移至20世纪80年代末。

将现代文学的上限上移，有利于正确评价"五四"新文化运动。过去的文学史无论主张从1919年开始还是从1917年开始，开篇都讲五四新文化运动和文学革命，它给学生造成的感觉是，"五四"提倡白话文学、倡导科学与民主、"打倒孔家店"等，好像是开天辟地的创举。事实并非如此。五四新文化运动中的那些重要命题，在此之前都有人倡导过。裘廷梁在《论白话为维新之本》中，激烈地标举"崇白话而废文言"的口号,并认为"愚天下之具莫文言若,智天下之具莫白话若"①,此时期也出现了大量的白话报纸。卢梭的"社会契约论"、弥尔的自由论等西方思潮早就经梁启超、严复等人之手介绍到了中国。就以文学启蒙来说,严复"使民开化"②的小说观念早在1897年就诞生了,鲁迅以"立人"为核心的启蒙主义思想在1907年就成熟了。因此,从社会文化思潮的发展来看,五四新文化运动是晚清以来各种社会思潮运动催生的结果。"五四"的价值并不在于它比前人多提出了多少具有原创性的思想和理论,而是它集激情与理性、破坏与建设于一身,以前所未有的彻底性,批判历史、开拓新路。但长期以来,现代文学史教材呈现给学生的是一个虚假的"五四",不是政治神话,就是文化神话。由于抽掉了晚清这样一块"底板","五四"成为无背景、无衬托、无渊源的"孤峰"。历史知识贫乏的学生,很容易接受这些错误的信息。

"五四"文学被神化以后,成为一个用来衡量此后文学的绝对尺度。可以毫不客气地说,中国现当代文学史的编写,一直渗透着一股浓厚的复"古"主义倾向,这个"古"就是"五四",或者说中国现当代文学的研究者们身上有很强的"五四"情结。一个时代的文学繁荣了,我们会说它像"五四"时代一样,只是还达不到"五四"的高度;一个时代的文学出现了新的景观,我们会说它背离了"五四"传统。"五四"文化与文学原本应该成为后世文学发展的"热源",可实际上它充当了鞭

---

① 裘廷梁:《论白话为维新之本》,《中国官音白话报》1898年第20期。
② 几道、别士:《本馆附印说部缘起》,原载《国闻报》1897年,今据黄霖、蒋凡主编《中国历代文论选新编·晚清卷》,上海教育出版社,2008,第169页。

答后世文学的皮鞭——"五四"文学成为中国文学发展的唯一正确的模式和必须遵循的样板。以反传统、反偶像为旨归的"五四"文化和文学，成为新的偶像和新的传统，这类历史的吊诡，是对历史的巨大嘲弄。可能有人会认为，中国文学在"五四"之后，确实没有再出现"五四"这样的高峰，"五四"新文学的成就，至今没有被超越。面对这样的说法，应该追问一句：衡量的标准是什么？爱因斯坦指出："你能不能观察眼前的现象，取决于你运用什么样的理论，理论决定着你到底能够观察到什么。"[1] 我们的文学史观确实出了问题，"五四"作为现代文学的起点，即是其中的症状之一。我无意贬低"五四"新文化与新文学的贡献，只是对文学写作中存在的"五四"尺度及其对学生产生的不良后果感到痛心而已。

"五四"文学革命激烈地批判传统文学，将其称为"谬种""妖孽""死文学"，自有其历史的文化和社会意义。但大量的文学史编写者在论及"五四"文学革命时，仅满足于现象的罗列，缺少有深度的评述和反思。按照一般的规律，大学一年级的新生既学"现代文学"，也学"古代文学"。"古代文学"老师自然是大谈"古代文学"的成就和辉煌，可在"现代文学"课堂上，"古代文学"作为"五四"文学革命的靶子，被彻底"妖魔化"。这二者之间的矛盾常常使学生感到困惑，这就需要教师或者教材以中立的姿态对此做出合理的解释。可惜在这方面，我们几乎毫无作为。浩如烟海的教材，陈陈相因。看上去内容增多了，知识丰富了，但文学史观和价值标准没有根本改

---

[1] 周昌忠编译：《创造心理学》，中国青年出版社，1983，第6页。

变。当我们简单地认同"五四"的价值立场，将"五四"时代的斗争策略、反抗激情误认为是它的价值判断的时候，我们就已经有意或者无意地站到了历史虚无主义的石阶上。

这样一种既带有复"古"色彩又带有历史虚无主义的文学史观，在大学课堂上给学生造成的错觉是"'五四'以前无文学，'五四'以后无好文学"，这是十分荒谬的。这样的文学史观对年轻的大学生会造成怎样的影响呢？怀海特在谈到教育的目的时说："过去的知识，它仅有的作用，是武装我们对付现在。没有比轻视现代对年轻人的心理造成更致命的伤害的了。"[1]我们传统的文学史观对年轻大学生来说，是不是构成了这种"致命的伤害"呢？如果将现代文学史的起点向前推，将"五四"放在文学史的"中间"，不仅可以为之提供一个评价的参照系，更好地显示其源与流，而且也有利于淡化它"开天辟地"的神圣性，避免陷入马克·布洛赫所说的那种"起源偶像"崇拜。

至于19世纪末20世纪初能否作为文学史的起点，范伯群先生从"知识精英文学"和"通俗文学"的角度进行了极具说服力的论证[2]，此处不再赘述。

将现代文学的下限下移到20世纪80年代末期，对学生学习这门课程有两个好处：第一，将五四新文化运动与十年"文革"放在同一个平台上，使其构成一种对比关系，可以使学生更好地体悟文化关联在历史发展中的作用。近几年有一种来自新儒

---

[1] 王承绪、赵祥麟：《西方现代教育论著选》，人民教育出版，2001，第116页。
[2] 范伯群：《在19世纪20世纪之交，建立中国现代文学的界碑》，《复旦学报》2001年第4期。

家的奇怪论调，认为十年"文革"发生的一个重要原因，是"五四"反传统造成了传统文化的断裂。这一论调对年轻的大学生产生了很大影响。如果将这两个重大的历史事件放在一起，对比分析它们之间的文化关系，就可以看出，"文革"反"四旧"其实毁坏的是那些"物态""四旧"，"焚书坑儒"，砸烂古建筑，毁掉各种古代石碑、雕塑，等等，其精神实质仍是来自封建专制主义的愚民政策与个人崇拜。而这一切精神痼疾正是五四新文化运动的攻击目标。如果说"文革"与"五四"有什么关系的话，那就是"五四"思想革命的任务没有完成，且后继乏人。因此，将"文革"的责任推给"五四"，不是出于对"文革"的无知，就是出于对"五四"的无知。过去五四新文化运动与"文革"分属两门课，讲现代文学的老师不管当代，讲当代文学的老师不管现代，就极不利于这种对比和分析。在许多学校，现代和当代由两个教研室的人承担，各教各的课，使本来具有密切血缘关系的文学史变得不能对话。更有甚者，两门课的老师还相互轻视，在课堂上讲当代文学的贬损现代文学，讲现代文学的老师讽刺当代文学，给学生的思维造成了混乱。第二，将20世纪80年代文学与"五四"文学放在同一个层面上，也有利于构成一种对比关系，这对于深入认识"五四"文学和客观评价20世纪80年代文学，都有着不同寻常的意义。人们普遍认为20世纪80年代文学是向"五四"文学传统的回归，只是在思想深度和艺术成就方面与"五四"文学尚有差距。这种含混其词的表达，掩盖着大量的理论陷阱：20世纪80年代文学向"五四"的回归是在哪个层面上进行的？是对"五四"文学的拙劣模仿还是有继承和创新？胡适早就指出，"一时代有一时代之文学",简单地以"五四"文学的标准来要求20世纪80年代文学是否公正?"五四"文学真的是不可超越的吗?"五四"小说除鲁迅的作品外还有哪些是不可逾越的?即使是鲁迅,后人也未必就全不及他,至少在某些方面,后人的探索和尝试就有超越鲁迅之处。如对长篇小说艺术的探索、对中国政治体制的反思与批判、对西方现代主义文学的理解和借鉴等,20世纪80年代的作家们都表现出难能可贵的探索精神,文学史应该对此做出公正的评价。20世纪90年代的"断裂"事件固然不足为训,但青年作家们对鲁迅的冷漠和嘲讽,与文学研究者们经常以"五四"为标尺来衡量和批判他们不无关系。前辈的成就应该是后人前进的动力和资源,而不应该成为鄙薄后人的理由。因此,将20世纪80年代文学与"五四"文学放在同一个层面上,有助于澄清许多模糊的问题,对学生理解和学习百年文学史,具有重要的意义。

如果现代文学史终结于20世纪80年代末,那么剩余的十余年文学可作为当代文学或当下文学,它不再是一个学科,而是一个正在发展的过程,等过若干年之后,再考虑它的归属问题。我同意陈思和先生的看法:"'当代'不应该是一个文学史概念,而是一个指与生活同步性的文学批评概念。每一个时代都有它对当代文学的定义,也就是指反映了与之同步发展的生活信息的文学创作。"[1] 以20世纪80年代末为界,对中国知识分子来说,还隐含着不便言明的象征意义,这是一种纪念,也是一种召唤。

---

[1] 陈思和:《试论90年代文学的无名特征及其当代性》,《复旦学报》2001年第1期。

总的来说，文学史分期问题，不单纯是一个学科研究的学术问题，它与大学教育之间的密切关系，使我们不能忽视它将给教育带来的影响。中国现当代文学除了在技术层面上担负着培养学生基本的阅读、理解、写作和鉴赏等能力的功能，还担负着人文精神的传递和培养功能，因而，在对这一学科进行调整时，必须充分考虑它在中国教育及社会发展中的作用。

中国现当代文学是在压制、苦难与屈辱中诞生并成长起来的，它包含着对民族命运和个体价值的维护与追寻，也同其他艺术一样，包含着"对人遭到贬低的生存状况的一种无言的批评"[1]，中国现当代文学教学应该将这种精神化作不息的源泉，使其在一代代人身上流淌下去。

---

[1] ［美］马丁·杰：《法兰克福学派的宗师——阿道尔诺》，湖南人民出版社，1988，第198页。

"汉语新文学史"：一个新的文学史概念的意义和局限[①]

"中国现当代文学"这一概念自20世纪80年代以来就受到多方质疑和挑战，人们试图用一个看上去更科学、更准确、更少意识形态色彩的概念取而代之，并为之付出了不少努力。"20世纪中国文学""百年中国文学"等概念的相继提出，就是这种努力的结果。但遗憾的是，这些新出的概念无论曾经多么红火，多么炫人眼目，但到今天为止，我们不得不承认，在"中国现当代文学"面前，这些概念都显得有些短命。从大学文学专业的课程表，到各种各样的教材、研究著作和学术期刊名称、栏目，都依然通用着"中国现当代文学"这样一个略显老相的概念。除了国家教育体制和难以改变的积习之外，这些新出的概念自身的缺陷也是它们短命的主要原因。进入新世纪之后，再去用"20世纪中国文学"或"百年中国文学"概括"五四"以来的新文学，从常识上就很难通过。如今，人们又提出了"汉语新文学史"这一新的文学史概念。与"20世纪中国文

---

① 原刊于《理论学刊》2010年第6期。

学"相比,"汉语新文学史"并不以取代"中国现当代文学"为目的,而是把两个独立的学科——"华文文学"和"中国现当代文学"整合在一起,建立一个新的研究平台,从而拓展出新的阐释空间。

"华文文学"或"世界华文文学"作为一个学科,发展、兴盛于20世纪八九十年代,迄今已经形成较大规模,并展示出了极为广阔的研究前景。但是,必须看到,"华文文学"与"中国现当代文学"的关系十分密切,不仅研究队伍相互重叠、交叉,就从创作来看,二者也存在互动关系:如现代文学史上的"留学生文学",被看作是中国现当代文学的重要组成部分,而随着作家的迁徙,很多大陆作家移居港台或国外,成为华文文学作家,像现代的梁实秋、张爱玲,当代的北岛、高行健等,都成为"华文文学"的重要代表人物。所以说,"华文文学"与"中国现当代文学"根本不存在清晰的学科边界。但长期以来,从事华文文学研究的学者,极力凸显"华文文学"学科的独立性,甚至以消解"中国中心论""大陆中心论"的名义,建构"华文文学"的独立王国。这样一种用心当然是可以理解的,对深化、开拓"华文文学"的研究也不无裨益。但当华文文学学科逐渐强大之后,这种人为的分离就会带来一些问题。就世界范围内的华文写作而言,其中心在中国大陆,这是不容置疑的。尽管欧美的华文写作也能够产生出优秀作品,有些作品在质量上超过了大陆作家的作品,但这不能改变大陆中心的位置。也就是说,大陆汉语写作的中心地位,不是一个文学质量或创作水平的概念,而是一个地域和文化的概念,也是一个市场的概念。正如有学者指出的那样:"最优秀的华文文学作品不一定产生在中国本土,但中国本土(含台港澳地区)却有着人数最多的华文文学读者群,最为广大的华文文学图书市场,以及最深厚的华文文学背景。"[1] 简单地说,中国本土以外的汉语写作,其根基在中国大陆,所以不顾及这些实际情况,简单地将"华文文学"与"中国现当代文学"分隔开来,必然造成对一些基本事实的遮蔽。在这个意义上,"汉语新文学史"的概念,就避免了这一不足,它把世界范围内的华文写作(含中国本土)看作是一个有着密切关系的整体,在研究中超越地域的界限,进行综合考量和评估,无疑会给人们带来新的发现和新的惊喜。

"汉语新文学史"突出强调"中国现当代文学"在世界汉语写作中的中心地位,这是这一概念最为核心的精神,也必然是它最招致非议的地方。这一概念有意突破国族界限,以"现代汉语"(白话)为基本的立足点,在世界范围内恒定"汉语新文学"的成就,考察其演变轨迹,这看上去很符合全球化的时尚与潮流,但在这概念背后恰恰有着另外一种怀抱,这也是这一概念最让人心动的地方。朱寿桐教授在解释为什么要写一部《汉语新文学史》时说:"《汉语新文学史》的编修目的不仅不是所谓的'消弭国族意识',而是相反,要从世界汉语文化和文学发展的总体格局中突出和确认习惯上称之为中国现当代文学的主体部分,从而有效地凸显出处在现代化变革中的中国本土文学建树和文化建设的核心地位、主流地位和先导地位。以此为核心,理清汉语新文学向台港澳以及海外辐射的层次序列。"(朱寿桐《汉语新文学史编写指导思想》电子稿)这样一

---

[1] 沈庆利:《"华文文学"与"世界"》,《华文文学》2007年第1期。

种诉求，体现了一位中国现代文学研究者的基本立场，也符合汉语新文学的发展实际。尽管长期以来不断有人批判华文文学研究中普遍存在的"中心/边缘"模式①，但进入20世纪之后，世界华文文学无论是在汉语的使用上，还是在文学思想和审美风格的追求上，都体现出了大陆主流文学的辐射作用。当然这里也确实存在着一个互动的问题：中国现代文学不断汲取异域质素，并向外扩张，这可以看作是一个不断向海外华文作家靠拢的过程，但另一方面，也不能夸大这种靠拢的力度和影响。因为中国现代文学虽然追慕西方，但它是一种植根于本土文化、应对中国现实的文学形态，并在此基础上形成了一脉传统，然后再不断地向外辐射，对大陆以外的汉语写作产生影响，所以中国现当代文学在世界汉语写作中的核心地位是不能动摇的，也是历史铸成的事实，尤其中国香港、台湾地区以及东南亚的汉语文学，与"五四"以来的大陆新文学有着密切关系。一大批现代作家曾经辗转于这些地区，直接将新文学的传统带到了这些地方，培育了一批新文学的作者。以台湾为例，当"五四"文学革命爆发之后，一些留日的台湾学生于1920年创办了《台湾青年》，引发了台湾的新文化运动，1923年，东京又出现了《台湾民报》，报纸采用白话，宣传大陆的文学革命。所以在海峡两岸，文学呼应联动，而大陆往往处在领先的位置；香港的情况与台湾地区也十分相似，而身居异邦的华裔作家，每每魂系祖国，关注着大陆的变化，并将所思所感渗透到他们的创作中。所以中国本土既是海外华文文学的根基，也是他们情感和

---

① 黄万华：《文化转换中的世界华文文学》，中国社会科学出版社，1999，第4—5页。

思想的泉源，其位置的重要性是显而易见的。

"汉语新文学史"是整合世界汉语写作的重要理论平台，它不仅有助于对已有文学的研究，对世界汉语写作的发展也一定会产生重要影响。

中国大陆以外的汉语写作，基本处于自发状态。即使发达地区和国家的汉语写作，也常常处于一种悬空状态，成为华人圈子里自娱自乐的手段。在他们所隶属的国家里，这些"外语"写作难以广泛流传，也很难进入他们主流文学的河床，而大陆的读者因为生活环境的隔膜，对他们的作品也常常难以亲近。在学术界，尽管华文文学研究大有方兴未艾之势，但与中国现当代文学研究相比，无论是规模还是研究的深度、广度，都还有很大差距，而且研究者也往往条块分割：有人倾注一生精力研究马华文学，有人集中研究美国华文文学，等等。研究者盯着一个地域，忽视世界其他地方的汉语写作。当他们对某一地域的华文文学进行研究时，还往往把这一地域看作一个独立的整体，去探求文学发展的脉络，评估其成就。在我看来，研究海外某一地区的现代汉语写作，如果没有大陆现代文学为基本的价值参数，没有把世界其他地方的汉语文学作为参照，那就很难得出中肯的结论。而汉语新文学史正弥补了这一不足，它试图以大陆现当代文学为中心，建构一个世界现代汉语写作的整体框架，在这样一个框架中，有效地研究、析示文学的内在价值和外在风貌，这无疑会避免一叶障目的尴尬。

提出"汉语新文学史"这一概念，还将意味着对汉语的重新理解和定位。在当今世界，且不说互联网上通行的英文，就在中国教育界，英语已经成为中国人获取个人前途和利益的必备手段。从小学开始，中国人花在英语上的时间是汉语的几倍。外语有各种各样的过级考试，职称晋升和攻读学位时也有严格的外语限制，而汉语则变得不那么重要。在这样一种语境下，提出"汉语新文学史"的概念，对重新认识汉语的思想史意义是十分重要的。对中国大陆的作家而言，用汉语写作是顺理成章的，没有太多值得追究的复杂内含，而对身处海外，熟练掌握外语或以外语为母语的华裔来说，用汉语写作，就成为一种具有思想史意义的重要抉择。海德格尔把语言看作是存在的家，所以海外华裔选择汉语写作，就是一种文化姿态，说明他们的心中永远有着一颗不死的灵魂——那就是汉字。有着悠久传统的中华民族，始终在使用汉语书写自己的历史，他们的集体记忆、情感和思想都隐含在这些象形文字之中，所以当他们写出一个个汉字的时候，就是在与自己的祖先对话，就是在体验着一个民族数千年来的艰难和悲悯。这样一种写作，所承载的意义，值得认真考析。

当然，作为一个文学史概念，"汉语新文学史"还需要进一步的阐释和论证。就像过去的"华文文学"隐含着诸多的理论陷阱一样，"汉语新文学"也有着很多需要进一步论证和解决的问题。

首先是这一概念的边界问题。汉语新文学史以"汉语"作为遴选论述对象的唯一标准，必然就面临着一些难题：如非华人、华裔用汉语创作的作品，是否列入论述范围？海外华人、华裔多用双语写作，那么在对他们进行论述的时候，只关注他们的汉语作品，又如何能够理解其创作的全貌？我认为，每一个文学史概念，都有一个模糊的边界，如何取舍，决定于文学史写作者自身的评判尺度。任何一个文学史写作者,都不会过于拘泥于概念本身所决定的论述对象,而是以一种开放的气度,根据自己的需要,去划定论述的范围。所以"汉语新文学史"这一概念边界的模糊性,反而给文学史写作者留下了自由取舍的空间。就像目前的中国现代文学史,将郁达夫、郭沫若、闻一多等人的海外创作纳入论述范围,将林语堂、老舍等人的外语作品也作为研究对象一样,文学史写作者在处理这类问题的时候,是不会被概念本身的局限性束缚住手脚的。

其次是这一概念中的"汉语"一词隐含的语言学背景问题。很多学者认为汉语新文学史将"汉语"置于词首,目的是要考察文学史的语言问题,这其实是一种误解。"汉语新文学史"不是"新文学汉语史",所以这里的"汉语"仅仅是为了确定文学的语言形式,并非为了对文学进行语言学考察,所以语言问题不是这一文学史概念的核心问题。

当然,这并非说这一概念就完美无缺了,事实上它自身的缺陷也是明显的。如这里的"汉语"和"新文学"两个词汇,就有值得推敲的地方。在中国大陆,"新文学"专指"五四"之后的现代白话文学,是与"中国文学"(而不是中国"旧"文学)相对使用的概念。当"汉语"一词被置于"新文学"之前的时候,"汉语"就变成了"现代白话",这在中国大陆是很容易理解的,也是不言自明的。但一旦离开中国大陆,尤其到欧美地区,这样的"不言自明"就变得模糊起来。因为在远离中国大陆的地域,汉语写作并不截然分为古代与现代两个部分,文言与白话也不像在中国大陆一样出现过明显的两军对垒。所以在世界的其他地方,所谓"汉语"(白话)"新文学"有时候可能会没有着落,成为缺乏实际意义的"先入之见"。从已出版的《汉语新文学通史》来看,有关中国大陆以外的部分,着重论述的是在大陆辐射区以内的中国台、港、澳及东南亚地区,至于欧美等地的汉语写作,只在最后一章中稍作论述,由此就可看出这一文学史框架在兼容性方面的不足。尽管还存在着明显的局限性,但汉语新文学史概念的提出,仍是文学史研究中的一件大事,它对推动文学观念的更新,对探求新的文学史写作的思路,具有重要意义。

为什么教？教什么？怎么教？[1]
——改革开放 30 年来"中国现代文学史"教学研究和实践的回顾与反思

改革开放三十年来，中国现代文学史教学经历了一个由中心到边缘、由辉煌到落寞的过程。自改革开放之初到 1980 年代中后期，中国现代文学史课程是大学中文系非常受欢迎的课程之一，而从事现代文学教学和研究的学者站在时代政治思潮和文化思潮的前沿，激扬文字，抨击时弊，引领思想潮流，很受大学生的追捧，成为"明星教师"或"明星学者"。一位教师回忆，他在 20 世纪 80 年代给理工科的学生开选修课时，学生热情高涨，常常挤满走廊和窗台，让任课老师很有成就感[2]。但是，进入 20 世纪 90 年代以后，知识分子遭遇了不只是经济上的挫败，现当代文学学科自然就成为重灾区：一部分不甘退出思想广场的学者发动了人文精神的大讨论，而另一部分甘于寂寞的学者高举起回归学术的旗帜，收敛了思想锋芒，于是 20 世纪

---

[1] 曾以《改革开放 30 年来中国现代文学史教学研究与实践的反思》为题，发表于《中国现代文学研究丛刊》2009 年第 3 期。

[2] 何锡章、梁红霞：《挑战与选择：关于中国现代文学史教学的思考》，《中国现代文学研究丛刊》2007 年第 1 期。

90年代就有了"思想家淡出、学问家突出"的说法。这两种相反的潮流，都反映了学者在时代形势挤压下的内心焦虑和对自身身份的调整。但不管是对人文精神的呼唤还是对高深学术的追求，都无法改变这门课程门庭日趋冷落的现实。进入新世纪之后，形势变得更加严峻，面临的挑战更多。从社会文化环境来说，当前日趋升温的"国学热"和易中天、于丹等人的走红，使现代文学在民间的领地和在青年学生中的声誉受到重创；从学校体制来说，当前大学教育日趋功利化，现代文学史的课时普遍被挤占、压缩，给课程教学带来很大压力；从学生角度来看，当前大学生与20世纪80年代的大学生有着很大不同，他们"重实用、轻素质，重功利、轻人文，他们并没有感受到深厚的文学、文化底蕴对塑造人的巨大潜力，他们对外语和计算机等级证书的追求似乎远大于对文学的喜爱。时至今日，已没有多少人怀着对文学的酷爱走进文学的课堂，而大都出于拿学分、应付考试、获学位的目的。同样，作为从教者——文学课的教师，也多是为了应付教学任务，而对于课堂教学的内涵以及备课的深度和广度则较少有人刻意追求，这能算是合格的文学课教师吗？我们面临着许多困惑。"[1] 这种挑战和困惑是普遍存在的，所以进入新世纪之后，有关现代文学教学研究的论文数量激增，《中国现代文学研究丛刊》《北京大学学报》等都曾开辟专栏，邀请知名学者就教学问题展开讨论，很多著作中也多有相关论述，一些学术会议也将此作为议题。研究的升温固然是

---

[1] 王卫平：《师范大学文学课教学的困惑、问题与出路》，《北京大学学报（哲学社会科学版）》2003年第5期。

一件好事，反映了学界对教学问题的重视，但它也折射出了本课程面临的困境与危机。

三十年来，尤其是近十年来，学界积累了很多有关现代文学史教学的研究成果，值得认真总结和反思。但本文不是一篇述评性文章，而是结合已有成果对现代文学史教学中的三个关键问题进行总结和思考，以达到重建教学体系的目的。这三个问题是：为什么教？教什么？怎么教？这三个问题其实就是对这门课程的价值论、本体论和方法论的追索。

为什么教：中国现代文学史教学的价值论

大学中文系（文学院）开设中国现代文学史课程是教育部教学计划规定的课目，带有制度的强制性，本不是一个需要追问的问题，但在新的形势下，很多学者不约而同地对此提出了质疑。问题一经提出，我们才发现，这个不是问题的问题竟然让我们一头雾水。

王晓明教授在为《二十世纪中国文学史论》写的序言中问道："你们都是大学老师，几乎每周都要在课堂上讲授20世纪中国文学。倘若不是仅仅出于谋生的需要，你们为什么有兴趣讲这门课？又为什么每日孜孜、费心劳神去做这方面的研究？对今天的社会来说，20世纪中国文学的教学和研究究竟有什么意义？"[1] 近乎相同的提问不断地出现在其他学者的笔下：

---

[1] 王晓明：《二十世纪中国文学史论》，载王晓明主编《二十世纪中国文学史论》第1卷，东方出版中心，1997，"序"第1页。

作为一个中文系的教师，我总在想我的工作有什么意义，我上的课，我在课堂上滔滔不绝的话语能给在座的各位带来什么。①

什么是文学的意义和价值？我们自己所理解的文学到底是怎样的？我们究竟应该给学生什么样的文学教育？我们究竟想让学生从我们的讲授中获得什么？②

作为一名大学教师，我只想提出一个最基本的问题：大学中文系培养学生的目标是什么？怎样才算合格的文学教育？近百年来中国人以"文学史"（准确地说，是文学通史）作为大学中文系的核心课程，这一选择，是否有重新调整的必要？③

这些提问足以让我们倒吸一口冷气：这不只关系到本课程的意义，还关系到我们日常工作的价值。我相信，很多承担这一课程的人可能从没有考虑过这些根本性问题，只是依据惯性和要求，"理所当然"地一遍遍地讲述这段文学史。但当这些问题被提出之后，我们就再也不能坦然处之了。

从历史上看，中国文学史作为一门课程所承担的使命从来没有像今天这样暧昧不清，承担这一课程的那些先辈们从来没有像我们一样，面对这一致命的问题时变得无所适从。众所周知，自晚清开始，京师大学堂模仿日本的大学体制，开设文学

---

① 薛毅：《文学教育的悲哀——一次演讲》，《北京文学》1997年第11期。
② 吴晓东：《我们需要怎样的文学教育》，《北京大学学报（哲学社会科学版）》2003年第5期。
③ 陈平原：《文学史的形成与建构》，广西教育出版社，1999，第57页。

史课程。1904年，林传甲撰写了中国第一部《中国文学史》，自此"中国文学史"就成为高等文科（文学科）教育的一门重要课程，至今已有百年的历史。在晚清时代，引进文学史教学不只是为了显示"以日为师"或"模仿泰西"的开放姿态，而是被赋予了"动人爱国保种之感情"[①]的时代重任，所以其价值显而易见。与中国文学史的命运极为相似，中国现代文学史在20世纪50年代迅速进驻高校讲坛，且地位显赫，也是政治需要的结果，其教学目的依然清楚明白：

1. 了解新文学运动与新民主主义革命的关系；
2. 总结经验教训，接受新文学的优良遗产。[②]

"文革"结束后，政治上拨乱反正，思想上新潮涌动，中国现代文学史所承载的"自由""民主""科学""人的解放"等精神价值与时代思潮相呼应，成为人们淘洗愚昧与专制而获得新生的精神力量，"回到五四"成为一面文学与思想的旗帜，中国现代文学史的教学也迎来了它的黄金期。那时承担教学任务的教师从来不怀疑自己工作的价值和意义，他们满怀激情地阐释现代文学，心中流溢着创造历史一般的骄傲与自豪。钱理群教授对20世纪80年代的大学教育进行了这样的总结："大体说来，80年代通行的观念是'回到五四'，无论是教育，还是文

---

① 黄人：《中国文学史》第1册第1编《总论》；此处转引自戴燕《文学史的权力》，北京大学出版社，2002，第82页。
② 老舍、蔡仪、王瑶、李何林草拟《〈中国新文学史〉教学大纲》，《新建设》第4卷第4期，1951年。

学,都同样张扬着五四个性主义与人道主义,理想主义与启蒙主义;大学仍然起着提供新理想、新思维、新观念、新的资源、新的想象力与创造力的作用。"[1] 问题的骤然转折出现在20世纪90年代,政治与经济形势的突变如海啸一般猝不及防也不可阻挡,文人一下子失掉了自己的岗位,激情与思想像漂浮的碎片,与垃圾一起淤积在角落里,与之伴随的,是这门课程价值的迷失,发展到今天,导致了我们对这一问题的困惑和迷茫,并引发了人们对这一问题进行探究的兴趣。近十几年来,一些学者也提出了很好的意见,值得我们进行认真总结和反思。

陈平原在多篇文章中对一个世纪的大学教育进行了反思,他虽然没有明确指出大学文学教育的基本宗旨,但他的质疑性提问,还是基本表明了他的立场:"我常听到这样的批评:还是大学中文系毕业,连某朝某代某诗人你都不知道!可很少有如下的嘲讽:还是大学中文系毕业,连好诗坏诗你都分不清。关键在于,文学教育的主要目的,到底是积累知识,还是提高欣赏品味,学界并无共识。"[2] 在"积累知识"和"提高欣赏品味"之间自然不存在非此即彼的选择,这里强调的是,哪一方是主要的。如果说陈平原的观点尚有些暧昧,那么其他学者的表达就明晰得多:

> 文学课教学的目的不仅仅在于教给学生文学知识,更在于使学生获得文学审美能力、文学想象能力以及写作能

---

[1] 钱理群:《学魂重铸》,文汇出版社,1999,第89页。
[2] 陈平原:《当代中国人文观察》,人民文学出版社,2004,第245页。

力。大学中文系学生的培养目标应该是使学生具有深厚的人文知识、深刻的人文思想、敏锐的审美感悟能力、丰富的想象能力和较强的写作能力。①

我们这个年代的文学教育恰恰如王国维所批判的那样，千方百计地要求文学和文学教育"以合当世之用"，而那些"其遗泽且及于千百世而未沫"的"无用之用"却被鄙视、嘲讽和抛弃。②

这些意见都批评了当前文学教育中重实用、重知识传授的偏颇，主张坚守审美价值和精神向度，拒绝被当前实用主义学风所诱导。在这些论述中，蔡元培、王国维的教育理论屡屡被提及，而20世纪80年代高扬的"五四精神"的旗帜，成为人们追忆的理想境界。那么蔡元培的"美育代宗教"和王国维的"无用之用"能拯救当前的现代文学教学吗？"重返八十年代"是否可能？我们毕竟生活在一个重实利、尚实用的社会中，今天的本科教育也与过去不同。过去的本科教育以培养专家为目的，而今天的本科教育成为带有普及性的高层次的"基础"教育，绝大多数受教育者要到与文学无关的部门服务，所以教育的实用性和功利性在今天变得更为切要。我对那些抨击功利教育，倡导"精神养成"的人十分理解，但不能从一端走向另一端。在文学教育问题上，鲁迅的立场可能对我们更有启发性，

---

① 王卫平：《师范大学文学课教学的困惑、问题与出路》，《北京大学学报（哲学社会科学版）》2003年第5期。
② 黄发有：《文学教育的工具情结》，《天津师范大学学报（社会科学版）》2007年第1期。

他一方面承认:"由纯文学上言之,则以一切美术之本质,皆在使观听之人,为之兴感怡悦。文章为美术之一,质当亦然,与个人暨邦国之存,无所系属,实利离尽,究理弗存。故其为效,益智不如史乘,诚人不如格言,致富不如工商,弋功名不如卒业之券。"① 他后来更为形象地说:"一首诗吓不走孙传芳,一炮就把孙传芳轰走了。"② 但另一方面,鲁迅是真正的文学功利主义者,他的文学创作始终以"改良人生"为宗旨,正是这种功利与非功利的结合,成就了他的文学事业。在人们普遍质疑和批判文学教育过于功利的今天,我们仍然需要冷静的沉思。布鲁姆说:"文学研究无论怎样进行也拯救不了任何人,也改善不了任何社会。莎士比亚不会使我们变好或变坏,但他可以教导我们如何在自省时听到自我。"③ 而巴金则坚持认为,那些文学名作"教育我们,鼓励我们,要我们变得更好,更纯洁,更善良,对别人更有用。文学的目的就是要使人变好"④。这两种说法其实都有道理,都会给我们带来很大启发。所以当下现代文学史教学固然不能过于功利去迎合社会,但也不能凌空高蹈不切实际。

说到底,教育是一个国家统治手段的一部分,它本身就有着与生俱来的使命,完全不考虑实际的社会需求,不仅不可能,也没有意义。所以现代文学教学一方面要重实用,对学生进行知识(文学史知识体系)的传授和技能(与文学有关的语言表

---

① 鲁迅:《摩罗诗力说》,载《鲁迅全集》第1卷,人民文学出版社,2005,第73页。
② 鲁迅:《而已集》,载《鲁迅全集》第3卷,人民文学出版社,2005,第442页。
③ [美]哈罗德·布鲁姆:《西方正典——伟大作家和不朽作品》,江宁康译,译林出版社,2005,第22页。
④ 钱理群:《学魂重铸》,文汇出版社,1999,第148页。

达、写作等）训练，又要从审美与精神上对学生施加尽可能大的影响。中国现代文学史与古代文学等有很大的不同，它开创的以白话为书写语言为正宗的传统今天已全面普及，它高扬的精神旗帜对今天的中国来说依然具有现实意义，它对现实不妥协的批判精神在今天显得更为珍贵。所以在今天，现代文学教学在完成"务实"任务的基础上，追求审美品格与精神向度，达到鲁迅所说的"涵养神思""崇高好尚"的目的，才是我们的根本宗旨。

教什么：中国现代文学史教学的本体论

"中国现代文学史"是"文学"还是"历史"？是一个闭合的知识体系，还是一个开放的精神高地？教师在课堂上应该讲授哪些内容？是以理论阐释为主，还是突出对作品的体验和感受？是以历史主义的态度呈现历史真相，还是结合现实，培养"精神界之战士"？如果说在过去这些都不成问题的话，那么在今天面对着学生趣味的转移、课时的压缩和动辄数百人的大班授课等新形势，这些问题就值得认真对待和思考了。

从这几年各高校的情况来看，传统的教学计划已经被调整，其主导方向是淡化"史"的线索，强调对作家作品的分析。北京大学的温儒敏教授是这一改革倾向的代表，他介绍说："本科基础课淡化'史'的线索，突出作家作品与文学现象的分析。甚至连课程名称也改了，把'现当代文学史'改为'现代文学''当代文学'。从五六十年代到八十年代，这门课很注重'史'的勾勒，强调所谓文学史'规律'的掌握以及对文学性质的判定，思潮、论争讲得很多。那时思想观念的灌输远比文学审美能力的训练更要受到重视。现在则把后者提升到突出位置。这可能比较适合低年级大学生的接受能力,也更适合时代的要求。"①

持这种看法的人很多,陈思和教授主编的《中国当代文学史教程》就明确地调整了教学内容:"突出的是对具体作品的把握和理解,文学史知识被压缩到最低限度。时代背景和文学背景都只有在与具体创作发生关系的时候才作简单介绍。"② 这与温儒敏教授的思路是一致的,有关作家作品与文学史的关系,陈思和教授有着形象的论述:

> 所谓文学作品和文学史的关系,大约类似于天上的星星和天空之间的关系。构成文学史的最基本元素就是文学作品,是文学的审美,就像夜幕降临,星星闪烁,其实每个星球彼此都隔得很远很远,但是它们之间互相吸引,互相关照,构成天幕下一幅极为壮丽的星空图,这就是我们要面对的文学史。……当我们讨论文学史的时候,就不能不把主要精力放在这样一批"星"的文学名著上。换句话说,离开了文学名著,没有了审美活动,就没有了文学史。③

凡是强调突出作家作品的论者,都普遍强调通过作品细读,培养学生的审美能力和解读作品的能力,使学生从阅读作品的感性认识上升到文学史的理性把握。事实上,作品细读是提高

---

① 温儒敏:《现代文学课程教学如何适应时代变革》,《北京大学学报(哲学社会科学版)》2003 年第 5 期。
② 陈思和:《中国当代文学史教程》,复旦大学出版社,1999,"前言"第 7 页。
③ 陈思和:《秋里拾叶录》,山东友谊出版社,2005,第 176—177 页。

学生学术水平的重要途径，是引领他们进入文学世界的重要渠道，也是培养他们工作能力的重要手段："现在的大学生，二十岁上下，从小学到中学到大学，都忙于应付作业和考试。他们对艺术美文的敏感，也大都在漫长的应试教育中磨掉了。进入大学中文系，遇到一篇作品，在中学语文课上训练出来的思维方式便立时被运用起来：时代背景啊，作家生平啊，主题思想啊，艺术特点啊，操练得可能相当熟练，但他们的内心，因为感受不到作品的艺术魅力与思想启示，并不曾真正被打动。……要打破这种循环，必须由切实培养训练学生的审美感觉、审美能力入手。因此一般大学中文本科的现代文学史教学，应重在通过经典作品的解读进行审美感觉的培养与能力的训练。至于思潮、运动、社团、论争等文学史知识，可以让学生自学，或放到高年级的选修课中讲授。"[1] 这就要求"课堂教学要以阅读、感受和讨论文本、文学现象为中心，围绕分析文学作品展开教学"[2]。事实上，文本细读不只是对教学有意义，也是很多学者的软肋。一些学术文章满足于理论上的演绎推理，但一涉及具体作品的解读就变得捉襟见肘，这种宏大而空疏的文章，当前十分流行，却反映了作者解读作品能力的欠缺，这与过去的课程教学恐怕不无关系。由此看来，培养学生的文本细读能力，的确是十分必要的，也是深化文学史教学的一个重要办法。

文学与现实人生的关系，也是文学教学中的题中应有之义，

---

[1] 杨鼎川：《大学中文系现代文学教学应走向开放》，《海南师范学院学报（社会科学版）》2004年第5期。

[2] 杨俊国：《大学文学课教学的现状与思考——以中国现当代文学为例》，《常州工学院学报（社会科学版）》2005年第2期。

但当前也遇到了一些问题。李怡将当前现代文学史教学与20世纪80年代相比较时就指出：

> 是"人生"而不是"专业"（也许还应该加上"考试"二字）需要中国现代文学史，我以为这是一个令人回味无穷的表述。
>
> 相反，是"专业"而不一定是"人生"需要中国现代文学史，这却是我们今天必须面对的事实。①

打通文学与现实人生的关系，以现代文学的思想资源来辅助、引领学生介入现实、观察现实和批判现实，是很多学者对这一课程的期待："一个本科生学了现代文学史，首先不是为了对他报考现代文学的研究生有用，而是要对他的'人生'有用。我们如果没有把现代文学中的'人生'层面讲出来，唤起学生对人生问题的思考，那就不能说是成功的基础课。"② 讨论现代文学教学时人们普遍强调人文教育，强调提高学生的人文素养。而"人文素养"不是一个抽象的概念，而是一种应对现实、思考现实的态度。现代文学在五四时期出现的现代白话文学的自觉和人的自觉，构成了现代文学"人本"与"文本"两个基点③，而这两个方面，都构成了我们观察当今文学和人生的基本

---

① 李怡：《中国现代文学史教学所面临的挑战》，《中国现代文学研究丛刊》2006年第5期。
② 孔庆东：《现代文学基础课教学体会》，《中国现代文学研究丛刊》2006年第4期。
③ 有关现代文学教学"人本"与"文本"在教学中的地位，可参见张全之《人文教育：商海大潮中的自救之舟——中国现当代文学教学研究》，《山东师范大学学报（人文社会科学版）》2000年第6期。

价值立场,所以在教学中强调沟通文学与人生之关系,其意义不只在文学,也在于当今社会的发展和进步。

鉴于现代文学课程的压缩,很多学者建议有计划有目的地开设选修课,建立起一个重点互补、相互强化的课程体系。南京大学在开设基础课的基础上,开设大量"专人研究"选修课,成为一大特色。其中马俊山教授的曹禺研究、邹午蓉教授的丁玲研究、王彬彬教授的鲁迅研究、沈卫威教授的胡适研究、刘俊教授的白先勇研究等,都达到很高水平,在学生中引起很大反响,极大地提高了学生的文学修养和理论水平,弥补了现代文学史课的不足[1]。其他学校也根据各自的师资力量开设了大量选修课,作为基础课的补充。就以曲阜师范大学为例,我们在基础课之外,开设了"中国现当代文学思潮研究""中国现当代文学批评研究""中国现当代诗文研究""中国现当代戏剧研究""20世纪乡土小说研究"和"20世纪女性文学研究"等选修课,作为基础课的辅助,由此构成了一个相对完整、丰富的课程体系。

但从目前来看,各学校选修课的开设虽各具特色,但也存在着因人设课的现象,导致选修课具有很强的随意性。学界在这一问题上缺乏认真的思考与研究。

教学内容是提高教学质量的关键,在这方面的研究还有待于进一步深化。

---

[1] 刘俊:《文学立场、理论追求、整体观念、创新意识——南京大学中国现当代文学教学和研究特色概述》,《中国现代文学研究丛刊》2006年第3期。

怎么教：中国现代文学史教学的方法论

中国现代文学史课程与高校其他课程一样，长期以来采取教师一讲到底的授课模式，至多中间略加上一些提问。目前来看，这种"一言堂"式的教学方式已经不适应时代的需要，也容易引起学生的反感。所以这几年改革课堂教学，探求新的授课方式，成为中国现代文学史教学研究的一个热点问题。从已有的探索来看，教学普遍要求增加课堂讨论："开展课堂讨论，特别是文学课开展课堂讨论，与讲授法比较起来，确有许多好处。在教师这方面，首先能由多讲到少讲，大大减轻劳动强度。其次，能改变'满堂灌'的注入式教学方法为启发式督导式的教学方法，调动学生的学习积极性，开阔学生的思路，变一言堂为群言堂，活跃课堂气氛。第三，通过课堂讨论，具体深入地解剖一只麻雀，能收到举一反三的效果。第四，讨论中，教师用共同商量探讨的口气，和蔼谦逊的态度，把自己放到与学生平等的地位，有利于改善和密切师生之间的关系。"① 开展课堂讨论的方法自然因人而异，而有些学者的做法值得借鉴："请学生有准备地讲一篇作品，并由其他学生提问和补充，最后由教师讲评；改变考试方法，取消闭卷考试，从学生自己指定的一组论题中选其一撰写小论文，并进行小规模口试（学生与教师一对一）或答辩（作者向全班学生报告论文要点，由同学提

---

① 李明：《文学课开展课堂讨论好——我在中国现代文学史课教学中开展课堂讨论的一点体会》，《郴州师范高等专科学校学报》2000年第6期。

问）。"① 也有学者强调学生的主体性，开展探究式教学。事实上，课堂讨论、探究式教学等方法，在中学语文教学界已经普及了很多年，这种方法自然比"满堂灌"要好得多。但大学毕竟与中学不同，课堂讨论要有一定的限度和适度的引导，否则很容易流于形式，无法将论题深化。目前大学教育存在着以下四个特点，这就决定了开展课堂讨论并不一定是最好的办法，这四个特点是：一，大学教师多数是有相当学术造诣的学者，他们个人在学术研究中的体会和个人的见解，是学生在"探究"中无法获得的；二，大学课堂是个性化的课堂——不只是提倡学生的个性，也需要教师发挥自己的个性，表达自己的观点，这就需要充分的授课时间来保证；三，大学生自学时间相对充足，如果将课堂时间也变相地转化为自学时间，未必会有好的效果；四，由于高校扩招，且为了降低培养成本，很多大学都采取大班授课的方式，动辄几百学生一起听课，开展课堂讨论难度很大。如能像有的学校一样，利用课余时间召开座谈会，让学生踊跃发言，或实行导师制，以方便老师和学生之间的交流②，这些自然都是解决问题的好办法。但由于高校扩招，学生数量激增，这些措施实施起来也很不容易。

提倡启发式教学历来是教学改革的主导方向，在现代文学教学中，启发式教学也是教师乐于采用的有效方式，所以有学者结合现代文学课程的特点，构想出了启发式教学的基本模式："在教学中，遵循教学规律，注重学生接受知识的能力和前后知

---

① 杨鼎川：《大学中文系现代文学教学应该走向开放》，《海南师范学院学报（社会科学版）》2004 年第 5 期。
② 翟瑞青：《现代文学教学改革初探》，《德州学院学报》2002 年 9 期。

识点的联系，采用启发式、研讨式教学，常以疑问、询问、设问、反问等方法对已学知识进行回溯、反刍，对未学知识主动探索、思考，教与学双向交流，吸引学生的注意力，变'要我学'为'我要学'。"① 同时，利用课余时间让学生排演剧本、朗诵诗歌或进行文学创作，以提高他们的动手能力，也是一种很好的教学思路。

由于中国的高等院校类别多，层次差别大，所以有学者提出要根据学校性质的不同，采用不同的教学方法和思路："应对大学教育的多样化，有选择地进行课程教学实践的探索和尝试，比如现当代文学史教学可以针对不同学校类型、接受对象，在教学中采取基础型的以史带论，以代表性作家作品的导读为主；综合型的以史实带史识，突出文学史学科的学科性特征，重文学作品与史料的关系辨析；研究型的以学术性追求带史的简单描述，强化文学史的问题意识。"②

当今社会进入网络时代，如何利用多媒体技术和网络资源开展教学，也成为学者探讨的一个重要方面。有学者指出，发达的网络为现代文学教学提供了方便，也带来了挑战，所以"在网络时代里，一名中国现代文学史教师有没有存在的必要与理由，关键看他能否以自己独特的魅力感染学生，以科学的方法训练学生了"③。多媒体技术对现代文学教学具有重要意义，

---

① 周筱华：《以学生为主体：探索中国现代文学史教学新思路》，《黄山学院学报》2005年第10期。
② 杨洪承：《中国现当代文学史教学如何适应大学教育改革的思考》，《江海学刊》2006年第3期。
③ 余海鹰：《网络时代的中国现代文学史教学》，《嘉应学院学报（哲学社会科学版）》2004年第10期。

"因为现代文学之为'现代',与大众传媒的勃兴密切相关,一个多世纪以来文学刊物的繁荣提供了太多的制作课件的素材,此外还有被改编成影视形态的文学材料,如《雷雨》《阿Q正传》《祝福》等,都可以经过剪辑化为课件,纳入课堂。丰富多变的形式与密集的信息在视觉和听觉上造成的冲击,是提高'注意'的重要手段,反过来,这种冲击会产生新的阅读热情"[①]。的确,利用多媒体技术制作集声、像、文字于一体的课件,使作品更为感性和直观,有时会给学生带来现场感。多媒体的使用固然有很多好处,但仍然需要"与先进的教学思想融为一体,才能更好地发挥现代教学媒体的无比优越性"[②]。总的来看,现代文学如何利用网络和多媒体技术方面的探讨还不够深入,文章数量也很有限。方法不能代表一切,更不能解决所有问题。任何方法都要建立在教师的学术水平和授课能力之上,所以单纯地探讨方法其意义是很有限的。

在研究中国现代文学史教学的文章中,有两个问题学者们谈得最多:一是当今在校大学生不读作品;二是当前中国高校重科研而轻教学,直接影响了教学质量。对于第一个问题,人们想了很多办法,如通过考试内容的改革或要求写读书报告来督促学生阅读,有的学校规定"鲁、郭、茅、巴、老、曹的代表作必须阅读,规定至少交三篇读书报告作为30%的平时成绩;对全校理工科学生则要求一篇。专业选修课则要求学生写2500

[①] 王力:《知识观转型与现代文学教学反思》,《湖南师范大学教育科学学报》2006年第3期。
[②] 邓姿、朱晶:《论现代教学媒体在高校〈现代文学〉教学中的应用》,《湖南人文科技学院学报》2003年第4期。

字及以上的小论文两篇，主要为毕业论文写作进行必要的训练"①，也有的通过播放根据作品改编的影视剧，引起学生的兴趣，等等，这些方法都有一定的效力，但强制性阅读的效果到底如何，还有待于实践检验。第二个问题有着体制性背景，不是我们这些读书人靠纸上谈兵能够解决的。雅斯贝尔斯指出："大学是研究和传授科学的殿堂，是教育新人成长的世界，是个体间富有生命的交往，是学术勃发的领地。每一项任务借助参与其他任务，而变得更有意义和更加清晰。按大学的理想，这四项任务缺一不可，否则大学的质量就会下降。"② 高等教育是一个系统工程，肩负着多重使命，不能过于强调某一侧面；高等院校中的课程教学也应该重视彰显个性，那些带有普适性的经验和模式，只有与教师个人的专长与个性结合起来才有意义。

当前，中国的商业化进程方兴未艾，中国现代文学史教学面临的困境依然在延续，这就需要更多的人来关注和研究这一课题，以便能找到一条可行之路。

---

① 何锡章、梁红霞：《挑战与选择：关于中国现代文学史教学的思考》，《中国现代文学研究丛刊》2007年第1期。
② ［德］雅斯贝尔斯：《什么是教育》，邹进译，生活·读书·新知三联书店，1991，第150页。

在夹缝中挣扎的"中国近代文学"[1]
——从学科角度考察"中国近代文学"的危机与出路

"中国近代文学"作为中国文学史属下的一个相对独立的学科，应该与两个相邻的学科"中国古代文学"和"中国现代文学"处于平等的地位，但事实上并非如此。与相邻的两个强势学科相比，"中国近代文学"显得凄然而落寞，甚至始终处在朝不保夕的学科危机之中。

从中国文学史的切分和命名过程来看，"中国近代文学"的产生本身就是一个值得反思的"歧视性"事件。众所周知，目前通行的文学史分期方法出现于20世纪50年代，是毛泽东《新民主主义论》的衍生物。按照毛泽东的说法，"在中国文化战线或思想战线上，'五四'以前和'五四'以后，构成了两个不同的时期"，"在'五四'以前，中国文化战线上的斗争，是资产阶级的新文化和封建阶级的旧文化的斗争"[2]，但由于中国资产阶级的软弱，经不住帝国主义的奴化思想和封建主义的复

---

[1] 原刊于《德州学院学报》2010年第1期。
[2] 毛泽东：《新民主主义论》，载《毛泽东选集（第2版）》第2卷，人民出版社，1991，第696页。

古思想的双重打击，很快就偃旗息鼓，"失了灵魂，而只剩了它的躯壳了"；而在"五四"之后，"中国产生了完全崭新的文化生力军，这就是中国共产党人所领导的共产主义的文化思想，即共产主义的宇宙观和社会革命论"，它所向披靡，"在社会科学和文学艺术领域中……都有了极大的发展"。在此分析基础上，毛泽东得出结论："在'五四'以前，中国的新文化，是旧民主主义性质的文化，属于世界资产阶级的资本主义的文化革命的一部分。在'五四'以后，中国的新文化，却是新民主主义性质的文化，属于世界无产阶级的社会主义的文化革命的一部分。"[1] 这不只是对事实的描述，而是政治批判立场的明白宣示。1949年之后，毛泽东的这篇名作成为中国文学史写作的理论基础。1957年，教育部颁布《中国文学史教学大纲》，1949年之前的全部文学史被分为九编，第八编是"从鸦片战争到五四运动的文学"，第九编是"新民主主义革命时代的文学"，也正是在这一时期，"中国近代文学"和"中国现代文学"的命名正式出现。很明显，"近代文学"和"现代文学"并不是两个价值中立的概念，毛泽东关于"新""旧"民主主义革命和文化性质的论述框架给"近代文学"打上了灰暗的胎记，所以"中国近代文学"学科的边缘化，是权力控制历史的典型案例。

然而让人感到欣慰的是，自"中国近代文学"作为一个文学时段被固定下来后，始终有一部分学者在这一领域辛勤耕耘，他们发掘史料，撰写论著，取得了令人瞩目的成就，为这一学

---

[1] 毛泽东：《新民主主义论》，载《毛泽东选集（第2版）》第2卷，人民出版社，1991，第696—698页。

科的成熟奠定了基础。但根本性的问题并没有解决，这一学科的身份、地位及其存在的合法性常常受到质疑。在多次有关文学史分期问题的讨论中，"中国近代文学"常常被拉出来示众，成为文学史分期不合理的显著例证。如在2001年的一次讨论中，章培恒先生就指出"以1840年为起点、以1919年为终点的所谓'近代文学'时期就很可疑"，他分析说：

> 在鸦片战争以后至19世纪的文学创作中，除了出现不少反对西方列强侵略的作品外，连龚自珍那样的异端之作都消失了。而那种反对西方列强侵略的作品，虽然其反对的中心点是中国以前的文学中所没有出现过的，但其创作精神、艺术特色甚至思想要求却并未对传统文学有较明显的、足以构成文学史上一个新的历史时期的突破。
>
> 因此，很难说从1840年到19世纪末在我国文学史上已经形成了一个新时期。[①]

为此他建议，将20世纪初的文学归入"现代文学"，将19世纪文学归到古代去，这样就完成了对"近代"的瓜分。一个延续了近50年的学科，还随时面临着被瓜分甚或被取消的危险，这在其他学科里是很难遇到的。"中国现代文学"学科也曾出现过有关学科边界问题的讨论，"20世纪中国文学"的提出就是这一讨论的结果。但我们应该看到，这种讨论是建设性的，而

[①] 章培恒：《关于中国现代文学的开端——兼及"近代文学"问题》，载章培恒、陈思和主编《开端与终结：现代文学史分期论集》，复旦大学出版社，2002，第33页。

且带有很强的扩张性，是学科发展过程中的内部调整。这种调整带来的是学科研究的繁荣。但近代文学与此不同，对近代文学学科的讨论，往往会引发危机，而不是带来繁荣。更为引人注意的是，一些从未从事过近代文学研究的学者，也常常在文章中对近代文学学科指手画脚，这也反映了这一学科的"学术围墙"过矮，还尚未叠加起一定高度的学术平台，阻挡冒失的闯入者。

除了学科命名中携带的歧视性胎记和对学科合法性的质疑，"中国近代文学"研究中也存在着值得反思的问题，这些问题可能对我们建构这一学科的知识体系更为重要。从文学史的研究理路和观念体系来说，"中国近代文学"研究与"古代文学"和"现代文学"研究相比还存在很大缺陷：它没有建立起一套获得广泛认可的、能贯穿近代文学发展全程的文学史观和价值范畴，也没有形成具有针对性和实用性的话语体系。以古代文学为例，道统与政统之辨、载道与言情之维、出世与遁世之别、表现与再现之思以及儒、道、释的互补互渗等等，都为古代文学研究提供了基本的价值范畴和话语体系，保证了这一学科研究的规范性和互动性；而在文体上，文、赋、诗、词、曲、小说的代际变化和同一文体的延续性，昭示了一个连续而又富有变化的过程，形成了一个严谨的系统。在现代文学研究领域，启蒙与救亡的双重变奏、传统与西方的对峙与融合、激进与保守的对立与转换等等，构成了这一学科的基本论述平台，而"20世纪中国文学"和"新文学整体观"的提出，都表明了研究者为这一学科"整体化""系统化"做出的努力。"现代性"问题提出之后，现代文学又找到了一个新的话语系统，相关的阐释绵延不绝，使这一学科获得了无限的生机和活力。古代文学和现代文学通过史家们的整合,已经熔炼出了两大文学传统:"中国古代文学传统"和"中国现代文学传统"。与之相比,近代文学研究明显缺少建构话语体系的自觉意识。民族主义、爱国主义、学习西方、民主革命、科学与民主等概念纵横交错,无法为文学研究提供基本的概念支撑。一个学科没有建构起自己的基本理论框架和话语体系,是这一学科尚未走向成熟的突出标志。同时,一个学科如果缺少了这些被普遍接受的话语体系,就无法融合、凝聚研究者的智慧和成果,研究就变成了个人的喃喃自语。

在价值认定上,"中国近代文学"这一学科的主体性、本位性尚不稳固。一个学科既然存在,必定有着其他学科无法替代的价值和意义,否则这一学科就无存在的必要。但从目前的研究来看,"中国近代文学"被看作是"中国古代文学的发展和终结,又是现代文学的胚胎和先声,它具有承前启后的意义"[①]。这种概括自然是准确的,但它不能作为文学研究的立足点。正如很多学者已经意识到的那样,过分强调"中国近代文学"的过渡性特征,其实是对其主体性的遮蔽与掠夺:

> 近代文学从其学科萌生阶段起,就以过渡性作为整个的学科定位;在之后的学科建构和发展过程中,过渡性的学科定位一直延续至今而没有改变。这种过渡性的学科定

[①] 郭延礼:《中国近代文学发展史》第1卷,山东教育出版社,1990,"自序"第1页。需要说明的是,文中所引这段话是郭延礼先生在"自序"开篇对近代文学的概括,并非其文学史写作的基点。但很多研究近代文学的论著,则将这一点作为基本立场,就带来了本文后面分析的问题。

位使得近代文学以中国古代文学和现代文学作为学科建构的参照系，使得自身的学科独立性反而被取消了；同时，单一性的过渡性学科定位使得近代文学研究失去了从其他层面来研究文学的可能性。①

问题可能比这还要严重。"中国近代文学"由于自身的边缘化，有意或者无意地攀附古代文学和现代文学：它以延续了没落的古典传统为荣，以孕育了朝气蓬勃的现代文学为乐。而事实上，对这两个方面的强调正好实现了对近代文学主体性的盗掘，也是其价值依附性的显在标志。作为古代文学的"黄昏期"，它除了繁华落尽、脉息凝滞的苍凉和无奈，还有什么？作为现代文学诞生的"前夜"，除了自身的盲闭，还有什么值得夸耀？一个独立的学科，不能满足于成为古代文学的停尸场和培育现代文学的宫腔。最明智的做法是暂时弃置或淡化它与两个相邻学科的联系②，从自身的资源出发，寻找这一学科能够独立存在的依据，建构本学科的知识体系和价值体系，形成一种具有自身特色的研究范式。前几年，王德威一句"没有晚清，何来五四？"让近代文学研究者感到扬眉吐气，"晚清文学"的地位似乎骤然提升。而在我看来，这种"母以子贵"的研究思路正包含着对近代文学的歧视。如果晚清文学自身有不可忽视的价值，那么它是否孕育和引领了"五四"，又有多重要呢？难道

---

① 李卫涛、梁玲华：《中国近代文学的学科定位反思》，《学习与探索》2005 年第 1 期。
② 有学者早就提出了与此相似的看法。如王风在《为什么要有近代文学》一文中指出，在强调"打通"的今天，近代文学"筑一道随时准备拆除的篱墙是十分必要的"。见《中国现代文学研究丛刊》2001 年第 1 期。

晚清文学的价值需要靠"五四"文学来证明吗?所以,近代文学研究必须从古代文学和现代文学的阴影中走出来,摆脱两个相邻学科的影响和控制,从自身出发去寻找意义和价值。

很多研究者注意到,近代文学之所以受冷落,一个重要原因是缺乏经典。近代的作家们,上比不了曹雪芹、罗贯中,下比不了鲁迅、郁达夫,他们似乎生活在两座高山之间的深谷之中,难见天日。所以研究者面对这段历史时有些底气不足,这直接影响了研究者们的心态和眼光,也影响了这一学科的发展。这看上去是实情,但也存有误解。一段文学史的价值并不仅仅是靠文学经典来衡定的。这里有三个问题需要思考:第一,要区分"文学经典"和"文学史经典"。"中国近代文学"固然缺乏像《红楼梦》《呐喊》那样的经典,但有很多"文学史经典",如桐城派散文、谴责小说和部分"鸳蝴小说",都清楚地记录了那个时代的审美趣味、价值趋向,表征着当时的文学艺术水平,有着不可取代、不容忽视的意义。对文学研究者而言,"文学史经典"的价值不一定比"文学经典"的价值逊色。第二,从文化层面来说,从进入"近代"开始,儒家思想的影响力开始减弱,但尚没有被全盘推倒;西方文化进入中国,但尚未获得广泛认同,从而形成了这一时期文化界的内在冲突和外在混乱。这种现象在中国历史上还是第一次,其中潜藏的很多问题值得认真研究,尤其是知识分子试图调和两种文化为我所用的良苦用心,更值得深刻反省。在这种复杂的文化背景下成长起来的文学,也必然会陷入多重矛盾之中,有时甚至不知何去何从。这种矛盾和困惑对后世研究者来说十分重要,它隐藏着中国文化和中国文学走向未来的多种可能性,而这是古代文学和现代文学所不具备的。如果要反思百年来中国文化和文学中的激进主义，晚清是很好的着眼点。第三，任何一段文学史都有着不可取代的意义，它的繁荣与平庸，都有着时代的原因。所以对研究者来说，研究对象无所谓高低贵贱，只是研究者的水平存在差异，研究对象的价值与研究成果的价值并不总是对等的，后者经常会超越前者。试想：一篇研究《老残游记》的文章，其价值就一定低于一篇研究《红楼梦》的文章吗？一篇研究梁启超的文章，其意义就一定低于研究鲁迅的文章吗？这显然是不可能的。所以研究者的水平决定了这一学科的水平，研究者所揭示出来的问题的意义，决定着这一学科存在的意义。而只有将近代文学作为一个独立的学科，从其主体性和本位性出发，这种研究才有可能。

当我们把近代文学从古代文学和现代文学的紧密连接中剥离下来之后，我们面对的还是那个老问题：“中国近代文学"的核心是什么，如何将其整合为一个完整的体系？这一直是近代文学研究的难点之一。从目前的研究来看，很多人认为中国近代文化和近代文学自身没有系统性，构不成一个体系。一位研究近代文化的学者指出，"近代文化既丰富多样，又肤浅粗糙，没有完整的体系"[1]；在文学研究领域，也有人提出了类似的看法，"近代文学没有像古代文学和现代文学那样具有内在的统一性"[2]，这种观点对近代文学作为一个学科的意义具有很强的颠

---

[1] 龚书铎：《社会变革与文化趋向：中国近代文化研究》，北京师范大学出版社，2006，第41页。
[2] 高玉、梅新林：《过渡、衔接与转型——重新定位中国近代文学》，《社会科学辑刊》2003年第2期。

覆性，好在持此论者并不普遍。一些学者努力探求近代文学的总体特征，渴望通过一个（或几个）主题或一种文学潮流将近代文学整合到一起。有人认为"救亡与启蒙的主旋律回荡在近代文学发展的始终"[1]；也有学者概括出四个特点："爱国主义和民主主义""中西文化的融合""变"和"文学理论的空前活跃并取得巨大成就"[2]。此类概括还有很多，但遗憾的是，任何一种归纳与整合，都没有得到近代文学研究界的普遍接受，从而导致了这一学科在研究上的混乱和无序状态。我认为，"中国近代文学"的特点可以从两个方面进行考量。

从思想内容上来说，尽管"民主""科学""启蒙""爱国主义""民族主义"等问题均得到了明显体现，但相对于现代文学而言，这些问题都没有在作品中得到充分张扬。所以这些概念不足以呈现近代文学独有的特点。

从艺术形式上来说，近代文学纷然杂陈，从传统艺术形式到来自西方的新形式，从文言到白话，从呼唤改良与革命的政治文学到追求消闲娱乐的商业文学，无不有着精彩的表现，但任何一种倾向都没有成为贯穿始终的主流，所以很难下一断语对之进行全面概括。

鉴于以上考虑，我主张用"突围与变革"这样一个词组来描述近代文学的外在风貌，以"民族主义和世界主义的对抗与互动"来概括近代文学的思想特征。

"突围"是指在近代这一时期，中国文学无论是从内容还是

---

[1] 任访秋主编：《中国近代文学史》，河南大学出版社，1988，"绪论"第17页。
[2] 郭延礼：《中国近代文学的特点初探》，载中山大学中文系编《中国近代文学的特点、性质和分期》，中山大学出版社，1986，第251页。

从形式上，都实现了一次蜕变——如金蝉脱壳一般，获得了新的思想视野和新的艺术形式。所谓"变革"，指的是在"突围"中或"突围"后，近代文学本身所表现出来的"求新""求变"的精神气质。之所以用"变革"而不用"革命"，是因为近代的思想与文体变化是渐进的，不像五四时期一样，以疾风暴雨之势，完成了一次摧枯拉朽式的革命。所以这两个相对柔和的词汇，反映了近代文学和现代文学在基本品格上的差异。笔者曾经出版过一本研究晚清文学的小书，题名为《突围与变革》（西北大学出版社，1997年版），要表达的就是这个意思。到今天，我仍坚持这一看法。

近代文化和近代文学确实上演了一场精彩的突围表演。儒学对西学的抗拒与吸纳，西学对儒学的瓦解与改造，"公理世界观"对"天理世界观"的置换，从"天下"到"国家"的思维更替，都在这八十年的历程中悄然完成。没有一个时代像近代一样，中国人经历了如此廓大而又深远的思想和文学转换。

中国近代文学的民族主义特征已经得到充分重视，有学者将民族主义看作是中国近代文学转型的主要力量："导致中国古代文学发生转型的根本原因其实就是民族主义思潮的勃兴。而民族主义思潮不是从甲午开始出现；它发端于鸦片战争，经过漫长的50年的酝酿，而爆发于1895年的败于日本。……士人的激昂情绪和变法理论，因此成了文学彻底开始转型的动力和导向。"[①] 这种看法很有道理，但这只是问题的一方面。晚清民族主义思潮从一开始就受到了一种与之对立的思想的抵制，这就

---

① 单正平：《晚清民族主义与文学转型》，人民出版社，2006，第53页。

是世界主义思潮。自列文森之后，学者们普遍注意到中国近代士子在思想意识上经历了一个从"天下"到"国家"的过程，与之伴随的是近代民族主义的普遍觉醒。但问题的复杂性在于，当士人们接受了民族国家意识之后，传统的"天朝"梦想不会破灭，而是借助于西方社会主义（主要是无政府主义）的"世界大同"论，装饰上民主与科学的勋章，以崭新的面孔粉墨登场，由此唤起了晚清文学界普遍流行的"乌托邦"小说热潮。康有为的《大同书》和孙中山"天下为公"的誓言，都反映了晚清主流思想界对"大同"的渴盼。而在小说创作中，梁启超的《新中国未来记》开启了"乌托邦"小说的先河，随后出现了一大批"未来记"式的作品，有的借助于科学，有的借助于政治变革，纷纷勾画未来世界的"大同"梦想。维新派的重要作品有陆士谔的《新中国》、碧荷馆主人的《新纪元》等，革命派作家的重要作品有陈天华的《狮子吼》、怀仁的《卢梭魂》等[1]。这些作品都从建立现代民族国家的基点出发，指向世界的大同，反映了晚清士人的梦想。而在这一世界大同的思潮中，来自西方的无政府主义思潮也起到了推波助澜的作用。产生于西方的无政府主义思潮在晚清进入中国，1907年形成了以刘师培为代表的"东京派"和以吴稚晖为代表的"巴黎派"，他们反对资本主义及一切权力组织，诉求一个没有国家、种族、性别差异，没有金钱和家庭的大同社会，这一思潮在清末民初产生了巨大影响，成为中国近代激进社会思想的主脉。它对世界

---

[1] 晚清小说中的"乌托邦"现象，笔者有专文论述，见张全之：《文学中的"未来"：论晚清小说中的乌托邦叙事》，《东岳论丛》2005年第1期。

大同的精心设计,构成了晚清世界主义思潮的一股重要脉动。所以,在讨论晚清民族主义思潮的时候,不能忽视了与之对立、互动,有时甚至媾和的世界主义思潮。

民族主义思潮激发了民族求变、求强、学习西方资本主义的热情,世界主义思潮激发了反对封建主义和资本主义的动力,缓释了民族危机带来的焦虑。而它对世界大同和个人绝对自由的追求,为民族主义提供了一股强大的制衡力量。所以民族主义与世界主义的对立与互动,构成了晚清文学的内在精神实质。

当然,作为研究者,我们只能从学术层面上来探求"中国近代文学"学科面临的问题。其实我认为制约"中国近代文学"学科发展最为重要的力量依然来自现行的教育体制。中国是一个高度体制化的社会,学术研究看似自由,实则无所不在规约之中。当前的高校学科设置仍然对近代文学采取了歧视态度:在大学本科教学中它不是必修课,不能作为二级学科申报硕士、博士点,所以在急功近利的当下,各高校就缺少扶持这一学科的热情,导致了这一学科的萎缩。我们说不清楚为什么"中国近代文学"至今不能变为一个二级学科,但它与生俱来的灰暗胎记,是其中的重要原因之一。正如三位美国女历史学家所说的那样:"思想的边界被强有力的意识形态岗哨警戒得太久,即便岗哨已解除,这个边界仍不易一步跨过。"① 虽然从被命名到今天已有近 50 年的历史了,但它要跨越这一步还有很长的路要走。

---

① 〔美〕乔伊斯·阿普尔比、林恩·亨特、玛格丽特·雅各布:《历史的真相》,刘北成、薛绚译,中央编译出版社,1999,第 256 页。

"大数据"时代的现当代文学研究[1]

一、"大数据"与文学研究的现状

当下我们已经进入大数据时代。所谓"大数据"（big data），麦肯锡全球研究所给出的定义是："一种规模大到在获取、存储、管理、分析方面大大超出了传统数据库软件工具能力范围的数据集合，具有海量的数据规模、快速的数据流转、多样的数据类型和价值密度低四大特征"（见百度百科）。舍恩伯格和库克耶在《大数据时代——生活、工作与思维的大变革》中指出："大数据标志着'信息社会'终于名副其实。我们收集的所有数字信息都可以用新的方式加以利用。我们可以尝试新的事物并开启新的价值形式。但是，这需要一种新的思维方式，并将挑战我们的社会机构，甚至挑战我们的认同感。……但是，现在大多数人都认为数据是一个技术问题，应侧重于硬件或软件，而我们认为应当更多地考虑当数据说话时会发生什么。"[2]

---

[1] 原刊于《重庆师范大学学报（社会科学版）》2017 年第 5 期。
[2] ［英］维克托·迈尔－舍恩伯格、肯尼斯·库克耶：《大数据时代——生活、工作与思维的大变革》，盛杨燕、周涛译，浙江人民出版社，2013，第 239—240 页。

海量的数据，通过"云计算"按照操作者的需要进行处理，已经得到广泛的运用，并产生了惊人的效果。在我国，有关"大数据"的研究和讨论也渐成热点。从中国知网看，标题含有"大数据"的论文，近一两年呈井喷之势，具体数据如下：

年份	2010	2011	2012	2013	2014	2015	2016	2017
论文数量	19	43	358	1963	4448	7060	9780	2570

很明显，前三年的数据起伏不大，但从2013年开始到2016年，数据迅速扩大，说明"大数据"成为众多研究领域中的热点。与之相适应，我们国家对"大数据"也十分重视，2015年，国务院发布《促进大数据发展行动纲要》，对"大数据"在未来经济社会发展中的作用给予了高度重视，认为"坚持创新驱动发展，加快大数据部署，深化大数据应用，已成为稳增长、促改革、调结构、惠民生和推动政府治理能力现代化的内在需要和必然选择"。"大数据"不仅带来经济和科技发展的新跨越，对人文社会科学研究也会产生重要影响。事实上，在国外，利用"大数据"开展文学研究早已起步。美国斯坦福大学教授弗兰克·莫莱蒂在他提出的"远距离阅读"（distant reading）的基础上，与马修·乔克思建立了"文学实验室"[1]。他通常的做法是雇佣几个研究生，"专门借助计算机检索、收集相关数据，以供他来分析。他的主要职责是利用统计的数据绘制文学的图表，通过对图表的分析来揭示文学的秘密"[2]。如他在

---

[1] 金雯、李绳:《"大数据"分析与文学研究》,《中国图书评论》2014年第4期。
[2] 陈晓辉:《大数据时代的文学研究方法——基于弗兰克·莫莱蒂定量分析法的考察》,《文艺理论研究》2016年第2期。

《文体：对7000个小说标题的反思》一文中，通过对数据的整合分析，寻找到小说标题字数的变化与时代之关系，还指出了小说标题的四种类型，他的这类研究如果不靠"大数据"是无法完成的。所以说，以"大数据"为依托，采用数据分析法对文学进行研究，已经成为一种不可阻挡的新趋势，也是"大数据"时代文学研究的题中应有之义。在中国，也有很多学者在思考"大数据"时代文学研究的新方法和新问题，相关研究主要集中在三个方面：一是综合论述"大数据"时代文学研究方法或综合介绍西方相关研究的，这样的论文主要有上面曾经引述过的两篇：《大数据时代的文学研究方法——基于弗兰克·莫莱蒂文学定量分析法的考察》和《"大数据"分析与文学研究》。二是就中国文学下面的二级学科而言，古代文学研究领域显得较为活跃。早在2005年，《文学遗产》就推出了李铎和王毅的《关于古代文献信息化工程与古典文学研究之间互动关系的对话》，他们特别提醒："人与计算机将来的关系不是谁代替谁的问题，而是互相交流和启发，对话和融通，当然这之中并不是绝对平等的，人的主体性是第一位的，但我们也要向计算机学习，包括进入它的思维方式；要融合各种知识，也要补课，古典文学研究领域以后培养某些研究生时，应该开电子信息、统计学等课程，应该借鉴社会学数据统计方法等等，在知识结构特别是研究方法和研究路径的设计上，弥补我们学科以往明显的欠缺。"[1] 这是很有前瞻性的建议，可惜到今天也没有得到

---

[1] 李铎、王毅：《关于古代文献信息化工程与古典文学研究之间互动关系的对话》，《文学遗产》2005年第1期。

充分重视。之后《文学遗产》于2014年推出《加快"数字化"向"数据化"转变——"大数据""云计算"理论与古典文学研究》[1]，2015年又推出《大数据时代的古典文学研究——以数据分析、数据挖掘与图像检索为中心》，详细讨论"大数据""云计算"对古代文学研究的助推意义[2]。之后又有人发表《大数据背景下古代文学研究的新策略——以"小李杜"诗词研究为例》[3]，认为"大数据会给古代文学的研究提供新的方法和视角"。事实上，早在计算机普及之前，已经有多人通过数据分析的方式，来研究《红楼梦》前八十回和后四十回是否为一人所撰的问题，也提出了多种有价值的说法，这充分说明在古代文学研究领域，数据分析法早就得到应用[4]。三是在文艺学、网络文学和语言学研究领域，采用大数据推进学术研究，也渐渐成为热门话题，相关论文有《统计文艺学：大数据时代文学研究的新范式》（周才庶）、《大数据时代网络文学多维度评价方法及应用》（介晶）、《大数据时代的汉语语言学研究》（詹卫东）等，立足于当今的大数据时代，提出学科研究的新思维和新方法。但令人奇怪的是，检索中国知网，讨论大数据与中国现当代文学研究的论文，至今一篇也没有。经过深度检索，《文学研究的大数据与小时代》（傅修海）一文涉及大数据与当代文学研

---

[1] 郑永晓：《加快"数字化"向"数据化"转变——"大数据""云计算"理论与古典文学研究》，《文学遗产》2014年第6期。
[2] 刘京臣：《大数据时代的古典文学研究——以数据分析、数据挖掘与图像检索为中心》，《文学遗产》2015年第3期。
[3] 王舒、张启慧：《大数据背景下古代文学研究的新策略——以"小李杜"诗词研究为例》，《广西职业技术学院学报》2016年第9卷第2期。
[4] 陈大康：《文学、数学与电子计算机》，《自然杂志》1988年第11卷第12期。

究的关系，但就文章的整体而言，依然谈的是大数据与文学研究的一般性问题，并不是专门针对当代文学研究而言的。熟悉学术史的人都很清楚，中国现当代文学研究自新时期以来，就一直处于新思维和新方法的潮头上，总能率先将西方的各种新潮理论应用到具体的文学史研究和文本分析之中，虽然也因此遭受一些诟病，但总体而言，现当代文学研究的先锋性是有目共睹的。当我们进入大数据时代以后，对大数据给本学科研究可能带来的机遇与挑战，似乎始终处于不自觉状态，这一点与相邻学科相比，明显落后了。所以今天我们来讨论这一问题就显得十分必要。

二、中国现当代文学研究的"数字化"与"数据化"

"大数据"时代，数据库建设是基础，没有数据库，就无从谈起"大数据"。与中国古代文学相比，现当代文学研究中的数据库建设明显滞后。就目前状况而言，中国现当代文学研究者常用的数据库主要是综合库，如 google books、中国知网、晚清民国期刊全文数据库（上海图书馆）、瀚文民国书库、爱如生晚清民国大报库、大成老旧刊全文数据库、台湾学术文献数据库，等等。这些综合性数据库覆盖很多学科和专业，属于现当代文学学科的专业数据库则很少，北京大学出版社开发过可以检索的《新青年》数据库，但只能在光盘上使用，没有上线；重庆师范大学目前正在建设"大后方文学史料数据库"，尚不能使用。与之相比，古代文学的专题性数据库则有很多，如四库全书、四部丛刊、历代石刻史料汇编、十通、国学宝典、中国基本古籍库、古今图书集成、龙语瀚堂典籍数据库、全唐诗、全宋诗等。而在现代文学研究领域，鲁迅研究虽为显学，但至今没有建成一个数据库。所以现当代文学研究者及相关部门，开发建设专题性数据库，已迫在眉睫。但目前这些数据库，只是完成了将纸质图书变成图像的过程，只能根据作者、题名、来源等要素进行检索，基本上无法对全文进行统计和检索，这只是一个数字化的过程，还不能称为数据化。在这一点上，谷歌图书的做法很有代表性。"刚开始，谷歌所做的就是数字化文本，每一页都被扫描然后存入谷歌服务器的一个高分辨率数字图像文件中，书本上的内容变成了网络上的数字文本，所以任何地方的任何人都可以方便地进行查阅了。然而，这还是需要用户要么知道自己要找的内容在哪本书上，要么必须在浩瀚的内容中寻觅自己需要的片段。因为这些数字文本没有被数据化，所以他们不能通过搜索词被查找到，也不能被分析。谷歌所拥有的只是一些图像，这些图像只有依靠人的阅读才能转化为有用的信息。"（《大数据时代》）随后，谷歌使用了能识别数字图像的光学字符识别软件来识别文本的字、词、句和段落，如此一来，书页的数字化图像就完全数据化了，其功能和意义倍增。比如说，通过检索鲁迅、郁达夫、郭沫若三个词在数据库中出现的频率、在时间上的分布，就可以得到这样一个对比曲线图：

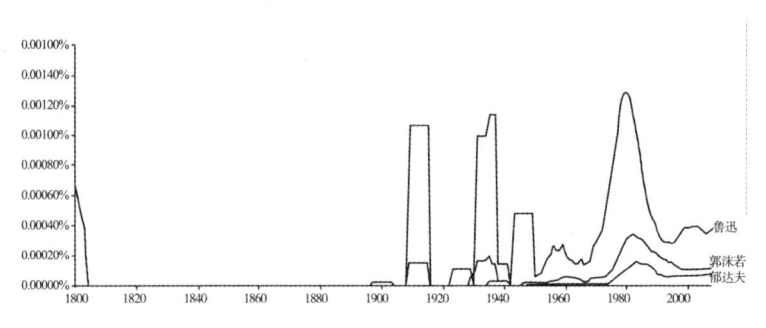

这就是"大数据"检索的结果，如果没有谷歌的"大数据"，我们很难清晰地看到这三位作家在文献中出现的频率变化情况。根据这个图表，我们可以分析出很多有价值的问题。如鲁迅出现的两个高峰，一个显然是在1936年前后，鲁迅逝世，他的作品被人们广泛提起；一个是1980年代思想解放时期。通过对比，可以清楚地看出三个人中鲁迅出现的频率是最高的，而三个人出现的高峰似乎有一致性，其中原因值得深思。

与谷歌将数字化图书数据化相比，中国大量的数据库都停留在数字化阶段，还没有完成数据化，这无疑影响了研究的深入和拓展。

三、"大数据"给现当代文学研究带来的新路径

依靠专业数据库或者大数据，现当代文学研究可以拓展出新的路径，会极大地改观研究的现状。"大数据"的特点就是"大而全"，不像过去那样只能靠抽样，正如有人指出的那样："在大数据和云计算出现之前，自然科学抑或人文社会科学，都主要依赖抽样数据和局部数据，甚至在无法获取实证数据时只能依赖假设、经验理论等去推测。这些基于经验、理论或抽样数据的学术研究和理论探讨在未来相当长的时间内还将继续发挥其应有的作用。但是，这种方法所得到的结论，有可能是扭曲的认识或假象，具有一定的局限性。而基于大数据思维和方法分析所得到的结论，在把握问题的实质和分析其发展趋势方

面显然具有极大的优越性。"① "大数据"带来的最为有效的研究就是通过对词频或字频的统计,进行关键词研究。金观涛和刘青峰撰写的《观念史研究:中国现代重要政治术语的形成》一书就是一次成功的尝试。两位作者通过"中国近现代思想史专业数据库(1830—1930)""《新青年》数据库"等,统计出了"公理""国民""个人""权利"等关键词的使用频率,借此理出了一条观念史的演变轨迹,令人耳目一新。在现当代文学研究领域,我们也可以采用数据统计的方法,查找"启蒙""个人""反帝""反封建"等重要概念的使用频率,也可以从中看到中国文学观念的演变历程。除对这些思想性关键词进行统计外,还可以对文学意象,尤其是诗歌意象进行统计,也能看出诗歌审美的变化。莫莱蒂还通过关键词统计的方法,研究过更为复杂的文学史问题。2013年,他出版《资产阶级:文学和历史之间》一书,通过对"有用""有效""舒适""严重""影响"等特定关键词出现频率的统计分析,来说明资产阶级文学的兴衰变迁,这已经不是简单的关键词分析了,而是指向了更为复杂的文学史现象。

莫莱蒂在斯坦福大学的"文学实验室"还通过对词语的统计,分析研究黑格尔的悲剧理论,也产生了很大影响,其研究方法也值得借鉴②。另外,利用"大数据"可以解决的文学问题还有很多,像作家的地域分布、家庭背景、受教育经历等数据,

---

① 郑永晓:《加快"数字化"向"数据化"转变——"大数据""云计算"理论与古典文学研究》,《文学遗产》2014年第6期。
② 周才庶:《统计文艺学:大数据时代文学研究的新范式》,《文艺理论研究》2016年第5期。

对我们了解作家的成长与分布很有帮助。就以"文学与生活"的研究而言，如果能拿到书店的销售记录、图书馆的借阅记录以及手机阅读的相关数据，我们一定能从中分析出当前中国人阅读的整体状况，以及文学介入人们日常生活的深度。

就单个作家而言，可以通过对其所用词汇的分类统计分析，了解其在不同时期或不同阶段对词汇的偏爱以及用语习惯等。有时可以借助语言统计，对一些可疑文本进行数据分析，以找到真正的作者。这方面国外有一个成功的案例。《哈利·波特》的作者 J. K. 罗琳匿名发表了一本小说《布谷鸟的呼唤》。随后，牛津大学的 Peter Millican 和德奎斯尼大学的 Patrick Juola 通过一系列法律语言学的分析方法，对比分析了这部小说和罗琳以往的作品风格，最后推测这部小说非常可能是罗琳的新作。最后，罗琳承认此书是她亲笔创作。所以每个作家的作品，都带有自己的印记，就像人的 DNA 一样，可以通过细致的检测，找到这些个人特征，这为一些佚文或有争议文本的鉴定提供了条件。

"大数据"与"云计算"当前正处于高速发展和迅速普及的阶段，给人们带来的震撼及其潜在的价值和作用，目前还没有被我们充分意识到，所以率先采用"大数据"开展文学研究是适应时代发展的重要步骤。自然，"大数据"也是数据，文学研究需要感情的介入和富有个性的理解、阐释，通过冰冷客观的数据对文学进行"科学"的分析，自有其局限性。但毫无疑问，"大数据"带来的新思维与新方法，必将给文学研究带来一场变革，也可能是一场革命。

第三章
重要文学现象研究

"雅""俗"对峙：中国现代文学史的内在矛盾运动[1]

一

雅俗既是一对美学范畴，也是一对社会范畴。据有人考证[2]，雅俗之别起于春秋，到战国时期，诸子开始崇雅抵俗，"雅"成为文人自我意识的中心，显示着文人优越的自我感觉。所谓"阳春白雪"与"下里巴人"的对立，即是雅俗关系最形象的说明。自战国之后，文人崇雅抵俗之风日盛，俗化与粗鄙成为同义语，"俗人""俗吏""俗儒"等与俗有关的称谓，都变为对人的恶谥；而雅成为文人身份、学识、修养的象征。《毛诗·序》训："雅者，正也。"而"正"与"政"通，这样"雅"在学识修养之外，又标志着政治上的某种特权。文化上的优越感与政治上的特权相互强化，使雅成为一个能独立运作的观念系统。单从文学上来看，在古代文人的心目中，诗歌、散文、

---

[1] 原刊于《中州学刊》2001年第1期。
[2] 于迎春：《"雅""俗"观念的衍变及其文学意义》，《文学评论》1996年第3期。

史传等能"为王者鉴"的体裁，属于雅文学系列；词、曲、小说（话本）及民间文学等以娱乐为主要目的的体裁，都是俗文学系列。从语言上来看，文言是雅文学的显著标志；而以白话为表现手段的作品都是俗文学。

近代以降，随着社会的变革，雅俗的对峙秩序有所松动。梁启超提倡的"小说界革命""文界革命"和"诗界革命"，触及了雅俗的古典对峙形态。然而，梁启超诸人提倡白话，抬高小说的地位，并非企图以俗代雅，而是以俗对"俗"——用通俗化的文学形式来对"俗人"（广大的民众）进行启蒙，目的是借助于俗文学的形式，开启民智。刘师培将这一点表述得很清楚，他说："以通俗之文推行书报，凡世之稍识字者，皆可家置一编，以助觉民之用。此诚近今中国之急务也。然古代文词岂宜骤废？故近日文词，宜区二派：一修俗语，以启瀹齐民；一用古文，以保存国学，庶前贤矩范，赖以仅存。"① 到这儿我们就明白了，"原来这种白话只是给那些识得些字的人准备的，士人们自己是不屑用的。他们还在用他们的'雅言'，就是古文，最低限度也得用'新文体'，俗语的白话只是一种慈善文体罢了"②。胡适在谈到这场白话运动时，也一针见血地指出："他们最大的缺点是把社会分成两部分：一边是'他们'，一边是'我们'。一边是应该用白话的'他们'，一边是应该做古文古诗的'我们'。我们不妨仍旧吃肉，但他们下等社会不配吃肉，

---

① 刘克汉（师培）：《论文杂记》，《国粹学报》1905年第5期。
② 朱自清：《论通俗化》，载《朱自清全集》第3卷，江苏教育出版社，1988，第142页。

只好扔块骨头给他们吃去吧。这种态度是不行的。"[1] 因此,清末文学改良运动,虽然提出了"崇白话而废文言"的口号,创办了一些白话报纸,但在本质上,没有改变"文以载道"的老传统。他们的作品,在貌似通俗的形式里,包括知识分子"治国平天下"的济世意识,其通俗化自然就无法彻底。这场"白话文"运动基本没有遇到保守派的抵制,也与它没有触动雅俗的古典对峙秩序有关。

二

传统的雅俗对峙关系真正受到挑战,是在五四新文化运动时期。"五四"文学革命主要以语言为突破口。先驱者们提倡白话文,招致了保守派的激烈反对,引发了一场著名的文言与白话之争。从古代文学史上看,用白话进行文学创作,并不是什么新鲜事。在三千多年的封建文学史上,白话文学一直与文言文学并行发展,二者各行其是。胡适的《白话文学史》向人们揭示了白话文学源远流长的发展过程,但文言和白话并未构成冲突。为什么到了五四时期,文言和白话就变得冰炭不容呢?这是一个值得深入思考的问题。在古代,封建文人能够心平气和地忍受白话文学的发展,是因为雅俗之间的分野异常清晰。白话文学不仅对文言文学构不成威胁,相反,白话文学的浅显粗陋,更加显示出了文言文学的华丽和古奥。然而到"五四"时期,情况就大不相同了,一向被视作粗鄙的乡间俚语像觉醒

---

[1] 胡适:《五十年来中国之文学》,载《胡适文集》第3卷,北京大学出版社,第252页。

的奴隶，借助于新派知识分子的扶持，开始登堂入室，欲取文言而代之。这就不仅仅是文言与白话之间孰优孰劣的问题，而是关系到雅俗易位的问题。文言的高雅地位与传统知识分子的政治文化特权息息相关，他们对文言的维护也是对自身利益的维护。孔乙己于穷困潦倒之际还满口"之乎者也"，"之乎者也"就像他那件破长衫一样，体现出他与"短衣帮"们的区别。"五四"文学革命正是紧紧抓住语言这一具有丰富社会历史内涵的关键问题，以雷霆万钧之势，动摇了三千多年来基本稳定的雅俗对峙秩序，这是让保守派难以接受的。朱希祖在《白话文的价值》一文中分析说，保守派反对白话是因为"文言文是绫罗绸缎"，白话文是"布衣"，"白话的文车夫走卒都能为之；文言的文，非学士大夫不能为"。道理就在这里：他们穿"绫罗绸缎"时，绝不反对别人穿"布衣"，若是穿"布衣"的人要求调换一下，他们自然就不会答应了。鲁迅也指出："如果文字易识，大家都会，文字就不尊严，他也跟着不尊严了。说白话不如文言的人，就从这里出发的。"[①]

"五四"文学革命的倡导者们，激烈反对脱离民众的"山林文学"和为上流社会所把持的"贵族文学"，也猛烈抨击"载道"的封建文统。他们将"引车卖浆者流"的口语当作文学语言的源泉；在艺术上，他们大胆地吸收了西方文学的经验和民间文学的营养，其创作活动的拟想读者是广大的民众。对他们那一代人来说，觉世醒世的要求超过对艺术价值的追求。但从20世纪20年代末开始，直到40年代，"五四"白话文学在一次

[①] 鲁迅：《门外文谈》，载《鲁迅全集》第6卷，人民文学出版社，2005，第95页。

次文学运动中成为靶子和箭垛,遭受着一次次的挑战和误解。

"五四"文学受到的批判与当初胡适们进行文学革命时对传统的批判有着惊人的相似之处:他们为民众请命的作品被看作是"有闲阶级"的孤芳自赏;他们从"引车卖浆者流"学来的白话被称为"欧化的新文言""臭白话";像鲁迅这样的反封建的闯将,也成为新的"封建余孽""时代的落伍者"和"二重的反革命"。后来者眼里的"五四"文学就像在"五四"文学家眼里的古典文学一样,已成为一种脱离民众的"贵族文学"。剔除这类批判中夸大其词的成分,我们不难看出批判者们不满于"五四"文学的主要原因是"五四"文学的文人气质和艺术旨趣,也就是它的雅化倾向。最初对古典文学进行革命的时候,白话文学是粗鄙的。革命成功之后,粗鄙的语言与粗糙的文学形式经过文人的加工之后,越来越高雅,知识分子们的精英意识再一次使来自民间的语言和文学形式脱离了民众的欣赏水平。毫无疑问,他们为大众写的作品,大众读起来仍觉艰深;来自西方的现代观念与小说技巧,依然让人感到陌生,拟想读者与实际读者出现了错位。然而饶有趣味的是,以批判"五四"文学为起点、以大众化为目的的革命文学很快又因不够大众化受到抗战文学的批判;中国现代文学就是在这种一次次的自我否定中走完了30年的发展历程。马克思主义将事物内部的矛盾斗争看作事物发展的内在动力,中国现代文学发展的内在动力正来自雅俗之间的矛盾与斗争,雅俗对峙也就成为现代文学史潜隐的内在结构。

我认为,五四新文化运动、"普罗文学"运动、大众语运动及关于民族形式问题的讨论等几次大规模的文艺运动,在表现形式、文学追求、功利目的等方面存在明显的差异,但无论操作者使用什么武器,也不管运动本身呈现出多么纷繁复杂的形态,这些运动背后都潜藏着同样的理论程式——以俗文学取代占据统治地位的雅文学,我称其为俗文学革命。这几次文艺运动的初衷和口号是基本相似的——以大众文学(俗文学)的形式,为大众代言、立言,并最终为大众服务。几次文艺运动的结果也是基本相似的,革命基本成功以后,很快就同它的批判对象一样(也几乎以同样的罪名)成为新的批判目标。俗文学向雅文学革命的过程,也是一个自身调整并向雅文学靠拢的过程。当俗文学取代雅文学端坐庙堂之上时,俗文学也会摇身一变成为新的雅文学。郑振铎曾形象地描绘过这一过程,他说:"当民间发生了一种新的文体时,学士大夫们起初是完全忽视的,是鄙夷不屑一读的。但渐渐的,有勇气的文人学士们采取这种新鲜的新文体作为自己的创作的形式了,渐渐的这种新文体得到了大多数的文人学士们的支持,升格成为王家贵族的东西了。至此,他们渐渐的远离了民间,而成为正统的文学的一体了。"[1] 因此可以说,俗文学革命的结果是以丧失自身的俗文学特征为代价,并最终向它的革命对象转换。俗文学一旦成为新的雅文学,也就孕育着新的危机,造就着新的反叛。郑振铎先生指出:"'俗文学'有好几种特质,但到了成为正统文学的一支的时候,那些特质便都渐渐的消灭了;原来活泼泼的东西,也终于衰老了,僵硬了,而成为躯体徒存的活尸。"[2] 这段话是

---

[1] 郑振铎:《中国俗文学史》,上海书店,1984,第3页。
[2] 郑振铎:《中国俗文学史》,上海书店,1984,第3页。

针对古代文学而言的，但对我们了解现代文学中存在的雅俗对峙关系，也同样具有启发意义。

  在一个稳定的社会秩序下，俗文学历史地位的劣势，使其难以与雅文学抗衡，因为雅文学经常拥有政治特权，其正统地位建立在政治基础之上。但当雅文学依附的政权出现危机时，俗文学就会借助于与其对立的政治力量来取代雅文学的控制。俗文学向雅文学的进攻，往往凭借人们关注的社会问题，这就使文学革命包含了更多的非文学内容，也正是这些非文学内容，使"运动"具有了正义性和吸引力。"五四"文人对现代民主、自由的诉求和"改良人生"的愿望，"普罗文学"对政治革命的发动，"文协"对抗战的宣传等等，时代的社会政治命题成为文学运动赖以发动和发展的重要前提。很明显，在这些众望所归的社会政治命题面前，文人对文学独立性的坚守和对既往文学传统的皈依都丧失了其"合理性"和"合法性"，甚至稍有不慎就会被诬为历史或民族的罪人。在抗战时期，许多处在文坛边缘的人遭受不公正的批判，即是很好的例证。由此，我们发现了隐藏在现代文学运动背后的误区——那就是以社会政治运动的思路和方式来进行文学运动。在这类运动过程中，人们看重的不是艺术方面的对抗、融合与创新，而是文学运动领导权的归属问题及其理论宣传对公众的影响力和诱惑力。运动的倡导者们采用政治运动的模式时，为了宣传的需要，就像农民起义领袖夸大当权者的罪恶一样，以耸人听闻的语言，对追随者们进行煽动，并把矛头指向文界领袖。五四新文化运动的先驱者们对古典文学夸大其词的批判（如"桐城谬种""选学妖孽""十八妖魔"等口号），也只能看作是一种斗争策略；20世纪20年代末与30年代初的革命文学运动，对"五四"文学的讨伐在思维方式上依然重复着他们的批判对象，甚至有过之而无不及；从抗战到解放区，文学大众化的要求无不是以清算既往文学为前提的。把社会政治运动的思路直接运用到文学运动中，在推动文学向前发展的同时，也造成了对艺术积累的巨大破坏。毛泽东认为，"五四"以来的新文学作家，"他们的兴趣，主要是放在少数小资产阶级知识分子上面"，"他们在许多时候，对于小资产阶级出身的知识分子寄予满腔的同情，连他们的缺点也给以同情甚至鼓吹。对于工农兵群众，则缺乏接近，缺乏了解，缺乏知心的朋友，不善于描写他们。倘若描写，也是衣服是劳动人们，面孔却是资产阶级知识分子"①。从具体创作来看，说"五四"文学以小资产阶级知识分子为核心，是中肯的，可作家们在从事创作时心里又何尝不是想着劳动人民呢？即以知识分子情调最重的"五四"文学为例，鲁迅、郁达夫等人在创作的时候，无一不是想通过作品去为民众请命、为民众呐喊。

三

在社会领域里，下层社会对贵族阶级的反抗，总被看作是积极的和正义的，但在文学领域，俗文学对雅文学的颠覆并不总是有利于文学的健康发展。俗文学与雅文学相比，通常具有较强的生命力，所谓"生于民间，死于庙堂"，即说明了俗文学

---

① 毛泽东：《在延安文艺座谈会上的讲话》，载《毛泽东选集（第2版）》第3卷，人民出版社，1991，第856页。

所具有的蓬勃生机。但俗文学诞生于民间,是民间文化的派生物,而民间文化是一个非常驳杂的存在,"用政治术语说,民主性的精华与封建性的糟粕交杂在一起,构成了独特的藏污纳垢的形态"①,它在为文学提供充满勃勃生机的艺术形式和艺术经验的同时,也常常裹挟着与之并存的巨大缺陷。民间艺术长期以来处在封建正统思想的控制之下,它虽然有抵制封建正统思想的因素,却也很难抗拒正统观念的渗透;另一方面,民间艺术以娱乐为目的,以民间百姓的欣赏趣味为转移,也明显具有粗糙浅陋、格调低下的特征。它一旦从市井乡野之间崛起,就会与政治力量合流并以狂风暴雨之势,使作家们失去对其的控制。崇高的政治目的与来自政治的狂热激情,也会使作家们失去批判能力。从20世纪30年代开始,我们无法否认这样一个事实:来自民间的小农意识和明显缺乏修剪的简单、粗糙的艺术形式,伴随着大众化的呼声和对"民族形式"的重视,一步一步将五四时期刚刚确立起来的艺术传统和精英意识逼向边缘;标语口号等非文学性手段充斥到文学创作之中;秧歌、顺口溜等简易的民间艺术形式以无可争辩的政治优势,受到与实不符的赞誉。但文学运动毕竟与政治革命不同:政治革命是一种你死我活的斗争,具有强烈的排他性——在双方的较量中,它很难容忍不偏不倚的中间状态;而文学运动则大不相同,各种流派、各种创作方法之间的兼容,是文学能够健康发展的一个重要条件。一种新的方法和流派的出现,并不必以推翻既有的文学主流为前提。然而纵观现代文学史上几次大的文学运

---

① 陈思和:《鸡鸣风雨》,学林出版社,1994,第35页。

动，大都是以"只此一家、别无分店"的思维方式为指导，并与政治运动同步进行。有时在政治运动过程中，它甘愿充当政治的喉舌，政治革命成功之后，它又借助于政治的力量，讨伐异己。

俗文学革命导致的另一个后果，是政治意识向文学的渗透。俗文学没有稳定的形态，缺乏操守，它就像中国国民性一样，具有巨大的包容性和可塑性，政治可以根据自己的需要对其进行任意修改。在现代文学史上，俗文学就像一枚勋章，只要戴上它就可以获得青睐；它又像一根棍子，常常被用来当作打击文人创作的工具。然而它的打击目标又常常不在文学本身，而是直接指向作家本人——粉碎所谓"小资产阶级"的优越感和知识分子垄断文坛的局面。从文学史上来看，文人创作占据统治地位以后，俗文学一般作为文人创作的补充和修正。像延安时期那样，把俗文学作为正统，用来取代或改造雅文学的现象是不多见的。俗文学依靠非文学力量占据统治地位以后，除了不可避免地雅化，还出现了另一种变异，即政治化。在政治化过程中，它也基本上失去了自己的原始形态，尤其是在内容方面，"俗"文学中的"忠""孝"故事和男欢女爱的场面基本上被热火朝天的宣传所代替。正如周扬看了1944年春节的秧歌演出后总结的那样："主题变了，人物变了"，"新秧歌是不但在内容上，而且在形式上都是新的了"。1944年，延安为庆祝春节，"出动的秧歌队有二十七队之多"，内容基本上是相似的，周扬在对新秧歌进行崇高评价后也产生了这样的感受："它对群众生活的反映还是比较单调的，有些公式化的，甚至使人有千篇一律的感受。"① "这些高度艺术性的作品"同时上演,实际上是一种政治行为。它在促进文学发展的同时,也无可避免地带来了许多负面效应。文学史的发展史实已经充分地证明了这一点。

与雅俗之间的斗争相伴随的是知识分子对自身地位的调整。从理论上来讲,文学的大众化应该由知识分子来完成。因为进入文明社会以后,知识分子永远是文学创作的主体。但从文学史发展的史实来看,文学的俗化过程,导致了知识分子的自我否定过程。与"五四"文学相比,后来的知识分子逐渐失去了对文学的发言权。

无论20世纪三四十年代对"五四"文学进行了怎样的否定和批判,"五四"仍然是本世纪文学发展的黄金时期。它对后来者具有很强的诱惑力。人们向往"五四",除了艳羡于那难以企及的文学成就外,更主要的是向往当时知识分子拥有的那份心态——"指点江山"的圣贤心态。那时知识分子在自己的文化圈里,评古论今,向青年人发出"如此这般"的号召和呼吁。他们充满自信,似乎已执历史的"牛耳"。由于政治的真空,他们以一种独立的姿态脱颖而出,形成了以知识分子为核心的精英文学群落。他们借助于俗文学的形式(白话、小说),反对占据文坛正统的封建文学。"平民文学"的口号,反映了当时知识分子对民间文化的青睐。不过,由于此时知识分子以西方资本主义文化体系为参照系,很容易发现民间文化藏污纳垢的特点,他们甚至警惕地意识到民间通俗文化同样是封建文化观念的载

---

① 周扬:《表现新的群众的时代》,载《周扬文集》第1卷,人民文学出版社,1984,第437页。

体。鲁迅以最大限度的民间化语言，在阿Q、祥林嫂、闰土等人身上揭示出了民间潜藏的封建毒素，不能不让人们感到震惊。所以，"五四"文学革命的先驱者们在利用俗文学的同时，在心理上仍处于戒备状态，并试图以自身的精英意识去改造民间通俗文化，以达到建立"人"国的目的。这样，"五四"知识分子的精英文化虽对民间文化认同多于批判，但最终又与其保持着一定的距离。"普罗文学"对"五四"文学的批判，正是抓住了它与民间通俗文化貌合神离的特点，把矛头指向了"平民文学"口号下的小资产阶级文学的本质。

"普罗文学"家们以"大众化"为己任，批判"五四"文学与民间俗文学若即若离的暧昧关系，但他们同其批判对象一样，理论上的追求与实际创作之间难以吻合。在大众化旗帜下写出的那些"革命加恋爱"的小说与标语口号式的诗歌，并非就是大众化的文学。但"普罗文学"运动带来的后果是，使知识分子放弃了改造民间文化的愿望。知识分子由为自己立言的"圣贤"转变为民间文化的代言人。这是知识分子对自身地位进行的第一次大调整。

随后，随着政治形势的变化，文学大众化这一知识分子的自觉要求，很快得到政治权威的认同。1938年，毛泽东在题为《中国共产党在民族战争中的地位》的报告中要求创建"新鲜活泼的、为中国老百姓所喜闻乐见的中国作风和中国气派"。文艺界对此迅速做出了反应，并引发一场关于"民族形式"问题的大讨论。在这次讨论中，有人再一次把矛头指向了"五四"文学。向林冰将"大众所习见常闻的民间文艺形式"当作"民族形式的中心源泉"，并把它与"五四"以来的新兴文艺形态对立起来①。向林冰的观点受到葛一虹、胡风许多人的批判，但随后的史实证明，向林冰是实际的胜利者。1942年5月，毛泽东在《在延安文艺座谈会上的讲话》中指出："人民生活中本来存在着文学艺术的矿藏，这是自然形态的东西，是粗糙的东西，但也是最生动、最丰富、最基本的东西，他们使加工形态的文学艺术相形见绌，他们是一切加工形态的文学艺术的取之不尽用之不竭的唯一源泉。"②"讲话"对"唯一"源泉的认定，其实是将向林冰的观点权威化、政策化。藉此，作家们开始无条件地向"工农兵学习"，改造自己从"五四"以来形成的自由主义和启蒙主义的思想观念；同时，民间曲艺成为文学形式的正统，文盲作家、文盲诗人成为备受青睐的表率，而纯文学作者被挤到文坛的边缘地带。对五四时期成长起来的一代作家来说，他们所拥有的知识及由此而来的批判意识、个性主义成为走向大众化的障碍，必须无条件地放弃。民间文学固有的俗陋则成为登堂入室的通行证和可以引以为自豪的勋章。纯文学作家基本上失去了对文学发展的干涉能力。至此，中国知识分子完成了对自身地位的第二次调整：他们成为文坛上的"多余人"。

纵观30年的文学发展史，不难看出，以"五四"为背景的纯文学作家随着文学的俗化一步步退出文坛——由文坛的主角变为文学改造的对象，直至20世纪六七十年代沦为"文化大革命"的"囚徒"。同时，由于雅文学的边缘化，文学俗化进入失

---

① 向林冰：《论"民族形式"的中心源泉》，《大公报》副刊《战线》，1940年3月24日。
② 毛泽东：《在延安文艺座谈会上的讲话》，载《毛泽东选集第三卷（第2版）》，人民出版社，1991，第860页。

控状态，"在某些作品中，还表现出把普及变成降低，把通俗变成庸俗——在思想上迎合大众，在语言上迁就大众，在形式上以运用旧形式为满足，而且是毫无批判地毫无改造地运用旧形式"[①]，从而直接导致作品艺术质量的下降。

当20世纪成为历史的时候，回首百年沧桑，文学的俗化依然是一个沉重的话题。过去，我们对它的肯定与颂扬已经太多了，如今已经到了客观公正地反思那段历史、汲取历史经验的时候了，历史史实毕竟是无法回避的。

---

① 周文：《文化大众化实践当中的意见》，《中国文化》1944年第2卷第3、4期。

无"常"而"变"：新诗作为一种"流浪文体"的命运[①]

提到新诗的"常"与"变"，人们很容易就会想到一个老问题：新诗与古代诗歌传统的关系。正如有论者指出的那样："新诗的'常'是指中国诗歌传统，它是恒定不变的诗歌元素；'变'则指新诗创作对诗歌传统规范的不断突围、超越与改写，是追求'无限创新'的现代性诗学理念的具体呈现。"[②] 在这一论述框架内，"常"与"变"的关系就演变为新诗"该不该"和"该如何"继承旧诗传统的问题，这是自"五四"以来人们就一直在思考的问题，今天进行重新思考，也不乏现实意义。但我更愿意在"新诗"近百年发展史这一时间框架内来讨论新诗的"常"与"变"。也就是说，这里的"常"是指新诗在近百年发展历程中积累下来的那些恒定的形式和精神，那些能够被新诗共同体成员广泛接受并自觉遵循的一些规则和规范，有时也可能就是被当作范本受到广泛追慕的一个人，或一篇作品。

[①] 原刊于《西南大学学报（社会科学版）》2010年第6期。
[②] 谭五昌：《我看新诗的"变"与"常"》，《西南大学学报（社会科学版）》2010年第3期。

而"变"则是指新诗不断打破规范、求新、求异的姿态和进路，是新诗的生命力之所在。一旦将问题限定在这一论域内，有关"常"与"变"的问题就显出了另一种维度，可以使我们看清楚新诗演变过程中遭遇到的种种问题。

新诗的"常"与"变"各自有着不同的意义。"常"并不等于传统。传统是一个动态的发展过程，而"常"是指静态的内在规定性，是新诗在发展过程中的艺术积淀，它比传统更具有稳定性，内容更具体，也更为重要，因为它表征着一种文体的成熟，是某一文体在演变过程中积聚的思想与艺术上的遗产。一种文体如果经过了近百年的发展，尚未积淀为"常"，就证明这一文体尚处于探索期和尝试期，还没有走向真正的成熟。"变"则是在"常"的基础上求变，当"常"达到一定的厚度，"变"就会试图将其彻底推翻，但"常"是无处不在的，它一旦形成，就像生命的基因一样，代代相传。所以"变"是相对的，"常"是永久的，激进的"变"一旦没有了"常"的规制，就成为无根的游谈，各种翻新的花样也只能是昙花一现。而在我看来，中国现代新诗正陷入这样一种无根的尴尬状态——一种无"常"的变化状态，这充分证明了新诗近百年尝试与探索的未完成性和开放性。

曾经有一阵，诗歌研究界开始了有关诗歌有无传统的讨论。有人认为新诗没有形成自己的传统，有人则持相反的意见。我认为，传统作为一个历时性概念，与"发展过程"有相似性。新诗历经近百年，当然有自己的传统，只不过这个传统的核心是"变"，而不是"常"。这就是我把"常"与传统相区别的原因。新诗自诞生的时候起，就像一只无处栖身的鸟儿，不停地寻找着安身立命的枝头，但到今天为止，已经疲乏了，飞不动了，还没有找到立身之地，所以它的传统就是寻找，就是不停止地跋涉，是"变"。无"常"而"变"的状态，就像没有河床的水流，随地势而动，没有规范和规则，没有方向和目标，更没有人知道它明天会流向哪里，这就是新诗近百年所历经的命运。

新诗无"常"的一个基本表现，在于人们对什么是"新"诗，至今没有形成一个接近统一的、相对稳定的看法。闻一多当年曾经困惑地问道："什么是诗呢？我们谁能大胆地说出什么是诗呢？我们谁能大胆地决定什么是诗呢？不能！"① 这个问题至今没有得到很好的回答。不仅如此，对诗歌的评价，也缺乏一些基本的尺度。当今一位诗评家就说过这样的话："人们一时难以辨清，到底何谓'好诗'、何谓'坏诗'？诗的'标准'、新诗存在的'价值'究竟在哪里？"② 这些困惑不是个别现象，而是带有普遍性。与新诗同时诞生的现代小说、散文、戏剧，都走出了这种困惑，但新诗依然在为自己的身份和属性迷惘，至今没有积淀出自己的"成规"。没有找到归宿的新诗，注定了流浪的命运，我称之为"流浪文体"。有人指出了新诗文体建设存在的四大误区③，但这些误区的根源，存在于诗人的思维方式之中。这主要表现在：第一，每一代诗人都以否定前人作为自

---

① 闻一多：《诗与批评》，载《闻一多全集》第2卷，湖北人民出版社，1994，第217页。
② 张桃洲：《近二十年新诗研究述评》，载《个人神话：现时代的诗、文学与宗教》，武汉出版社，2009，第169页。
③ 谢向红在《新诗文体建设的四大误区》（《西南师范大学学报（社会科学版）》1999年第1期）中指出新诗的四大误区：①新诗拒绝音乐性；②新诗拒绝外在音乐性；③韵律就是刑具；④民族诗歌传统的断流。这只是就现象而言，其根源存在于诗人的思维方式中。

己的出发点，所以新诗至今没有出现堪称楷模的标志性人物，也失掉了自己的根。这其实是一种破坏性掘进，是农民起义式的心态在作祟。胡适作为新诗的最初尝试者，很快就成了一个笑柄，被戏称为"黄蝴蝶"。郭沫若横空出世，开一代诗风，但在新月派和象征派那里，那种自由体没有得到很好的继承。"格律"也好，"象征"也好，到20世纪30年代成为明日黄花；到20世纪40年代的解放区，"五四"以来的艺术探索和积累基本被全盘抛弃。到了新时期，朦胧诗在继承20世纪五六十年代部分诗人的优良传统的基础上，为新诗创造了一个高峰，也只有在那个时代，诗歌才获得了和小说并驾齐驱的地位。朦胧诗也许并不完美，但它对时代的敏锐感受、对政治与个人命运的沉痛思考，以及它对诗歌语言和形式的精心营构，都为新诗开辟出了新的领地，为新诗赢得了荣誉。我个人始终认为，在整个20世纪新诗史上，值得人们反复品读的作品，除鲁迅的《野草》之外，就是北岛、顾城和舒婷等人的朦胧诗了。但遗憾的是，朦胧诗的成就很快就被"pass"（跳过）了，一部分自命不凡的所谓诗人，清泉濯足，焚琴煮鹤，将朦胧诗的思想和艺术成就弃若敝屣。没有了前人的艺术经验，没有对前人成就的敬畏和继承，新诗之"常"就成了一句空话。

第二，新诗发展到今天，已经到了以取消和亵渎诗意为时尚的状态，也就是以扼杀诗歌的方式来写诗。现代诗人从胡适到阮章竞，无论创作成就相差多少，风格的差异有多大，但都在苦心经营着诗意，都在借助于现代汉语，营造美的诗意空间，表达诗人对时代、政治和日常生活的感受和理解，所以作为诗人，他们是值得尊敬的。如果说诗歌之"常"有一个最基本的内涵或说是底线的话，那就是"诗意"。但 20 世纪 90 年代以来的很多诗歌，专与诗意作对，以消解和亵渎诗意为荣，这类写作，我们可称之为"诗歌的自杀式写作"。韩东的《有关大雁塔》已经成为经典，进入了很多文学史教材，有人尊之为"后现代诗歌"。我想无论现代还是后现代，诗歌首先要有诗意，不能因为冠上"后现代"的名号，就身价倍增了。还有一位"著名"女诗人，将脏话也写入诗中，还被奉为这种主义那种主义。我想诗歌评论界分不清"好诗""坏诗"还可以理解，如果连"诗"和"非诗"都辨不清的话，那就让人焦虑了。所以这所谓的"变"，所谓的"创新"，其实是个人的为所欲为，是街头艺人的即兴表演，是厚厚的窗帘背后的想入非非。他们对诗歌这一神圣的文体，完全没有了一点敬畏之心和爱惜之情，对读者也没有丝毫的顾念，更不要说文人的担当和责任了。

第三，当前写诗的人善于树大旗、喊口号，以新鲜的名词和概念来故弄玄虚，没有高质量的创作实绩。诗人都变成了诗歌理论家，有时比理论家说得还玄妙，唯独写不出好诗来。这种风气，自 20 世纪 80 年代就开始了。1986 年，有两份报纸推出了"中国诗坛 1986 年现代诗群体大展"，无数流派纷纷出笼，很多人将这看作是诗歌繁荣的标志，现在很多诗歌教材也提到这一事件。但在我看来，这是新诗衰落的一次生动演示，是各种怪胎、畸形儿的一次大会聚。因为翻开整版的报纸，只见旌旗招展、口号喧天、大话满纸、各种怪异的论调堆积，就是读不到一首好诗。以后这样的活动形式被继承了下来，各种新诗"联展"像商家举行的促销会一样，此起彼伏，为新诗制造了很大的声势。但是，声势不等于成就。如果没有名作，没有脍炙人口的诗句，那么所有的旌旗与口号都不过是虚张声势，无法掩饰创造力的衰退与萎缩。

诗歌界存在的种种问题，都显示了这一文体的流浪状态：诗歌像一个无家可归的孤儿，四处游荡。但悲哀的是，它还不甘寂寞，就只好靠自虐、自残、自辱的方式来吸引人们的目光：

> 哎再往上一点再往下一点再往左一点再往右一点
> 　这不是做爱这是钉钉子
> 噢再快一点再慢一点再松一点再紧一点
> 　这不是做爱这是扫黄或系鞋带
> ……
> 为什么不再舒服一些嗯再舒服一些嘛
> 再温柔一点再泼辣一点再知识分子一点再民间一点
> 为什么不再舒服一些

这种"叫床体"诗歌一时被奉为杰作，被广泛评说。但仔细品读就不难发现，这样的诗毫无想象力、毫不含蓄，也没有丝毫美感，与古人的"香囊暗解，罗带轻分"相比，诗意相去甚远。这样的诗竟然获得广泛赞美，不知道他们是在赞美诗，还是在赞美诗人，也许他们在"温柔"与"舒服"中忘记了诗歌应有的特性。

如今，流浪的新诗已经远离了广大民众，远离了日常生活，远离了仰慕它的读者，放弃了应有的担当，独自远行了。它留给人们的是一个萎缩黯淡的背影。这样下去，诗早晚会死在诗人的手里，死在评论家温柔的爱抚下。

抗战时期战俘文学中的观念纠葛[1]

一、战俘文学及其研究概况

抗战文学中有一批以战俘（主要是日本俘虏）[2]为题材的作品，主要是报告文学或通讯报道。为论述方便，本文把这类作品称为"战俘文学"。代表作品有沈起予的《人性的恢复》[3]，张天虚的《两个俘虏》[4]，日本反战作家鹿地亘的《和平村记——俘虏收容所访问记》[5]《我们七个人》[6]，冰莹的《俘虏收容所参观记》[7]《俘虏审问记》[8]，林语堂的《日本俘虏访问记》[9]，

---

[1] 原刊于《文艺争鸣》2020 年第 7 期。
[2] 抗战时期，中国战俘营中关押的战俘除日本人外，还有少数朝鲜人、俄罗斯人和中国台湾人。其中也有几位据说是被日军毒哑的中国人，但以日本人居多。
[3] 沈起予：《人性的恢复》，时兴潮社出版社，1943。
[4] 张天虚：《两个俘虏》，上海杂志公司，1938。
[5] [日] 鹿地亘：《和平村记》，在《救亡日报》副刊《十日文萃》1939 年连载部分内容，又在《救亡日报》1939 年 1 月 12 日至 4 月 15 日连载（中间有停顿），1947 年日本中央公论社出版单行本。
[6] [日] 鹿地亘：《我们七个人》，沈起予译，作家书屋，1943。
[7] 冰莹：《俘虏收容所参观记》，《黄河》1941 年第 2 卷第 4 期。
[8] 冰莹：《俘虏审问记》，《中华（上海）》1937 年第 59 期。
[9] 林语堂：《日本俘虏访问记》，罗书肆译，《时与潮》1945 年第 22 卷第 6 期。

崔万秋的《日军俘虏生活——常德俘虏收容所参观记》①，无署名的《访问两个日本俘虏》②，谭耀宗的《俘虏访问记——粤北战役追记之一》③，罗平的《日本俘虏访问记》④，茜丽的《俘虏访问记》⑤，王衍康的《俘虏访问记》⑥，等等。从很多报刊竞相发表有关俘虏的报道来看，日本俘虏在当时是一个颇受关注的话题，相关小说有黄源的《俘虏》⑦等，诗歌有黄鲁的《赠日本俘虏》⑧，剧作主要有刘纯德的独幕剧《俘虏》⑨等。除作家、记者们书写俘虏外，部分在收容所里接受改造的俘虏，也发表作品或参加演剧，表达他们的反战意识，如在重庆博爱村接受改造的俘虏演出了自己编的话剧《东亚之光》，《黄河》杂志1941年第2卷第4期推出了"日本反战同志文艺专号"，刊发了一组日本俘虏的作品，其中有话剧剧本《正义血战》⑩，这些作品使我们得以了解战俘们的真实心态。但在现代文学史上，这些战俘文学长期以来并没有得到研究者的重视，仅有的研究成果屈指可数。最早对此做出评价的是茅盾。张天虚的《两个俘虏》出版后，茅盾及时撰写书评，对这部战俘题材作品给予高

---

① 崔万秋：《日军俘虏生活——常德俘虏收容所参观记》，《杂志》1938年第2卷第6期。
② 《访问两个日本俘虏》，《战地通信》1938年第21期。
③ 谭耀宗：《俘虏访问记——粤北战役追记之一》，《宇宙风》1941年第114期。
④ 罗平：《日本俘虏访问记》，《全民周刊》1938年第1卷第10期。
⑤ 茜丽：《俘虏访问记》，《国魂》1938年第21期。
⑥ 王衍康：《俘虏访问记》，《民教指导》1938年第6、7期。
⑦ 黄源：《俘虏》，《非常情报》1937年9月创刊号，又见《呐喊》1937年第2期、《抗战半月刊》1937年第1期。
⑧ 黄鲁：《赠日本俘虏》，《中国诗坛（广州）》1939年复刊号。
⑨ 刘纯德：《俘虏》，《陕西防空月刊》1939年创刊号。
⑩ [日]森下九郎遗著，押切五郎改编：《正义血战》，《黄河》1941年第2卷第4期。

度评价，认为它"第一次把一个值得我们用力钻研的问题提出来了"，这个值得钻研的问题就是"对敌的研究工作"。[①] 新时期以后，对这类作品的研究有少数值得重视的成果。王向远在《"笔部队"和侵华战争——对日本侵华文学的研究与批判》一书的"附录"部分，论及中国抗日文学中的日本兵形象时，提到了沈起予的《人性的恢复》和张天虚的《两个俘虏》，认为这两部作品"对日本士兵的态度、对日本士兵的理解和描写，显然采取的是无产阶级国际主义的立场，而不是民族主义或国家主义的立场，对日本士兵的定位和分析所采用的也是中国左翼文坛习用的阶级分析方法。由于采取了这样的立场和方法，《两个俘虏》和《人性的恢复》之类的作品，就带上了一定程度的宣传色彩，一定程度的主观化、概念化和理想化色彩"[②]。这种说法触及了根本问题，那就是以阶级分野来取代民族立场，但王著并未对此进行深入分析。张焕香的论文《帝国的流亡记忆：抗战时期日本战俘的战争反思》[③] 分析了日本俘虏发表的作品，认为日本俘虏对战争的反思，包括他们加入中国人民的抗战队伍，其实是一种"基于自身利益衡量下的朴素的反战思想"，"并没有对战争作出正义与否的明确判断"，这一分析是中肯的。赵伟的论文《抗战文学关于日本俘虏的言说》分析了日俘文学中的人物形象，认为"抗战文学关于日俘话题的探讨，揭示了日本士兵被俘前后关于战争的种种想法、观念，国人借

---

① 茅盾：《书报述评〈两个俘虏〉》，《文艺阵地》第 1 卷第 8 期。
② 王向远：《"笔部队"和侵华战争——对日本侵华文学的研究与批判》，昆仑出版社，2005，第 311—312 页。
③ 张焕香：《帝国的流亡记忆：抗战时期日本战俘的战争反思》，《东北亚外语研究》2015 年第 3 期。

之认识、了解对手，同时亦向其释放善意并传递反战信息。无论日本士兵是否主动参战，侵华战争给中日民众带来的巨大灾难都毋庸置疑，由此，前述作品守护正义珍视和平呼唤友爱之精神，在当时与今日无不弥足珍贵"①。车国民的硕士论文《抗战时期国解两区日俘政策比较研究》②对国统区和解放区的日俘政策进行了比较研究，但不涉及文学。

就目前来看，战俘文学研究主要聚焦于人物形象塑造和战俘改造之于抗战的意义两个方面，对这些作品展示出来的有关民族、阶级、正义、伦理等问题，缺乏深入探讨。如果说抗战文学高举着民族主义的旗帜，那么战俘文学最大的特点是以消解民族主义的形式，迂回到民族主义的立场上来。因为在中国抗战这一大的历史背景下，民族主义、阶级意识和正义观念常常紧紧地纠缠在一起，同样，在民族战争极为惨烈的时代，那些以"博爱村""正义村""和平村"命名的日本战俘收容所所传递出来的乌托邦意念是否真的会消弭民族之间的裂痕，这些问题都值得深入探讨。

二、民族、阶级与正义的纠葛

抗战时期的战俘文学最早出现于1932年"一·二八事变"时期。当时《时事新报》的记者采访了指挥江湾会战的沈师长，写了报告文学《江湾会战》。文中，沈师长讲述了7个俘虏的故

---

① 赵伟：《抗战文学关于日本俘虏的言说》，《福建师范大学学报（哲学社会科学版）》2016年第3期。
② 车国民：《抗战时期国解两区日俘政策比较研究》，硕士论文，广西师范大学，2008。

事：在夜战最激烈的时候，一部分敌人潜行到我军阵前的外壕里，受到我方强烈枪火打击，"最后剩下7个兵被火力压迫住，不敢退回，结果将枪递出，作为俘虏"。沈师长想把这7个俘虏送到总指挥部，后来又送还给敌方："因为他们说，不愿意作战，完全被长官所迫，足见我们不是和当小兵的有仇。"[①] 沈师长从敌兵的谈话中领悟到"长官"和"小兵"的区别，似乎忘记了就是这些"小兵"刚刚还是持枪的凶猛敌人。将其送还后，他们可能会重返战场，更没有考虑这"小兵"说的话仅仅是为了活命的托词，还是事实。但不管怎样，沈师长做出判断的思想基础是一种阶级意识：作为被压迫阶级的"小兵"，是被"长官"这一统治阶级逼向战场的，他们与中国人没有仇，所以将他们抓获以后旋即释放。我们现在不知道这段采访是沈师长的原话，还是记者的加工，但它透露出在民族战争中阶级观念的强大影响。1937年全面抗战爆发后，战俘文学作品大量涌现，几乎都沿用了这一基本立场：作为普通人的士兵是无罪的，他们是军部或军阀发动战争的工具，他们同中国人一样，都是受害者。无论是在解放区，还是在国统区，人们在这一点上有着惊人的一致，这不仅因为在国统区的战俘文学作家像沈起予、鹿地亘等都是左翼人士，事实上在国民政府创办的俘虏营中，这一理念也是改造俘虏的基本出发点。1938年，《战地通讯》记者在西安八路军办事处采访了两个俘虏，写了报道《访问两个日本俘虏》，文章一开头就表明了自己的立场："心里总痒痒

[①] 《江湾会战》，《时事新报》1932年2月22日，今据《中国报告文学丛书》第1辑第3分册，长江文艺出版社，1981，第19页。

地也想有机会看看这些被法西斯军阀欺骗作战的日本兄弟,昨闻八路军办事处刚由前方带来了两个日本俘虏,就抓住了这机会立刻披上外衣,兴匆匆地驱车往八路军办事处去。"① 在还没有见到俘虏的时候,就将他们称为"日本兄弟"了,这是一种"阶级兄弟",是被压迫阶级之间的精神同盟。在平型关战役中,敌军宁死不降,这引起了八路军对敌宣传工作的重视,所以八路军指战员都要学习三句日语:"一、我们的敌人是日本军国主义者,军阀!""二、你们是我们亲爱的兄弟!""三、缴枪不杀!"② 优待俘虏的政策打消了敌人对投降的恐惧,才使降兵不断增多,对取得抗战胜利发挥了重要作用。所以从阶级立场出发,将敌兵当成兄弟,最终的目的是赢得这场民族战争的胜利。

沈起予的《人性的恢复》也表达了对俘虏的阶级友爱之情。重庆博爱村的古柏树上,贴着两道大标语:"我们的敌人是日本军阀;日本的被压迫民众与我们携手起来!"在庄严的八字朝门上,左右对贴着"欢迎日本兄弟"几个大字。在沈起予笔下,博爱村洋溢着兄弟般的和谐友爱之情。马克思强调,工人无祖国,阶级论正是一个跨越民族隔阂的桥梁,将两个敌对国家的被压迫阶级结合成了一个命运共同体,将日本军阀作为两国民众的敌人。但这些作品对阶级论的理解具有很强的实用性,从理论上说,一旦确认了"我们"的阶级属性,那么阶级斗争的对象就不只是日本的军阀,而是所有的剥削阶级。所以这里的阶级论其实是反对日本军阀的政治装饰,不是严格意义上的阶

---

① 《访问两个日本俘虏》,《战地通讯》1938年第21期。
② 天虚:《两个俘虏》,上海杂志公司,1938,第10页。

级划分。同时，这种阶级论在对待俘虏问题上，也轻松越过了关于战争罪的问题。那些拿着枪与我军对垒的敌人，一旦放下屠刀，立即就成为我们的兄弟，成为无辜者。聪明的俘虏们对此深有领会，所以，面对采访时几乎说着同样的话，鹿地亘曾不无讽刺地写道：

> 新闻上时常登着俘虏的访问记，然而在访问记中，无论哪一个俘虏，都像留声机重复着："我们是被迫来做了战争的牺牲的，我们深深感谢中国军民的优待……"这恐怕是访问者们向他们灌进了同样的唱片，不然的话，就是俘虏们把事前预备好的唱片拿出来给大家听而已。①

战俘们的陈述可能是真诚的，也可能是言不由衷的，对此我们无法判断。很多俘虏收容所都存在俘虏逃跑的现象，1946年成都俘虏收容所还枪毙了两名滋事的日本空军俘虏，这说明很多俘虏心中另有想法。就日本发动的侵华战争来看，日本军部自然是战争的发动者，他们是战争的罪魁祸首，但也必须看到，自甲午战争以后，日本社会弥漫的军国主义情绪和对所谓"支那人"的轻蔑，是孕育这场战争的温床。鲁迅在《藤野先生》中记述的日本人对中国人的歧视，在当时的日本是一个普遍现象，这是日本侵略中国的民间基础。1937年卢沟桥事变爆发以后，日本举国上下沉浸在对战争的狂热支持之中。很多年

---

① ［日］鹿地亘：《和平村——俘虏收容所访问记》，《十日文萃》1939年第1卷第7期。

轻人参军并非强迫,而是自己主动请缨。根据水野靖夫的回忆,他18岁时,还不到应征入伍的年龄,就背着父母去报名参加志愿兵:"当时,我正值血气方刚的年龄,对自己的决定毫无后悔之意。而且我还以自己不是'应召入伍'而是以志愿方式先于伙伴们当上了军人而感到自豪。"① 另一位士兵也回忆说:"我已经等了好久,在期待着一个男子可以向世人表现他自己的时机。这样的日子毕竟来到了。我双肩上担负了我国家的命运。我所要去的地方是华北,风云暧暧的一片几千里广阔的土地。战斗着又战斗着。"② 不仅参战者心怀激情,民众对出征者的送行也十分狂热:"预期着的日子终于到了。上午十时出发。那种欢送的情形,倒有点像中学时代欢送垒球选手。"③ 这说明在日本发动侵华战争以后,民众狂热的支持也是推进战争的重要力量。也就是说,发动这场战争的是日本高层军阀,但日本民众中流行的民族主义情绪也成为战争的酵母。我们可以认为这是日本军阀洗脑的结果,民众是被蒙蔽的。但军阀们洗脑的工具,正是所谓"大日本帝国"的利益与所谓"大和民族"的尊荣,这与每一个国民息息相关,所以民族、国家的旗帜,是召集民众投入战争的工具。

无论按照国际上1929年制定的《关于战俘待遇的日内瓦公约》,还是根据国民政府和共产党人的俘虏政策,优待俘虏都是合理合法的,但这并不意味着所有俘虏都是无辜的,他们都不

---

① [日]水野靖夫:《反战士兵手记》,巩长金译,解放军出版社,1985,第5页。
② 《敌兵的遗书》(1937年8月2日—11月23日),陈士丹重译,《国际周刊》1938年第1卷第1期。
③ 《敌兵阵中日记》,夏衍、田汉译,广州离骚出版社,1938,第3页。

需要为自己在战争中的行为负责。他们可以是我们的兄弟，但很多是双手沾满中国人民鲜血的"兄弟"。战争正义分为"开战正义"与"作战正义"①。日本军部发动的侵华战争，不符合开战正义，在战争过程中，日军屠杀中国平民，强暴中国妇女，对非军事目标实行无差别轰炸，也不符合作战正义。"非正义开战"的主要责任者是日本军部，而"非正义作战"的责任需要每一位参与战争的人来承担，日本士兵对"非正义作战"是要负责的，他们并非都是无辜的。但是，这些作品和采访报道都删除了这一重要环节，使从战场上下来的敌兵成为无辜者甚至是受害者，我们报之以同情、关爱，这就使战俘们缺少了对自身罪行的反省和反思，也逃脱了应有的审判。自然，如果把我们对俘虏的优待完全看作是出于正义与人道，其实也难以服众，因为我们的功利主义用心还是很清楚的。

三、人性乌托邦与战俘改造

在国统区，国民政府先后建立了多个俘虏收容所，主要有：军政部第一俘虏收容所（西安，1938—1946 年）；军政部第二俘虏收容所（1938—1946 年），命名为"和平村"，先建于常德，后迁至镇远，再迁至巴南鹿角场；军政部第二俘虏收容所重庆分所（博爱村、新亚村、正义村，1939—1946 年）。这些收容所的名字带有鲜明的人道主义色彩，"博爱""正义""和平"在战火纷飞、尸横遍野的年代，带有明显的乌托邦性质。

---

① 关于开战正义与作战正义的论述，可见［美］迈克尔·沃尔泽：《正义与非正义战争——通过历史实例的道德论证》，任辉献译，社会科学文献出版社，2015，第 20 页。

长期在博爱村工作的左翼作家沈起予，借助阶级论，将日本战俘看作"自己的兄弟"，同时借助人性、博爱这些超越阶级、民族界限的价值观念，试图"超度"这些人性迷失的战俘。在博爱村第一次给俘虏训话的时候，他说：

> 日本的弟兄诸君：此处是××部第×俘虏收容所的一部分。但为尽量把解除了武装的诸君当成"人"来看待，我们却另外取了个名字叫"博爱村"；换言之，诸君来到此处，便算是村员。我们唯一的仇敌是日本军部，而不是受了军部的牺牲的日本人民。①

面对这些俘虏，沈起予产生了无尽的遐想："望着这一群受侵略战争的牺牲者，我不禁起了一种感伤的心境，而觉得对他们负了无限的责任。我觉得以牧师的毅力来恢复他们的人性，使其明了日本军阀的罪过而自动地走上反战之路。"② 阶级论抹平了民族间的鸿沟，人性论使改造者成为拯救人类灵魂的牧师，而最终结果不仅是为了重塑一个有人性的人，而是让他们走上反战之路。他们一旦反战，就可能会像鹿地亘在《我们七个人》中所写的那样，走上前线向日军喊话，瓦解日军的斗志。即使他们不走向战场，回到日本，他们的反战思想也会给中国的抗战带来积极影响。这种功利性考虑，带有强烈的民族主义色彩，只不过中国的抗战具有正义性，使背后的民族主义动机不再那

---

① 沈起予：《人性的恢复》，时兴潮社，1943，第6页。
② 沈起予：《人性的恢复》，时兴潮社，1943，第7页。

么显豁。从阶级论的平等，到人性论的改造，最终还是要服务于正在进行的民族战争。在这里，沈起予的逻辑几经跳跃，还是回到了战争的现实。而他不可能想到，日本兵在战场上的凶残，对中国无辜者的屠戮，不只是一个丧失人性的问题，还是一个政治问题和民族问题。在日本兵的眼里，"支那人"是他们的敌人或者不是人，所以杀起来毫无负罪感。正如一位日本士兵回忆说："以往，人们都说在砍头或枪毙人的时候，都要给蒙上眼睛。可是据我所知，这都是谎言，至少我一次也没有见过。而我亲眼所见的不论是砍头或是枪毙，或者宪兵们驱使军犬去把人活活咬死，都是让死者亲眼看着死去。日本人也许把中国人看成如同猫、狗的动物一样。杀鸡宰猪的时候，根本用不着给它蒙上眼睛。"[①] 把中国人看作猫狗，这不只是人性的丧失，更是民族隔膜和仇恨带来的结果。"壮志饥餐胡虏肉，笑谈渴饮匈奴血"与人性无关，是民族仇恨催生的报复行为。所以，沈起予试图以温暖的人性之光唤醒这些俘虏们的善念，引导他们走向反战之路，背后有着功利主义的考量。但这种人性乌托邦思路，给很多到俘虏营参访的人带来了美好的幻觉，他们仿佛在一个灾难年代看到了一个人类文明的范本："我们当局对待侵略者俘虏所用的方法，是本诸中华传统的仁爱信义和平的精神，以同情的态度，用温和的方法去感化他们。这种至高无上伟大的精神，真可谓人类文明的顶点，充分代表泱泱大国民的风度，而这样的宽厚处置仇敌的俘虏，我恐怕世界上任何所谓文明的

[①] ［日］水野靖夫：《反战士兵手记》，巩长金译，解放军出版社，1985，第22页。

国家，对此也应该惭愧吧！"① 一个在战火中挣扎的民族，一个正在接受其他国家帮助为生存而抗争的民族，突然感觉到自己达到了世界文明的顶点，足以让文明国家惭愧，这种幻觉就来自博爱村营造的乌托邦氛围。

沈起予作为博爱村的工作人员，他的《人性的恢复》具有权威性，看似是改造战俘的实录，事实上并非如此。沈是以人性恢复为中心，选择性地记录了战俘们人性恢复的过程。他自己就坦诚地说："……我所记载的，仅止于村员们的好的一面，其实，这中间是大量麻烦的工作。"② 他省略掉的不只是大量麻烦的工作，还有很多重要的事实。与沈起予相比，谢冰莹反映的似乎更真实。她到宝鸡俘虏营参观时，见到15个日本空军战俘，就想到他们扔下的炸弹不知道炸死了多少中国人，也不知道炸毁了多少祖宗留下来的财产，想起这些，她内心充满愤怒："我们四年来的血债，应该向他们去索还。在那一刹那，我的心愤怒到了极点，恨不得身边有一个炸弹，把他们炸成粉碎，替那些牺牲在他们手下的同胞复仇。但理智告诉我，这种思想是错误的，真正的刽子手不是他们，而是那些唆使他们到中国当炮灰的日本军阀，他们何尝不是被压迫来的呢？我们应该原谅他，可怜他。"③ 这种表现显得更为真实。

本尼迪克特在《菊与刀》中指出："日本关于兵员消耗理论的最极端的表现就是他们的不投降主义……荣誉就是战斗到死。在绝望的情况下，日本士兵应当用最后一颗手榴弹进行自杀或

---

① 王衍康：《俘虏访问记》，《民教指导》1938年第6、7期。
② 沈起予：《人性的恢复》，时兴潮社，1943，第46页。
③ 冰莹：《俘虏收容所参观记》，《黄河》1941年第2卷第4期。

者赤手空拳冲入敌阵，进行集体自杀式进攻，但绝不应投降。"①这种顽固的民族主义立场，在很多俘虏身上表现明显，很难进行改造。如反战人士鹿地亘到和平村演讲的时候，就被很多俘虏骂为国贼。林语堂到宝鸡俘虏营参观的时候就发现，一批被俘的飞行员完全没有改造好，"这五六年的囚禁并没有改变他们的观念或他们的志气"，他们不承认投降，只是飞机被击落后被俘。"一个老年的俘虏使我大为惊骇，他不多讲话，木然地坐着，他眼中的坚忍和他心中的狡诈，似乎使我立刻明白了日本的黩武主义"。提到日本军阀，他们认为那不是军阀，是日本忠实的仆人②。这些顽固的、拒绝改造的战俘其实在每一个俘虏营都有，什么样的人性恢复教育对他们都无济于事，都无法消解他们内心对民族国家的执念。当然，有冥顽不灵的，也有改造成功的。在国统区，鹿地亘成立了日本人民反战同盟，很多改造好的战俘加入其中，积极支持中国抗战。盟员还在鹿地亘的组织下，三次到前线向日军散发宣传材料，趁夜晚在日军阵前喊话，唱日本歌，现身说法劝日军投降、反战；博爱村的战俘三船熏等人还在重庆国泰大剧院上演话剧《东亚之光》，后来还被拍成电影；在解放区，很多改造好的战俘参加了八路，称为日本八路。这些都是战俘改造的结果，但相对于战俘总数来说，这些反战战俘占的比例还是有限的。

四、战俘文学的文学史意义

战俘文学尽管在观念上存在着诸多值得反思的问题，但作

---

① ［美］鲁思·本尼迪克特：《菊与刀》，吕万和等译，商务印书馆，1996，第27页。
② 林语堂：《日本俘虏访问记》，罗书肆译，《时与潮》1945年第22卷第6期。

为一种文学现象，值得认真研究，这是历史留给我们的珍贵遗产。在抗战文学正面描写抗战或鼓动人们参加抗战的文学大潮中，战俘文学显得十分特别，也有着不可替代的文学史意义。茅盾在评论张天虚的《两个俘虏》时指出："抗战已经一年，但是我们'对敌的研究工作'做得实在太少。一般的文艺作品写到敌人的士兵时，不是写成了怕死的弱虫，就是喝血的猛兽。这对于宣传上可收一时之效，然而宣传应该是教育，把敌人估计得太高或太低，都不是教育民众的正规。天虚这本书，展开了敌人士兵的心理，指出了他们曾经怎样被欺骗被麻醉，但也指出了欺骗与麻醉终于经不起正义真理的照射。"① 茅盾指出了这部战俘作品的重要意义，肯定了这一题材的价值。但总的来看，战俘文学以报告文学和采访报道为主，真正的创作很少。黄源的小说《俘虏》写了一个具有反战思想的日本士兵，在枪杀了自己的长官后，主动投降，带有明显的虚构痕迹，人物的思想、心理明显与人物身份不符。相对而言，报告文学内容更丰富，影响也更大。但是，这些作品长期以来并未得到应有的重视，使文学史在讲述抗战文学时失掉战俘文学这一重要门类，这是极为遗憾的事。对今天的读者来说，读这些作品不只是享受其艺术魅力，更为重要的是，借这些作品，可以对战争中的正义、人性、阶级性和民族性等问题展开思考，这不仅有助于理解历史，更有利于思考未来。

---

① 茅盾：《书报述评〈两个俘虏〉》，《文艺阵地》1938年8月第1卷第8期。

"地方路径"与中国现代文学研究的新视野[①]

近些年来,中国现代文学研究进入相对沉寂期,有重大突破的成果较为少见,而李怡教授提出的"地方路径"问题,让人有豁然开朗之感。这一概念指示的研究思路,已经显示出了巨大的潜力,必定会给现代文学史的研究带来新的学术增长点。

一、"地方路径"的概念

关于现代文学研究的"地方路径",李怡做了如下界说:

> 所谓的"地方路径"的发现和彰显则是充分意识到另外一重事实……文学的存在首先是一种个人的路径,然后形成特定的地方路径,许许多多的"地方路径",不断充实和调整着作为民族生存共同体的"中国经验",当然,中国整体经验的成熟也会形成一种影响,作用于地方、区域乃至个体的大传统,但是也必须看到,地方经验始终存在并

[①] 原刊于《当代文坛》2021年第6期。

具有某种持续生成的力量,而更大的整体的"大传统"却不是一成不变的,"大传统"的更新和改变显然与地方经验的不断生成关系紧密。①

着眼于个人经验和地方性知识所形成的文学流脉,并考镜源流、辨析特征,呈现"文学中国"的多重路径和复杂结构,无疑对传统文学史研究提出了挑战,是拓展文学研究视域、寻求学术突破的重要尝试。这种福柯式的思路,会让研究者发现历史深处散落的知识碎片和文学根须,并通过这些过去被忽视的散碎材料,重构文学史的空间版图,其意义是不容忽视的。李怡对成都的研究,就是一次成功的学术实验。在成都的李劼人有着自己的文学趣味和自觉的文学追求,他于1915年创作的白话小说《儿时影》,语言明白晓畅,叙事也摆脱了传统小说的窠臼。很显然,李劼人的文学走向,与"五四"文学革命无关,但确是新文学的重要组成部分。他后来的系列小说,都流灌着成都特有的文化趣味和审美特质,以一种与主流文学迥异的姿态,使其成为新文学阵营中的一员大将。而在李劼人周围的很多四川作家,包括郭沫若、叶伯和、吴芳吉、吴虞等,"他们的历史态度、个人趣味都表现出了与时代主流的某种差异,具有明显的'地方品格',而如此的地方品格却构成了现代文学的另一种内涵"②。强调地域意义上的边缘作家在文化和创作风格上与主流作家的差异,并非为了进行传统的区域文学研究,而是

---

① 李怡:《"地方路径"如何通达"现代中国"——代主持人语》,《当代文坛》2020年第1期。
② 李怡:《成都与中国现代文学发生的地方路径问题》,《文学评论》2020年第4期。

寻找新文学建构和发展过程中的多元路径，这是这一研究思路的独特之处。

李怡对成都路径的成功发掘与论析，为这一论题的深入推进提供了借镜，正如他指出的那样："在属于成都的'地方路径'之外，中国现代文学自然也可以继续找到来自其他区域经验的多姿多彩的现代化'路径'，例如张爱玲与上海近现代文化的区域路径，老舍与北平文化的区域路径等等。"[①] 这就意味着，这一学术实验是可以复制和推广的，事实也确实如此。李怡在《当代文坛》上主持的专栏，推出了多篇以"地方路径"为方法的研究论文，陈瑜的《晚清"新小说"的地方路径——以武汉〈扬子江小说报〉为中心的考察》[②]，认为《扬子江小说报》作为晚清武汉地区第一份新小说杂志，从创刊之始便立足于本地，呈现出一条从"地方"到"中心"的新小说发展路径。其他刊物也陆续推出了一些相关文章，如何吉贤的《地方路径与"20世纪中国革命和文学"研究中的可能性》，从三个层面分析了"地方性"因素在"中国革命和文学"研究中的作用，并认为"'地方路径'的引入，确也能为'20世纪中国革命和文学'的研究带来很多的可能性"[③]。谭华的《汉口与中国近现代通俗文学发生的地方路径》[④]，指出在苏州至上海的通俗文学路径之外，还有另一条汉口至上海的路径。这些研究，充分展示了

---

① 李怡：《成都与中国现代文学发生的地方路径问题》，《文学评论》2020年第4期。
② 陈瑜：《晚清"新小说"的地方路径——以武汉〈扬子江小说报〉为中心的考察》，《当代文坛》2021年第1期。
③ 何吉贤：《地方路径与"20世纪中国革命和文学"研究中的可能性》，《粤港澳大湾区文学评论》2021年第1期。
④ 谭华：《汉口与中国近现代通俗文学发生的地方路径》，《中州学刊》2021年第5期。

"地方路径"这一概念在文学史研究中的有效性。除了这些理论实践,关于这一概念的讨论,也出现了多种声音。张光芒充分肯定了文学"地方路径"在重构文学史中的意义和价值[1],李永东通过分析文学的"在地性",肯定了"地方路径"这一理论构想在重回中国现代文学空间地图方面可能带来的突破[2]。2020年9月,在成都召开了"地方路径与文学中国·2020年中国文艺理论前沿峰会暨'四川青年作家研讨会'",李朝全、李怡、程光炜、张洁宇、贺仲明、吴俊、张永清、孟繁华等多位学者,就地方路径与文学中国问题发表了看法,助推了这一问题的影响和传播。但就目前来看,这一概念仍然处于探索时期,其学术前景还有待进一步开掘。

二、文学的"地方路径"所针对的问题

专门提炼出这样一个概念,显然是想解决一些尚未解决的问题,或者说是为了照亮现代文学研究中存在的理论盲区。对此,李怡有着明确的、清醒的认识,他说:"重新定义文学的'地方路径',我们的结论是,'地方'不仅仅是'中国'的局部,它其实就是一个又一个不可替代的'中国',是'中国'本身。从'地方路径'出发,我们不是走向地域性的自夸自恋,而是通达形色各异又交流融通的'现代中国'。"[3] 要绘制完整的"文学中国"的空间版图,仅有过去的区域文学或地域文学

---

[1] 张光芒:《论地方路径与文学史重构》,《当代文坛》2020年第5期。
[2] 李永东:《中国现代文学研究的地方路径》,《当代文坛》2020年第3期。
[3] 李怡:《"地方路径"如何通达"现代中国"——代主持人语》,《当代文坛》2020年第1期。

研究是不够的，必须寻找那些像毛细血管一样的"地方路径"，才能看到完整的血液循环图。由此不难看出，这一概念的背后潜藏着巨大的学术野心，也就是通过地方与中心的对话关系，从根本上改变中国现代文学的内部结构。具体来说，这一概念的提出，要解决的问题主要集中在三个方面。

第一，重新厘定中心与地方（边缘）的关系。任何一个时代的文学，或者一种文学思潮、流派，都有自己地域上的中心，就现代文学而言，北京和上海就是现代文学诞生和发展的中心。在抗战时期，作为陪都的重庆曾经一度成为文学上的中心城市，但那是作家和文学漂泊的异乡。抗战结束以后，在极短的时间内，作家们纷纷返回到东部城市，重庆再次被边缘化，北京、上海依然是文学的大本营。就像费正清研究中国历史时提出的"冲击—反应"模式一样，在中国现代文学史叙述中，中心和边缘也构成了一种"冲击—反应"模式：全国各地边缘城市的文学现代化，都是在北京、上海文学的辐射、带动下发展起来的。这一叙述模式到今天依然是文学史建构的主流方式。李怡提出的"地方路径"，就像柯文提出的"在中国发现历史"一样，试图在"地方"发现"文学"、发现"中国"，他说："在中国发现历史，在成都发现现代中国的历史和现代中国文学，这是一种思维的根本突破。它的意义并不在表面的激情般的口号，而是切切实实地对一系列历史事实敞开。"[1] 这不能简单地概括为"去中心化"，确切地说是重新审视中心与地方之关系，或者

---

[1] 李怡：《"地方路径"如何通达"现代中国"——代主持人语》，《当代文坛》2020年第1期。

说重建中心与地方之间的平等关系，它意味着：地方并不总是处于被带动、被建构，甚至被覆盖的状态，而是具有自身的独立性、独特性，与中心形成一种互动和互补的平等关系。这一思路对重新认识文学史自然具有独到的价值。就像已有文章显示的那样，成都、汉口等地，在新文学诞生过程中，自发地出现了符合新文学特征的创作实践，最终跟起源于京、沪的新文学合流。由于后者为主流，所以前者被收编，从而失去了自己的身影，就像一条支流汇入长江，从此失去了自己一样。但对文学而言，这些支流的独立价值是不能被收编也不能被吞并的，这是"地方路径"概念在学术上的重要指向。

第二，"地方路径"的提出，可以改变文学史研究的整体观、因果律和进化思维。中国现代文学史研究是一门历史科学，有着历史学基本的特征："历史是根据历史重要性进行选择的一个过程……不仅是对现实认识的选择体系，而且是对现实原因、取向的选择体系。"[1] 这一选择体系的逻辑基础是因果关系：历史学家从大量的因果关系中，抽绎出符合自己解释框架和论述模式的因果律，从而建构起一套属于自己的阐释体系，历史由此便获得了意义。中国现代文学研究，经过几十年的积淀，形成了多种阐释框架，每个框架都由几个核心概念组成，形成了一套价值体系。蓬勃的、错杂的现代文学被整合进各种阐释体系之后，形成了理论上的自洽性和整体性。从早期的"新民主主义革命"体系到之后的启蒙文学体系，再到"现代性"体系，都显示了理论本身具有的巨大能量。李泽厚提出了"启蒙与救

---

[1] ［英］E. H. 卡尔：《历史是什么?》，陈恒译，商务印书馆，2007，第205页。

亡的双重变奏",钱理群等人在论证"20世纪中国文学"概念时将"改造民族灵魂"作为20世纪中国文学的总主题,将"悲凉"作为主导的审美风格。提出者在解释这一概念的时候,特别强调:"在'二十世纪中国文学'这个概念中蕴含着的一个重要的方法论特征就是强烈的'整体意识'。"① 这种"整体意识"是以牺牲众多富有个性的作家为代价的。同时,在文学史叙述中,进化论与因果律成为结撰文学史的基本逻辑。众多题名为"中国现代文学发展史"的教材,就显示了自"五四"以后形成的进化史观,而进化的过程,正是一个因果连接的过程。正如有研究者指出的那样:"所谓新文学,都是在'进化论'的规范下,在新与旧、传统与现代的对立矛盾中彰显文学历史的演化过程。"② 文学就是通过这一逻辑,整合为一个结构缜密、秩序井然的有机整体的。正如卡尔指出的那样:"像科学家一样,历史学家由于急于理解过去,同时也被迫简化其错综复杂的答案,使一个答案归属于另一个答案,在混乱的事情和混乱的特定原因中引入秩序与一致。"③ 但当我们进入文学史的内部,凭借我们自己的阅读感受去认识它的时候,就不难发现,文学史错综复杂,任何整合都显得武断、粗暴。就像原始的热带雨林,纵横交错,芜杂繁茂,要让它井然有序,必须借助于刀斧的加工才行。从文学教学和研究方面来说,我们需要这种井然有序的文学史,但有时我们也需要重返茂密的雨林,感受文学史的

---

① 钱理群、陈平原、黄子平:《二十世纪中国文学三人谈》,北京大学出版社,2004,"写在前面"第30页。
② 胡希东:《文学观念的历史转型与现代文学史书写模式的变迁》,中国社会科学出版社,2016,第1页。
③ [英]E. H. 卡尔:《历史是什么?》,陈恒译,商务印书馆,2007,第190页。

原始形态，寻找我们需要的绿叶与花朵。"地方路径"的提出，就是为了重返文学史现场，在文学史的原始形态中，探寻属于每一个研究者自己的路径，就像李怡通过对成都现代文学的考察，在京沪之外，找到了一个新文学的原发性起点一样。自然，李怡的这一发现，无意以成都取代京、沪作为新文学发源地的地位，也无法取代，但这一发现，对解释新文学发生的地域性、多元性，则具有重要意义。就以中国新诗的诞生而言，论者多以《新青年》作为新诗的发源地，1917年《新青年》发表胡适的《白话诗八首》，被看作是新诗诞生的标志。而在此之前，1916年胡适在美国有意尝试白话诗创作，同年，郭沫若在日本自发地进行白话诗创作，后来写下了《死的诱惑》《新月与白云》等作品，成为《女神》中的重要篇什。胡适和郭沫若，一个在美国，一个在日本，在相互隔绝的情势下从事白话诗创作，所以说中国新诗的诞生有"美国路径"，也有"日本路径"。郁达夫的白话小说创作，与《新青年》提倡的白话文运动也没有太大关系，更多的是一种自发追求，所以在研究现代小说起源的时候，"日本路径"是一个重要的认识装置，如果忽视了这一点，就必然造成对历史的曲解或误解。其他如陈衡哲、叶绍钧等人的早期创作，都预示着一种新的文学形式的萌芽。即使在京、沪两地，很多"不入流"（难以归属）的作家，也彰显了文学中心城市的"地方路径"，而在文学史的宏大叙事中，这样的"地方路径"都被遮蔽了。

所以说，"地方路径"的提出，为打破几十年来文学研究和写作的固有模式，提供了一个重要思路。

第三，"地方路径"的概念，有助于开辟出新的学术领地，引发对一些作家和作品的重评，对重写文学史会产生一定影响。"地方路径"的概念，必然会引发人们对地方文学的重新审视，一些边缘作家和文学现象会被重新发现，并被赋予意义。也许它能够像一束强光，照亮过去被我们忽视的文学史中的暗区，让我们有新发现。更为重要的是，"地方路径"的概念为我们重读经典提供了新的视角。从已经发表的论文来看，赵静的《成都经验与〈激流三部曲〉的城市写书》是借助于地方路径解读文学经典作品的一次重要尝试，显示了这一概念在作品分析方面的巨大潜力。在以往对《激流三部曲》的研究中，人们强调的是"家"中的故事和人物，相对而言，对"家"所在的成都关注不多。赵静的论文，分析了鸣凤、觉慧性格中的成都因素，使我们看到巴金对这两个人物的塑造，立足于新文化之外的本土资源，显示了成都文化的独立性及其与北京、上海等主流文化之间的异质性，文章指出："巴金写了'双面成都'，即从复杂多元的世俗生活的'成都'中渐渐意识到了一个理想中的'成都'，而这样的'成都'是觉慧'侠'思想中奇异的国度，亦是后来的'上海'。在某种意义上，是'成都'生产了'上海'，而非'上海'覆盖了'成都'。这也不难解释缘何巴金写不出觉慧到达上海后'群'的生活，大抵是因为'上海'也有着双面性，觉慧终究还是面对日常起居以及市民层面的'上海'。"[①] 如果不借助于"地方路径"的概念，是很难看到"文学成都"和"文学上海"之间的互动关系的。同样，借助于这一概念，像沈从文、东北流亡作家群等作家，都可以有新的发

---

① 赵静：《成都经验与〈激流三部曲〉的城市书写》，《当代文坛》2021年第3期。

现，所以说，"地方路径"的提出，为重读经典提供了重要理论资源。

三、"地方路径"的局限与反思

"地方路径"的提出，已经引起广泛关注，部分研究成果已经显示了这一概念的学术潜力和较为广阔的学术前景。但作为一个新的文学史概念，"地方路径"的真正价值还有待时间来检验。从理论上讲，"地方路径"开拓了文学史研究的视野和思路，但它无意也无法改变文学史研究的主导方向和叙述主流，所以其意义不能被过于夸大。就以李怡对成都的研究而言，李劼人等成都作家最早的文学尝试和其作品中流淌的成都逻辑，借助于"地方路径"这一概念得到充分发掘，但无论如何，不会影响文学史书写中对李劼人已经形成的基本评价，不会颠覆文学史的基本框架结构。四川"五四"作家的"蜀学"背景为解读四川作家提供了新的入口，但蜀学并没有进入主流文学的血脉。而郭沫若、巴金、李劼人、沙汀、艾芜等作家在现代文学史上的贡献，与蜀学的独特性关系并不大。从这个角度来说，"地方路径"是文学史研究的补充，不会带来文学史研究范式的转换，无法从根本上撼动文学史研究已有的格局，所以其价值是有限度的。

"地方路径"的提出得益于柯文的《在中国发现历史》一书的启示。柯著是一部反思和批判西方中心主义的著作，深得中国学者青睐，但这里有两个问题需要正视。第一，费正清的"冲击—反应"模式固然有西方中心主义之嫌，但并非理论假说，而是有着深刻的历史根源。自近代开始，西方便主导了世界,一度成为包括中国在内的第三世界国家追慕和学习的对象,这是无法否认的事实。中国自近代开始的现代化进程,就是一个学习和追赶西方的过程。费正清正是基于对这段历史的认识,才提出了这一研究模式。我们可以批评西方中心主义的霸权与傲慢,但无法否认历史上存在过的以西方为中心的世界格局。从理论建树上来说,柯文并不比费正清高明——他对西方中心主义的批评,正是西方中心主义的副产品。第二,在中国现代文学研究中,"中心/地方"之间业已形成的格局自有其合理性。从晚晴开始,以上海、北京为中心的文学和文化运动,通过书籍、报刊、教育等媒介,对全国大部分地区产生了巨大的辐射和带动作用,尤其是上海,以其强大的出版和发行能力,成为西方文化的转运中心。正是这种辐射和带动作用,使新文化和新文学在全国很多地方蔚然成风。"五四"文学革命依然如此。所以北京、上海的文学和文化中心地位是无法动摇的。确实有某些作家呼应时代要求,自发地创作顺应时代发展方向的作品,这是因为这些作家有着强烈的时代感,以一己之力回应时代主潮,这种状况是很常见的。这也证明"地方路径"问题具有普遍性,而其阐释力也是有限的。

　　文学史写作一般来说先是做加法,再做减法。一个时期的文学史,在最初的研究和写作中,通过广泛发掘史料,对作品进行细读、研究,筛选出其中的经典之作。这是一个经典化的过程,也是研究者争鸣、辩论和最终达成共识的过程。之后,该淘汰的就会被湮没,经典作家留在文学史上。就像我们今天看中国古代文学史著作一样,都是由经典作家、作品构成的。中国现代文学史从王瑶的《中国新文学史稿》算起,也有70年的历史了,做加法的过程应该收尾,并开始做减法了。但"地方路径"的提出,会使很多已经湮没的作家浮出水面,这固然有一定的学术价值,但并不符合文学史进入"做减法"时段的学术趋向,所以对"地方路径"的使用,应有所保留。

齐鲁文化与山东现代作家[①]

在中国现代文学 30 年的发展历程中,山东籍作家也有着不俗的表现,为现代文学的发展做出了重要贡献。在"五四"文学革命运动中,新潮社的傅斯年、杨振声紧紧追随《新青年》主将们的脚步,参与到"五四"新文学的创建之中,使《新潮》成为《新青年》的重要精神同盟。"文学研究会"成立的时候,王统照乃发起人之一,并成为这一组织中极为重要的小说家。在沈雁冰主编的《小说月报》上,山东青年小说家王思玷有多篇作品问世,并获得了批评家的好评。自 1920 年代后期开始,山东作家数量有所增加,臧克家、李广田、孟超等都取得了较高成就,引起了文坛的广泛关注。但总体而言,山东作家在整个现代文学史上无论从数量还是从创作成就来看,与浙江、四川和湖南作家相比,还是差得很远,这与山东在中国文化史上的地位是很不相称的。山东历来是中国文化和文学的重镇,有深厚的文化积淀。在古代文化、文学史上,山东涌现出了一大批杰出之士:孔子、孟子、荀子、墨子、管子、晏子、

[①] 原刊于《区域文化与文学研究集刊》,中国社会科学出版社,2016。

孙子以及刘勰、辛弃疾、李清照、王士祯、蒲松龄等等；在当代文学史上，山东作家也占据着重要地位：新中国成立初期的刘知侠、曲波、冯德英、峻青、王愿坚以及1980年代以后以张炜、莫言、尤凤伟、赵德发、苗长水等为代表的"鲁军"，成为文坛上耀眼的星群。与古代和当代相比，山东现代作家的表现就显得不尽如人意。其中的原因十分复杂，但齐鲁大地的文化和文学生态，是制约山东现代作家发展的一个重要因素。

山东作家的文化母体是齐鲁文化，在古代，齐鲁文化是中国文化的主流，所以山东文人凭借自幼浸淫的文化传统，很轻易地就占据了这一文化要津。在当代，尤其是新时期以后，文化多元格局的形成，反传统问题的悬置和儒家文化地位的提升，使山东作家再次拥有了文化上的优势地位，这为他们的文学创作提供了充足的文化资源。但在现代文学史上，中国传统文化尤其是儒家文化处在被审判、被抛弃的境遇，这对山东作家来说冲击更为强烈，导致了山东作家文化上的"悬置"状态，而齐鲁文化固有的保守性，也限制了他们开拓与探索的脚步。

齐鲁文化由先秦时期的齐文化和鲁文化融合而成。齐文化重商业，尚消费，鲁文化重农业，尚礼仪，二者融合之后，形成了以礼乐文化为基础的齐鲁文化，其核心是宗周礼的鲁文化，即所谓："齐一变，至于鲁；鲁一变，至于道。"（《论语·雍也》）以儒家文化为核心的齐鲁文化在汉代借助"罢黜百家，独尊儒术"的政治运动，被推向全国，成为中国的主流文化，得到了广泛的普及与传播。而在齐鲁大地，儒家文化的影响超过了其他任何地方，尤其在民间，其渗透程度至深且巨，并铸成了平民百姓日常生活的种种规范和规则。如果说儒家文化是封建社会的道统，那么在齐鲁之邦，它成为日常生活的指导性力量，这是其他文化圈所不具备的。正是这一深厚的文化积淀和内化，对现代山东作家产生了影响，并制约了他们走向现代的脚步。这可以从以下几个方面来理解。

中国各民族都受儒家文化的影响，重道德礼仪，强调"君君臣臣父父子子"的伦理秩序，而在山东，这种道德取向更为强固，并演化为一种道德理想主义精神——在恪守道德原则时常常趋于极端：喜欢以"泯灭自我""牺牲自我"的极端方式，彰显道德的神圣与崇高，也就是盗跖嘲笑的"离名轻死"。这可能是在坚守道德操守方面，齐鲁之人最为突出的特点。提到山东人，除孔、孟这些圣人外，人们还会想到宋江、武松、李逵这些豪迈之士，也会想到诸葛亮、孙武这些智慧的化身，但我认为最能代表山东人行为方式的是两个人：一个是尾生，一个是郭巨。尾生抱柱而死，只求道德完善，全然不考虑后果；郭巨为了让老母吃饱饭，便想埋掉自己的儿子，也不考虑因此给老母带来的悲伤。这种道德越界现象，在山东人身上普遍存在：豪放近于粗野，诚信近于痴愚，守道近于僵化，由此造就了山东人思维方式和行为方式的保守倾向。正如有学者指出的那样："正是因为齐鲁文化的传统根基最深，体系最为完备，尊奉者尊奉得最虔诚，因此，齐鲁文化具有比其他区域文化更强的维模功能。所以这里是最容易滋生文化保守倾向的土壤。"[①] 对山东人而言，这种保守倾向是深入骨髓的，是短时间内难以改变的。而中国现代文学恰恰是在反传统的基础上发轫的，它提倡个性

---

① 魏建、贾振勇：《齐鲁文化与山东新文学》，湖南教育出版社，1995，第42页。

解放，追求人的自由，这与齐鲁文化的本质产生了激烈冲突。所谓的反传统，"打孔家店"，对山东作家来说更有切肤之痛，反抗起来也更为艰难。所以，山东现代作家与其他区域的作家相比，他们反传统的任务更为艰巨，他们背负的传统负累更为沉重，他们走向现代的步伐也就不免迟缓。丁玲在1930年代曾经到过济南，她的感受是："济南封建气味太浓，适宜赏花饮酒，不能进行创作，只有上海才有时代巨流激浪而能产生创作冲动。"[1] 这比较真实地反映了山东的文化氛围。从山东现代作家的实际表现来看，他们在恋爱、婚姻、交友等多方面依然恪守着严格的道德规范，在文学创作中始终为时代潮流所裹挟，不为人先，不持异说，不以极端的姿态示人，从而也缺乏明显的开拓性和叛逆性。王统照是小说创作成就最高的山东现代作家，但他在年轻时主动放弃了自己选择的爱人，屈从于包办婚姻，从一而终，矢志不移。在文学上，他也中规中矩，追随着时代的步伐，从未引领潮流。傅斯年、杨振声从未将文学创作作为自己的终身事业，而是将教育和学术作为自己的立身之本，这符合齐鲁文化的处世之道。臧克家、李广田的文学创作中体现了温柔敦厚、以民为本的人道主义思想，这是儒家的"仁爱"和现代人道主义思想相结合的产物。所以齐鲁文化的道德理想主义，以及山东现代作家背负的传统重担，成为他们走向个人主义，走向个性解放的负担，从而制约了他们在文学上的成就。

---

[1] 冯毅之：《缅怀胡也频老师》，载冯德英主编《山东作家散文集》，明天出版社，1989，第15页。

中国人安土重迁，而山东人更是如此。孔子"父母在，不远游，游必有方"的训诫，民间"玩龙玩虎不如玩土"的谚语，都表明了齐鲁文化的故土情结。山东人只要有一口饭吃，就不会离开故土，实在活不下去的时候，他们就一条路：闯关东。如果沿途能在青岛、大连等地找到活路，他们就会停下来，在离故乡最近的地方谋生。而现代文学是离家出走的文学：到上海，到北京，或到海外留学，是现代作家的通行路线，尤其是到海外留学，是中国现代众多作家的成功之道。但山东人即使暂时离开故土，他们也会朝思暮想生养自己的家乡。这一点在山东现代作家的笔下也得到了充分的表达。李广田自我表白说："平日和朋友讲笑话，我常说我这个人最是狭隘，我也许一生奔泊（波）在外，但落叶归根，我大概终需把我这父母之躯体归葬于父母的乡土，纵不得如此，我也难免把此生了结于一个怀乡的念头吧。实在，我对于故乡的事情最不能忘怀，那里的风景人物，风俗人情，固然使我时怀恋念，就是一草一木，仿佛都系住了我的灵魂。"[①] 臧克家称李广田"规行矩步"，其实这也是山东人的基本特点。《山雨》中的奚大有，到青岛拉车后，唯一的愿望是攒足钱后回家买地，这与同样拉车的祥子有着明显不同；而他的父亲奚二叔因为不得不卖掉土地，最后吐血而死。被称为"地之子"的李广田和"泥土诗人"臧克家都表现出了浓厚的乡土情结。正是因为存在这种情结，近现代史上出国留学的山东人很少。根据《中国人留学日本百年史》提供的一份材料，在1908—1911年的三年时间内，到日本留学的中国

[①] 《李广田文集》第1卷，山东文艺出版社，1983，第218—219页。

人以湖北、江苏、浙江、四川最多,而山东是最少的省份之一①。同样,除了到北京、上海攻读大学的学生,山东人也极少到北京、上海谋生,这种情况一直延续到现在。试想,像沈从文、丁玲这些作家,如果不是到北京闯荡,是很难走上文学创作的成功之路的,但山东人身上就缺少这种精神。他们闯关东,也主要是因为长期以来形成了亲友关系网,他们将东北作为自己谋生的出路。

近现代史上,山东灾连祸结,民不聊生,这直接影响了山东文化和文学的发展。像王统照、臧克家均出身于较为殷实的家庭,才获得受教育的机会,而在种种灾祸的蹂躏下,山东民众普遍贫困,殷实之家少之又少。山东地处北纬34°—38°,夏季炎热多雨,冬季酷寒干燥,春季少雨,极易出现旱灾和水灾。以旱灾论,自1840年至1948年的109年间,除1882年、1895年两年外,其余107年山东均有不同程度的旱灾发生②。而水灾就更为严重,自1855年黄河最后一次改道,从山东东营入海,黄河下游的水患全在山东境内,而废弃的运河和鲁南的众多湖泊,在暴雨到来的时候四处泛溢。根据有关史料的统计,晚清72年中,除1856、1859、1864、1877四年未发生涝灾外,其余68年山东均有不同程度的涝灾发生,涝灾发生的年份约占晚清时期的94%,充分表现了近代山东"十年九涝"的规律;民国时期,涝灾更为严重,尤其是1921、1924、1927年的特大涝灾,

---

① 沈殿成主编:《中国人留学日本百年史(上册)》,辽宁教育出版社,1997,第213页。
② 山东省地方志编纂委员会:《山东省志·水利志》,山东人民出版社,1994,第65页。

导致民众流离失所①。除自然灾害之外，还有兵灾。山东地处南北要冲，历来乃兵家必争之地，所以近代史上山东战火连连，生灵涂炭。灾荒给人们带来了灾难，也大大地降低了人口素质。民国时期，对中国很有研究的美国学者亨廷顿将广州和济南做了对比，认为广州大街上有载笑载语的女性，人们脸上洋溢着满足，辫子和小脚很难见到；而在济南，人们满脸菜色，且女人十之八九裹着小脚，男人50%拖着辫子。这反映出了山东的落后，他由此感慨："历史上的山东是中国人文进步的中心，如今会落后到这般地步，真不能不令人惊怪。"② 文化上的保守和连年的灾荒，对山东文化造成了毁灭性的打击。灾荒在山东现代作家笔下，也得到了充分反映，《山雨》对旱灾、兵灾的描写就很充分；臧克家的诗歌《难民》《战场夜》《逃荒》《水灾》《哀鸿》《卖孩子》等，以杜甫式的沉郁顿挫之风，记录了山东近代的苦难历史，今天读来依然荡气回肠：

> 大旱在春天揭人一层皮，
> 夏天的日子又全浸在水里，
> 村子里倒净了老病的房屋，
> 夜里倒满了露天的身子。
> ……
> 水上漂着可怜的牲畜，
> 漂着家具，漂着大小的尸体，

---

① 王林主编：《山东近代灾荒史》，齐鲁书社，2004，第13、15页。
② 王林主编：《山东近代灾荒史》，齐鲁书社，2004，第358页。

这一群前后追逐着，
永远不愿分离！

——《水灾》①

灾难使生活在齐鲁大地上的人们在饥饿与悲苦中挣扎，使他们的子弟丧失了受教育的机会，极大地抑制了山东人在文化和文学上的创造力。因此，近代对山东而言，是一个灾难的时代，也是一个文化崩溃的时代，与鱼米之乡的江南相比，山东的文化与经济远远落后了，这也是江南作家在现代文学史上脱颖而出的重要原因。

---

① 臧克家：《水灾》，载《臧克家全集》第1卷，时代文艺出版社，2002，第157—158页。

中国现代叙事文学中的气象美学[①]

"气象"一词有多种含义,这里指的是"大气中的冷、热、干、湿、风、云、雨、雪、霜、露、雾、雹、声、光、电磁等各种物理状态和物理、化学现象的总称"[②]。气象是一种大气现象,某一地区(或全球)一年或多年的气象特征,就是气候;瞬间或短时间内的气象状况,就是天气。气象或天气本身具有重要的美学价值,"气象美学"或"天气美学"概念的提出,旨在研究气象或天气的美学特征:如风的轻柔或者呼啸、雨的迷蒙或者狂暴、雷的轰鸣或者炸裂等等,都是气象美学关注的问题。"气象美学"和"天气美学"是两个相近的概念,相对而言,"气象美学"的使用频率更高。"气候"是对气象特征的概括性描述,不能与美学搭配。文学作为社会生活的反映,必然会通过气象描写来表达作者的思想倾向或美学追求,因此通过对文学中气象描写的研究,可以体会到文学中的气象美学特征,对解读作品、体味作者的美学风格具有重要意义。

[①] 原刊于《安徽师范大学学报》(人文社会科学版)2023年第3期。
[②] 夏征农、陈至立主编:《辞海(第六版彩图本)》第3卷,上海辞书出版社,2009,第1785页。

一、气象文学与文学中的气象

气象与文学一直有着极为密切的关系。中国自古就有很多作品以气象为表现主题,如荀子的《云赋》、宋玉的《风赋》、杜甫的《春夜喜雨》、苏轼的《喜雨亭记》、谢惠连的《雪赋》等都是与气象有关的经典,至于以气象内容入诗词文赋,在中国古代俯拾皆是:"春风桃李花开日,秋雨梧桐叶落时",是杨贵妃人生末路的写照;"自在飞花轻似梦,无边丝雨细如愁"是秦观笔下一个女子的春愁;"昨夜雨疏风骤,浓睡不消残酒"是闺中女子的闲愁。在中国现代文学史上,陈衡哲的《小雨点》以故事的形式讲述了雨的形成过程,语言生动活泼,属于科普类的气象文学。但这类作品数量不多,影响也有限。从理论上探讨气象与文学的关系,也不是一个新问题。斯达尔夫人、丹纳、刘勰、钟嵘等文艺家都曾有所论及,但进行深入的学术研究却是近代的事。清末民初,西方的"地理环境决定论"传入中国,"文学与地理学"一时成为话题,梁启超的《中国地理大势论》、王国维的《屈子文学之精神》、刘师培的《南北文学不同论》等均有较大影响。王国维认为,"北方派之理想,在改作旧社会,南方派之理想,在创造新社会","南人想象力之伟大丰富胜于北人远甚"[①];刘师培通过南北语言差异,进而分析其文学差异,他认为:"声音既殊,故南方之文亦与北方迥别。大抵北方之地土厚水深,民生其间,多尚实际;南方之地水势浩洋,民生其际,多尚虚无。民崇实际,故所著之文,不外记事、

---

① 王国维:《屈子文学之精神》,《教育世界》1906 年第 140 期,第 2 页、第 3 页。

析理二端；民尚虚无，故所作之文，或为言志、抒情二体。"①鲁迅也曾讽刺地说，"北方人可怜南方人太文弱，便教给他们许多拳脚"，"南方人也可怜北方人太简单了，便送上许多文章"②。中国南北文化、文学的差异，气候起着关键作用。正是气候的不同，导致物产、习俗甚至是审美习惯和思维方式的不同。新时期以后，气候与文学关系再次引人关注，对此进行专题研究的是曾大兴教授，他在专著《气候、物候与文学——以文学家生命意识为路径》中说，"气候影响文学，是以物候为中介的；物候影响文学，是以文学的生命意识为中心的。换言之，气候是通过物候影响文学家的生命意识，进而影响文学作品的"③，明确指出了气候影响文学的基本路径，但具体情况要比这一路径复杂得多。为深化气象与文学的关系研究，有学者提出"气象文学"和"气象美学"的概念，并在理论上进行探讨。关于"气象文学"，论者认为："与同以'气'论哲学为基础而具有鲜明中国特色的中医理论一样，作为几千年华夏文明重要组成部分的'气象文学'，才是最有中国特色的文学现象。以'天人合一'为道统并凝结了中国古代先民的自然观与生存智慧的'气象文学'，在清末民初'西学东渐'的大潮中，当文学被赋予救国安邦、声援革命的历史使命时，在'民主'与

---

① 刘光汉（刘师培）：《南北文学不同论》，《国粹学报》1905 年第 1 卷第 9 期，第 9 页。
② 鲁迅：《有无相通》，载《鲁迅全集》第 1 卷，人民文学出版社，2005，第 382 页。
③ 曾大兴：《气候、物候与文学——以文学家生命意识为路径》，商务印书馆，2016，第 82 页。

'科学'思维及话语的冲击下，难免被视为糟粕而遭废弃的命运。"① 中国古代文化中的"气"固然不是专指气象，但与气候有着密切关系。关于"气象美学"，美国学者瑟托在研究日常生活美学的时候，将气象纳入审美范畴，他解释说："无论地理和文化背景如何，也不管人们对艺术世界的熟悉程度如何，过去、现在和将来的每一个人都会体验到天气（除非一个人一生都生活在一个温度可控、没有窗户的住所内）。"② 把气象（天气）作为日常生活美学的对象，大大提高了气象在文学研究中的地位。中国学者王东等、日本学者青木孝夫也对"气象美学"的建构提出了自己的看法③。这说明"气象美学"已经引起了美学界的关注。"气象文学"和"气象美学"的目的都是研究气象在人类精神活动中的美学价值，这为文学研究提供了新的方法和思路。就中国古代文学而言，气象变化带来的风云雨雪以及季节轮回带来的物候更新，常常是诗歌表现的重要内容，《诗经》中的"昔我往矣，杨柳依依；今我来思，雨雪霏霏"，已成千古名句。由于《诗经》中与气象有关的意象和物象十分密集，所以有学者把它称为"气象文学之祖"④。在唐诗宋词中，气象变化与物候更新最能激发文人的感怀，所以多有"伤春""悲

---

① 初清华：《"气象文学"刍议》，《南京师大学报（社会科学版）》2011年第1期，第155页。
② Yuriko Saito：The Aesthetics of weather. The Aesthetics of Everday Life. ed. by Light A. and Smith J. M. (NewYork：The Columbia University Press，2005)，p.157.
③ 王东、张敏、丁玉平：《气象美学建构论》，《自然辩证法研究》2015年第8期，第84页；[日]青木孝夫：《气象美学导论》，《湖北大学学报（哲学社会科学版）》2020年第1期，第32页。
④ [美]林中明：《气象文学之祖：〈诗经〉——从"风云雨雪"的"赋比兴"说起》，《〈诗经〉研究丛刊》2009年第1期，第193页。

秋"之作,夏雨冬雪、雾风雷电也在诗词中频频出现。刘勰说"春秋代序,阴阳惨舒,物色之动,心亦摇焉"[1];钟嵘品诗时也强调"气之动物,物之感人,故摇荡性情,形诸舞咏"[2],这里的"气"就是指气候。在古代小说中,气象更是在叙事中发挥着重要的作用。《西游记》中的神仙、妖怪能腾云驾雾,呼风唤雨,是对气象的巧妙运用;《三国演义》中的"草船借箭"与"借东风",也是诸葛亮巧妙利用气象的结果;《牡丹亭》中的杜丽娘,遇到撩人春色,看到"姹紫嫣红开遍",深陷春梦,终至殒命;《红楼梦》中大观园一年四时的气象变化,与贾府命运息息相关。中国古人相信"天人感应",认为气象变化尤其是气象异常,与人的行为有关,所以窦娥有冤,六月飞雪;"荆轲慕燕丹之义,白虹贯日"[3]。在古人看来,气象不只是一种自然现象,而是预示着人的吉凶祸福,尤其出现气象灾害的时候,人们就认为可能与皇帝行为放纵有关,所以历史上很多皇帝都因为气象灾害发过"罪己诏",以求上天宽恕,结束灾害。但自近代以来,西方科学观念进入中国,所谓"天人感应"之说变得荒诞不经,气象变化、物候更新变成纯粹的自然现象,不再与任何人的行为或命运有关。在这种情况下,现代文学中的气象描写,就不像古代文学那样,带有浓厚的迷信、宿命色彩了。尽管如此,中国现代文学中仍然有丰富的气象内容。诗歌《蕙

---

[1] 刘勰:《文心雕龙·物色》,载黄淑琳注《增订文心雕龙校注》,中华书局,2000,第566页。

[2] 钟嵘:《诗品·序》,载曹旭集注《〈诗品〉集注》,上海古籍出版社,1994,第1页。

[3] 《史记·邹阳列传》,载马持盈注《史记今注(第2版)》,台湾商务印书馆,1983,第2493页。

的风》《我不知道风是在哪一个方向吹》《雪花的快乐》《雨巷》《雪落在中国的土地上》等,题目就与气象有关,散文中描写气象变化的更多,郁达夫的《故都的秋》、巴金的《地中海上的风浪》、茅盾的《雷雨前》、朱自清的《春》等,都是以气象为题;在小说方面,巴金的《雾》《雨》《雷》《电》、周立波的《暴风骤雨》、曹禺的《雷雨》、田汉的《梅雨》等,也是以气象作为题目的。在诗歌和散文中,气象作为抒情对象或借以表达政治诉求的手段,都非常直接、简明,但在叙事文学(小说、戏剧)中,气象在情节进展中发挥着重要作用。本文主要以中国现代叙事文学为研究对象,发掘气象在叙事进程中发挥的艺术功能。

二、作为情节的气象

接受过现代科学启蒙的中国现代作家,不会再将气象变化看作是神谕,但他们依然在叙事作品中或详或略地描写气象(天气)变化。在大多数作品中,天气变化只是故事发展的背景,借以渲染气氛。如郁达夫在《沉沦》中写日本秋天的高原景象:"晴天一碧,万里无云,终古常新的皎日,依旧在她的轨道上,一程一程的在那里行走。从南方吹来的微风,同醒酒的琼浆一般,带着一种香气,一阵阵的拂上面来。"[1] 这是对当时气象状况的如实描写,展示了主人公活动的场景,可以看作借美景以衬托主人公的孤独。冰心的《秋风秋雨愁煞人》开篇写秋天的景色:"秋风不住的飒飒的吹着,秋雨不住滴沥滴沥的下

---

[1] 郁达夫:《沉沦》,载《郁达夫全集》第1卷,浙江大学出版社,2007,第39页。

着，窗外的梧桐和芭蕉叶子一声声的响着，做出十分的秋意。"①她对秋风秋雨的描写是为了与窗内"温煦如春"做对比，衬托一个人在房内读书时的寂静和幸福。但在有些作品中，天气变化对情节演进和人物命运产生了重要影响，成为作品情节的重要组成部分。这类把气象纳入作品核心叙事的现象虽然不多，但对研究文学的气象美学具有重要意义。

虽然学界对情节一词颇多争议，但就一般意义而言，情节不同于故事，它们强调的重点不同：情节指的是叙事展开的过程，故事则是叙事的结果。俄国形式主义批评家认为"'故事'指的是作品叙述的按实际时间、因果关系排列的所有事件，而'情节'则指对这些素材进行的艺术处理或在形式上的加工，尤指在时间上对故事事件的重新安排"②。情节是故事的展开方式和过程，故事则强调的是事件，所以说："情节可被定义为叙事文学中动态的、连续的元素。叙事中的人物，或任何其他元素，一旦表现出动态特征，便是情节的一个组成部分。"③ 在部分现代叙事文学作品中，气象就发挥着这种动态作用，曹禺的《雷雨》便是一例。曹禺自己说："《雷雨》里原有第九个角色，而且是最重要的，我没有写进去，那就是称为'雷雨'一名好汉。他几乎总是在场，他手下操纵其余八个傀儡。"④ 雷雨在《雷雨》中的重要性可见一斑。从气象学来说，雷雨是指"伴有雷

---

① 冰心：《秋风秋雨愁煞人》，载《冰心全集》第1卷，海峡文艺出版社，1994，第32页。
② 申丹：《叙述学与小说文体研究》，北京大学出版社，2001，第30页。
③ [美] 罗伯特·斯科尔斯、詹姆斯·费伦、罗伯特·凯洛格：《叙事的本质》，于雷译，南京大学出版社，2015，第219页。
④ 曹禺：《〈日出〉跋》，载《曹禺全集》第1卷，花山文艺出版社，1996，第385页。

电的降雨现象。产生于雷暴积雨云下……陆上在夏季午后热力对流强盛时出现机会较多,形成'热雷雨'"①。作为一种自然现象,雷雨自有其产生的原因和规律,与人的命运无关。但在《雷雨》中,雷雨像一只看不见的手,操纵着人物的命运,改变情节走向,并引发后续情节。这主要表现在两个方面:一是雷雨作为一种超人的力量,对人物的心理产生影响,尤其对观念保守的鲁侍萍来说影响更大——她一直把女儿的遭遇看作是上天对她的惩罚;二是雷雨直接改变了人物的行动,使情节突转,带来突发性后果。在剧本中,这一状况出现了三次:第一次,在第三幕中鲁大海从家里赶走周冲后,就去了车厂,准备拉一夜的车。但车厂因为雷雨垮塌,他只好回到家中,正好遇到周萍和四凤在一起。他拿起铁刀要去杀周萍,被侍萍拉住。四凤跑了以后,鲁大海去找四凤,到了周公馆,见到了周萍。他打了周萍,要求周萍带走四凤,还将一把手枪交给了周萍,后来周萍自杀用的就是这把枪。如果不是暴雨导致车厂垮塌,鲁大海应该一个晚上都在街上拉车,就不会有他后面的故事了。所以雨就像一只手,把鲁大海从街上拉了回来,重新加入到这场悲剧之中。第二次,第四幕中周萍准备带走四凤,繁漪从里面出来说:"咦,你们到哪里去?外面还打着雷呢!"繁漪以"外面还打着雷"为借口留下了将要离开的周萍、四凤和鲁侍萍,还叫来了周冲和周朴园。剧中人物除鲁贵以外都到齐了,最惨烈的悲剧由此发生。自然,繁漪这句话不具有强制性,外面打雷也不足以阻止周萍和四凤远行,但繁漪说完这句话后,接下

---

① 朱炳海等主编:《气象学词典》,上海辞书出版社,1985,第915页。

来发生的事让每一个人都走不了。所以这句话像是一根引信，引发了一连串事件，留住了屋里所有的人。第三次，花园里藤萝架旁的电线漏电，蘩漪让佣人找人来修，但因为下雨，电灯匠说第二天来修。如果不是这场雷雨，电线早修好的话，四凤和周冲就不会触电身亡。

从这三次事件来看，雷雨不只是一种天气状况，而是直接参与了情节的发展，构成了作品的功能单元，按照巴尔特的叙事理论，叙事作品中的功能单元发挥着不同作用，"其中一些构成了叙事的（或叙事片段的）真正枢纽，另一些只是'填充'着将诸枢纽功能分离的空间。让我们称前者是基本功能（fonctionscardinales）（或核心），称后者为催化剂，就其具有使完成的性质而言"①。气象在《雷雨》中就发挥了叙事"枢纽"作用。

在人物塑造方面，《雷雨》中的人物，都可以从气象上找到对应的物象：蘩漪如雷如电，曹禺说"她是一个最'雷雨的'（原是我的杜撰，因为一时找不到适当的形容词）性格"，她爱到极端也恨到极端，最后她像一道闪电，照亮了周公馆内隐藏着的秘密，让所有人陷入崩溃的状态。以此类推，鲁侍萍就是雨，她一辈子泡在苦水里，剧本写她各种哭："哭喊着护大海""落泪""抱着女儿大哭""大哭起来""抽噎""眼泪流下来""回头泣"。她在剧中眼泪如雨，眼睁睁地看着自己的孩子（周萍和四凤）一步一步走向毁灭。四凤是风，她美丽、清纯、善

---

① ［法］罗兰·巴尔特：《符号学历险》，李幼蒸译，中国人民大学出版社，2008，第116页。

良，但美好的青春如昙花一现、随风而逝。周冲是《雷雨》中的一束阳光。整部《雷雨》始终笼罩在乌云压城、阴暗低沉的氛围中，只有周冲出场，才显示一点亮色。周萍则像暴风雨前低垂的乌云，沉重、压抑、低回。不伦之恋让他背上了沉重的包袱，他想从充满罪恶记忆的周公馆里走出来，但命运死死地拖住了他的脚步。他认为爱上繁漪是有罪的，希望通过对四凤的爱救赎自己，结果陷入了一个更大更深的黑洞，终至不能自拔。周朴园像雾一样，始终笼罩着周公馆，让每一个人从他那里感受到压抑和憋闷。鲁贵则像是霾，晦暗肮脏地充斥着周公馆和鲁家的每一个角落，挥发着有毒的气息，让每一个呼吸到的人都感到不适。他贪婪、狡猾、下流还自以为是，以做一个自认为聪明的奴才感到自豪。鲁大海是一个闯入者，他不属于雷雨的世界，最终只能逃之夭夭。由此不难看出，从情节到人物，《雷雨》都体现出鲜明的气象美学特征。

与《雷雨》巧妙利用气象推进情节极为相似的是施蛰存的《梅雨之夕》，这是一篇关于雨的故事。研究者多注重"我"与陌生女子之间的关系，而忽视了"我"与"雨"的关系。

梅雨是一种天气现象："初夏江淮流域一带经常出现一段持续较长的阴沉多雨天气。此时，器物易霉，故亦称'霉雨'或'黴雨'，简称'霉'；又值江南梅子黄熟之时，故亦称'梅雨'或'黄梅雨'。"[①] 梅雨持续时间长，天气湿热，光照少，人们很容易身体不适，甚至会得"梅雨病"：比如会加重忧郁症患者的病情，会引发关节痛、肠胃不适等。连续的阴雨湿热天气，

---

① 朱炳海等主编：《气象学词典》，上海辞书出版社，1985，第771页。

的确会引发人们精神上的忧郁和忧思,小说中的"我"似乎与此相反,对梅雨颇为钟爱:"对于雨,我倒并不觉得嫌厌"。他尤其迷恋傍晚雨中的都市景色:"况且尤其是在傍晚时分,街灯初上,沿着人行路,用一些暂时安逸的心境去看看都市的雨景,虽然拖泥带水,也不失为一种自己的娱乐。在蒙雾中来来往往的车辆人物,全都消失了清晰的轮廓,广阔的路上倒映着许多黄色的灯光,间或有几条警灯的红色或绿色在闪烁着行人的眼睛。雨大的时候,很近的人语声,即使声音再高,也好像在半空中了。"厌恶梅雨、情绪忧郁是梅雨症候的重要表现,刻意在梅雨中寻找乐趣,借助梅雨的朦胧庇护,做一个白日梦,又何尝不是梅雨症候的另一种表现形式呢?所以他一方面留恋着雨中的夜景,一方面通过对异性的想入非非,逃避现实的一切。雨就像魔术师手里的布幔,阻挡住他人的凝视,给"我"内心被压抑的骚动和欲望一个释放的机会。在小说中,"我"和雨构成了同谋关系,联手"制造"了一个雨中奇遇的故事。小说中那位无名的姑娘,在雨停了的时候没带任何雨具上了电车,当她下车的时候,雨下大了,"恰巧"被"我"遇到,于是"我"陪着她一起避雨。雨一直不停,姑娘只能一直等,这个时候"我"提出送她,自然会被接受。雨俨然是一位幕后主使,促成了"我"与姑娘的雨中之行。与一位陌生姑娘漫步雨中,"我"的思绪开始肆无忌惮地飞扬。之后雨停了,二人分手。雨像一只看不见的手,在操纵着故事的进程。一个心有不甘、生活乏味的男人,凭借雨的助力,成就了一段精神越轨的浪漫时光,的确"朦胧地颇有些诗意"了。戴望舒笔下那位雨巷中的漫步者,期待着一场艳遇而不得,但《梅雨之夕》中的"我"在雨的配合下，实现了这一愿望，可见南方的雨多么撩人，能勾起多少安分守己者的非分之想。所以那位姑娘是谁并不重要，初恋女友是否难以忘怀也不重要，重要的是"我"与雨之间的默契：一切都那么妥帖、那么恰到好处。雨才是掌控一切的力量，它时断时续、时缓时急的节奏，给一位寂寞、无聊而又内心狂野的男人提供了放肆想象、精神越轨的帷幕。在中国古代文学中，"雨"本身就含有暧昧之意，由"旦为朝云，暮为行雨"演化而来的"云雨"之说，成为历代文人表达男女之情的隐喻。由此不难看出，小说主人公在傍晚的雨中心有所待，也是这一思路的延伸。所以说雨才是这篇小说的主角和灵魂，因雨而来的非分之想，使小说在雨的朦胧中显示出了情的暧昧性，这是气象美学的情色境界。

与上述两部作品不同，郭沫若的历史剧《屈原》将雷雨与人物内心痛苦的爆发相和鸣，显示出了廓大、雄浑的气象美学效果。《屈原》写于抗战相持阶段。陪都重庆自1938年开始就遭受日军的狂轰滥炸，物资供应十分困难。就整个抗战局势来说，国民政府抗战不利，大后方官员腐败，更加重了人们心中的压抑、焦虑和愤懑。而1941年爆发的"皖南事变"，国民党将枪口对准了自己的同胞，更加激起了民众的怒火。《屈原》正是在这一背景下诞生的。剧本前四幕写屈原被郑袖陷害，使楚国陷入危险境地，之后屈原被罢官，在城东门外遭到郑袖的百般戏弄，屈原愤怒至极，痛骂张仪。随后为屈原辩护的婵娟、钓者被捕，尤其是婵娟被关押，让屈原忧心如焚。这些事件累积在一起，让屈原胸中的怒火激烈地燃烧起来，这时"室外雷电交加，时有大风咆哮"。屈原心中的愤怒和室外的雷电大风正好合拍，所以屈原对着大风和雷电发出强烈的怒吼："风！你咆哮吧！咆哮吧！尽力地咆哮吧！在这暗无天日的时候，一切都睡着了，都沉在梦里，都死的时候，正是应该你咆哮的时候，应该你尽力咆哮的时候！"他对着风怒吼，对着雷怒吼，对着电怒吼，他诅咒东皇太一庙里的神祇，呼唤光明。这一长段气势磅礴、气吞山河、慷慨壮烈的怒吼，不仅表达了屈原郁积在胸的怒火，也传达出抗战时期人们心中的焦虑与愤怒，使整个演剧达到高潮。当时扮演屈原的演员金山回忆在重庆演出的盛况时说："深刻感人的《屈原》的最主要的篇章是《雷电颂》，在这首一千几百字的诗篇里，轰隆隆地响着震撼宇宙的革命风雷。三十六年前，《雷电颂》在重庆引起了强烈的政治反响，轰动了整个山城……"[1] 作者层层铺垫，把屈原逼向疯狂的边缘，就是为了烘托这一幕。作者说，"我是存心使他所受的侮辱增加到最深度，彻底蹂躏诗人的自尊的灵魂。这样逐渐叠进到雷电独白"[2]，"第三第四两幕的作用，都为的是要结穴成这一景"[3]。所以说戏剧的高潮就是这一场"雷电颂"，作为气象的风、雷、电，与屈原心中的怒火相交织，构成了戏剧的高潮，甚至化成了屈原的意志："这是我的意志，宇宙的意志。鼓动吧，风！咆哮吧，雷！闪耀吧，电！把一切沉睡在黑暗怀里的东西，毁灭，毁灭，毁灭呀！"这里的气象，变成了人格神，成为剧作的灵魂。与《李尔王》在暴风雨中诅咒自己的女儿不同，屈原在这

---

[1] 金山：《痛失郭老》，《人民戏剧》1978年第7期。
[2] 郭沫若：《〈屈原〉与〈厘雅王〉——这是回答徐迟先生的一封信。原信附后》，《郭沫若全集》文学编第6卷，人民文学出版社，1986，第410页。
[3] 郭沫若：《〈屈原〉与〈厘雅王〉——这是回答徐迟先生的一封信。原信附后》，《郭沫若全集》文学编第6卷，人民文学出版社，1986，第409页。

里借助雷电的力量，挑战了整个世界和各种神祇，从而使自己的精神力量获得了巨大提升，风雷电成为作品的一号人物，凌驾于作品中所有人物之上，凌驾在那个肮脏、丑恶的世界之上！

屈原发泄愤怒之后，内心平静了，这时外面"大风渐熄，雷电亦止，月光复出，斜照殿上"。气象变化与屈原心境的变化是同步的。这时婵娟进来，无意中饮了毒酒，"死于屈原怀中，殿上灯火全体熄灭，只余月光"。"屈原无言，拥着婵娟尸体，昂首望天，眼中复燃起怒火。"从狂风雷电转换成月光斜照，符合戏剧一张一弛的抒情节奏。婵娟本身就有月亮的意思，所以她在月光中死去，她的生命与月光融为一体，弥散在幽暗、空旷的大庙里。悲伤与愤怒使屈原僵硬地凝固在那里，他欲哭无泪，欲诉无言，月光皎洁如玉，正如他的君子之行，他在月光中站成了一尊雕塑。与前面的风雷电一样，这里的月光与人物再次融为一体，成为叙事不可或缺的一部分。

在历史剧《屈原》中，气象也是一个动态过程，与人物的心理、情感相互交融，成为戏剧的核心情节，充分表达了作者赋予的思想内容。郭沫若不仅借助风雷电表达了自己和观众内心的压抑愤怒，还借助这一细节，唤醒了屈原这一形象的历史感。在《天问》中，屈原发出了"薄暮雷电，归何忧？厥严不奉，帝何求？"的诘问，表达了他被贬之后的愤懑心情。郭沫若在剧中借助气象激活了历史的精神，也鞭挞了现实的黑暗，这才是历史剧该有的境界。

气象在叙事文学中发挥的作用，在气象灾害类作品中体现得更为明显。我国是世界上气象灾害非常严重的国家之一，在中国现代文学 30 年的发展历程中，气象灾害一直频发。仅以

1931年为例：全国发生水灾657次，各省份无一幸免，湖南最多有66次；旱灾55次，陕西、山西最多各20次；风灾7次；雹灾54次[①]。丁玲的《水》便是以1931年16省特大水灾为背景创作的。小说重点写的是护堤和水灾后民众因饥饿而抗议的场景，虽然有关气象描写的内容不多，但整个故事始终建立在一场引发灾害的暴雨之上，所以暴雨是这个故事发生的根源，而水灾的持续，是推动情节发展的动力。田汉的话剧《洪水》也是以这场水灾为背景，写了一家人被洪水困在房顶上等待救援的场景，显示了暴雨引发洪灾给人们带来的苦难。除水灾之外，旱灾肆虐的时候，人们的生活也会陷入困境。蒋牧良的小说《旱》写大旱之年，人们抬出龙王祈雨，但雨却一直没有来。头一年大家集资修水坝的钱被地主赵太爷挪用，导致田地无水灌溉。小说中的金阿哥将女儿卖到妓院，换了钱自己抽水灌溉，但自己田边水库里仅有的一点水被别人偷走了，走投无路的他拿着刀去跟偷水者拼命。肆虐的旱灾与地主阶级的压榨将主人公逼向了绝路。洪深的《五奎桥》跟《旱》一样，将天灾与阶级斗争融为一体，反映了农民的反抗精神。在现代文学史上，这类写旱灾、水灾的作品很多，像叶紫的《丰收》、向培良的《救荒》、巴人的《灾》、靳以的《人间人》等作品，都反映了气象灾害给人们带来的苦难。在这类作品中，气象成为故事发生的起因，也成为故事推进的动力。因为灾情迟迟得不到缓解，人们的绝望感就会加重，矛盾就会激化，作者借助气象灾害，去揭示人们的愚昧（祈雨）或阶级冲突。与古代有关气象灾害

[①] 夏明方：《民国时期自然灾害与乡村社会·附录》，中华书局，2000，第377页。

的叙事作品相比，现代文学中的这些气象灾害，体现出了鲜明的"现代"特征：古代作家与作品中的人物都相信，气象灾害源于人的不良行为，灾害是对作恶者的惩罚，只要虔心改过，气象灾害就会结束，如《西游记》第87回写凤仙郡大旱三年，是因为郡守祭祀时亵渎了神明，所以只要诚心悔过、虔诚向善，便能化解；《初刻拍案惊奇》第39卷写晋阳大旱，县令狄维谦亲自祷告祈雨，所有罪孽由他一人承担，果然大雨来临。所以在古代文学中，气象灾害基本上被写成因果报应的故事。但对现代作家而言，他们描写农民求神祈雨，只是为了真实地反映现实，他们自己是不会相信这类迷信说法的，所以无论农民祈雨时怎样虔诚，雨也不会到来，那些祈雨的情节就变成了无谓的徒劳，使作品充满了悲剧感，这是气象美学的一种现代形式。

气象作为审美对象，与其他自然景观不同，尤其是雨，不需要人们去直接面对，相反，每当它来的时候，人们纷纷躲避，但这并不意味着它没有美感。隆隆的雷鸣和唰唰的雨声其实是我们生活中十分重要的"音景"，很容易引起人们情绪的波动。《梅雨之夕》中的"我"喜欢下雨，但并非喜欢淋雨，而是喜欢听雨，"我喜欢在淅沥的雨声中撑着伞回去"，也许就是这雨声，让他留恋街头，不愿急于回家；《屈原》中惊天动地的风声、雷声与屈原的怒吼融为一体，将故事的空间延伸到了浩渺的宇宙，形成了一个廓大的音场，产生了震撼人心的效果；而在《雷雨》中，周公馆窗外的雨声与天上的雷声像催逼进攻的战鼓，又像命运敲响的丧钟，把那些"可怜的动物"[1]送进了

---

[1] 曹禺：《〈雷雨〉序》，载《曹禺全集》第1卷，花山文艺出版社，1996，第7—8页。

"黑暗的坑"①。

三、作为隐喻的气象

所谓隐喻，从最简单的意义上说，"它是指一套特殊的语言学程序，通过这种程序，一个对象的诸多方面被'传送'或者转移到另一个对象，以便使第二个对象似乎可以被说成第一个"②。但从文学作品来看，隐喻不只是一种语言现象或修辞技巧，而是跟人的思想、思维密切相关，所以有学者强调说："隐喻不仅是一个语言学和修辞学问题，不仅是一个美学、诗学问题，还是一个哲学、文化学问题，它关涉到了一切语言学、美学、诗学、哲学、文化学中的知识的坚实性和理论的有效性问题"③。隐喻已经超越了语言学和语义学的范畴，成为解读文学作品的一个重要路径。在谈到作品的内部研究时，韦勒克、沃伦指出："在这一系列的问题（意象、隐喻、象征、神话）上，我们对较老的理论是不赞同的。较老的理论仅是从外部的、表面的角度来研究它们，把它们的绝大部分作为文饰和修饰性的装饰，把它们从它们所在的作品中分离出来。而我们的观点则与此不同，认为文学的意义与功能主要呈现在隐喻和神话中。人类头脑中存在着隐喻式的思维和神话式的思维这样的活动，这种思维是借助隐喻的手段、借助诗歌叙述与描写的手段来进行的。"④ 正是隐喻式的思维，使隐喻常常成为文学作品内部结

---

① 曹禺：《〈雷雨〉序》，载《曹禺全集》第1卷，花山文艺出版社，1996，第8页。
② ［英］泰伦斯·霍克斯：《隐喻》，北岳文艺出版社，1990，第1页。
③ 季广茂：《隐喻视野中的诗学传统》，高等教育出版社，1998，第2页。
④ ［美］雷·韦勒克、奥·沃伦：《文学理论》，刘象愚等译，生活·读书·新知三联书店，1984，第209页。

构的重要组成部分。气象隐喻是隐喻家族中的一个大的门类,正如人无法脱离气象而生存一样,文学要描写生活、反映人生,自然也离不开对气象的描写和记录。在中国现代叙事文学作品中,气象描写也十分常见,有时看似一段普通的气象描写,其实与整部作品的主题、思想或审美风格相联系,使气象成为作品的重要组成部分。狄更斯的《荒凉山庄》开篇对伦敦大雾的描写,一直被看作是经典的气象隐喻。蒋光慈的《短裤党》开篇也有一段气象描写,明显带有政治用心:

> 接连阴雨了数天,一个庞大的上海完全被沈(沉)郁的、令人不爽的空气所笼罩着。……小雨又顿时丝丝地下将起来……已经应该是春回大地,万象更新,和风令人活泼沈(沉)醉的时期,而天气还是这般闷人,还是如苦寒的,无生气的冬季一样。唉!真是有点活闷人!……①

小说开始的时间是第一次武装起义失败、中共酝酿发动第二次武装起义的间歇,孙传芳加强了对上海的控制,加紧了对共产党人的抓捕,导致上海的局势十分紧张。这段有关上海天气的描写,处处显示着言外之意:阴雨天,压抑,人们渴望着阳光;已是春天,却仍像酷冬一样,"有点活闷人"。这样的气象描写,是对当时上海政治气氛的直接隐喻。小说后面直截了当地点题:"沈(沉)郁的天气闷煞人,反动的政治空气更闷煞

---

① 蒋光慈:《短裤党》,载《蒋光慈文集》第1卷,上海文艺出版社,1982,第214页。

人！唉！要闷煞上海人！……"① 正是这种"闷煞人"的气候，成为工人武装暴动的合理依据。所以开篇这段天气描写，充分显示了蒋光慈的气象政治学思维，为后面故事的发生提供了充足的铺垫。同样写上海的春天，《子夜》开头就与《短裤党》不同：

> 夕阳刚刚下了地平线，软风一阵一阵地吹上人面，怪痒痒的。苏州河的浊水幻成了金绿色，轻轻地，悄悄地，向西流去。……风吹来了外滩公园里的音乐，却只有那炒爆豆似的铜鼓声最分明，也最叫人心兴奋……②

《子夜》开始，是吴荪甫、杜竹斋一干人等到码头迎接吴老太爷，有点其乐融融的味道，所以风也柔和，水也静谧，但是，远处传来的爆裂的铜鼓声，似乎隐喻着不祥事件的发生。接下来便知道，吴老太爷到了吴公馆很快就一命呜呼了。

在情节推进的过程中，这类天气描写频繁出现，"使我们借助一个经验域去理解另一经验域"③，这是隐喻功能的一个重要方面。《短裤党》写工人罢工以后的天气状况："大罢工的第二天，天气晴起来了。"④ 上海的工人行动起来了，沉闷的天气结

---

① 蒋光慈：《短裤党》，载《蒋光慈文集》第1卷，上海文艺出版社，1982，第215页。
② 茅盾：《子夜》第25版，开明书店，1951，第1页。
③ ［美］雷可夫、詹森：《我们赖以生存的譬喻》，周世箴译注，联经出版社，2006，第195页。
④ 蒋光慈：《短裤党》，载《蒋光慈文集》第1卷，上海文艺出版社，1982，第231页。

278

束了，人们见到了渴望的太阳，虽然只有一句，但已经隐喻着政治形势的变化。在小说接近结尾，第三次武装起义成功以后，小说又回到天气的描写上来："全城的空气似乎剧变了。路上的行人三五成群地聚在一块，面上都欣欣然有喜色。似乎燥热的，令人窒息，秽浊的暗室里，忽然从天外边吹来一阵沁人心脾的凉风，射进来清纯的曙光，顿时令被囚着的人们起了身心舒畅之感。"① 这段气象描写，与开篇的描写相呼应，构成了小说中的气象隐喻系统：天气的变化与政治形势同步，使读者从天气的变化中看到了政治形势的变化。在蒋光慈的小说中，这种气象隐喻比比皆是。《野祭》中，革命文学作家陈季侠受到邻居的吵扰准备搬家的时候，正值夏天，上海酷热难挡："温度高的时候，达到一百零几度，弄得庞大繁杂的上海，变成了热气蒸人焦烁不堪的火炉。富有的人们有的是避热的工具——电扇，冰，兜风的汽车，深厚而阴凉的洋房……可是穷人呢，这些东西都没有，并且要从事不息的劳作，除非热死才有停止的时候。"② 他不仅渲染上海的高温难耐，还写出了同一温度下的阶级差别。陈季侠搬家以后，隐姓埋名，后来被房东家的女儿章淑君识破。章对陈十分敬仰，也向往革命。陈此时的心情颇为复杂，但幸福和激动还是主要的，所以这时候小说中出现了一段颇有意味的气象描写："一轮皎洁晶莹的明月高悬在天空，烦躁庞大的上海渐渐入于夜的沉静，蒙蒙地浴于明月的光海里。时候已是十一点多钟了，我还是伏在窗口，静悄悄地对着明月痴想。秋风

---

① 蒋光慈：《短裤党》，载《蒋光慈文集》第1卷，上海文艺出版社，1982，第298页。
② 蒋光慈：《野祭》，载《蒋光慈文集》第1卷，上海文艺出版社，1982，第310页。

一阵一阵地拂面，使我感到凉意，更引起了我无涯涘的遐想。"[1]这皎洁的月亮，便是章淑君的隐喻，温度的变化隐喻着主人公心情的变化。

在《子夜》中，故事的进展也同样伴随着天气的变化。第十三章开篇，写裕华丝厂女工们准备罢工的时候，天气也出现了变化："还没有闪电，只是那隆隆然像载重汽车驶过似的雷声不时响动。天空张着一望无际的灰色的幕，只有直西的天角像是破了一个洞，露出小小的一块紫云。夕阳的仓皇的面孔在这紫云后边向下没落。"[2] 这段描写显然不是一般的天气描写：闪电、雷声隐喻着女工们即将举行的罢工，"夕阳仓皇的面孔"隐喻着资本家、工厂管理者们的恐慌。所以小说的故事还没开始，这段天气描写就把将要发生的一切做了提示，这正是隐喻特有的功能之一，正如有论者指出的那样："隐喻能使人根据已知的事物把握未知的事物，根据彼时彼地的事物把握此时此地的事物，并在已知事物与未知事物的相互激荡、交互激发的过程中派生出'言在此而意在彼'的美学效果。"[3] 风云雷电，每一个人都十分熟悉，都有着切身的感受，所以小说对天气的描写让读者产生亲临其境之感，为后面情节的展开提供了情感基础。这类隐喻在现代小说中十分普遍。叶绍钧的《倪焕之》写巴黎和会外交失败和北京学生游行、被捕的消息传到这个小镇后，倪焕之所在的学校举行演讲大会，小说在这时进行了一段天气描写："学校里罢了课！……学校门前用木板搭了一个台，上头

---

[1] 蒋光慈：《野祭》，载《蒋光慈文集》第1卷，上海文艺出版社，1982，第317页。
[2] 茅盾：《子夜》第25版，开明书店，1951，第360页。
[3] 季广茂：《隐喻视野中的诗学传统》，高等教育出版社，1998，第54页。

榆树榉树的浓荫覆盖着,太阳光又让重云遮住了,气象就显得很凄惨,象举行殡殓的场面。"① 这份气象描写显示了国难带来的沮丧气氛。随后,小说再次描写天气:"天气异常闷热,人们呼吸有一种窒息的感觉。泥地上是粘粘的。重云越叠越厚。可厌的梅雨期快开始了。"② 演讲过程中,天气骤然变化:"忽然来了一阵密集的细雨,雨丝斜射在听众的头顶上,就有好些人用衣袖遮着头顶回身走。"③ 在一个事件中相继三次描写天气,映射出事件中人物的情绪,为人们阅读和理解作品提供了重要参照,也极大地提升了作品的美学效果。

鲁迅小说文笔俭省,极少描写复杂的天气变化,但我们依然在其作品中看到了气象隐喻的巧妙运用。《故乡》开篇描写自己"回到相隔两千余里,别了二十余年的故乡去",接着是一段天气描写:"时候既然是深冬;渐近故乡时,天气又阴晦了,冷风吹进船舱中,呜呜的响,从篷隙向外一望,苍黄的天底下,远近横着几个萧索的荒村,没有一些活气。我的心禁不住悲凉起来了。"④ 离别二十多年归乡的游子,心里没有激动,没有热泪,有的是悲凉。"阴晦""冷风""苍黄""荒村"等词汇,隐喻着此次故乡之行的体验将一样是悲凉的,它已经提前隐喻主人公与故乡之间的"隔膜"。小说写闰土月下看瓜的场景,"深

---

① 叶绍钧:《倪焕之》,载叶至善、叶至美、叶至诚编《叶圣陶集》第3卷,江苏教育出版社,1987,第173页。
② 叶绍钧:《倪焕之》,载叶至善、叶至美、叶至诚编《叶圣陶集》第3卷,江苏教育出版社,1987,第175页。
③ 叶绍钧:《倪焕之》,载叶至善、叶至美、叶至诚编《叶圣陶集》第3卷,江苏教育出版社,1987,第178页。
④ 鲁迅:《故乡》,载《鲁迅全集》第1卷,人民文学出版社,2005,第501页。

蓝的天空中挂着一轮金黄的圆月",不仅使少年闰土与老年闰土形成了鲜明的对比,从气象角度来说,这一空气澄明、月黄天蓝的海边场景,与整部作品晦暗、悲凉的色调形成对比,在审美效果上出现巨大反差,这是作者有意追求的美学效果。同样写游子归乡,《在酒楼上》写主人公在一石居隔窗眺望废园,就是另外一幅场景:"几株老梅竟斗雪开着满树的繁花,仿佛毫不以深冬为意;倒塌的亭子边还有一株山茶树,从暗绿的密叶里显出十几朵红花来,赫赫的在雪中明得如火,愤怒而且傲慢,如蔑视游人的甘心于远行。我这时又忽地想到这里积雪的滋润,著物不去,晶莹有光,不比朔雪的粉一般干,大风一吹,便飞得满空如烟雾。"① 寂寞中回乡的游子,依然忍受着寂寞,到了熟悉的一石居,一切都没有变,但已经没有一个熟人了。窗外飞雪中盛开的花朵,愈发衬托出远行者的寂寥与无奈。而南方"依恋"的"柔雪",将游子的漂泊感衬托得更加鲜明。这雪和雪中的花,作为气象与物象,隐喻着主人公内心难以言说的苦衷:"北方固不是我的旧乡,但南来又只能算一个客子"②。对一个失去归宿感的人来说,雪花与茶花不再是审美对象,而是内心痛苦的隐喻。同样是写雪,《祝福》中的祥林嫂死在飞舞的大雪中,她死后世界一片洁白,众神"都醉醺醺的在空中蹒跚,豫备给鲁镇的人们以无限的幸福"。正是在吉祥降临鲁镇的时候,这个名叫祥林嫂的女人死了,成团的雪花依然在空中飞舞,粉妆出一个干净的世界。雪在小说中成为一道冷漠的屏障,遮

---

① 鲁迅:《在酒楼上》,载《鲁迅全集》第2卷,人民文学出版社,2005,第25页。
② 鲁迅:《在酒楼上》,载《鲁迅全集》第2卷,人民文学出版社,2005,第25页。

挡了真相，掩盖了罪恶，从此"则无聊生者不生，即使厌见者不见，为人为己，也还都不错"①。鲁迅在平静的叙述背后，隐藏着对世道人心的悲凉体验。那大雪就是一个隐喻："中国人的不敢正视各方面，用瞒和骗，造出奇妙的逃路来，而自以为正路。"② 这"雪"就是这"正路"的隐喻，它帮助人们掩盖一切人间的不幸，成全了那些麻木、冷漠的人们的愿望，从此这个世界就"干干净净"了。燕卜荪认为：隐喻"是一种复杂的思想表达，它借助的不是分析，也不是直接的陈述，而是对一种客观关系的突然的领悟。当人们说一种事物象另一种事物时，它们必定具有某些使它们彼此相似的性质"③。从祥林嫂的死到覆盖一切的雪，思想顿然贯通：鲁迅无情地剖开了乡镇社会冠冕的外壳，露出了里面的凉薄与冷漠。从中不难看出，小说结尾的雪乃点睛之笔。

巴金在创作过程中，对气象情有独钟。散文集《龙·虎·狗》收录了他的系列散文《风》《云》《雷》《雨》；《爱情三部曲》——《雾》《雨》《电》，中间还夹着一部《雷》。这些作品均以气象命名，这说明了巴金文学创作与气象的密切关系。但令人感兴趣的是，《爱情三部曲》和《雷》，除了《雨》写到雨以外，其他几部几乎没有描写题目提示的天气现象，但小说的题目作为隐喻，已经对作品的思想进行了影射。瑞恰兹将隐喻分为喻旨和载体（或译为喻衣），那么在作品中作者的思想感情

---

① 鲁迅：《祝福》，载《鲁迅全集》第2卷，人民文学出版社，2005，第10页。
② 鲁迅：《论睁了眼看》，载《鲁迅全集》第1卷，人民文学出版社，2005，第254页。
③ ［英］威廉·燕卜荪：《朦胧的七种类型》，周邦宪等译，中国美术学院出版社，1996，第3页。

就是喻旨，作为小说题目的气象词汇就是载体。如《雾》中周如水有着"模糊的，优柔寡断的性格"①，面对着深爱的女子不能决断。周如水就是雾一样的人物，周如水是喻旨，雾便是载体（喻衣），由此构成了这类作品的隐喻结构。在这系列作品中，《雨》开篇就写雨："雨住了，这是一阵过云雨。满天的愁云都被雨点洗净了，洗出了一个清朗的蓝天来。闷热的空气也给雨洗得新鲜，清爽。这是一个美丽的夜晚。"② 这段话的核心就是"雨洗愁云"，这是雨在巴金文学世界里的一个基本意项。在散文《雨》中，巴金表示他爱雨，喜欢不打伞在雨中漫步，就像古人"借酒浇愁"一样，他喜欢"借雨洗愁"，这可以看作是理解小说《雨》的一个注脚。很明显，与古人习惯以雨喻愁不一样，巴金是把雨看作"洗愁"的手段。小说《雨》中的主人公吴仁民因为信仰危机对自己的行动产生了怀疑，在感情上他面对着两个女人之间的拉扯，最终一个自杀，一个为了救他就随她不爱的男人走了。经过这些事件之后，吴仁民抛掉了苦闷与彷徨，成为一个成熟的革命者。这个过程就是一个"雨洗愁"的过程。《雷》是以雷来隐喻主人公德，"他的勇气，他的热情，就象一个正在爆发的火山，没有东西能够阻止它，凡是拦阻它的道路的都会被它毁灭"③。这就是像雷一样的德，一个为了信仰可以毁灭一切阻碍的人，巴金心中的英雄。巴金对天上的雷是偏爱的，他说："每次听到那一声巨响，我便感到无

---

① 巴金：《爱情的三部曲总序》，载《巴金全集》第6卷，人民文学出版社，1988，第16页。
② 巴金：《雨》，载《巴金全集》第6卷，人民文学出版社，1988，第101页。
③ 巴金：《爱情的三部曲总序》，载《巴金全集》第6卷，人民文学出版社，1988，第27页。

比的畅快,仿佛潜伏在我全身的郁闷都给这一个霹雳震得无踪无影似的。等到它的余音消散,我抖抖身子,觉得十分轻松。我常常想,要是没有这样的巨声,我多半已经埋葬在窒息的空气中了。"① 德就是这样的雷,可以破除"窒息的空气"。《电》是三部曲的压轴之作。在散文《雷》中,巴金也写到了电:"灰暗的天空里忽然亮起一道'火闪',接着就是那好像要打碎万物似的一声霹雳,于是一切又落在宁静的状态中,等待着第二道闪电来划破长空,第二声响雷来打破郁闷。闪电一股亮似一股,雷声一次高过一次。"② 这划破长空、照亮一切的闪电,正是作为喻体成为小说的标题,隐喻着小说中人物的意义和价值。吴仁民已经经过"雨"的洗涤,刷掉了身上的烦恼,重新投入了他们信仰的事业中。妃格念尔型的女性李佩珠以近乎完美的性格,像吴仁民一样,成为照亮灰暗夜空的闪电,给人们带来耀眼的光芒。《电》中的其他人物也是作者偏爱的,他甚至说《电》里面没有主人公,正是这一群为了信仰而努力奋斗、甘愿牺牲的人,成为巴金心中的闪电。

《爱情三部曲》从艺术价值来说并非巴金作品中最突出的,但却是巴金最为珍爱的,因为这是一部把他自己和亲近的朋友烧在一起的作品,里面很多人和他怀有同样的信仰。在1920年代,巴金是坚定的无政府主义者,但自1928年开始,国民党对无政府主义者采取了打压措施,1931年中日战争爆发,民族危机加深,无政府主义这一高蹈于民族国家之上的虚妄学说,更

---

① 巴金:《雷》,载《巴金全集》第13卷,人民文学出版社,1990,第355页。
② 巴金:《雷》,载《巴金全集》第13卷,人民文学出版社,1990,第355页。

显得不合时宜。很显然,中国无政府主义运动的崩溃,对巴金而言是一件十分痛苦的事情,他不得不承受信仰危机带来的折磨。《雾》的迷蒙、《雨》中的挣扎、《雷》的震撼和《电》的闪耀,构成了巴金对无政府主义末路的总体隐喻,是我们理解作品的重要参照。

在抗战时期,重庆成为陪都,众多作家聚集在那里,创作了大量以重庆为背景的作品。重庆自古有雾都之称,所以"重庆雾"成为众多作品的隐喻,这也是气象隐喻的一个重要体现。客观而言,重庆的"雾"阻挡了日军轰炸,对重庆起到了保护作用。正是依靠3个月的雾季,才有了"雾季演出",但在很多作品中,重庆雾被当成了大后方"黑暗污浊的现实的隐喻,是知识分子生活贫困、内心压抑、灵魂扭曲以及迷失人生方向的象征"[1]。对此已有相关研究,此处不再赘述。

雷克夫认为:"譬喻不只是语言问题,也是概念结构问题,而概念结构也不只是智能问题,而是涉及所有经验自然类:色彩、形状、质地、声音等。这些范围所建构的不只是世俗经验(mundane experience),也是审美经验。"[2] 文学中的气象隐喻,包含着作家的世俗经验,也显示了作家的审美体验,因为这类隐喻,超出了气象本身,成为作品审美资源的重要组成部分。

四、结语

气象与人类生产生活密切相关,从大处说,它关系到人类

---

[1] 张武军:《重庆雾与中国抗战文学》,《西南大学学报(社会科学版)》2009年第3期。
[2] [美]雷可夫、詹森:《我们赖以生存的譬喻》,周世箴译注,联经出版社,2006,第339页。

的生存与发展,从小处说,它直接影响到每一个个体的情绪与健康。当今全球变暖,大气污染极为严重,气象问题更加引人关注。对文学研究者而言,关注文学中的气象描写,剖析其中的文化内涵,彰显其中的美学价值,同样是一件有意义的事情。在中国古代文学研究领域,对气象文学或文学中的气象已有较多研究,但在中国现代文学研究领域,这方面还没有出现值得重视的成果,这不能不说是一个遗憾。与古代作家相比,现代作家完全摆脱了对气象的迷信,走出了"天人感应"的叙事模式,形成了新的审美机制,拓展出新的美学空间,这是值得重视的现象,也是现代文学之"现代"的重要表征。但自20世纪末以来,有关新文学现代性的讨论层出不穷,却鲜有从气象入手展开论述的。研究者们没有意识到,现在作家拥有的气象科学知识,为他们的气象书写提供了重要支撑,是他们考察"天道"与"人道"之关系的重要维度,也是中国文学现代性的重要表征。气象无论作为情节,还是作为隐喻,都对现代文学的变革产生了不可估量的影响,是中国现代文学走向现代的重要路径。本文的研究只是一个初步尝试,期待将来能够出现更多相关成果。

从"政治运动史"到"私人生命史"[①]
——20世纪两类土改小说的比较研究

在中国20世纪文学史上,土改小说创作的繁荣主要出现在两个时期,第一时期是20世纪四五十年代,在中国共产党领导土地改革的同时出现的一批作品,如丁玲的《太阳照在桑干河上》(1948),周立波的《暴风骤雨》(1948),束为的《租佃之间》(1943)、《老婆嘴退租》(1945)、《红契》(1946),赵树理的《李有才板话》(1943)、《地板》(1946)、《李家庄的变迁》(1946)、《福贵》(1946)、《邪不压正》(1948),马烽的《村仇》(1949),马加的《滹沱河流域》(1945)、《江山村十日》(1949),孙犁的《秋千》(1950),等等。这些作品都是作家在反复研读和领会党的土改政策和相关文件的基础上收集素材,进行创作的。在这一过程中,他们以政策为尺度,对搜集的素材进行整理和过滤,对那些不符合政策要求的事实,进行有意忽略,对那些符合政策的事实,加以渲染,最后形成自己的作品。"政策"成为从素材到作品的一个过滤装置,小说情节

[①] 曾以《中国两类土改小说的比较研究》为题发表于《文史哲》2012年第2期。

的安排和最终的结尾,也是完全按照政策的要求确定的。所以,尽管这类作品有着对人物性格和日常生活的丰富描写,但也无法改变它们本身的政治性和政策性:作品的着眼点不是作为个体的人的命运,而是政治决策的英明伟大。周立波的自白代表了那一代作家的心声:"打算藉东北土地革命的生动丰富的材料,来表现我党二十多年领导人民反帝反封建的艰辛雄伟的斗争,以及当代农民的苦乐和悲喜。"① 所以我们称这类作品为"政治运动史"。

"土改小说"出现的第二个时期是 20 世纪八九十年代,如刘震云的《故乡天下黄花》(1991),张炜的《古船》(1986),乔良的《灵旗》(1986),尤凤伟的《诺言》(1988)、《合欢》(1993),贾平凹的《王满堂》(1990),陈忠实的《白鹿原》(1993),莫言的《红耳朵》(1991)、《丰乳肥臀》(1995),池莉的《预谋杀人》(1991),等等。进入 21 世纪之后,也仍有少量作品不断触及这一陈年往事,如尤凤伟的《小灯》② (2003)、阎欣宁的《以死者的名义》(2006)等,这类作品已经少得多了。20 世纪八九十年代,作家在考量土改这一历史事件时,获得了鲜明的自我身份和个人立场,他们虽然没有亲历过那一幕历史的壮剧,但他们在大量阅读有关史料的基础上重构历史,唤醒了在沧桑巨变中被正史遗忘的生活细节,将这一政治事件演绎成了一幕幕个人生命史。个人一旦从政治的旋涡中探出头

---

① 周立波:《〈暴风骤雨〉是怎样写成的?》,载李华盛、胡光凡编《周立波研究资料》,湖南人民出版社,1983,第 281 页。
② 尤凤伟写过多篇土改小说,后来他将这些作品汇集起来,以《一九四八》为题,分"金""木""水""火""土"五个部分,发表于《西部·华语文学》2008 年第 8 期,本文均根据此版本。

来，历史的另一面就豁然显现，那些基于历史进步的种种论述，有时就处于被质疑、被颠覆的位置。这是文学对历史重大事件的重新发现，对在历史进程中被牺牲的个人命运的申诉，它唤醒的不只是历史，还有人性，因此可以称之为"个人生命史"。

这两类土改小说不同的创作旨趣，导致了其内涵和风格的巨大差异，因而具有重要的认识价值，值得认真剖析。

一、暴力与人性

20世纪四五十年代的土地改革运动，带有普遍的暴力倾向。被阶级斗争理论武装起来的农民，对他们所认定的阶级敌人采取了残酷的报复行动，种种匪夷所思的手段，让人心惊肉跳。当时在河南领导土地改革的赵紫阳也发出了这样的疑问："如今，政权在我们手里，真理在我们手里，群众站在我们一边，我们手里还有枪杆子、笔杆子。土改完全可以有序地进行。为什么一定要搞得天翻地覆？为什么一定要搞得血淋淋的？"[①] 作为土改初期的指导性文件，《五四指示》的态度还是很温和的，主张保护中农和富农的利益；在强调对汉奸、豪绅、恶霸做坚决斗争的同时，还提出"仍应给他们留下维持生活所必须的土地，即给他们饭吃"[②]。在1946年底，中共高层还一度酝酿发行土地公债赎买地主土地，这说明在土改初期，并没有采取激进措施的计划。但到1947年，随着国共两党战争的升级，中共高层开始调整土改思路。毛泽东提出，土地问题要尽快解决，办

---

① 程云：《关于土地改革的回忆》，《武汉文史资料》2005年第4期，第9页。
② 中央档案馆：《解放战争时期土地改革文件选编（一九四五——一九四九年）》，中共中央党校出版社，1981，第3页。

法是"用群众运动来与地主决裂,来得到土地"。在此基础上,康生对土改提出了新的要求:"我们不但要从经济上把他(指地主——引者注)打垮,而且要从政治上打垮他",并鼓励农民采用打耳光、跪瓦渣、浇毛粪、剥衣服等暴力手段,把地主的气焰彻底打下去。其实到土改的时候,大部分地主尤其是小地主,早已是惊弓之鸟,噤若寒蝉,哪里还有"嚣张气焰"?而当时领导土改工作的刘少奇,也提出了相似的主张:"百分之九十以上群众的意见就是法律,就是政策。""太行经验证明,消灭地主一定要彻底,他们叫做扫地出门,土地财产长期性搞干净,让他们要饭七天,挑粪三担。""一定把地主打垮了,然后恩赐他一份,他才会感恩。"在此基础上,要求土改干部走群众路线,"村村点火,户户冒烟,分浮财,挖底财,分土地,把地主扫地出门"[1]。这些激进观点,尤其是所谓的"贫雇农路线","查三代,查历史"的说法,使大量的中农、贫农和手工业者被划为地主或"下坡地主",受到强烈冲击。如根据山东解放区鲁中南区滨海地委对40个村所做的调查,错划成分132户,占总数的12.4%,占打击面的46%;其中因查三代错划的为56户,占错划总数的42%,因有轻微剥削错划的为76户,占57.6%[2]。无论什么人,一旦被划为地主,就必然受到残酷的拷问和身体伤害,有的甚至毙命。尽管后来中国共产党意识到"左"倾错误的泛滥并予以纠正,但到1950年代土改时,这种状况依然存

---

[1] 以上相关史料,引自杨奎松:《1946—1948年中共中央土改政策变动的历史考察》,载《开卷有疑:中国现代史读史札记》,江西人民出版社,2007,第308—316页。

[2] 赵效民主编:《中国土地改革史1921—1949》,人民出版社,1990,第365页。

在。如 1950 年,"无锡一县遭跪、冻、打的有 872 人,青浦县龙固区几天里就打死了 17 人。奉贤县 5 个区被斗的 245 人中,被打的 218 人,被下跪的 75 人,被棒打的 35 人,被吊打的 13 人,被捆绑的 18 人,被剥光衣服的 80 人,每人一般受多种体罚。宜兴县是强迫斗争对象跪碗底,把猫放入斗争对象衣服里面,剪掉妇女的头发和眉毛,常熟县还发生了割掉妇女乳头的事情"①。除上述办法外,还有坐老虎凳、蹲水缸、浇冷水、爬、变狗叫、在头上压石头、吊半边猪、人工分尸等等②。农民对地主的暴力行为,引发了地主武装的疯狂报复,尤其是"还乡团"对土改干部及其家属的血腥屠杀③,令人不寒而栗。一场旨在变革中国经济形势的政治运动,导致了类似江湖仇杀一般的冤冤相报。

那么当文学反映土改的时候,作家如何来处理这些暴力事件?他们的作品赋予了这些事件以怎样的意义?当我们把 20 世纪四五十年代作家和新时期作家的土改小说并置阅读的时候就会发现,两个时代的作家都写到了暴力土改的问题,但思想立场与情感倾向明显不同。

20 世纪四五十年代的作家对暴力土改现象的描写可分为两种情况:一是对暴力事件有意淡化,强调土改运动给民众生活带来的可喜变化。如孙犁的《秋千》、赵树理的《田寡妇看瓜》等作品,着重描写土改给人民生活带来的巨大变化,对错划成

---

① 杨奎松:《新中国土改背景下的地主问题》,《史林》2008 年第 6 期,第 12 页。
② 张成洁:《苏南土地改革时期斗、打偏激现象的历史考察》,《广西社会科学》2005 年第 7 期。
③ "还乡团"对农会干部的疯狂报复,在张炜的《古船》、尤凤伟的《一九四八》、陈忠实的《白鹿原》(初版)中均有详细描写,其残忍程度,令人发指。

分、暴力事件基本不提。但作家在不经意的地方，还是透露出了一些信息。如《秋千》中讨论大绢家是不是富农的问题，就看出"查三代"的影子；小说结尾一句"只有剥削过人的家庭，不得欢乐"，就暗示了地主受到镇压的事实。二是正面描写暴力事件，并赋予它顺应历史、顺应民心的历史进步意义。为了达到这一目的，作者在暴力事件发生之前，极力描写地主的丑恶嘴脸和对农民的残酷迫害，这为后面农民的暴力行为（报仇）提供了充分的铺垫。如赵树理的《李家庄的变迁》，开篇细致铺陈村里有钱人的种种恶行：小学教员春喜，仗势霸占了铁锁家的茅厕；村长李如珍包揽村里的诉讼，偏袒本家李春喜，将张铁锁一家逼上绝路；他的侄子小喜，则"当人贩、卖寡妇、贩金丹、挑词讼……无所不为"。村里的有钱人投机钻营，唯利是图。日本人来了，他们急忙做汉奸；中央军来了，他们赶紧投靠，参与抓捕共产党，制造了惨烈的龙王庙血案，其手段十分残忍："剁手的剁手，剜眼的剜眼，要钱的要钱……龙王庙院里满地是血，走路也在血里走。"通过这层层铺垫，民众对他们的仇恨到了无法遏制的地步，所以当共产党来了之后，农民对地主采取报复行动就显得顺理成章。农民报复得越狠毒，就越大快人心。在此基础上，下面的描写就合乎情理了：

大家喊："拖下来！"说着一轰上去把李如珍拖下当院里来。……听有人说："拉住那条腿"，有的说"脚蹬住胸口"。县长、铁锁、冷元，都说"这样不好这样不好"。说着挤到当院里拦住众人，看了看地上已经把李如珍一条胳膊连衣服袖子撕下来，把脸扭得朝了脊背后，腿虽没有撕掉，裤裆子已撕破了。①

作恶多端的旧村长李如珍就这样被愤怒的群众撕成了碎片，一场崇高的革命在民间变成了泄私愤的复仇行动。周立波在《暴风骤雨》中对暴力事件的描写，与赵树理的思路是一致的。他对地主韩老六的罪恶进行了事无巨细地交代：他霸占公井，非法占地，欺辱良家妇女，乱摊劳工，卖国通敌，总之是"好事找不到他，坏事少不了他"，"仗着日本子帮忙，家业一天天兴旺……'不杀穷人不富'，是他的主意。他的手沾满了佃户劳金的红血"②。在与周围人的关系上，韩老六势利蛮横，"用人的时候笑嘻嘻，待到不用你了，把脸一抹，把眼一横，就不认人了"。他与元茂屯的贫苦农民如郭全海父子、白玉山、老田头等都有血海深仇，可谓无恶不作、罪大恶极。在土改开始时，他想尽种种办法破坏土改。当他发现"他们（指地主阶级——引者注）的日子不会再来了，却敌视穷人，宁可把财富扔在地下，沤坏，霉掉，烂完，也不交出来"。这是一个从头到脚都流着坏水的反面形象，堪称土改小说中地主形象的类型化代表。经过这一番精心铺垫，民众斗争韩老六的时候采取暴力行动就水到渠成了：

"揍死他！"

从四面八方，角角落落，喊声象春天打雷似地轰轰响。

---

① 赵树理：《李家庄的变迁》，载《赵树理文集》第 1 卷，工人出版社，1980，第 185 页。
② 周立波：《暴风骤雨》第二版，人民文学出版社，1956，第 66—67 页。

大家举起手里的大枪和棒子，人们如潮水似地往前边直涌，自卫队横着扎枪去挡，也挡不住。……

无数的棒子举起来，象树林子似的。……

……

韩老六的秃鬓角才从地上抬起来，一个穿着一件千补万纳的蓝布大衫的中年妇女，走到韩老六跟前。她举起棒子说：

"你，杀了我的儿子！"

榆木棒子落在韩老六的肩膀上，待要再打，她的手没有力量了。她撂下棒子，扑到韩老六的身上，用牙齿去咬他的肩膀和胳膊，她不知道用什么法子才解恨。[1]

另外一部著名的土改小说《太阳照在桑干河上》对暴行的描写也如出一辙。小说从开始就暗示，在暖水屯最引民愤、民众最想斗争的人是钱文贵。但在一次次政治运动中，他都凭借自己的精明顺利过关，这使很多人感到失望。小说接下来描写钱文贵的奸猾和邪恶：他让儿子参军，以获得抗属的身份，支持黑妮与农会主任程仁的爱情，希望获得庇护。但最后他终于没有逃脱应有的惩罚：

人们都涌了上来，一阵乱吼："打死他！""打死偿命！"

一伙人都冲着他打来，也不知是谁先动的手，有一个人打了，其余的便都往上抢，后面的人群够不着，便大声

---

[1] 周立波：《暴风骤雨》第二版，人民文学出版社，1956，第178—179页。

嚷:"拖下来!拖下来!大家打!"

　　人们只有一个感情——报复!他们要报仇!他们要泄恨,从祖宗起就被压迫的苦痛,这几千年来的深仇大恨,他们把所有的冤苦都集中到他一个人身上了。他们恨不能吃了他。①

　　被阶级意识唤醒并不断积聚的仇恨终于获得了总爆发。钱文贵在张裕民的保护下,才幸免了被撕碎的命运,但经过群众的集体殴打,他彻底屈服了。作者以得意的笔调描写了他被打后的形象:"这时钱文贵又爬起来了,跪在地上给大家磕头,右眼被打肿了,眼显得更小,嘴唇破裂了,血又沾上了许多泥,两撇胡子稀脏的下垂着,简直不象个样子。"②

　　这些暴力场景的描写,既反映了土改的真实状况,也反映了作家们对待暴力事件的基本态度。小说与现实毕竟不同,它需要一条内在的逻辑,给这些暴力事件注入思想或政治的内涵,并赋予它以意义。这条内在的逻辑就是民间伦理。在漫长的封建社会,中国民众解决恩怨情仇的方式,除了通过官府寻求公道之外,还通行着"欠债还钱""欠命偿命"的世俗伦理。这些小说正是借鉴这一伦理规则,赋予暴力行为以合法性的。但这些世俗伦理是个体与个体之间寻求公平的一种权宜之计,并非寻求正义与公平的正当途径,更不是共产主义革命的真正目

---

① 丁玲:《太阳照在桑干河上》,载《丁玲选集》第1卷,四川人民出版社,1984,第300页。

② 丁玲:《太阳照在桑干河上》,载《丁玲选集》第1卷,四川人民出版社,1984,第302页。

的。遗憾的是，这些作品无意中以民间伦理取代了革命真理，丝毫没有意识到"民间伦理"与"革命真理"之间的对抗，这是作家的局限，也是当时现实的局限。因为对这些放弃了自我批判意识的作家来说，让他们超越现实进行观察和思考，是不可能的。一旦暴力获得了合法性，那么它的意义就突显出来，它被看作是推动历史进步的巨大力量。

与现实中发生的形式多样的暴力事件相比，这些作品只选取了群体殴打这一简单的形式——也可能是最"干净"的形式。这既是为了服务政策，掩饰土改中的种种偏向，也是为了建立一个单一的语义系统：以一个暴力事件为中心，形成一个象征结构。地主的身躯，不再具有生物学意义，而是象征着一个阶级和一种统治形式积累下来的所有罪恶，所以对地主肉体的惩罚，就是对数千年来不平等社会制度的一次总结算；把拳头伸向地主的民众，已经不再代表他本人，而是代表数千年来所有的被压迫者。同样，指向人肉身的暴力，也不再血腥、残忍，而成为嘉年华式的狂欢。正是在这场狂欢中，一个新的时代开始临盆，淋漓的鲜血和撕裂的肉体，是它临盆时必不可少的点缀。基于这样一个象征系统，作品中的所有人物，都成为象征性符码。操控这些符码进行活动的，是这一寓言系统背后强大的意识形态力量和与之伴随的乐观主义精神。这样一种思考问题的方式，其实是用历史来遮蔽现实，用社会进步的宏大话语遮蔽了个体的生命苦难。作为个体的人，无论是打人的民众，还是被打的地主，都成为历史规律的替身，苦难与怨恨，成为历史进步的重要推手。唐小兵将这种写作方式称为"实质上否定了写作行为本身的写作方式"①,这只是针对文学而言,如果换一种说法可能更为准确:这是一种否定了人本身的写作方式。

但如果认为作家们在描写暴力事件时无所顾忌,那也是不确凿的。在具体描写中,我们也看到他们在呈现这些暴力事件时态度上的犹豫与暧昧。赵树理在写群众要求处死李如珍时,一再强调县长的有意推诿和延宕,就委婉地表达了对暴力事件的保留态度;丁玲在小说前半部分写斗争地主侯殿魁等人时,也有意删除了有关暴力的情节,只是简略提到,无数人的拳头,打向了躺在床上的侯殿魁,其血腥程度只能靠读者去想象。《暴风骤雨》中的暴力场景也得到了有意遮掩,这都说明作家们在暴力问题上态度是复杂的,这与当时的土改政策有关。其实当时人们对待暴力问题,也缺乏及时的和明确的态度,直到暴力事件愈演愈烈,才逐渐意识到问题的严重性。高层领导者对待暴力问题的不明确态度,使作家们的创作陷入两难,既不便过于露骨地加以歌颂,也无法明确地表示反对,只能根据自己的理解,给暴力事件提供合理的解释。由此看出,20世纪四五十年代作家对待暴力土改问题完全跟着政策走,跟着高层的态度走,缺乏自己鲜明的立场。所有的描写,都是以政治为中心展开的,他们在努力地与政治保持一致,这使他们的作品成为政治运动的次声部,是"政治化的文学"而不是"人的文学"。

到新时期之后,随着思想解放运动的兴起和"人的文学"

---

① 唐小兵编:《再解读——大众文艺与意识形态(增订版)》,北京大学出版社,2007,第115页。

思潮的回归，作家们获得了自我，学会了从自我的立场审察历史，那些看似颠扑不破的结论受到了质疑，一种新的土改叙事在中国文坛上蔓延开来，为我们提供了进入历史的另一个通道。尤凤伟解释说："土改时我还是个孩童，一切都没有记忆。对土改的初始认识来自后来读到的一些写土改的作品，如《暴风骤雨》《太阳照在桑干河上》等。……坦白地说：我对那类经典是持怀疑态度的，也不必细加言说，时光已经使许多方面的事情不言自明。"①"不言自明"的是什么？是小说中贯注的那种令人不安的乐观精神，是建立在政策和意识形态之上的情节模式，是作家自我贬抑之后仰视政治运动的惶恐眼神，是被宏大叙事有意掩饰的种种真相。周立波明确说："作家不能有个人主义思想，不能把文学当作个人的事业。如果这样，苦恼就多了。"②"苦恼"正是文学的酵母，没有苦恼的作家，也只能去演绎被设定的历史规律了。而新一代作家在这一点上实现了突破：他们虽然远离了那段历史，但那些档案材料以一种静默的方式，呈现出了历史事件的种种细节，极大地激发了他们的文学想象。那些暴力事件，更是震撼着他们的灵魂，逼迫他们思索。于是我们看到，在他们笔下，一桩桩暴力事件除表征着历史进步之外，还获得了丰富的人性内涵。历史的另一副面目，携风带雨涌向人们眼前，让人无法沉默。

张炜的《古船》以文学式的悲情和哲学式的睿智，照亮了那段被意识形态话语遮蔽着的幽暗的历史隧道。洼狸镇，这个

---

① 尤凤伟：《我心目中的小说》，《当代作家评论》2002 年第 5 期。
② 未央：《我们的楷模——悼念周立波同志》，载李华盛、胡光凡编《周立波研究资料》，湖南人民出版社，1983，第 184 页。

中国乡土社会的缩影,承载了那段沉重的历史。土改开始了,赵多多,这个为人唾弃、桀骜不驯、毫无廉耻、心狠手辣的混混,成为土改中的红人。从出身和品行来看,赵多多和丁玲笔下的张裕民有些相似,都自幼父母双亡,沾染了一身的恶习。如张裕民酗酒,到寡妇白银家里赌钱,"曾有一个短时期染了流氓习气"。但丁玲把张裕民作为优秀土改干部来塑造,所以他身上的恶习在入了党之后,就完全改掉了。但张炜与丁玲不同,他如刀锋一般的笔触,剖开了赵多多身上的恶痈肿瘤,尽显其肮脏和污秽。赵多多由于自幼贫苦受尽歧视,所以对有钱人心怀怨恨。土改开始之后,他成为惩罚地主的积极分子,其手段之残忍,令人心悸:

> 当夜,赵多多和几个民兵把平时最不顺眼的几个家伙脱光了衣服,放在一个土堆上冻了一半夜。几个人瑟瑟抖着,赵多多说:"想烤火了?"几个人跪着哀求:"赵团长,开恩点火吧……"赵多多嘻嘻笑着,用香烟头触一下他们的下部,高声喊一句:"火来了!"几个人双手护着身子,尖叫着……这一夜轻松愉快。①

这已不只是残忍,还体现了他下流的变态心理。不仅如此,他还强奸地主家的女人,甚至连平常人家的女人也不放过。同样的人物也出现在尤凤伟笔下。《一九四八》中的民兵队长李恩宽心狠手辣,在批斗大会上,他将地主赵祖辉劈头一棍子砸死,

---

① 张炜:《古船》,人民文学出版社,1987,第260页。

对待其他地主也从不手软。他不仅乐于从肉体上消灭地主,还贪财好色,私藏地主家的财物,奸淫地主家的女人。他自己说:"咱老宽没别的喜好,就是喜好个娘们。"[1] 当他搬进地主李裕川家之后,"把一个从外村来探亲的地主闺女带到后院强奸了她,后来又和另一个民兵把这个闺女带到另一个空院里轮奸了。"他试图诱奸地主李裕川的女儿,因为没有成功就诬陷她拉拢腐蚀干部。而在斗争会上他对李金鞭的殴打,更让人触目惊心。李金鞭被押上审判台后拒不承认还有私藏的财产,群众愤怒地喊着口号——他们都希望挖出底财,自己可以分得一份。李恩宽走上前去解李金鞭棉袄的扣子,李金鞭哀求不要脱掉他的棉袄,"他的反抗激起李恩宽的愤怒,照准他敞开的前胸打了一拳。这时李金鞭的老婆'哇'地大哭起来,朝李恩宽跪下了,叫着:'恩宽兄弟行行好,饶了俺吧,饶了俺吧……'王留花离开座位向她走去,伸手撕她的嘴,血淌了出来,不住地往地上滴。她憋住了哭,但依然跪着。……这时李恩宽抡起棒子朝他打去。头一棒打在肩膀上,只听'咔嚓'一声,会场上所有人都听见骨头断裂声。李金鞭应声倒地,杀猪似的嚎叫着,满地打滚。李恩宽仍一棒一棒地打下去。"[2] 暴虐的行径让土改工作组组长易远方都感到震惊:从未见过如此不管死活打人的。在这篇小说中,还出现了一个和李恩宽很相似的女性形象王留花。她自幼命苦,敌视富人。在惩罚地主的时候,她最喜欢的方式是用针扎。在斗争地主的女儿李朵的时候,她要扎李朵的"骚胯

---

[1] 尤凤伟:《一九四八》,《西部·华语文学》2008年第8期,第33页
[2] 尤凤伟:《一九四八》,《西部·华语文学》2008年第8期,第39页

子",被李朵打了个耳光。她认为这是敌人嚣张,无法理解李朵的反抗是为了维护自己的尊严。革命赋予了革命者惩罚敌人的权力,但这种惩罚如果没有了底线,人性的灾难就开始了。

类似这样的暴行描写,在《白鹿原》《丰乳肥臀》《故乡天下黄花》等作品中屡屡出现。赵多多、李恩宽、王留花,还有《故乡天下黄花》中的赵刺猬和赖和尚等,这类土改积极分子的形象绵延不绝,他们共同构成了革命年代的流氓无产者形象系列。我们不怀疑丁玲对张裕民的塑造基于她对现实的观察,但像张炜、尤凤伟、刘震云等人的描写也不是空穴来风。根据美国人韩丁的记述,在张庄土改过程中,民兵队长王满喜就与上述人物十分相似。他斗争地主最为积极,但当斗争完地主之后,"王满喜很容易地从地主的灾星变为普通人的灾星。他很快养成了从前那些村痞的许多恶习"[①]。如果说,丁玲们提供了土改时的真实故事,那么张炜们提供了另外一种真实——一种长期以来被遮蔽的真实。只有将这两种真实放在一起,我们才能真正地理解那段历史,才能看到历史的两副面孔。

两代作家对土改中暴力事件的不同书写,反映了两代人在文学观念上的巨大差异。丁玲那一代作家,认真贯彻土改政策,将文学看作是政治的延伸。所以在土改中被殴打的地主,从来没有被当作人来对待,他们在被殴打(或撕碎)中基本上是沉默的,像一件物品,成了历史罪恶的替身,被时代进步的车轮轻快地碾轧过去,而打人者代表着正义与进步,并迎接着美好的未来。新时期的作家则摆脱了当时的政治场域,从政治运动

---

① 韩丁:《翻身——中国一个村庄的革命纪实》,北京出版社,1980,第256页。

的缝隙中看到了个体的命运。被殴打者不再是代表统治阶级或剥削制度的政治符号，而是有知觉、有意识的血肉之躯。他们被殴打的原因也变得很复杂，而有些原因与阶级斗争无关。像《古船》中的地主"瓜儿"，被赵多多用一根绑生猪皮的藤条活活打死，原因是他有个漂亮的女儿。两年前，赵多多曾翻墙入宅试图强奸，但被"瓜儿"当场抓住，遭到一顿训斥。《丰乳肥臀》中的瞎子徐半仙为了给被枪毙的地主张德成（他的姨表兄）报仇，谎称逃跑的地主司马库欠他两条人命，要求与司马库有亲戚关系的土改干部鲁立人枪毙司马库的孩子，导致两个幼小女孩被处死，酿成一出惨剧。这些20世纪四五十年代作家有意遮蔽的事实，在新时期作家笔下得到了具体呈现，于是我们看到了在历史进步的过程中，私人欲望向历史事件的渗透，从而彰显了社会进步过程中人性的沉沦与个人命运的无常与无奈。

总的来说，20世纪四五十年代作家将土改演绎成为一首欢快、流畅、激越的翻身进行曲，暴力是其中最为高昂的声部；而新时期作家则将土改运动看作是社会进步途中一阵五音杂陈的喧哗，有高昂的政治口号、贪婪者的私语、暴虐者得意的笑声，也有受难者的呻吟，暴力是这几种声音的和鸣。刘小枫在研究叙事伦理时，将这两类叙事概括为"人民伦理的大叙事"与"自由伦理的个体叙事"。他解释说："在人民伦理的大叙事中，历史的沉重脚步夹带个人生命，叙事呢喃看起来围绕个人命运，实际让民族、国家、历史目的变得比个人命运更重要。自由伦理的个体叙事只是个体生命的叹息或想象，是某一个人活过的生命痕迹或经历的人生变故。"① 土改小说也经历了从"人民伦理的大叙事"到"自由伦理的个体叙事"的转换，表征着文学对土改事件的一次成功改写，它唤醒了亲历者被阉割的记忆，也使后人看到了历史的另一副面孔。历史也只有在文学的一次次回顾中，慢慢露出它的本相，这是任何力量都无法阻挡的。

二、工作组与贫雇农会

土改工作组一般是由文化人组成，他们在接受了土改政策的培训之后，被派往农村，与当地农会一起领导民众开展土改运动。他们对土改政策的理解和他们个人的品行，直接决定着土改运动的基本样态，当然也决定着他们个人在土改中的命运。由于工作组和农会在土改中的重要作用，因此在土改小说中，工作组和农会都是不可或缺的要件。但20世纪四五十年代作家和新时期作家，在描写这两个权力机构的作用时，表现出了明显差异，对此进行比较分析，对我们认识文学与历史、文学与时代之关系具有重要意义。

在20世纪四五十年代作家笔下，土改工作组成员全是"单面人"：他们如同政治符号，缺乏私人生活的必要印记。作为一群外来者，他们与进驻的农村没有任何情感和利益上的瓜葛。在土改过程中，他们也没有丝毫的个人利益的考虑，像一台机器一样，在土改工作中按照设定的程序来运转。他们说的很多话，都来自政策和文件，他们要表达的思想，也与土改运动的要求相一致。从人物塑造的角度来看，工作组成员可以分为两

---

① 刘小枫：《沉重的肉身》，华夏出版社，2007，第7页。

类。一类是没有缺陷的人物，如萧祥、章品等，情感纤尘不染，思想从不超出政治的框范，性格像一张薄薄的白纸。一类是有缺陷的人物。《太阳照在桑干河上》中的文采，不切实际，夸夸其谈，破绽百出地卖弄学问。在给农民开会时，他一口气讲了6个小时，使听众昏昏欲睡。这是作者对当时知识分子政策的积极回应。在《暴风骤雨》中，小知识分子刘胜也是一个需要改造的典型。他在发动群众受挫之后，就想离开农村，被有经验的萧祥挽留下来。作者还借萧祥的嘴，对知识分子进行了一番评价："他碰到过好些他这样的小资产阶级出身的革命的知识分子，他们常常有一颗好心，但容易冲动，也容易悲观，他们只能打胜仗，不能受挫折，受一丁点儿挫折，就要闹情绪，发生种种不好的倾向。"[1] 那种洞察一切、居高临下的语调，从个别现象中发现普遍性的思维方式，体现了人物思维的程式化。这些人物身上的缺陷，不是来自个体的生存体验，而是来自意识形态对知识分子的社会定位，所以他们不具有个体性和特殊性。他们和那些没有缺陷的人物一样，是土改干部类型化的标本，缺乏生命活体的基本特征。

这一时期的土改小说对农会的描写也流于概念化，其中的人物也都缺乏鲜明的性格特征。与知识分子被认为具有动摇性和软弱性不同，农民一向被认为是最革命的阶级，所以作品在描写农会时，重点展示农会成员的优秀品质。《暴风骤雨》中的赵玉林、郭全海是农民优秀品质的化身。周立波对此说得很清楚："工农兵中间的英雄人物，都是聪明能干、正直无私、勇于

---

[1] 周立波：《暴风骤雨》第二版，人民文学出版社，1956，第79页。

负责、坚定不移、不怕牺牲的,都是体现着我们这个伟大民族的道德的精华,蕴含着一种内在的纯洁、优美和强韧的英雄人物。"① 相反,曾经出身地主家庭的张富英,即使进入农会,也无法改变他的阶级本性,最后自然被清理出农会队伍。相比之下,丁玲对农会的描写要高超一些。她笔下的张裕民曾经染有流氓气,程仁因为爱上了钱文贵的侄女而心生苦恼,张正典由于娶了钱文贵的女儿,所以他的革命性经常受到群众的怀疑。这些描写呈现了乡土中国社会关系的错综复杂,这对塑造人物是有好处的。但丁玲在创作过程中难以放开手脚,她不断地将自己的小说与土改政策进行对照、审查,所以当她提及张裕民"一个短时间染有流氓习气"之后,马上补充一句:"这是一个雇工出身诚实可靠而能干的干部。"② 小说接下来完全按照后一句展开,张裕民的流氓习气被彻底掩饰起来。在程仁与黑妮的爱情上,作者一再强调黑妮的贫苦出身及其与钱文贵一家人的不合,以显示黑妮还是"自己人",这样她与程仁的爱情就合乎阶级性的要求了。由于张正典无法改变与钱文贵之间的密切关系,因此他的消极、自私、贪图享受,就显得顺理成章。所以丁玲在写农会干部的时候,是多少有一点自己的思考的,可遗憾的是,她的这些思考很快就被自己否定了,小说仍然在政治许可的范围内展开,人物关系在稍显复杂之后,又重新回到了平滑的政治轨道。

---

① 周立波:《谈思想感情的变化》,载李华盛、胡光凡编《周立波研究资料》,湖南人民出版社,1983,第72页。
② 丁玲:《太阳照在桑干河上》,载《丁玲选集》第1卷,四川人民出版社,1984,第52页。

在工作组与农会的关系上，这时期的土改小说一再反映他们之间的密切合作，用萧祥嘱咐郭全海的话来说："你记住一句：破封建，斗地主，只管放手，整出啥事，有我撑腰。"① 代表上级的工作组成为农会进行土改的靠山，并在政策和方法上提供支持和指导。所以这二者的关系是很单一的政治合作关系，即使偶有分歧，也是在政策层面上展开的，不会涉及私人利益等更为复杂的层面。所以二者之间的关系，就像被清洗过一样，简单、纯净，这无疑掩盖了土改过程中极为复杂的历史真相。

到了新时期，当年轻一代作家重返土改这段历史的时候，工作组成员的形象发生了很大变化，概括起来可分为三种类型：冷漠型、反思型和悲情型。而这三种类型的土改干部也决定了工作组与农会（基层组织）的关系表现为三种形态：合作一致、貌合神离、相互对立。

冷漠型。这类工作组成员被描写得十分冷漠、冷酷，缺乏同情与温情，心里只有阶级斗争，失掉了萧祥、章品身上那种和蔼、可亲的一面。在莫言的《丰乳肥臀》中，土改干部张京被称为"大人物"，他的出场即非同凡响："一乘双人小轿，抬来了一个大人物，十八个背着长短枪的士兵护卫着他。鲁县长见了他，就像学生见了老师一样恭敬。据说，这个人是有名望的土改专家，曾经在潍北地区提出过'打死一个富农，胜过打死一只野兔'的口号。"② 在批斗大会上，这个"大人物"的讲话散发着死亡的气息，作者写道："大人物清清嗓子，慢条斯理

---

① 周立波：《暴风骤雨》第二版，人民文学出版社，1956，第232页。
② 莫言：《丰乳肥臀》，北京十月文艺出版社，2010，第239页。

地,把每个字都抻得很长。他的话像长长的纸条在阴凉的东北风中飞舞着。几十年当中,每当我看到那写满种种咒语、挂在死者灵前用白纸剪成的招魂幡时,便想起大人物的那次讲话。"①"大人物"讲完话之后,再很少说话,"冷静得像一块黑石头",他用眼神、动作和简短的语言控制着整个斗争会,决定着被批斗者的生死。当徐半仙为了报复鲁立人提出要枪毙地主司马库的两个孩子时,作为县长的鲁立人犹豫了,他认为孩子是无辜的。但大人物冷漠的表情和简短的话语,逼得鲁立人没有退路,他只好含泪宣布判处司马库的两个孩子死刑,并解释说:"我们枪毙的看起来是两个孩子,其实不是孩子,我们枪毙的是一种反动落后的社会制度,枪毙的是两个符号!……"② 司马库的儿子司马粮跑了,他的两个女儿被带往池塘边执行死刑。由于很多人的阻挠和"大姐"脱衣相救,枪毙没有马上实行,就在这时富有传奇和诗意的一幕出现了:一骑白衣黑马和一骑黑衣白马的两个骑手策马而来,在优美、洒脱的动作中各开一枪,然后飘然而去。等他们走了之后,人们惊讶地看到司马库的孪生女儿脑袋上各中一枪,子弹从她们的额头正中钻进去,从后脑勺上钻出来,位置不差分毫,令人叹为观止。这显然是"大人物"的杰作,他以诗意飞扬的方式,处决了两个幼小的孩子。而这两个骑手,很容易使人想到黑白无常。作者运用传奇笔法和赞赏语调,表达了对"大人物"的嘲讽。同样的土改干部也出现在尤凤伟笔下。《一九四八》"土篇"中的侯队长,平常为

---

① 莫言:《丰乳肥臀》,北京十月文艺出版社,2010,第241页。
② 莫言:《丰乳肥臀》,北京十月文艺出版社,2010,第249页。

人显得很和蔼，但他满肚子是政策。在斗争地主的时候，他也表现出了冷酷的一面。地主田宝安已献出了所有财产，但他的左手上有一枚金戒指，是小时候戴上的，已经撸不下来了。侯队长十分生气，咬着牙说："妈拉个巴子连根指头都斗不过还斗什么国民党反动派！现在我声明，这个戒指不交公了，换钱买牛，谁把戒指弄下来牛就归谁。"① 这时一个农民跳上台，用斧头剁掉了田宝安的手指，取走了戒指。在这个过程中，他面对田宝安的苦苦哀求，无动于衷。田宝安被剁掉手指后，他的厄运并没有结束。侯队长说他是国民党特务，由不得田宝安辩解，一群"革命群众"就上台对田宝安进行殴打。最后在侯队长说了一个"斩"字时，田宝安的头被人用铁锹劈开，脑花四溅。接近侯队长的人说，"斩"是侯队长的口头语，那天他说"斩"，不知是真的想"斩"田宝安，还是说了个口头语。但无论如何，他都认为杀死田宝安是土改斗争的"又一个胜利"。他总结说："反动派是不见棺材不落泪的，革命群众绝不会心慈手软。"土改中的暴力现象已经是不争的事实，这些暴力事件的发生，都与这类土改干部有关，正是他们的冷漠和对阶级斗争的简单化理解，酿成了诸多悲剧。由于这类干部颐指气使，因此农会干部基本没有说话的份儿，只能对他们言听计从。在一般情况下，农会干部比工作组的干部要激烈得多，在分浮财、挖底财、凌虐地主方面，比工作组的积极性更高。但当工作组的人变得比农民还要激烈的时候，农民就不会对他们有意见了。所以在这类描写中，工作组和农会往往配合得很默契，合作得很愉快。

---

① 尤凤伟：《一九四八》，《西部·华语文学》2008 年第 8 期，第 93 页。

反思型。这类工作组成员有很强的原则性,严格遵守土改文件中规定的保护富农、中农和开明士绅利益的有关条款,反对乱打乱杀,从不迁就民众自发的暴力倾向。他们对农会干部中的草菅人命之辈,持有强烈的批判态度,有时还会出手保护被批斗者的生命和利益安全。同时,他们对正在进行的运动,常常进行深刻的反思,显示了知识分子的基本立场。《古船》中的王书记就是一个清醒、理智的人。当一个老汉用镰刀从地主"面脸"的脸上挖下一块肉,回家给儿子(给地主干活伤了腰)熬药时,"王书记拍案而起,吼了一声什么冲下台来",他显然无法忍受此等暴虐行径。农会干部栾大胡子对王书记的行为很不满,他对王书记嚷道:"今天就吃他'面脸'的肉!怎么着?你护着谁?"王书记大声说:"我护着上级政策!我们是八路军共产党,不是土匪!你也是共产党员,你知道杀一个人要经'巡回法庭'!"在混乱中劝阻群众时,他的肩膀受了伤。为了阻止暴行的蔓延,他忍着伤痛从县上带回了"巡回法庭",要求按法律程序处理地主和富农。面对暴怒的群众,他说:"要打倒就把我打倒吧。我已经挨了一刀,再打倒也容易。不过我在这儿一天,就不准乱打乱杀。谁借机杀人,破坏土改,我就先把谁抓起来!……"面对赵多多的肆意妄为,他一针见血地指出:"发动的是群众的阶级觉悟,不是发动一部分人的兽性!"[1] 这可谓智者之见,但能意识到这一点的土改干部实在太少。尤凤伟笔下的土改干部易远方,对民兵队长李恩宽厌恶至极,称他是

---

[1] 上述情节与引文,均见张炜《古船》第18章,人民文学出版社,1987,第256—274页。

流氓、无赖，他把自己与李恩宽之间的较量，看作是"人格的较量"。当李恩宽威胁他时，他对李恩宽说："你是个品行恶劣的家伙，你把革命和邪恶连在一起，你在打击坏人的时候自己也变成了坏人。你强奸李朵不成，便诬告她勾引你，伤天害理；你不会知道，要不是李朵搭救，今晚你必死无疑。"[1] 更让易远方困惑的是贫协主席申富贵。申富贵曾经是个地主，土改前三年，还有几十亩好地，一匹马，一挂大车，常年雇着一个长工，娶了个年轻美貌的老婆，但他这位年轻漂亮的老婆与村里一个小伙子通奸。他发现后告到村长李裕川那里，早就觊觎他财产的李裕川将一对偷情男女吊打之后，各罚10块银圆。老婆没有私房钱，申富贵只好替老婆缴纳罚款。以后他再发现老婆偷情，也不敢告发了。但李裕川仍积极捉奸，捉到便吊打、罚款。结果不到两年工夫，申富贵破产了，老婆也跟人跑掉了。申富贵由此恨上了李裕川。土改开始后，申富贵成为贫农，斗争地主李裕川时十分积极，就成为贫协主席。面对如此戏剧性的事件，易远方在苦苦思索："该如何看待申富贵几乎是一夜间的兴衰与阶级变迁？财产与人的本性究竟是怎样的关系？作为一个对农村状况所知不多的土改工作队队长，他确实感到迷茫。"[2] 一个工作组的成员思考这类问题，这是20世纪四五十年代的作家无论如何也不敢涉及的。由于这些工作组成员有自己的独立思考，他们对农会干部的暴力行为和人格常常产生怀疑，导致了他们与农会之间貌合神离。用王留花的话来说："你们工作组和俺们

---

[1]　尤凤伟：《一九四八》，《西部·华语文学》2008年第8期，第56页。
[2]　尤凤伟：《一九四八》，《西部·华语文学》2008年第8期，第34页。

贫雇农不一条心,卜队长搞地主女人,你包庇地主女人,俺去区土改工作团告你!"工作组本来是下乡执行土改政策的,是农民的领路人。但由于土改是一次史无前例的尝试,执行过程中存在种种偏差,因此引起了他们的反思和批判。但是也必须看到,工作组成员的反思是有限度的。在当时的背景下,他们不可能对正在进行的运动进行总体性反思和评价,只是在实际工作中发表个人的一些感想、疑虑,而且在很大程度上,是作家赋予他们的一种精神力量。

悲情型。这类人物在土改过程中,不再仅仅是站在局外的指导者,而是将自己的命运与所在乡村的土改运动紧紧搅和在一起,酿成了人生悲剧。《古船》中洼狸镇的土改基本结束后,开始了动员年轻人参军的热潮。新入党的赵炳在动员大会上"慷慨陈词,晓之以理。台下口号不断,热泪滚滚"。一批一批的人被送走了,镇上几乎见不到昂首挺胸的小伙子了。这时"镇上的指导员"也劝赵炳到部队上去,赵炳表面上欣然接受。第二天赵多多就威胁指导员,随后陷害他通敌,结果"一个星期以后,上边来人了。指导员还没弄明白怎么回事,就给绑起来了。接着往县上送。赵多多领着民兵送了一程又一程,路上对指导员说:'我的话这回信了?我们还没有走你都给抓了;若是走了,还不就干掉了?'指导员咯咯地咬着牙齿,一声不吭"[①]。因为自己多说了一句话,得罪了赵炳,就导致这样一种下场,这反映了土改干部和基层组织之间的对立。同样的情况也出现在尤凤伟笔下。到李家庄领导土改的工作组组长卜正举,

---

① 张炜:《古船》,人民文学出版社,1987,第268页。

因为同情地主家的儿媳妇小婉，遂产生了爱情。此事被民兵队长李恩宽告发，卜被撤职，发回原籍；小婉成为勾引土改干部的罪人，未等批斗大会召开就先吓疯了。但有一天，卜重新回到李家庄，找到他的继任者易远方，要求与小婉见面，唤回她的记忆，并希望为小婉洗刷清白。他痛苦地申诉："小婉没做妨碍土改的事，更没破坏土改，她希望土改成功自己得到解放……可她没等到那一天就疯了，是我害了她，我不能丢下她不管。我听说精神错乱的人见到当初给她造成刺激的人就能恢复神志，所以我要见她，想办法让她恢复神志。就是好不了，我也不抛弃她，我要求把她带走，一起回我的长丰老家，我会好好待她，伺候她一辈子……"小婉其实是一个苦命人，家里穷，嫁给地主赵祖辉的儿子后，经常被赵祖辉糟蹋，不从就往死里打。她盼望着解放，向往摆脱赵家的折磨。但在运动到来的时候，她被吓疯了。为了不让她在街上说一些近于下流的疯言疯语，农会干部王留花用针扎她的乳房；在与地主武装对峙的时候，她的婆婆为了暴露目标，用针扎她。卜正举为了阻止小婉叫喊，用手捂住她的嘴，结果将她闷死了。卜正举悲痛欲绝，最后带着小婉的尸体走了。卜正举违背了"革命便是造反"的阶级斗争原则，更不该对地主家的女人抱有同情和爱情，那是一个不适于爱和同情的年代，正如《一九四八》"土篇"中土改干部说的那样："我们革命人认为，只有革命事业才会让我们心甘情愿地付出一切，包括生命。在轰轰烈烈的大革命时代，爱情值什么？"卜队长的继任者易远方，在李家庄整个土改过程中，心情都是沉重的。他尚未进村时，就看到了一条红红的"血河"，他惊恐地跑过去，发现河水中漂满了桃花，河边一位少女在捞花瓣，吟唱着一支革命歌曲。他一下子对这位女孩产生了好感，但当进村之后他才知道，这位女孩是大地主李裕川的女儿李朵。很快，李朵成为被批斗的对象，易远方心中对她充满了同情和怜惜，总是禁不住要保护她，时常劝她离开村子。但这位纯洁的少女没有意识到问题的严重性，当她得知她的父亲要带人回村洗劫时，她为了保住村子，就将消息告诉了易远方，并要求易远方答应放走她的父亲。但她这种美好的愿望在残酷的政治斗争中注定是无法实现的，她最后在枪战中死去。易远方怀着沉痛的心情把她埋葬在那条曾经漂满桃花的河边。在这类描写中，我们看到了工作组与农会干部之间深深的隔阂和本质上的差异、对立，这反映了两个权力机构在土改工作中的不和谐，这是20世纪四五十年代作家无论如何也不会去表现的。

悲情型土改干部形象的出现，揭示了土改工作这一政治事件夹带出来的人性与人情因素。人毕竟不是机器，不是政治符号。在剧烈的历史动荡中，作为个体的生命一方面被社会运动所裹挟，另一方面个人感情上也会出现剧烈震动，从而导致了个人命运的波折与坎坷，有时甚至陷入深深的痛苦之中，构成了历史进步过程中的悲剧性元素。

新时期小说中的这些土改干部形象，及工作组与农会之间的复杂关系，在20世纪四五十年代作家笔下是难得一见的，这彰显了两代作家在塑造人物方面的根本差异。20世纪四五十年代的作家，对土改政策充满敬畏，将农会干部奉为老师。他们到农村，一方面改造农村，另一方面也是为了接受民众的再教育，用周立波的话说就是"跟贫雇农学习，跟着他们追底产，扫堂子,扣政治"①。这种"谦虚好学"的精神,决定了他们无法看到农民身上承载的种种不好的脾性。而新时期作家继承了"五四"文学的启蒙精神,站在知识分子精英立场上,对农民身上的蛮性遗留及政治运动的冷酷进行了深刻的揭示,显示出土改小说创作的一次巨大飞跃,表征着文学向文学本体和人的本体的回归。

土地改革运动,是一场从外部强行植入乡土中国的政治运动,旨在改变中国数千年来的经济制度。它借助权力和暴力,以一种极为刚性的方式,推动历史的进步。在这一过程中,它有意屏蔽了一些基本的问题:如"穷人为什么穷,富人为什么富?""财富与人的品行是否有着绝对的对应关系?""数千年的社会不公,是否该由这一代人来承担?"这些问题被忽略之后,一部分人的悲剧命运就在所难免:就像狂风荡涤尘埃,也会毁掉良木一样。文学就应该在历史进步主义的缝隙中寻找个体的命运,尤其是那些弱小者、弱势者的命运。但在政治运动正在进行的时候,作家们响应时代的召唤,积极主动地参与到时代的政治变革中去,文学成为时代变革的鼓吹者和宣传者,这是可以理解的,其社会意义也是值得肯定的;而当政治变革已成过去,后人省察历史的时候,文学对生命的关爱就变得更为强大,其意义也更为深远。两个时期土改小说创作的不同形态,就充分证明了这一点。

---

① 周立波:《答霜野同志》,载李华盛、胡光凡编《周立波研究资料》,湖南人民出版社,1983,第275页。

陪都重庆：中国现代文学的"异乡"[1]

重庆跟北京、上海一样，曾经一度是中国现代作家的会聚之地和文学创作与发行的中心，因而它完全有资格与京、沪并称为影响中国现代文学发展的三大中心城市，对此已有多位学者进行过论述[2]。但与北京（北平）、上海不同，重庆在全民族抗战中的中心地位，是一次政治上的机遇，而不是文化或文学自身发展的结果，所以它有着自身的特殊性。对此有一位学者进行了研究，她认为，这三座城市在文学中呈现出来的形象有很大差异，具体来说：北京是以其"浓郁的学术气氛和蔚为壮观的雍容风度，使这座城市像老酒一般历久弥新。不少人住在北京不觉得怎样，离了就想得不得了"。所以她把北京称为"回忆之城"；上海以高度现代化的商业气息，成为一座"消费之城"；与之相比，在抗战时期所有奔赴重庆的文人作家，都有着

---

[1] 原刊于《重庆师范大学学报（哲学社会科学版）》2012年第1期。
[2] 有多位学者对此进行过论述，如江锡全的《曾经是三大文化中心之一：重庆与20世纪中国文学谈片》（《涪陵师专学报》，1999年第4期），张武军的《北京、上海文学中心的陷落与重庆文学中心的形成——略论抗战对中国现代文学格局的影响》（《现代中国文化与文学》，2005年第2期），等等。

辛酸的逃亡经历，所以重庆可称为"漂泊之城"[①]。这一论述很有新意，但它关注的主要是作家与城市之间的感情关联。如果从文学与城市关系入手进行深入思考，情形可能会有所不同。

北京是中国现代文学的诞生地，1915年创刊于上海的《青年杂志》（《新青年》），于1917年移师北京。它依托于北京大学接橥文学革命大旗，取得了风生水起、山鸣谷应之效，使新文学迅速成长，并占据了文坛要津。上海是晚清文学繁荣的大本营，也是近代报刊业和出版业繁荣的基地，它直接为现代文学的诞生做了思想、艺术、市场和人员上的准备。新文学家们在北京攻城拔寨的时候，上海也闻风而动，积极响应，成为共同创建新文学的盟军。最明显的例子是：成立于北京的"文学研究会"在上海的《小说月报》上大显身手，挤垮了"鸳鸯蝴蝶派"，建成了新文学的强大阵线，为新文学赢得了发展空间。所以就新文学的诞生来说，京沪两地均有不可磨灭的贡献，可以称之为中国现代文学的"故乡"。那些旅居京沪的外地作家，心安理得地在京沪安身立命——"直把京沪作故乡"。与之相比，重庆没有这样的机缘，也没有这样的积淀。当新文学在京沪诞生之际，重庆作为边陲小镇，没有能够迅速跟进，在创作上也无太大作为。到全民族抗战时期，随着南京、武汉的陷落，国民政府落地重庆，这座边塞小城顿时热闹起来，迅速被提升为中国政治、经济和文化的中心。巴金、老舍、茅盾、梁实秋、胡风、张恨水、冰心、曹禺、臧克家等一大批作家纷纷云集重

[①] 李蕾：《抗战文学的重庆主题与现代文学的北京、上海主题之比较》，《长江师范学院学报》2010年第2期。

庆,众多刊物和出版社也移至重庆,中国现代文学的第三个中心城市由此形成。但它与北京、上海作为新文学的故乡不同,它是现代文学的"异乡",这不仅表现在云集重庆的作家多为外地人,都经历了战乱、漂泊后避难重庆,还在于现代文学在重庆的发展始终没有找到认同感和归宿感,相反,在当时极为艰苦的条件下,新文学在重庆经历着磨难和考验,没有像在北京、上海那样,取得落地生根的效果。新文学和重庆之间始终隔着一层厚厚的障壁,没有能够很好地融为一体。这主要表现在以下几个方面。

第一,那些创作于重庆的作品,虽然很多以重庆为背景,但作家们习惯于将重庆的自然地理特征转化成象征符码,推向政治的反面。山城坎坷的道路、浓漫的迷雾、酷热的夏季、潮湿阴冷的冬天,甚至日夜奔流的嘉陵江,这些属于重庆特有的自然地理特征,在文学叙事中被政治化,被当成了讥讽和批判国民党统治的手段。一座城市的基本特点,被强行与政治上的黑暗相连,这本身就是对这座城市的遮蔽和扭曲,体现了很典型的"外地人心态"。重庆的"雾",几乎被妖魔化。徐迟回忆说:"那时候,重庆的雾成了一个象征。它不特使人不舒服,而且使人汗毛竖起,战栗不已。风高可以放火,月黑可以杀人,大雾弥漫的天气里可以干一切见不得人的卑劣龌龊的血腥勾当。那时的山城是个特务世界,有人在雾里永远消隐不见了。国民党特务身上好像是有什么'派司'(通行证)的,可以到处钻,横行霸道。"[①] "雾"和"太阳"被看成了黑暗与光明的斗争:

---

① 徐迟:《重庆回忆》,载《作家在重庆》,重庆出版社,1983,第28页。

"阴沉沉的雾要消退了！/在它的后面会出现一轮红辉的太阳！"①而嘉陵江在诗人的笔下也丧失了它的壮观和诗意。高兰在《嘉陵江之歌》中写道：

> 嘉陵江
> 没有耀眼的光辉，
> 因为
> 太阳从未明亮的照射过他！
>
> 嘉陵江
> 也没有猛烈的风暴，
> 因为
> 他天天沉闷的阴雨，
>
> 嘉陵江是美丽
> 还是忧郁的呢？
>
> 嘉陵江是悲哀的！
> 嘉陵江是悲哀的！②

日夜奔腾的江水，被赋予了丰富的政治内涵，从而失掉了

---

① 丹茵：《重庆的雾》，载《中国抗日战争时期大后方文学书系》（诗歌一集），重庆出版社，1989，第222页。
② 高兰：《嘉陵江之歌》，载《中国抗日战争时期大后方文学书系》（诗歌二集），重庆出版社，1989，第1290页。

嘉陵江本身固有的特点，成为一个负面的符号。近来有人写文章，为抗战文学中的重庆形象正名，他们认为其实抗战文学中有很多对重庆进行正面描写的作品，就"雾"而言，也并非都是负面的描写，尤其当大雾阻挡了日军轰炸的时候，雾成为保护人们安全的屏障，所以有些作家对雾的描写，也充满了温情。但我认为，问题的关键不在于是从正面还是从负面写"雾"，而在于写"雾"的目的不在于"雾"，而在于政治批判，对"雾"的叙述指向了跟"雾"没有实际关系的政治统治，这对"雾"、对重庆来说，都是对其自然真相的挪用，是创作者对重庆主体地位的回避和漠视。所以说重庆这座城市，在某些创作于重庆的作品中是"在场的缺席者"：它虽然经常出现在作品中，但它被符号化，成为"替身"，失去了自身的独立价值。当这种现象具有普遍性的时候，这座城市就在文学中"异化"，成为政治的"喻体"，从而失掉了自身的独立性和本体性。

第二，全民族抗战，是作家与文学一起受难的时期，他们在极为艰苦的条件下苦苦支撑着，等待抗战的胜利。所以尽管时间很长，但无论是作家还是作品，始终没有与这座城市融为一体。就作家而言，他们云集重庆，但很少有人将这里当作自己的家（路翎可能是个例外），都想着尽可能快地离开这里。一位散文家将重庆称为"忧郁底山城"："这是一个多风雨的寒冷底山城，虽是初冬的日子，天气却冷得如飘雪的时节，整日云雾弥漫，很难见到红嫩的太阳，住在这里，像住在牢狱里一样，没有光亮也没有热力，冷酷，阴森，沉闷，紧压在人们的心头，如肺病的患者，感到呼吸的窒塞。"他唯一的愿望就是："春天来时，我就要远行了……"① 这里不仅每一个句子都有言外之意，那种渴望逃离的感觉也异常明显。就连出身四川的巴金、郭沫若，似乎对重庆也无特别的好感。所以抗战胜利之后，几乎一夜之间，聚集在重庆的所有文学资源都烟消云散了，重庆又重新还原到当初的落寞境地，一切似乎都没有留下痕迹。对很多作家来说，重庆只是他们逃难路上的一个驿站而已，并非可以安身立命之所，所以他们没有任何的归宿感，影响所致，就使抗战时期的重庆文学带上了浓厚的漂泊意识和流亡情怀。端木蕻良在嘉陵江边想到了他远在东北的故乡，他悲苦地吟唱：

如今我徘徊在嘉陵江上，
我仿佛闻到故乡泥土的芳香。
一样的流水，一样的月亮，我已经失去一切的欢笑和梦想。
江水每夜呜咽地流过，
都仿佛流在我的心上。②

身在重庆，心系东北故土，这种漂泊感会彻底粉碎作者对重庆的任何留恋和好感，所以嘉陵江的水也变得"呜咽"了。蒂克的一首《不是我们的城》最能反映当时作家们的心态：

---

① 包白痕：《忧郁底山城》，载《中国抗日战争时期大后方文学书系》（散文·杂文第一集），重庆出版社，1989，第169—170页。
② 端木蕻良：《嘉陵江上》，载《中国抗日战争时期大后方文学书系》（诗歌二集），重庆出版社，1989，第1713页。

> 像一支停泊在寂寞里的小船，
> 排击着希望的水花，
> 从远方，我低唱着水花似的歌，
> 来到这被人们称赞着的山城。
>
> 云雾，像一张忧郁的面网，
> 模糊了我的迢遥的视线，
> 而雨，又向我诉说着，
> 那些使我不能不哭泣的事情。
>
> ……
>
> 在一条下坡路上我摔倒了，
> 我是永远不会把这身污泥揩掉的，
> 它，使我牢牢地记住：
> 山城的道越踏越不平。
> ……①

"山城的道越踏越不平"，包含着多少怨恨与无奈？而全民族抗战时期，物价飞涨，生活困难，甚至有多位作家死于饥寒交迫；大后方纸张粗糙、匮乏，书刊印刷、发行极为艰难。"中华文艺界抗敌协会"作为大后方最重要的文学组织，不得不到

---

① 蒂克：《不是我们的城》，载《中国抗日战争时期大后方文学书系》（诗歌二集），重庆出版社，1989，第1627页。

处化缘、四处募捐，以解作家生计上的燃眉之急。所以全民族抗战时期，中国现代文学在重庆艰难地支撑，与中华民族一起经历着血与火的洗礼，并从火中新生。在如此艰难的条件下，文学关注的重点不是山水田园，不是市井俚俗，更不是四季怡人的农家乐，所以在重庆的文学跟重庆隔膜着，也就不难理解了。

第三，创作于重庆的作品，除了出身本地的沙汀创作的《在其香居茶馆里》《淘金记》等，其他大部分作品，都没有跟重庆的文化传统和富有特色的民间文化发生密切联系。也就是说，作家们在重庆从事创作，但对重庆的民间文化和文化传统并未产生过兴趣，所以他们的作品仍然游离于重庆之外。

重庆虽然地处偏远，一直远离中国主流文化中心，但也有着深厚的文化底蕴和富有特色的地域文化储存。但对那些不打算把重庆当作自己的家的作家来说，这些都不值得重视。他们只看到了一些表面的现象：像爬山的台阶、浓雾、吊脚楼、麻辣的饮食等显而易见的东西。重庆本地居民的日常生活，甚至也很少被纳入作家的创作之中，所以很多作品创作于重庆，但它们的"根"并没有深入到重庆的文化土壤和民间生活之中，这也是文学"异乡"的一个重要病症。这跟创作于上海和北京的作品有很大不同。前面提到的李蕾的文章，就注意到了这一点，她分析说，北京和上海本地居民的日常生活，在作品中得到了细致的反映，但全民族抗战时期创作于重庆的作品，其主人公多是流亡到重庆的外地人。这一分析是有道理的。像《寒夜》，两个主人公流落重庆，他们的生活与重庆本地的文化和传统无关，尽管作者巴金本人生于四川。茅盾的《腐蚀》假托来自重庆的防空洞，但里面有关重庆的因素其实不多，多的是政治内幕，与地理和文化意义上的重庆并没有多大的关系。而出身四川的郭沫若，在重庆时期撰写了多部历史剧，借以讽喻现实，仍然与重庆无关。现代文学史上有"京派"和"海派"，而没有"渝派"，原因大概就在这里，文学没有落地生根，也就无法繁衍出具有浓厚地域色彩的杰作来。

全民族抗战时期，新文学在重庆盘踞了多年，但它就像一个客居异乡的游子，随时准备逃离这多雾的山城。其中的原因十分复杂，除上面列举的几条之外，民族矛盾与阶级斗争的尖锐化，将重庆变成了一个政治舞台。无论是政治家还是作家，都被民族解放和阶级斗争纠缠着，无暇深入体味和省察重庆的历史文化和民间生活。

北京、上海和重庆作为影响中国现代文学的三大中心城市，它们在文学中留下了不同的身影，给现代文学注入了不同的精神基质，因而形成了以三个中心城市为参照的文学板块。尽管重庆与现代文学之间有些隔膜，但这种隔膜其实也是一种影响与存在的方式，因而也同样留下了清晰的印记。北京是中原主流文化的中心区域之一，自明清以来就是中国封建统治的政治、经济和文化中心，因而有着深厚的文化积淀和久远的文学传统，因而，它给中国现代文学注入了醇厚、典雅的风格，这在京派作家身上体现得最为明显。上海作为现代商业中心，是资本主义经济和资产阶级生活方式的前沿阵地，它直接给现代文学打上了鲜明的商业化印记。蒋光慈、茅盾以及海派作家笔下扑面而来的商业气息，充分表征了上海现代商业文化向现代文学的渗透。鲁迅对此有着精辟的论述："北京是明清的帝都，上海乃各国之租界，帝都多官，租界多商，所以文人之在京者近官，没海者近商，近官者在使官得名，近商者在使商获利，而自己也赖以糊口。"① 与"文化北京"和"商业上海"截然不同，重庆是国民政府的战时首都，是抗战的指挥中心，也是国共两党合作、较量的舞台，因而具有浓厚的政治氛围，这让文学带上了强烈的政治色彩：民族矛盾和阶级矛盾纠结在一起，常常让作家无所适从。茅盾的《腐蚀》、老舍的《火葬》、巴金的《火》都是政治绑架文学最终导致文学失掉自我的标本。而关于"与抗战无关论"的讨论，也反映了政治上的洁癖症对文学的强行干预。由此看来，北京、上海、重庆分别从文化、商业和政治三个层面，培育甚至是干预了中国现代文学的发展进程，形成了制衡与互补的复杂关系。

当然，当我们将重庆跟京沪并置讨论的时候，也必须看到，它对文学的影响相对京沪而言，仍然有较大差距。毕竟对那些流亡作家而言，他们到重庆定居，几乎都是迫不得已。重庆不是他们人生的目的地，他们理想的文学城市是北京和上海，重庆不在他们的视野之中，这也注定了重庆在文学史上的特殊性。尽管如此，重庆在全民族抗战中成为众多作家的避难所，为他们提供了勉强可以安居的处所，也算是为中国文学做出了自己的贡献。而它最后被断然遗弃，倒是显出了几分悲剧意味。

---

① 鲁迅：《"京派"与"海派"》，载《鲁迅全集》第5卷，人民文学出版社，2005，第453页。

第四章
作家作品研究

新世纪以来鲁迅研究的困境与"政治鲁迅"的突围[①]

——对近年来鲁迅研究一种新动向的考察

"……早就应该有一片崭新的文场,早就应该有几个凶猛的闯将!"

——鲁迅《坟·论睁了眼看》

一、新世纪以来的鲁迅研究:是繁荣,还是陷入困境?

如果下一断语:新世纪以来鲁迅研究陷入困境,而且大有愈陷愈深之势,可能很多鲁迅研究者会不以为然,认为是危言耸听,因为鲁迅研究的繁荣状况显而易见,令人欣喜。比如每年全国各地举办的鲁迅研究学术会议,不仅数量多,而且与会人员也多。就以 2019 年而言,仅中国鲁迅研究会参与主办的会议就有三次,分别在长沙、新泰和苏州举行,其他以鲁迅为主

[①] 原刊于《东岳论丛》2020 年第 7 期。

题的会议也有多次，密集的学术活动，充分反映了鲁迅研究界的活跃状况。就以著作出版和论文发表而言，新世纪以来，鲁迅研究成果的数量是让人振奋的：根据葛涛的统计，1980年代（1980—1989），年均发表论文787篇，年均出版著作37部；1990年代（1990—1999）明显减少，年均发表论文449篇，出版著作22部；新世纪第一个十年（2000—2009），论文数量跟1980年代差不多，年均发表741篇，但年均出版著作数量明显增加，有43部；2010年发表论文977篇，出版著作37部；2011年发表论文845篇，出版著作66部；2012年发表论文750篇，出版著作37部；2013年发表论文1146篇，著作数量尚无统计数据。自此之后，每年发表的关于鲁迅研究的论文都超过1000篇[1]。这些数据足以说明鲁迅研究成果在数量上一直呈上升趋势。

但是，我们也必须看到，数量不等于质量，鲁迅研究界活动频繁也不等于成果就真的"丰硕"。当前中国高校对教师的考核制度，恐怕也是著作、论文数量不断攀升的重要原因。一位研究者坦诚地说，自己能做出看上去比较多的鲁迅研究成果，"除了对鲁迅有兴趣以外，我想最主要的原因是在现有的评价体制下为了生存对鲁迅进行消费。鲁迅很大程度上是我谋生的工具，特别是近两年来因为职称的压力，迫使我去拿国家课题和撰写更多的文章。这已与我6年前进入鲁迅研究时的初衷发生

---

[1] 数据见葛涛《薪火相传：百年中国鲁迅研究的回顾与前瞻》，《上海鲁迅研究》2013年第3期。该文提供的鲁迅研究论文和著作的数据截止到2012年。2013年以后的论文数据是本人从中国知网上统计的。

了偏离,应对生存的研究工作在逐渐磨损我对鲁迅的兴趣"①。对身处高校的鲁迅研究者来说,这种被动"出成果"的状况十分普遍。而当对研究对象的兴趣逐渐被磨损的时候,所谓创新就无从谈起了。我想这些"看上去很美"的数据,有多少是为了应付"考核"炮制出来的,其价值如何是不言而喻的。除了这些数据之外,从研究成果的影响来看,新世纪以来 20 年的时间内,没有对鲁迅研究产生整体性影响的成果,更没有对鲁迅研究范式产生革命性影响的成果。回想 20 世纪八九十年代,王富仁的《中国反封建思想革命的一面镜子——〈呐喊〉〈彷徨〉综论》(1984 年)、钱理群的《心灵的探寻》(1988 年)、汪晖的《反抗绝望——鲁迅的精神结构与〈呐喊〉〈彷徨〉研究》(1991 年)等著作出版以后,引起的热烈讨论以及对鲁迅整体研究产生的推进作用,不能不让人神往。而"思想革命""立人""反抗绝望""历史中间物""无地彷徨"等概念的流行以及对鲁迅研究产生的巨大影响,至今仍余音缭绕。正是这些重要成果,把 20 世纪五六十年代流行的以毛泽东思想为主导的"政治革命"的研究范式,转换为"思想革命"的研究范式,再开掘出"鲁迅主体性"的研究范式。在那个年代,鲁迅研究当之无愧地成为引领中国现代文学研究的"显学"。但纵观新世纪以来的 20 年,中国鲁迅研究就显得十分沉闷,虽不乏有新意的成果,但对鲁迅研究产生整体性影响的突破性成果难得一见。不仅如此,鲁迅研究的知识化、朴学化、碎片化、学院化,已经十分明显,重复性研究、充满空话套话的研究,已经司空见

---

① 蒋永国:《鲁迅研究的三个问题》,《太原学院学报(社会科学版)》2019 年第 3 期。

惯。正是这种状况，不能不给人"鲁迅研究陷入困境"的感觉。事实上，对鲁迅研究现状的批评早就开始了，只是在这样一个缺乏学术对话、缺少学术争鸣的年代，这些批评的声音很少有人倾听。2013年，张福贵在总结21世纪以来鲁迅研究的特点时就指出了"重复性和细小化"的趋向，认为"思想阐释和艺术评价的重复性一直是鲁迅研究中的最大困局"[①]；2015年辽宁省鲁迅研究会第三届学术年会召开，会后发表了题为《鲁迅研究的"困境"与对话中的"突围"》的综述，开篇就写道："目前鲁迅研究正面临着困境，一方面研究空间愈来愈少，难有大的突破；另一方面世俗化的时代氛围，与鲁迅精神相去甚远，普及与传播工作也较为困难。"[②] 2016年，郜元宝在论述鲁迅研究的"内外篇"时就批评"内篇长期停滞"，外篇"显得很荒凉"的状况[③]。汪卫东在2018年撰文指出："如今的鲁迅研究，普遍缺乏整体意识……人们满足于在庞大的鲁迅世界中孜孜以求一己之所得，研究趋向于随意化和碎片化……"[④] 除了一些资深鲁迅研究者对当前的状况提出批评，近年来，一批新锐对当前的鲁迅研究表达了更为激烈的不满情绪。2017年，青年学者邱焕星撰文《鲁迅研究：走出"八十年代"》，对中国现代文学研究和鲁迅研究提出了批评："研究领域的'纯学术'理念与文学领

[①] 张福贵：《鲁迅研究的三种范式与当下的价值选择》，《中国社会科学》2013年第11期。
[②] 迟蕊、王琪：《鲁迅研究的"困境"与对话中的"突围"——辽宁省鲁迅研究会第三届学术年会侧记》，《党政干部学刊》2016年第3期。
[③] 郜元宝：《打通鲁迅研究的内外篇》，《文学评论》2016年第2期。
[④] 汪卫东：《"诗心"、客观性与整体性：〈野草〉研究反思兼及当下鲁迅研究中存在的问题》，《文艺争鸣》2018年第5期。

域的'纯文学'观,共同构成了新一代研究者的两大核心观念,最终导致最近20年现代文学研究日渐缺乏活力,开始退出中国思想界的前沿位置,逐渐知识化、经院化和古典化,其思想性、政治性和实践性的一面被遮蔽,既背离了它的启蒙传统,也背离了它的左翼传统……""所以鲁迅研究者需要'走出20世纪80年代',正视当代中国的社会变迁,从学术的角度尝试着解释、批判和创新,真正发扬鲁迅的现实参与精神,从而使其成为一个活的传统。"① 作者对近20年鲁迅研究状况的批评不无针对性,但这种状况与20世纪80年代没有关系,甚至恰恰相反,当前鲁迅研究的状况,正是对80年代的偏离——因为80年代的鲁迅研究是站在思想前沿的。国家玮声称要"为鲁迅研究撕开一道裂缝",文章对鲁迅研究中的"经学化"和"朴学化"表示了深深的怀疑,所以他"希望鲁迅精神资源能在与当代思想命题的呼应中被激发出更多的可能"②。也有人提出了更为尖锐的意见:"现实连带意识的丧失,政治批判精神的失落,导致了学术研究的画地为牢:琐碎至极的资料整理、事略考据大行其道,无数自说自话、讲完即完的鲁迅论述,充斥于各种学术期刊与学术会议……在这个去政治化的学术潮流中,鲁迅研究变成了放逐思想的纯技术操作,鲁迅几乎已经完全被排斥于所谓'鲁迅研究'之外,变成了一个意义空洞、思想内陷的学术符号。去问题化、无现实感,甚至是去鲁迅化的研究现状意味着,中国当代鲁迅研究在趋向个人化、学理化、多元化的同时,却

---

① 邱焕星:《鲁迅研究:走出"八十年代"》,《文艺报》2017年3月20日第5版。
② 国家玮:《为鲁迅研究撕开一道裂缝》,《太原学院学报(人文社会科学版)》2019年第2期。

丧失了1980年代试图重建的当代性、批判性的问题意识，渐次沦为学术共同体内部的话语游戏。"[1] 这些青年学者的批评意见未必都准确，但他们都表达了对鲁迅研究现状的不满，都渴望鲁迅精神与现实的沟通与对话，甚至渴望借助鲁迅思想对现实社会的演化产生影响。对这些年轻学者的意见，我无法不报以崇高的敬意，一代人有一代人的命运，同样，一代鲁迅研究者自有他们的机遇。也许在上一代人撞得头破血流的地方，新的一代人会找到出路。

二、"政治鲁迅"：是创新，还是旧调重弹？

近几年来，鲁迅研究界一批年轻的新锐以"政治鲁迅"为旗帜，出版著作、发表论文，成为鲁迅研究界的一个新趋向，如果能坚持下去，将来可能会被命名为"'政治鲁迅'学派"。2019年12月14日，这一批年轻学者在山东大学举办学术研究工作坊，题目是"政治鲁迅与文学中国"。会议的海报上有"会议缘起"，相关介绍颇值得玩味：

> "政治鲁迅"这一概念的提出，是鲁迅研究回应当下中国问题产生的重要转向。因为"文学鲁迅"和"现实政治"之间存在着结构性紧张，鲁迅由于缺乏稳定的人性观，拒绝制度设计，最终只能陷入个人道德复仇的困境。这一思路对以"主体论"为中心的鲁迅研究产生巨大冲击……严重挑战了既往鲁迅研究的基本设定，成为鲁迅研究者必

---

[1] 韩琛：《重启鲁迅研究的政治对话空间》，《东岳论丛》2018年第2期。

须回应的学术挑战:"鲁迅"及其"文学"对于"政治"究竟意义何在?①

很显然,这些年轻的鲁迅研究者,是想用"政治鲁迅"挑战或取代自20世纪八九十年代以来以"主体论"为主导的研究范式,实现一次范式革命。那么,这到底是一次成功的突围,还是旧调重弹?因为人们对"政治鲁迅"或"鲁迅的政治化"并不陌生。1949年以后,鲁迅研究成为中国政治的一部分,毛泽东思想成为指导鲁迅研究的唯一准绳,陈涌、王瑶等一大批学者在当时的中国政治框架内对鲁迅进行研究,并取得了诸多重要成果,形成了"鲁迅政治化"的研究系统。王富仁对这一研究系统进行了十分客观的总结分析:"从五十年代开始,在我国逐渐形成了一个以毛泽东同志对中国社会各阶级政治态度的分析为纲,以对《呐喊》《彷徨》客观政治意义的阐释为主体的粗具脉络的研究系统,标志着《呐喊》《彷徨》研究的新时期,反映了我国解放后《呐喊》《彷徨》研究在整体研究中取得的最高成果……但这个研究系统帮助我们从中国社会政治革命的角度观察和分析了《呐喊》和《彷徨》的政治意义之后,也逐渐暴露了它的不足。近年来,人们越来越多地发现,它与鲁迅的小说原作存在着一个偏离角。"② 正是为了矫正这个"偏离角",王富仁提出了"首先回到鲁迅那里去"的口号,扭转了鲁迅研究高度政治化的偏向。在鲁迅研究政治化期间,鲁迅成

---

① 《会议缘起》,"鲁研新状态"微信群推送的海报。
② 王富仁:《中国反封建思想革命的一面镜子——〈呐喊〉〈彷徨〉综论》,北京师范大学出版社,1986,"引论"第1页。

为意识形态工具，被捧上了神坛，所以现在一提到鲁迅政治化，常常会引起人们的反感。如今，"政治鲁迅"高调复出，给人造成鲁迅研究"再政治化"的印象，已经招致了很多人的口头非议①。那么今天这部分青年学者提出的"政治鲁迅"是一次创新的突围，还是有意向20世纪五六十年代鲁迅研究政治化的回归呢？这需要从他们的相关言说和已有的成果入手，进行理性分析。

为了阐发"政治鲁迅"研究的意义，韩琛发表了《重启鲁迅研究的政治对话空间》，这可以看作是这一研究趋向的宣言。在该文中，作者除对当前鲁迅研究状况提出激烈批评外，还重申了"革命鲁迅""左翼鲁迅"和"延安鲁迅"的重要性，从政治角度提出重建鲁迅研究的问题意识："这里所说的问题意识，系指对于当代世界的思想状况、社会境遇与价值伦理的批判性讨论，而非局限于鲁迅学范畴的技术性演绎。以这样的问题意识进入鲁迅，重启鲁迅研究的政治对话空间，乃是对于鲁迅其人其文其思的真正体认，而具备这样的问题意识、历史视野和现实精神，既是周树人之所以成为鲁迅的关键，也是鲁迅至今不能被人遗忘、需要不断与之展开对话的原由。"② 这番论述说明了重启"政治鲁迅"研究的良苦用心，那就是让鲁迅的思想资源参与到当今社会思想和精神的重建工程之中，发挥人文学者应有的作用。这一学术理想不可谓不宏大，但学术一旦

---

① 关于鲁迅研究"再政治化"的问题，讨论的文章很少，但在日常交流中，很多鲁迅研究者听到这个说法就表示不满，甚至是厌恶，因为这一说法很容易勾起人们不愉快的联想。
② 韩琛：《重启鲁迅研究的政治对话空间》，《东岳论丛》2018年第2期。

变成思想的武器，会不会失掉其应有的学理和逻辑，作者并未进行应有的考量。钟诚在《进化、革命与复仇——"政治鲁迅"的诞生》一书的"导言"中，对研究"政治鲁迅"的初衷进行了阐述："鲁迅留给我们的主要印象乃是'文学者'，但他并非一位纯粹的'文学者'，而是一位终生都未脱离政治纠缠的文学者，尽管他的政治思考并未以概念化、体系化的方式呈现。在中国近现代政治思想史研究的流行谱系中，我们一般找不到'鲁迅'这个名字。可是，这并不意味着他对于政治的思考就不重要，也许原因恰恰在于，他对政治的思考有其特殊难解之处，难以用一种便携的方式来提取、归纳。当然，这仅仅是一个未经验证的'假设'，而本书的写作是对这一假设进行验证。"①在当前鲁迅研究相对沉闷、迟滞的时候，这些年轻人的雄心，可能会给鲁迅研究带来活力和惊喜。除了理论上的阐释，这一批学者在"政治鲁迅"的研究中是否真的开拓出了新的领地，是否形成了某种新的"研究范式"？

从当前他们的研究来看，他们的确在"政治鲁迅"的旗帜下，推出了一批值得关注的成果，其中最有代表性的就是钟诚的专著《进化、革命与复仇——"政治鲁迅"的诞生》。该书聚焦鲁迅的政治观，论述了"文学鲁迅"与"政治鲁迅"的关系："在鲁迅的早期思想中，'政治鲁迅'与'文学鲁迅'基本上是合一的，而在十年沉默时期，'文学鲁迅'与'政治鲁迅'的裂痕日益明显，我们并不能简单地认为这是'文学鲁迅'超

---

① 钟诚：《进化、革命与复仇——"政治鲁迅"的诞生》，北京大学出版社，2018，"导言"第3页。

越了'政治鲁迅',或者仅仅将此看作'文学鲁迅'以一种勉为其难的方式,去接近并试图改造'政治鲁迅'的过程。应该说,鲁迅并未找到联结文学与政治的有效途径,也正是在这个意义上,文学不能为鲁迅的政治思考中的实践性格提供实质性的、有建构意味的支撑,所以是无力的。"① 该书对鲁迅参加左联也提出了富有新意的看法,尤其对丸山升"中间项"概念的借用,增强了论辩的说服力。该书虽然文风略显晦涩,最后一章对休谟人性论的套用显得生硬,但它是第一部系统、深入研究鲁迅政治观的著作。无论是从鲁迅的文本入手,还是从鲁迅的政治活动入手,该书都指向了鲁迅政治观的核心区域——作为主体的鲁迅是如何在政治与文学之间、在事实与价值之间、在道德基础与政治实践之间经受着矛盾的撕扯与内心的挣扎。该书最大的一个特点,就是抛弃了"鲁迅很伟大"的先入之见,从客观实际出发,指出鲁迅政治观的矛盾和局限,显示了青年学者特有的锐气和魄力。毫无疑问,在近年出版的学术著作中,这是很出色的一部。从事"政治鲁迅"研究的学者还有邱焕星。近几年来,他连续发表《鲁迅与女师大风潮》②《当思想革命遭遇国民革命——中期鲁迅与"文学政治"传统的创造》③《"后五四鲁迅":思想革命与文化政治》④等论文,探讨鲁迅思想革

---

① 钟诚:《进化、革命与复仇——"政治鲁迅"的诞生》,北京大学出版社,2018,第51页。
② 邱焕星:《鲁迅与女师大风潮》,《鲁迅研究月刊》2016年第2期。
③ 邱焕星:《当思想革命遭遇国民革命——中期鲁迅与"文学政治"传统的创造》,《中国现代文学研究丛刊》2018年第11期。
④ 邱焕星:《"后五四鲁迅":思想革命与文化政治》,《山东社会科学》2019年第7期。

命与政治的关系，论述的重点明显偏于政治问题，无论是史料的发掘使用还是对问题的阐发，都提出了新的看法，改变了过去人们从文学和思想方面理解鲁迅的常规思路。其他相关成果还有一些，如韩琛的论文《鲁迅1927：革命与复辟》[1]，李玮关于鲁迅与中国政治文化的系列论文，杨姿的专著《"同路人"之上——鲁迅后期思想、文学与托洛茨基研究》[2]，都可以归到这一研究范畴中去。事实上，鲁迅研究的政治维度从未缺席，长期以来一直有学者从事这方面的研究，如日本学者竹内好、木山英雄、丸山升，美国学者林毓生，中国学者高远东、王彬彬、郜元宝等，都对该问题发表过重要论著。但过去的研究是自发的，没有标举"政治鲁迅"的旗帜，现在这一批年轻学者，试图用"政治鲁迅"替换"鲁迅主体性"范式，其意义就大有不同。

从他们对"政治鲁迅"的阐释和已有的研究成果来看，他们说的"政治鲁迅"完全不同于20世纪五六十年代的"鲁迅政治化"，的确可以称为鲁迅的"再政治化"。他们说的"政治"不是毛泽东思想指导下的政治，而是一个政治学的概念，所以这一理论诉求自有其存在的正当理由。因为鲁迅终其一生与政治有着密切关系，且不说其杂文中多涉政治性话题，就是其小说中，也有多篇涉及重大政治题材，如《阿Q正传》写辛亥革命，《风波》涉及张勋复辟，《狂人日记》《药》都涉及资产阶级革命，而鲁迅本人一生中参加了很多次政治活动，尤其以参

---

[1] 韩琛：《鲁迅1927：革命与复辟》，《鲁迅研究月刊》2018年第8期。
[2] 杨姿：《"同路人"之上——鲁迅后期思想、文学与托洛茨基研究》，上海三联书店，2019。

加光复会和左联最为著名，所以研究鲁迅，政治是一个不可缺少的维度。如果说鲁迅思想是一座辉煌的大厦，那么政治就是一个非常重要的立面。但是与以前人们研究鲁迅的政治思想不同，这次他们将"政治鲁迅"作为研究范式，试图借此推进鲁迅整体研究的进程，其雄心抱负，不能不让人刮目。那么这些研究能否推进鲁迅研究整体格局的变化，尚需要时间来验证，但其中有几个相关问题，值得深入思考。

第一，"政治鲁迅"作为一个概念，跟"思想鲁迅""文学鲁迅"不同，它在鲁迅的世界里不具有主导地位。或者说，在鲁迅一生的贡献中，政治方面是他的短板，而思想和文学方面他是大师，是高峰，所以试图把"政治鲁迅"作为一种研究范式，取代已有的研究范式，从问题的起点来看就不太可能。就鲁迅而言，他的政治著述和政治活动，是依附于其文学和思想贡献之上的，如果他不是文学家和思想家，那么其政治思考和政治活动早就被人遗忘了，今天也没有重提的必要。

第二，从已有的研究来看，钟诚著作的研究基础，是建立在"结构性紧张""历史中间物""中间项""清醒的现实主义"等已有的概念之上的，它并没有围绕"政治鲁迅"提取出一个新的研究概念或范畴，其研究思路和方法也没有新的途径。因此，该书的新观点还是建立在已有的研究范式之上，只是更换了研究的问题：车还是那部车，路还是那条路，只是运来了新的货物。它作为一部著作，提出了新的见解，但要引领一种新的研究范式，目前来看还无法胜任。邱焕星、韩琛等人的研究也是如此。

第三，在一个泛政治化的时代，提出"政治鲁迅"的口号，是不容易被人接受的。鲁迅政治化的年代尚未走远，很多记忆都还清晰，很多亲历者尚心有余悸，所以"政治鲁迅"这一概念天生带有一块黑色胎记。而这一概念的提倡者又有着借鲁迅思想参与现实精神建构的冲动，这里很可能潜伏着某种值得警惕的信息，需要研究者慎重处理。

但无论怎样，一批年轻学者挑出"政治鲁迅"的旗子，呼朋引伴，试图为鲁迅研究打开一个新局面，是值得欣慰的，更何况这一新的研究动向才刚刚开始，其前景值得期待。

"假洋鬼子"·"里通外国的人"·"秃儿。驴"[1]

——也谈《阿Q正传》中的"假洋鬼子"

一、阿Q给钱大少爷的三个绰号:诨名、罪名与骂名

关于《阿Q正传》中的"假洋鬼子",已有不少文章进行过专题探讨,人们提出了各种意见,也存在很大分歧。分歧主要有两点:一是对"假洋鬼子"形象的认识;二是假洋鬼子和鲁迅的关系。对于第一点,有人认为"他是辛亥革命前后带有浓厚封建性的、善于投机而毫无特操的资产阶级右翼知识分子的典型"[2]。也有人认为"他貌似新兴资产阶级现代知识分子,实质上却是封建地主阶级的俘虏和代表。他是地主阶级知识分子的一个新变种,是19世纪末20世纪初中国时世的新变化在中国地主阶级这块腐木上催生的一颗毒蕈"[3]。对于第二点,有人

---

[1] 原刊于《学习与探索》2023年第12期。
[2] 杜圣修:《假洋鬼子形象辨——与有关同志商榷》,《黑龙江大学学报(哲学社会科学版)》1978年第3期。
[3] 张寿龙:《假洋鬼子——一个意义深刻的悲剧形象》,《黄山高等专科学校学报(教育科学版)》1999年第3期。

认为"有着若干自况意味的'假洋鬼子'形象，处处是鲁迅对自己笔下特定时代知识分子群像的一种丰富和补充"[①]。针对这种委婉的说法，有人直接指出"假洋鬼子——夫子自况"："鲁迅对于这位钱大公子是同情和理解多于厌恶的。""假如再大张旗鼓地对'假洋鬼子'进行批判，我们就背离了鲁迅的原意"[②]。这种说法引起较大争议，有多篇文章与之商榷，此处不再赘述。最近郜元宝教授推出一篇长文《再论"假洋鬼子"》[③]，对这一问题进行广垦深耕，几乎将这一问题的学术残值打捞殆尽。对于上面两个问题，他都提出了切中肯綮的意见。他认为"假洋鬼子"在小说《阿Q正传》中并非通行的绰号，而是阿Q私下对钱大少爷的腹诽之词，阿Q对"假洋鬼子"深恶痛绝并不代表作者的态度；"假洋鬼子"的部分经历与作者经历高度重合，同时作者又在关键细节上跟这位有如自己影子似的人物进行了巧妙剥离，倘不能充分顾及作者描写手段和寄托方式的特殊性，就很难认识在《阿Q正传》中地位仅次于阿Q的次要人物"假洋鬼子"。他的研究回应了之前的争论与分歧，也提出了自己的看法。但我感兴趣的是，这所有的研究中，都忽视了一个重要的问题——阿Q送给"假洋鬼子"的绰号不是一个，而是三个：一个是"假洋鬼子"，一个是"里通外国的人"，还有一个是"秃儿。驴"：

> 远远的走来了一个人，他的对头又到了。这也是阿Q

[①] 史建国：《鲁迅与"假洋鬼子"》，《书屋》2004年第7期。
[②] 袁夫石：《假洋鬼子——夫子自况》，《中学语文教学参考》2005年第7期。
[③] 郜元宝：《再论"假洋鬼子"》，《鲁迅研究月刊》2022年第5期。

> 最厌恶的一个人,就是钱太爷的大儿子……然而阿Q不肯信,偏称他"假洋鬼子",也叫作"里通外国的人",一见他,一定在肚子里暗暗的咒骂。
>
> ……
>
> 这"假洋鬼子"近来了。
>
> "秃儿。驴……"阿Q历来本只在肚子里骂,没有出过声,这回因为正气忿,因为要报仇,便不由的轻轻的说出来了。[1]

上引文字中,接连出现了三个称号,但所有的研究都集中在第一个,对后面两个一笔带过,或避而不谈。事实上,这三个称号性质各不相同:"假洋鬼子"是诨名,带有嘲讽、挖苦的意味;"里通外国的人"是罪名,如果坐实,后果很严重;"秃儿。驴"是骂名,涉嫌人格侮辱。这三个称号中,最重要的是前两个,"假洋鬼子"已有很多研究,本文从略;第二个称号后面会详论;第三个称号也值得思考。阿Q的肚子里已经有两个称号了,咒骂的时候选择任意一个都可以,但他偏偏又抛出了第三个,主要是因为前面两个羞辱值太低,所以他直接抛出羞辱值极高的"秃儿。驴",以发泄心中的愤怒,这与他刚刚败给王胡有关。"秃儿"或"秃驴"是民间对和尚的蔑称,源于他们的光头。"假洋鬼子"虽然没有辫子,但也不是光头,尤其"假洋鬼子"后来留发,革命的时候,"已经留到一尺多长的辫

---

[1] 鲁迅:《阿Q正传》,载《鲁迅全集》第1卷,人民文学出版社,2005,第521—522页。

子都拆开了披在肩背上,蓬头散发的像一个刘海仙"①。这无论如何也不像和尚的秃头。但这对阿Q来说不是问题:只要没有辫子,那就像和尚,就是"秃驴",这是政治洁癖症患者的典型症状。鲁迅说:"人往往憎和尚,憎尼姑,憎回教徒,憎耶教徒,而不憎道士。懂得此理者,懂得中国大半。"②阿Q也有这样的脾气,把"假洋鬼子"视为和尚,本身就是一种羞辱,再进一步指为"秃驴"就是更深一层的羞辱。只有这样,才能化解从王胡那里得来的怒气。结果,他招来"假洋鬼子"的一顿打。正当他在被打的屈辱中不知所措的时候,碰见了小尼姑——终于遇到了一个没有还手之力的对手。在羞辱小尼姑时,他称她为"秃儿":"秃儿!快回去,和尚等着你……"③他这一句话,不只是骂了尼姑,还骂了和尚,也等于捎带着骂了"假洋鬼子"。对阿Q来说,从"秃儿。驴"("假洋鬼子")那里接受的屈辱,还给了"秃儿"(小尼姑),阿Q"生平第二件的屈辱"就这样抹平了。"秃儿。驴"看上去很怪异,一方面说明阿Q骂的时候有点胆怯,吞吞吐吐;另一方面是小说的伏笔——它在暗示真正的"秃儿"(小尼姑)即将出场。这说明鲁迅在写"假洋鬼子"的时候,已经想到了后面的情节,这是鲁迅行文的精妙之处。已在候场的小尼姑将承担着解决阿Q内心郁积的问题,同时再引出后面更大的风波。因为阿Q虽然在小尼姑这里获得了完全的胜利,但小尼姑脸上的油腻沾到了他的手指上,让他想入非非;一句"断子绝孙"又让他想到"不孝有三无

---

① 鲁迅:《阿Q正传》,载《鲁迅全集》第1卷,人民文学出版社,2005,第544页。
② 鲁迅:《小杂感》,载《鲁迅全集》第1卷,人民文学出版社,2005,第556页。
③ 鲁迅:《阿Q正传》,载《鲁迅全集》第1卷,人民文学出版社,2005,第523页。

后为大"，涌动的欲望披着圣教的皮，终于导致他要和吴妈困觉。小说这一章标题为"恋爱的悲剧"——一个无恋、无爱的"悲剧"，《阿Q正传》的"文不对题"[1]，非常醒目地呈现出来。阿Q给钱大少爷的三个称号，也同样是"文不对题"的。

本文要重点讨论的是第二个称号"里通外国的人"，也就是"汉奸"。这一称号之所以成为对人的恶谥，与清末"汉奸"话语的流布有关。

二、清末"汉奸"话语的流布与阿Q对钱大少爷的政治认知

"汉奸"一词起于何时，学界颇多争议[2]，目前较为可靠的说法是在明末。明天启元年（1621），西南地区发生土司叛乱，波及西南数省，持续近十年，史称"奢安之乱"。叛乱平定后，水西地区仍有小规模骚乱，崇祯十年（1637），兵部尚书杨嗣昌奉旨上《酌采水西善后疏》，其中谈到少数民族叛乱的原因时，提到"又有汉奸拨之"。此处的"汉奸"指的是暗地里挑拨少数民族叛乱的汉人[3]。到清康熙年间，"汉奸"一词又出现在涉及苗疆地区的有关文献中，其含义跟明末时期是一致的[4]。在英

---

[1] 张全之：《〈阿Q正传〉："文不对题"与"名实之辨"》，《中国现代文学研究丛刊》2013年第2期。
[2] 罗竹风主编《汉语大词典》第6卷第49页解释"汉奸"一词时，说起于宋代，此说广为流行，但已经遭到质疑。见王柯：《"汉奸"：想象中的单一民族国家话语》，《二十一世纪》2004年6月号。
[3] 吴密：《民族和国家的边缘——清代"汉奸"名实关系及其变迁》，博士论文，中国人民大学，2011，第68页。
[4] 吴密：《民族和国家的边缘——清代"汉奸"名实关系及其变迁》，博士论文，中国人民大学，2011，第71页。

国人向中国倾销鸦片之前,"汉奸"一词基本出现在汉族与周边民族之间发生冲突的时候,指那些背叛朝廷利益,为少数民族效力的汉人。在英国人向中国贩卖鸦片的时候,有一些中国人参与其中,并为英商提供各种服务,从中获利,林则徐对此十分恼怒:"乃有一种奸徒,不由商雇,私与夷人往来,勾串营私,无所不至,是以内地名曰'汉奸'。"① 此处说的"汉奸"已经不是早期发生在汉族周边地区的概念,而是跨国界了,跟今天我们说的"汉奸"一词含义相同。"鸦片战争爆发后,当事诸臣及朝廷更是言必称汉奸,在当时的奏报、谕旨中比比皆是。他们认为,战争的失利完全是汉奸导致的。"② 这主要是因为,在战争期间很多中国人积极为入侵的英军服务,如提供粮食、蔬菜,做向导,甚至出卖军事情报等,更有甚者,协助英军作战。如1841年1月7日,英军突然袭击大角、沙角炮台,英国军舰大炮在前面进攻,两千余人的汉奸队伍则攀越后山,从背后进攻清军③。事实上,在整个晚清时期,每次中外战争,都有大批中国民众为入侵者服务。提到鸦片战争时期民众的表现,人们会首先想到"三元里人民抗英"。这一民众自发抗击侵略者的爱国事件,被写入教材后广为人知,成为爱国主义的经典神话。事实上,这次事件的爆发与爱国主义关系不大,主要是英军的行为触怒了当地民众,本质上是一种民间复仇行为。所以夸大这一事件的正面意义,忽视了民众的愚昧及其与朝廷的对

---

① 林则徐:《札澳门同知传谕义律准驳条款》,载中山大学历史系中国近代现代史教研组、中山大学历史系中国近代现代史研究室编《林则徐集·公牍》,中华书局,1963,第141页。
② 郑建顺:《鸦片战争时期的汉奸问题》,《求索》1991年第4期。
③ 何景春:《汉奸问题与清政府在鸦片战争中的失败》,《长白学刊》2007年第6期。

立，往往掩盖了事实真相①。英法联军火烧圆明园的时候，就有中国人协助，并参与劫掠；八国联军攻打北京的时候，不仅很多中国人为之带路，协助进攻，而且其中就有一支由534名中国人组成的队伍，叫"华勇营"②，是英国在中国招募的雇佣军。由于待遇丰厚，他们十分勇敢、卖力，参与了攻打天津和北京的军事行动。当大清国遭遇帝国主义者入侵的时候，说中国汉奸遍地，并不为过。所以，中英《南京条约》有专门条款要求清政府赦免曾为英国人效力的中国人。"遍地汉奸"的原因自然很复杂，"汉奸"的性质也各有不同，有的纯粹是为了获利，有的是要反清、反满，有的是要借机向政府官员复仇，等等。但有几点是很明显的：一是清政府是满人政权，从未把汉族民众当成自己人，民众自然也不会认为朝廷兴亡跟自己有关；二是民众没有民族、国家意识，更没有主权意识，不知道什么是亡国，自然也不会爱国；三是百姓穷苦，官府一贯苛待、欺压百姓，攻打官府的军队来了，百姓自然欢欣鼓舞；四是利益驱动，很多人为洋人服务就是为了混饭吃或获取更大利益。③

清政府把战争的失败都归咎于"汉奸"虽然言过其实，但"汉奸"确实在战争中给朝廷带来了很大麻烦。为此，清政府严厉承办汉奸，道光皇帝有"以严拿汉奸为第一要着"的圣谕，

---

① 茅海建在《三元里抗英史实辨正》（载《历史研究》1995年第1期）一文中指出："关于三元里抗英的一些说法，有人为夸大的成分，并非事实。"三元里人民抗英有三个直接原因：1. 英军"开棺暴骨"；2. 英军劫掠财物；3. 英军强奸、调戏妇女。
② 环球：《八国联军里的中国人》，《科学大观园》2017年第16期。
③ 关于清末汉奸问题，参见下列论文：黄付才：《鸦片战争时期的"汉奸"乱象》，《学理论》2015年第20期；侯虎虎：《试论鸦片战争中的汉奸问题》，《唐都学刊》2001年第1期。

但由于"汉奸"一词概念模糊,边界不清,导致很多无辜者以"汉奸"名义被杀,致使人心惶惶①。当时的媒体,也对汉奸大加讨伐。比如《申报》在19世纪末20世纪初刊登了很多标题为"密讯汉奸""汉奸被获""枪毙汉奸"等的消息;《述报》《竞业旬报》《安徽俗话报》都刊登了讨伐"汉奸"的文章,"汉奸可杀""汉奸当诛"等标题司空见惯,十分醒目。这些宣传与朝廷对汉奸的严厉处置互为媒介,使人们闻"汉奸"而色变,使"汉奸"这一名称变成罪大恶极、十恶不赦的符号。这种情势下,骂人是"汉奸"就成为非常严重的威胁和诅咒。清末的汉奸都有一个共同特点:勾结外国人,出卖本国利益。"里通外国"作为一个口语词汇,是对"汉奸"的通俗解释。资产阶级革命派崛起以后,他们以"排满"为职志,"汉奸"一词的意义发生了转移:"革命派构建出'助异种害同种'的'汉奸'谱系,进行排满革命宣传。现实的革命斗争中的'汉奸'指称的自然是维护满清统治的汉人——既包括继续维护君主专制的死硬顽固派,也包括一度不为清朝所容纳的君主立宪派,资产阶级革命派的斗争对象自然就成了所谓的'满奴汉奸'。"② 阿Q骂"假洋鬼子"的时候,辛亥革命还没有爆发,所以他说的"里通外国",主要指的是跟外国人勾结,不是跟清政府勾结。但从钱大少爷的履历来看,他似乎没有做"里通外国"的事。小说十分简略地介绍了他的留学经历:"先前跑上城里去进洋学

---

① 金峰:《鸦片战争时期清政府处理汉奸问题措施研究》,《广州大学学报(社会科学版)》2011年第12期。
② 吴密:《民族和国家的边缘:清代"汉奸"名实关系及其变迁》,博士论文,中国人民大学,2011,第272页。

堂，不知怎么又跑到东洋去了，半年之后他回到家里来，腿也直了，辫子也不见了，他的母亲大哭了十几场，他的老婆跳了三回井。"① 至于为什么剪了辫子，他的母亲说是喝醉了酒，被人剪掉的。钱大少爷没有承认，也没有否认，使这一事实暧昧不明。但凭借这些仅有的事实来看，钱大少爷确实没有"里通外国"，阿Q这样说明显是栽赃陷害。他们之间似乎并无冤怨，也没有多少瓜葛，那么他对"假洋鬼子"的痛恨是怎么来的呢？这需要从两个方面来说。

首先，这是一种群体行为。

虽然小说中只有阿Q腹诽"假洋鬼子"是"里通外国的人"，但这绝不是阿Q一个人的意见，一定是群体意见影响了阿Q。鲁迅当年从日本回到绍兴时，因为没有辫子，也被这样骂过。他后来回忆说："最好的是呆看，但大抵是冷笑，恶骂……大则指为'里通外国'，就是现在之所谓'汉奸'。"② 鲁迅在绍兴中学做学监的时候，"不管如何装束，总不失为'里通外国'的人"③。可见把没有辫子的留学生看作是"里通外国的人"，并非阿Q首创，而是当地一种很流行的说法，其中原因有二。其一，反洋教运动的影响。洋人不仅倾销鸦片、犯我领土，而且很多地方的传教士和部分教民横行乡里，引起公愤。1860年《中法北京条约》第六条规定："任各处军民人等传习天主教、会合讲道、建堂礼拜，且将滥行查拿者，予以应得处分。又将

---

① 鲁迅：《阿Q正传》，载《鲁迅全集》第1卷，人民文学出版社，2005，第521页。
② 鲁迅：《病后杂谈之余》，载《鲁迅全集》第6卷，人民文学出版社，2005，第194页。
③ 鲁迅：《病后杂谈之余》，载《鲁迅全集》第6卷，人民文学出版社，2005，第194页。

前谋害奉天主教者之时所充之天主堂、学堂、茔坟、田土、房廊等件应赔还,交法国驻扎京师之钦差大臣,转交该处奉教之人,并任法国传教士在各省租买田地,建造自便。"① 自此,清政府统治下的中国全面失守,部分传教士在地方跋扈恣肆,导致反洋教运动此起彼伏,几乎连年不断,"发生斗争的地区,北自黑龙江,南至广东。东至沿海,西至边鄙,几乎遍及全国。参加斗争的群众非常广泛,有城乡劳动人民、流氓无产者、兵丁吏役,以及封建官员、地主士绅等等,几乎包括社会各阶层。"② 在反洋教宣传中,洋人被彻底妖魔化,出现了各种离奇古怪的谣言:教民做礼拜被想象成"妇女供教士淫乐的仪式",临终祈祷被说成"挖眼"或"奸尸",入教浸礼被说成是"男女同浴","密室忏悔"被看成是"密室宣淫"③ 等。鲁迅也讲过类似的故事:S城一个在洋人家里做佣工的女人,有一天突然出来了,问其原因,她说:"就因为亲见一坛盐渍的眼睛,小鲫鱼似的一层一层积叠着,快要和坛沿齐平了。她为远避危险起见,所以赶紧走。"④ 这些恐怖的传说,加深了民众对洋人的恐惧和厌恶,所以凡是沾上"洋"字的就痛恨。在《孤独者》中,魏连殳被家乡邻人看作"'吃洋教'的'新党',向来就不讲什么道理",所以在奶奶去世回乡时,乡里邻人严阵以待,要

---

① 王铁崖:《中外旧约章汇编》第一册,生活·读书·新知三联书店,1957,第147页。
② 司卫编著:《近代中国反洋教运动》,中国国际广播出版社,1996,第44页。
③ 此处参考了刘爱亮的硕士学位论文:《鲁北乡村反洋教运动探析(1860—1898)》,宁夏大学,2014,第30页。
④ 鲁迅:《论照相之类》,载《鲁迅全集》第1卷,人民文学出版社,2005,第190页。

制服他。由此可见邻人对他的排斥。正是反洋教运动的声势，使民间社会对"洋人"充满了仇视和憎恨，清末教案频发，也与此有关。义和团运动就是反洋教运动的产物，其对民间社会的影响至深且巨，绵延不绝。其二，当时的民众作为一个群体，没有明辨是非的能力和言之有据的责任意识。他们饱受权力侵害，所以对权力充满了崇拜和敬畏。《狂人日记》中写道："他们——也有给知县打枷过的，也有给绅士掌过嘴的，也有衙役占了他妻子的，也有老子娘被债主逼死的；他们那时候的脸色，全没有昨天这么怕，也没有这么凶。"① 这深刻揭示了民众对权力的恐惧、依附与顺从。在《阿Q正传》中，当阿Q说他姓赵的时候，他们认为："阿Q太荒唐，自己去招打；他大约未必姓赵，即使真姓赵，有赵太爷在这里，也不该如此胡说的。"② 在权势面前，他们就是如此"懂事"。阿Q被赵太爷打了嘴巴以后，"大家也仿佛格外尊敬他"，因为和名人赵太爷相关，"这才载上他们的口碑。一上口碑，则打的既有名，被打的也就托庇有了名。至于错在阿Q，那自然是不必说。所以者何？就因为赵太爷是不会错的。"③ 这就是他们判断是非对错的基本原则。阿Q被枪毙以后，"至于舆论，在未庄是无异议，自然都说阿Q坏，被枪毙便是他的坏的证据；不坏又何至于被枪毙呢？"④ 这就是未庄的舆论生态。这样的群体"没有逻辑推理能力，不能

---

① 鲁迅：《狂人日记》，载《鲁迅全集》第1卷，人民文学出版社，2005，第445—446页。
② 鲁迅：《阿Q正传》，载《鲁迅全集》第1卷，人民文学出版社，2005，第513页。
③ 鲁迅：《阿Q正传》，载《鲁迅全集》第1卷，人民文学出版社，2005，第519—520页。
④ 鲁迅：《阿Q正传》，载《鲁迅全集》第1卷，人民文学出版社，2005，第552页。

辨别真伪或对任何事物形成正确的判断。群体所接受的判断，仅仅是强加给他们的判断，而绝不是经过讨论后得到的判断"①。朝廷严惩"汉奸"，主流舆论攻击"洋人"，塑造了这一群体的价值观。所以，把与"洋"字沾边的留学生群体看作"汉奸"或"里通外国的人"，是这一群体的集体想象，他们是不会考虑某一个体的特殊性的。

其次，这是阿Q个人的态度问题。

阿Q作为一个没有独立思考能力的个体，他对"假洋鬼子"政治身份的认定，是被他所处的群体决定的，因为"聚集成群的人，他们的感情和思想全都采取同一个方向，他们自觉的个性消失了，形成了一种集体心理"②。所以，阿Q就像一块意识的洼地，只能任由群体意识注入他空荡荡的意识之坑。但阿Q毕竟是一个复杂的文学典型，他也有表现自己个人见识的时候，特别是从城里回到未庄以后，他一方面表示对未庄的不屑，另一方面还要表示对城里的蔑视，只有他才是通人。如城里"把长凳称为条凳""煎鱼用葱丝""女人走路也扭得不很好"等等，他都有自己的见解。"假洋鬼子"虽然会叉麻酱，"只要放在城里的十几岁的小乌龟的手里，也就立刻'小鬼见阎王'"。这些见识，足够他在未庄卖弄的。对于"假洋鬼子"的假辫子，他也有自己的看法："阿Q尤其'深恶而痛绝之'的，是他的一条假辫子。辫子而至于假，就是没有了做人的资格；他的老

---

① ［法］勒庞：《乌合之众——大众心理研究》，冯克利译，广西师范大学出版社，2007，第80页。
② ［法］勒庞：《乌合之众——大众心理研究》，冯克利译，广西师范大学出版社，2010，第45页。

婆不跳第四回井，也不是好女人。"① 这段话意味深长。"假洋鬼子"没有辫子的时候，被称为"里通外国的人"，装上假辫子，该显示自己悔改了吧？但阿Q认为问题更加严重——"没有了做人的资格"。阿Q确实是"严以待人"的典范，在原则性问题上一点都不含糊。就是那个已经跳了三回井的女人，还需要跳第四回！鲁迅当年从日本回来的时候，也装过假辫子，但后来觉得"如果在路上掉了下来或者被人拉下来，不是比原没有辫子更不好么？索性不装了"②，结果就是被人冷笑、恶骂。《头发的故事》中的N先生也装过假辫子，有一位本家还准备去告官；他后来索性废了假辫子，穿着西装在街上走，迎接他的是一路笑骂；他随后"不穿洋服了，改了大衫，他们骂得更利害"③。这个"骂得更利害"就有点像阿Q对待"假洋鬼子"的态度了。事实上，"假洋鬼子"装假辫子的动机，大概跟鲁迅和N先生差不多，只是为了避免被人笑骂。但在阿Q看来，他是为了掩饰"里通外国的人"的身份，自然就更可恶。事实上，在反洋教宣传中，有一个主题"集中于洋人奇异的社会实践和性行为，推而广之，矛头也指向中国教民，因为他们或多或少都受了洋人的影响。干此类勾当的人被明确或含蓄地指为道德和文明秩序的大敌，根本缺乏做人的资格，所以他们常被描绘

---

① 鲁迅：《阿Q正传》，载《鲁迅全集》第1卷，人民文学出版社，2005，第522页。
② 鲁迅：《病后杂谈之余》，载《鲁迅全集》第6卷，人民文学出版社，2005，第194页。
③ 鲁迅：《头发的故事》，载《鲁迅全集》第1卷，人民文学出版社，2005，第486页。

成羊、猪和其他动物。"① 阿Q说的"没有了做人的资格"显然是受到了反洋教宣传的影响。在他看来,一个"里通外国的人"还是"人",但想用"假辫子"来混淆视听,就"没有了做人的资格"。针对的重点不同,意思其实是一样的。从阿Q对"假洋鬼子"的态度上,我们也看到了"义和团"运动留下的影响。"义和团"运动"发展到京、津、直隶并达到高潮时,团民在一些地区见教民就打,误杀了不少平日行为端正的信徒。义和团的'杀洋灭教''杀尽二毛子'把大批普通教民推向了绝境"②。事实上,很多不是教民的人,因为家里有"洋货"或跟"洋"沾点边就被捕杀。这种极端仇外、排外心理,祸及众多无辜,其影响一直延续到阿Q这里,所以他把"假洋鬼子"视为自己"最厌恶的一个人",也就可以理解了。如果赶上"义和团"运动,阿Q一定会积极参加,其暴虐行径,一定不会逊色,这在他革命的梦境中已经表露了出来。像阿Q这样的人,在当时普遍存在。《春蚕》中的老通宝一直痛恨洋鬼子,他和阿Q一样,认为那些"穿了洋鬼子衣服"的年轻人一定"私通洋鬼子":

> 五年前,有人告诉他:朝代又改了,新朝代是要"打倒"洋鬼子的。老通宝不相信。为的他上镇去看见那新到的喊着"打倒洋鬼子"的年青人们都穿了洋服。他想来这伙年青人一定私通洋鬼子,却故意来骗乡下人。③

---

① [美] 柯文:《历史三调——作为事件、经历和神话的义和团》,杜继东译,江苏人民出版社,2000,第137页。
② 于作敏:《重新认识晚清基督教民——兼评义和团运动中"打杀"教民现象》,《烟台大学学报(哲学社会科学版)》2005年第3期。
③ 茅盾:《春蚕》,载《茅盾全集》第8卷,人民文学出版社,1985,第316页。

只因为穿了洋服，即使嘴里喊着"打倒洋鬼子"，老通宝也不相信。老通宝的逻辑和阿Q的逻辑如出一辙。这说明这种逻辑在当时是十分盛行的。

三、套语与阿Q的爱国问题

阿Q腹诽"假洋鬼子"是"里通外国的人"，也就是"汉奸"，因而将他当作自己的"对头"，每次见了"一定在肚子里暗暗的咒骂"[1]。以常识推论，一个痛骂"汉奸"的人，一定是一个爱国者了。鲁迅在《论辩的魂灵》中模拟过这个逻辑："我骂卖国贼，所以我是爱国者。爱国者的话是最有价值的，所以我的话是不错的，我的话既然不错，你就是卖国贼无疑了！"[2]这自然是讽刺，从《阿Q正传》来看，这一推论也很难成立。阿Q送给钱大少爷的三个称号，其实都是流行的套语，也叫"套话"，它是一种"固定的，以不变形式重复使用的表达方法"[3]，其特点"是对精神和推理的惊人的省略，是一种恒定的预期理由：它显示出（并证明了）的是它原本应该证明的。它不仅是一个凝固文化的标志，还揭示出了一个重言、重复的文化，一切批评尝试此后都被排除在这个文化之外，以利于对某

---

[1] 鲁迅：《阿Q正传》，载《鲁迅全集》第1卷，人民文学出版社，2005，第522页。
[2] 鲁迅：《论辩的魂灵》，载《鲁迅全集》第3卷，人民文学出版社，2005，第31—32页。
[3] ［法］阿莫西、皮埃罗：《俗套与套语——语言、语用及社会的理论研究》，天津人民出版社，2003，第8页。

些本质化和歧视类型的确定"①。"套话"所指代的形象，是一种"社会集体想象物"（imaginaire social），它"会渗透进一个民族的深层心理结构中，并不断释放出能量，潜移默化地影响着后人对他者的看法"②。阿 Q 像一个搬运工一样，把这些套语搬来，扣在了钱大少爷头上，他自己也信以为真，就按照这些套话的指令行事。与其说是他在使用套话，不如说是他被套话支配着，没有自己的意志，所以他骂钱大少爷是"里通外国的人"绝不意味着他有一颗自觉的爱国心。因为中国现代的民族、国家意识，还没有渗透到他这里，他仅有的中国、外国的知识，其实都是套装的，他只能整块搬运着使用，没有能力拆解，这就意味着他的表达，其实是"被表达"，语言不是他的工具，反而他是语言的工具。这就提示我们，不能把他说的话，简单当成他内心想法的真实表达，他和"他说"常常处于分裂状态。当他说"儿子打老子"时，他不会真的把对方看作自己的儿子，他说"先前阔""将来阔"也只是掩饰自己的狼狈和无奈，并非他真的认为自己曾经阔过或者将来会发迹。他临死时说"二十年以后又是一个……"也不过是搬用一句套语，来掩饰自己的无力与恐惧，连他自己都不会相信，所以只说了半句。在他这里，语言常常只是一种装饰，借以遮住自己的难堪，保护自己脆弱的自尊。他对"假洋鬼子"的命名，其实也是出于这种本能，目的是显示自己的正确和高明，这就是他经常使用套语的根源。

---

① ［法］巴柔：《形象》，载孟华主编《比较文学形象学》，北京大学出版社，2001，第 161 页。
② 孟华：《试论他者"套话"的时间性》，载孟华主编《比较文学形象学》，北京大学出版社，2001，第 190 页。

从政治上来说，阿Q是一个摇摆不定的人。对于革命问题，他先是认为"革命便是造反，造反便是与我为难"，看上去俨然是一个朝廷的忠仆；但当他看到革命使百里闻名的举人老爷都害怕时，便神往起来，去找被他看作"汉奸"的"假洋鬼子"；被"假洋鬼子"拒之门外以后，他又想去告官，希望把"假洋鬼子"抓到县里，满门抄斩！而就在去见"假洋鬼子"之前，看到小D用一支竹筷盘起了辫子，他很愤怒："万料不到他也敢这样做，自己决不准他这样做！"这和"假洋鬼子"不准他革命岂不是异曲同工？但他没有自我反思的能力，这一切在他这里都是合理的，这就是"阿Q式的逻辑"。说到底，他就是一个流氓无产者，马克思对这一类人有过精彩分析："这个阶层是产生盗贼和各式各样罪犯的源泉"，他们的性格是极不稳定的，"虽能作出轰轰烈烈的英雄勋业和自我牺牲的事迹，但同时也能干出最卑贱的盗窃行为和最龌龊的卖身勾当"①。他们高喊爱国的时候，眼睛不停地盯着钱袋；他们勇敢冲锋的时候，期待着更高的回报；他们以群体的名义凌辱所谓敌人的时候，期待得到主子的赏赐。他就像一个陀螺一样随着鞭子起舞，而他的手里也有一根鞭子，随时准备抽打他人。在他革命成功的梦里，只有三项内容——杀人、劫掠财物和占有女人，"简单地说，便只是纯粹兽性方面的欲望的满足——威福，子女，玉帛，——罢了"②。因此，说阿Q爱国，其实是荒唐的，尽管他捕风捉影地

---

① [德]马克思:《1848年至1850年的法兰西阶级斗争》第2版，载《马克思恩格斯全集》第7卷，1959，第28页。
② 鲁迅:《五十九"圣武"》，载《鲁迅全集》第1卷，人民文学出版社，2005，第372页。

咒骂"里通外国的人"。阿Q到底是一个愚昧的人，率直任性，毫无遮拦，很不受人待见；当时清政府腐败无能，也无暇顾及他的"爱国心"，所以他没有捞到任何好处。但他的"子孙们"却把他的战法玩得精熟，靠这门生意发了大财。阿Q说"我的儿子会阔的多啦！"看来亦非虚言。

阿Q是中国流氓无产者的典型，懦弱卑怯而又凶狠残暴，一旦有机会让他获得主宰别人命运的权力，后果不堪设想。而他在落魄的时候，只能给"假洋鬼子"命名，在语言层面上获得满足。他给予钱大少爷的三个称谓，要表达的都不是句子本身的意义，只不过是空洞的能指，这就导致了"说话人的话语意义和句意并不匹配"，塞尔将这种情况称为"间接言语行为"："在间接言语行为中，说话人与受话人之间的沟通与其说是通过话语，不如说更多的是通过他们之间的共享背景（包括语言信息和非语言信息），加上一般推理和受话人的判断来实现的。"[1]"汉奸"话语流布、反洋教运动、"义和团"运动等，正是我们和阿Q（鲁迅？）之间"共享的背景"，也只有从这里入手，才能理解鲁迅赋予作品的话语政治和反讽诗学。

---

[1] ［美］约翰·R.塞尔：《表达与意义》，王加为等译，商务印书馆，2017，第46页。

"鲁迅传统"是"儒道合一"吗?[1]
——兼与宋剑华先生商榷

继承和发扬鲁迅传统,一直是鲁迅研究界的共识,也是鲁迅思想的价值和意义所在。但什么是鲁迅传统,至今言人人殊。过去人们讨论"鲁迅传统"的时候,都是在西方文化的框架中展开的,如王富仁指出:"鲁迅把目光投向了国民精神的思考,并形成了他最初的'立人'思想。鲁迅这种'立人'思想,不是儒家文化的'仁学'模式,它不是从君臣、父子、夫妇的关系中规定人的言行模式,而是从一个人的内在精神素质对一个人的考察;它也不同于道家文化的'道',它不是以人类的终极目标看待人、要求人,而是从人存在的现实性看待人、考察人的。不难看出,正是从这种'立人'思想出发,鲁迅的思想具有了不同于中国古代思想家的思想的特定的质的规定性,具有了感受和认识现实社会思想的特有的睿智性。"[2] 王富仁将鲁迅思想与儒道两家文化进行了剥离,强调其思想的原创性。朱寿

---

[1] 原刊于《东岳论丛》2022年第12期。
[2] 王富仁:《中国文化的守夜人——鲁迅》,人民文学出版社,2002,第111—112页。

桐将鲁迅的文化传统概括为"英哲文化观",这是一种"既不符合旧传统也有悖于新传统主流话语的英哲文化观",是尼采超人哲学的"中国版":"鲁迅的英哲观与尼采的超人学说有着精神上的传承。"① 严家炎、陈汉萍等人在反驳林毓生提出的"五四""全盘反传统主义"的时候,也承认"鲁迅反传统的彻底与激烈程度为历史上所未有,对传统负面性批判的深刻程度也为历史上所未有"②。虽然二人都强调了鲁迅对传统文化中优秀部分的继承,但也都没有否认鲁迅思想的"西化"特征。③ 同时,鲁迅与外国文学、文化之间的密切关系,一直是鲁迅研究界重点讨论的问题之一,鲁迅与尼采、陀思妥耶夫斯基、易卜生、拜伦、施蒂纳、阿尔志跋绥夫、果戈理等人的关系,也引起了广泛重视。鲁迅鲜明的反传统立场与对西方文化的推崇译介和接受,使研究者将鲁迅传统看作是西方文化影响下的产物,虽然它与中国传统文化有着无法割断的联系,但域外文化的影响是鲁迅传统得以产生的重要条件,这几乎成为鲁迅研究界的共识。但最近读到宋剑华先生的《关于"鲁迅传统"之我见》一文,颇感意外。该文指出:

> 我个人当然赞同继承和发扬"鲁迅传统",但我们首先要去弄清楚什么是"鲁迅传统"。这里面有一个关键性问题亟须解决,即:究竟应该将"鲁迅传统"置放于"西化"

---

① 朱寿桐:《孤绝的旗帜——论鲁迅传统及其资源意义》,文化艺术出版社,2005,第4页。
② 陈汉萍:《全盘反传统抑或改造传统:重审鲁迅与传统文化》,《社会科学战线》2010年第12期。
③ 严家炎:《"五四""全盘反传统"问题之考辨》,《文艺研究》2007年第3期。

启蒙的历史语境中，去阐释其与西方现代人文精神的思想关联性，还是应该将其置放于中国传统文化的历史长河中，去揭示其对传统文化的批判与承续呢？我个人当然是倾向于后一种做法……鲁迅一生都在致力反"传统"、批判"国民性"，其真正的意图无非是要救国民于蒙昧，说穿了仍是儒家"入世"思想的一种表现；而这种"举世皆浊我独清，众人皆醉我独醒"的清高人格，又是源自中国文人所固有的一种传统。所以我认为，"鲁迅传统"其实就是中国文人传统的自然延续，只不过这种"传统"不是静止在古代社会一成不变，而是以一种与时俱进、不断演化的表现方式，被涂抹上了一层浓厚的"西化"色彩罢了。①

此说作为一家之言，自有其存在的意义；在当下语境中强调鲁迅与传统文化之间的密切关系，也可以理解。但将"鲁迅传统"看作是中国传统文化的"一种与时俱进、不断演化的表现形式"，是我无法接受的。它违背了我对鲁迅思想的基本判断，更背离了我对鲁迅的基本认知。

"鲁迅传统"是什么，是中国传统文化的延续，还是西方文化冲击下的产物，其内涵和意义何在，是鲁迅研究中的"原点"性问题，也是继承鲁迅传统、弘扬鲁迅精神的基础和出发点，如果这个问题不能说清楚，继承"鲁迅传统"又从何谈起？

宋剑华先生的核心观点是："鲁迅传统"是"儒道合一"的，是中国传统文化的延续。理由有三：第一，鲁迅看似批孔

---

① 宋剑华：《关于"鲁迅传统"之我见》，《东岳论丛》2022年第12期。

反儒，实则是"批判儒家的儒家"；第二，鲁迅深受道家文化的影响，他崇尚的自由是道家的"逍遥"和"自然"观念的体现；第三，鲁迅及其"五四"一代人，虽然言必称西方，但他们对西方文化的了解是十分有限的，与其说是"西化"，不如说是"化西"，"故五四启蒙并不是什么'西方'照亮了中国，而是'西方'激活了启蒙精英潜意识中的'传统'"。在此基础上，他提醒说："'鲁迅传统'理应是中国文化传统的一个重要组成部分，如果我们脱离了民族文化传统去抽象地谈论'鲁迅传统'，不仅不能真正看清鲁迅思想的固有本质，而且还会将鲁迅研究引向歧途。"[1] 宋先生上述三点立论的依据，看似言之成理，实则都值得深入反思。

鲁迅对儒家文化的批判是众所周知的，他早年到日本留学，就是因为"绝望于孔夫子和他的之徒"[2]，之后在他的作品中，频繁出现讽刺、批判儒家文化的文字，《狂人日记》"意在暴露家族制度和礼教的弊害"[3]，《二十四孝图》对儒家的道德教化进行了无情的嘲弄与挖苦；提到孔子，虽也偶有尊敬之意，但多是调侃与讽刺，认为他不过是人们获取功名的"敲门砖"。对于孔子的学说，鲁迅总结说："孔夫子曾经计划过出色的治国的方法，但那都是为了治民众者，即权势者设想的方法，为民众本身的，却一点也没有。"[4] 也正是在这个意义上，他将中国文

---

[1] 宋剑华：《关于"鲁迅传统"之我见》，《东岳论丛》2022年第12期。
[2] 鲁迅：《在现代中国的孔夫子》，载《鲁迅全集》第6卷，人民文学出版社，2005，第326页。
[3] 鲁迅：《〈中国新文学大系〉小说二集序》，载《鲁迅全集》第6卷，人民文学出版社，2005，第247页。
[4] 鲁迅：《在现代中国的孔夫子》，载《鲁迅全集》第6卷，人民文学出版社，2005，第329页。

化称为"侍奉主子的文化","保存旧文化,是要中国人永远做侍奉主子的材料,苦下去,苦下去"①。宋先生自然知道鲁迅这些反孔批儒的言论,他强调的是中国文化是中国人的集体无意识,鲁迅虽然批判传统文化,但作为一个中国人,他无法摆脱传统文化的影响,最直接的证据,就是他积极启蒙救亡,是儒家入世精神的体现。此前林毓生也有类似的说法:"什么是'五四'精神?那是一种中国知识分子特有的入世使命感。这种使命感是直接上承儒家思想所呈现的'先天下之忧而忧,后天下之乐而乐'与'家事、国事、天下事、事事关心'的精神的。"② 在他们看来,中国传统文化就像如来佛的手掌,反传统主义者无论怎样叛逆、怎样挣扎,都无法挣脱传统的掌控。如果真是这样,中国传统文化就真成了鲁迅所说的"黑色染缸"了,什么颜色进来,都会被染成黑色。事实上,儒家的入世精神与道家的出世精神是相对而言的,没有出世之说,何来入世之论?所以儒家的"入世"只有与道家"出世"对举才有意义。如果脱离了这一对哲学范畴,单纯讨论儒家的"入世"就会将问题泛化,把凡是想做点事的,都统统归到"入世"上来,这显然是不严肃的。孔子所代表的"知其不可而为之""发愤忘食、乐而忘忧"的所谓入世精神,其实是人类普遍价值的一部分。正像邓晓芒说的那样:"普遍价值可以涵盖儒家价值,儒家价值却不一定能够涵盖普遍价值;但儒家价值里面可以具有普

---

① 鲁迅:《老调子已经唱完》,载《鲁迅全集》第7卷,人民文学出版社,2005,第326页。
② 林毓生:《"五四"式反传统思想与中国意识的危机——兼论"五四"精神、"五四"目标与"五四"思想》,载《中国传统的创造性转化》,生活·读书·新知三联书店,2011,第169页。

遍价值的成分，或者可以作普遍价值的理解。"① 无论是中国还是外国，无论是儒家文化圈还是其他文化圈，积极作为、建功立业，都是社会主流的价值观，没有这样一种精神，人类社会何来进步？苏格拉底甘愿做雅典的一只牛虻，死而无悔，这与孔子的弘道精神何其相似；马克思不惧与当时的统治阶级为敌，发奋著书立说，领导工人运动，这种牺牲、奉献精神与孔子无关，但这种"博施于民而能济众"的精神与儒家的入世精神又何其相似！所以说，儒家提倡入世，并非所有入世之人都与儒家有关。作为一种生命哲学，儒家的一整套伦理体系包含了人类普遍价值的最小公分母，如仁义礼智信等，在各民族中都是十分重要的人生准则。鲁迅生活在民族危亡时代，自然心忧天下，有启蒙救世之心。他无论怎样批评儒家学说，也不可能拒绝入世，因为这是一个人价值实现的唯一方式，所以不能据此认为鲁迅仍然处在儒家文化的框架之中。从鲁迅的言论看，他积极投身启蒙事业之中，不惜与绝望抗战，恰恰不是继承儒家传统，而是相反。他解释说："我看中国书时，总觉得就沉静下去，与实人生离开；读外国书——但除了印度——时，往往就与人生接触，想做点事。""中国书虽有劝人入世的话，也多是僵尸的乐观；外国书即使是颓唐和厌世的，但却是活人的颓唐和厌世。"② "中国书"不但不能使他入世，反而让他"沉静下去"，所以说把鲁迅的启蒙事业看作是儒家入世精神的传承，与鲁迅自己的表白正好南辕北辙。

---

① 邓晓芒：《批判与启蒙》，崇文书局，2019，第9页。
② 鲁迅：《青年必读书》，载《鲁迅全集》第3卷，人民文学出版社，2005，第12页。

与儒家文化相比，鲁迅对道家文化和道教更是深恶痛绝，他早年在日本留学时就痛斥老子"宁蜷伏堕落而恶进取"的思想："老子书五千语，要在不撄人心；以不撄人心故，则必先自致槁木之心，立无为之治"①，造成了文人的惰性。《故事新编》中的《起死》和《出关》两篇，反映了他对这两位道家始祖的讽刺和挖苦，一个借助"此亦一是非，彼亦一是非"的狡辩掩盖自己的自私和冷酷；一个"好像一段呆木头"，讲座不过是"一场白嚼蛆"，在书记眼中，他的"讲义""连五个饽饽的本钱也捞不回"②。至于说鲁迅文学受到庄子的影响，主要是在语言、修辞、风格层面，不是思想层面。作为散文，《庄子》汪洋恣肆的想象，对任何文人都有吸引力，遑论鲁迅。现在我们把鲁迅传统概括为"儒道合一"，不能不说严重违背了鲁迅的初衷，与事实也不吻合。《狂人日记》可以看作是对"儒道合一"的双向批判。鲁迅在谈到这篇小说创作初衷的时候说："前曾言中国根柢全在道教，此说近颇广行。以此读史，有多种问题可以迎刃而解。后以偶阅《通鉴》，乃悟中国人尚是食人民族，因成此篇。"③"以此读史"和"后以偶阅"两句，明确是在说以"中国根柢全在道教"来读《资治通鉴》，悟出"中国人尚是食人民族"。小说发表后，吴虞等人将《狂人日记》的主题看作是批判礼教吃人，鲁迅也认可了这种说法，所以在为《中国新文学大系》撰写导言的时候，就将小说的主题归结为"暴露家族

---

① 鲁迅：《摩罗诗力说》，载《鲁迅全集》第1卷，人民文学出版社，2005，第69页。
② 鲁迅：《出关》，载《鲁迅全集》第2卷，人民文学出版社，2005，第463页。
③ 鲁迅：《180820 致许寿裳》，载《鲁迅全集》第11卷，人民文学出版社，2005，第365页。

制度与礼教的弊害"。对鲁迅来说,《狂人日记》始于批判道教,终于批判儒家礼教,对"儒道合一"的传统文化进行了双向批判:"大哥"作为家中的主宰,不仅吃了妹妹的肉,还布置好了吃"我"的罗网,这是对家族制度的揭露。小说还历数了中国历史上吃人的事实:"易牙蒸了他儿子,给桀纣吃,还是一直从前的事。谁晓得从盘古开辟天地以后,一直吃到易牙的儿子;从易牙的儿子,一直吃到徐锡林;从徐锡林,又一直吃到狼子村捉住的人。去年城里杀了犯人,还有一个生痨病的人,用馒头蘸血舐。"[①] 易牙蒸子是为了效忠齐桓公,不是桀纣,这属于狂人的笔误。这个故事是儒家提倡的"忠君"的一种极端形式。徐锡麟为了推翻封建专制统治而被杀、被食,也可以看作是对儒家道统罪恶的揭露,小说中还提到割股疗亲,是对儒家孝道迷信的讽刺。狼子村的人认为吃了恶人的心肝可以壮胆,城里的人认为人血馒头可以治病,这基本都是道教巫术影响的结果。在"吃人"问题上,确实是"儒道合一"。所以《狂人日记》射出两支响箭:一支飞向道教,一支飞向儒家,是对中国"儒道合一"传统的总体否定。鲁迅追求的自由看似跟道家的"逍遥""自由"有相似之处,实际上有着根本区别。老子的"绝圣弃智"和庄子式的"逍遥"都是强调个人内心的自由,都是拒绝参与社会竞争、变革,倡导无为而治的自由。这种"无待"自由"只能是以想象的自由活动来代替现实的真实性的纯粹精神自由","是一种虚假的、遐想的自由"[②]。鲁迅的"自由"观

[①] 鲁迅:《狂人日记》,载《鲁迅全集》第1卷,人民文学出版社,2005,第452页。
[②] 赵明:《道家思想与中国文化》,吉林大学出版社,1986,第85—86页。

念是尼采、施蒂纳式的个人自由，近乎"个人的无治主义"，他解释说："人必发挥自性，而脱观念世界之执持。惟此自性，即造物主。惟有此我，本属自由。"① 这是一种极端的个人主义，是他理想中"精神界之战士"的精神特征，是其启蒙主义的重要依仗，不仅不同于道家的自由，与胡适等人提倡的宪政民主和政治自由，也有着根本的不同，但其来源是西方的生命意志哲学。郜元宝就看到了这一思想的西方根源，他指出："鲁迅的自由思想看上去似乎是非西方和反西方的，其实，他比那些以全盘西化为己任的自由主义者更接近西方自由思想的本质。"② 所以将鲁迅的自由与道家的自由或逍遥进行比附，是一个极大的误会。

如果说鲁迅身上有一些中国传统思想的遗留，这是无须质疑的，他自己就说过："因为我觉得古人写在书上的可恶思想，我的心里也常有，能否忽而奋勉，是毫无把握的。我常常诅咒我的这思想，也希望不再见于后来的青年。"③ 他也说过灵魂里有"毒气"和"鬼气"④，想除去而不能。这充分说明，鲁迅是一位清醒的批判者，也是一位清醒的反思者，他知道自己的思想状况，更知道自己的文化、思想方向，他从未停止过对自我的反思和解剖。传统思想的遗留证明了鲁迅思想的复杂性和矛盾性，但作为一种思想形态，我们要看其主导方向，不能舍本

---

① 鲁迅：《文化偏至论》，载《鲁迅全集》第1卷，人民文学出版社，2005，第52页。
② 郜元宝：《鲁迅与中国现代自由主义》，《书屋》1999年第2期。
③ 鲁迅：《写在〈坟〉后面》，载《鲁迅全集》第1卷，人民文学出版社，2005，第302页。
④ 鲁迅：《240924 致李秉中》，载《鲁迅全集》第11卷，人民文学出版社，2005，第453页。

逐末、以偏概全。

"鲁迅传统"是在中西文化交流中形成的一种新的思想形态，其核心是"立人"，其手段是"尊个性而张精神"，其目的是将中国这个"沙邦之聚"转为"人国"，"人国既建，乃始雄厉无前，屹然独见于天下"[1]。这一思想形态，是中国从未有过的"人种"改良工程，只是要改良的不是身体而是精神。很显然，这一计划的资源，主要是来自西方的"个性主义""人道主义"和"进化论"思想。如果说儒道文化在其中发挥了作用，那只能是作为负性背景提供了反向的力量。不仅如此，儒道文化正是这一"人种"改良计划所要清除的对象："所谓中国者，其实不过是安排这人肉的筵宴的厨房。不知道而赞颂者是可恕的，否则，此辈当得永远的诅咒！"[2] "扫荡这些食人者，掀掉这筵席，毁坏这厨房，则是现在的青年的使命！"[3] 在这"厨房"里炮制人肉筵席的，儒家和道家的文化传统无疑发挥着核心作用。至于说鲁迅等"五四"人物对西方文化的了解不够深入系统，所以受到的影响也有限，这只是一种"合理性"的猜测，并无事实依据。鲁迅在南京求学时就接触新知识，除了阅读严复的《天演论》外，"他的书单里有了孟德斯鸠的《法意》，斯宾塞的《群学肄言》，甄克思的《社会通诠》，《穆勒名学部甲》等严译名著，也有了另一些西方社会科学名著。鲁迅去日本留学带了一些书。其中有《汉魏丛书》《古文苑》那样的传统典籍，又有《中西记事》《科学丛书》《日本新政考》等，而且有

---

[1] 鲁迅：《文化偏至论》，载《鲁迅全集》第1卷，人民文学出版社，2005，第57页。
[2] 鲁迅：《灯下漫笔》，载《鲁迅全集》第1卷，人民文学出版社，2005，第228页。
[3] 鲁迅：《灯下漫笔》，载《鲁迅全集》第1卷，人民文学出版社，2005，第229页。

谭嗣同的《仁学》。从这些书，可以看到鲁迅在结束南京学业时的知识结构。他已经不再是1898年到南京来时的周樟寿，而是一个头脑中有了新知识和新思想的周树人。"[1] 到日本以后，鲁迅更是大量阅读各类书籍，尤其是弃医从文后，回到东京，进入自由阅读的时期，成为他接受西学的一个重要阶段。从《文化偏至论》《摩罗诗力说》等文章中就不难看出，在东京的三年多时间内，鲁迅集中阅读了大量西方书籍，尼采、施蒂纳、克尔凯郭尔、叔本华等思想家的著作是他所偏爱的。也许正是这段时间的集中阅读、思考，使他形成了自己较为稳定的文化观，"立人"之论也由此诞生。至于鲁迅是否对这些他偏爱的思想家有着深入的了解，其实并不重要。对鲁迅这一代中国知识分子来说，接触西学的目的是寻找济世救民的良方，不是为了精研学术或探求思想，所以他们可能靠一知半解就能学以致用。对这一代人来说，西方思想中的民主、科学、自由、平等等观念，足以让他们有醍醐灌顶之感，便幡然思变。鲁迅回忆读《天演论》时的感受，就清楚地说明了这一点："……看新书的风气便流行起来，我也知道了中国有一部书叫《天演论》。星期日跑到城南去买了来，白纸石印的一厚本，价五百文正。翻开一看，是写得很好的字，开首便道：'赫胥黎独处一室之中，在英伦之南，背山而面野，槛外诸境，历历如在机下。乃悬想二千年前，当罗马大将恺彻未到时，此间有何景物？计惟有天造草昧……'哦！原来世界上竟还有一个赫胥黎坐在书房里那么想，而且想得那么新鲜？一口气读下去，'物竞''天择'也出来了，苏格

---

[1] 李新宇：《鲁迅的新学学历》，《齐鲁学刊》2021年第3期。

拉第,柏拉图也出来了,斯多噶也出来了。"① 这种"新鲜"的阅读感受,具有强大的冲击力,足以改变既有的观念,无须进行精研深凿。他后来说的"将来必胜于过去,青年必胜于老人"②,也仅是进化论的皮相之见,但进化理念对鲁迅的影响则是深远的。"鲁迅传统"是"五四"以来中国现代文化传统的核心部分,代表了"五四"以后中国现代文化的发展方向。无论从其构成还是从其形态来看,都不是中国传统文化的自然承续,而是鲁迅在广泛涉猎西方文化的基础上,针对中国社会的具体状况,建构起来的思想体系,其中有着传统文化的遗留,但其主要思想资源是西方的。自然,被我们称为"鲁迅传统"的观念体系,不是一成不变的教条,而是有一个变化过程,但其核心部分是稳定的。拉卡托斯在研究科学史的时候提出一个"硬核"的概念,他认为一切科学研究纲领都有一个"硬核",在这个"硬核"的周围有一个"保护带"。当一种研究纲领遇到挑战的时候,"保护带""必须在检验中首当其冲,调整、再调整,甚至全部被替换,以保卫因而硬化了的内核"③。"鲁迅传统"有一个"硬核"就是"立人",围绕这一硬核的"保护带"则随着时代的变化与鲁迅个人思想的变化不断地在调整。在日本时期,鲁迅带有一定的"复古"倾向,他强调"文明根旧迹而来",提出"外之既不后于世界之思潮,内之仍弗失固有之血

---

① 鲁迅:《琐记》,载《鲁迅全集》第2卷,人民文学出版社,2005,第305—306页。
② 鲁迅:《〈三闲集〉序言》,载《鲁迅全集》第4卷,人民文学出版社,2005,第5页。
③ [英]伊姆雷·拉卡托斯:《科学研究纲领方法论》,兰征译,上海译文出版社,2005,第56页。

脉，取今复古，别立新宗"① 的文化战略。凡是强调鲁迅与中国古代文化关系密切的研究者，多依此立论。但当时鲁迅的"复古"明显是受到章太炎的影响。1906 年章太炎出狱后到东京，留学生召开欢迎会，章太炎做了演讲，强调两件事："第一是用宗教发起信心，增进国民的道德；第二是用国粹激动种性，增进爱国的热肠。"② 在谈到"提倡国粹"的时候，章太炎指出："为甚提倡国粹？不是要人尊信孔教，只是要人爱惜我们汉种的历史。这个历史，是就广义说的，其中可以分为三项：一是语言文字，二是典章制度，三是人物事迹。近来有一种欧化主义的人，总说中国人比西洋人所差甚远，所以自甘暴弃，说中国必定灭亡，黄种必定剿绝，因为他不晓得中国的长处，见得别无可爱，就把爱国爱种的心，一日衰薄一日。"③ 章氏当时在留学生中享有崇高威望，其演讲稿在《民报》发表后，在留学生中产生很大影响。鲁迅的《文化偏至论》《破恶声论》等早期文字中，明显留有章太炎影响的痕迹。鲁迅早期的复古倾向还有两个原因：一是他当时身处日本，心中难免有故国之思，容易将与祖国有关的一切美化；二是受到排满的影响。当时的留日学生界排满情绪高涨，民族主义情绪盛行，也必然会对鲁迅产生影响。鲁迅发表论文的《河南》杂志，就弥漫着民族主义和复兴民族文化的气息，如第一期翻开封面就是岳鄂王、豫让、聂政和姐姐聂嫈的画像，第二期刊有墨子、"易水送别"的图

---

① 鲁迅：《文化偏至论》，载《鲁迅全集》第 1 卷，人民文学出版社，2005，第 57 页。
② 章太炎：《东京留学生欢迎会演说辞》，载陈平原选编、导读《章太炎的白话文》，贵州教育出版社，2001，第 112 页。
③ 章太炎：《东京留学生欢迎会演说辞》，载陈平原选编、导读《章太炎的白话文》，贵州教育出版社，2001，第 115 页。

画,其用意非常明显。辛亥革命之后,鲁迅看到袁世凯称帝、张勋复辟等历史闹剧,都借"尊孔读经"做粉饰,致使他对传统文化更是深恶痛绝,成为一位决绝的反传统主义者。他在《新青年》上发表的系列杂文,成为投向传统文化的重磅炸弹,尤其是《灯下漫笔》系列,跟其小说相互映照,将传统文化的弊端暴露无遗。

强调"鲁迅传统"与中国传统文化之间的异质性,并非为了强调对立,将孔、鲁变成不能并存的文化敌人,而是强调"鲁迅传统"本身具有的反叛性和批判性。钱理群在谈到孔、鲁关系时指出,鲁迅和孔子有重大分歧,也有精神相通的地方,所以"从孔子到鲁迅,实际上是构成了一个传统的。我们民族好不容易有了一个孔子,有了一个鲁迅,这都是民族文化精华,宝贵遗产,理应是我们民族的骄傲"[1]。从孔子到鲁迅,构成了一个中国文化传统,这是毋庸否认的事实,但"构成一个传统"并不意味着有内在的统一性,就像从弓箭到导弹、从煤油灯到电灯、从马车到高铁、从望闻问切到现代医学,都构成了一个传统,但这个传统的"现代"部分不是"古代"部分包孕的产物,而是从西方"拿来"的新事物。对鲁迅而言,儒家思想是他极力想甩掉的包袱,是让他时时感到痛苦的"毒气"和"鬼气"的一部分,所以把鲁、孔纳入到一个传统的时候,不能在内涵上强行将鲁迅塞入中国传统文化的框架之中。从这个意义上说,王富仁提出的"新国学"概念显得很

---

[1] 钱理群:《如何对待从孔子到鲁迅的传统》,载《鲁迅与当代中国》,北京大学出版社,2017,第505页。

有智慧,这一个"新"字,表明了"归顺"传统国学谱系的崭新姿态:既要归队,也要保持自身的"新",不能被收编、被同化。

当前,复兴传统文化的氛围越来越浓,所谓国学、国粹越来越受重视,在这种情势下,鲁迅研究应该保持清醒,不能被这种时代思想所裹挟,将鲁迅"传统化"。同时,很多研究者出于"好心"为鲁迅辩护,强调鲁迅对传统文化的继承和创新,试图将鲁迅看作是中国传统文化现代性转换的重镇,生长在中国传统文化的延长线上。这类研究可谓用心良苦——试图调和鲁迅与传统文化之间的对立。殊不知,鲁迅对这种调和论一向是深恶痛绝的:"自从新思潮来到中国以后,其实何尝有力,而一群老头子,还有少年,却已丧魂失魄的来讲国故了,他们说,'中国自有许多好东西,都不整理保存,倒去求新,正如放弃祖宗遗产一样不肖。'抬出祖宗来说法,那自然是极威严的,然而我总不信在旧马褂未曾洗净叠好之前,便不能做一件新马褂。"[①]所以为鲁迅辩护所坚持的理论正义,无法掩盖鲁迅彻底反传统的事实,他和孔子在时间上构成了一个前后相继的民族文化传统,但他与"五四"同人创作的是一个新传统——一个与传统文化迥然有异的新传统。

1926 年,朱光潜撰文说,要写好白话,必须认真阅读上好的古文,他列举了胡适、吴稚晖、鲁迅等人为例,来说明这一问题[②]。鲁迅看到了这篇文章,写下了自己的感受:"新近看见

---

① 鲁迅:《未有天才之前》,载《鲁迅全集》第 1 卷,人民文学出版社,2005,第 175 页。
② 明石(朱光潜):《雨天的书》,《一般》1926 年第 1 卷第 3 号。

一种上海出版的期刊,也说起要做好白话须读好古文,而举例为证的人名中,其一却是我。这实在使我打了一个寒噤。"① 如果他知道他开创的文化传统被归结为"儒道合一"的话,可能就不是打一个"寒噤"的问题了。

---

① 鲁迅:《写在〈坟〉后面》,载《鲁迅全集》第1卷,人民文学出版社,2005,第301页。

"说/被说"：鲁迅小说中的舆论研究[①]

钱理群等人编写的《中国现代文学三十年》将《呐喊》《彷徨》的情节结构模式概括为两大类型："看/被看"与"离去—归来—再离去"[②]。这一概括影响深远，尤其"看/被看"的关系，被广泛引用，为解读鲁迅小说提供了一个重要视角。但从鲁迅小说来看，这一概括是远远不够的。鲁迅重视舆论描写，经常将人物置于"说/被说"的关系之中，这是比"看/被看"更为重要的一种叙事结构模式。鲁迅小说中频繁出现从"看/被看"到"说/被说"再到"吃/被吃"的动态过程，在这一过程中，"说/被说"起着关键作用。

一、现代舆论观念的传播与鲁迅的舆论思想

"舆论"一词，最早见于《三国志》："设其傲狠，殊无入志，惧彼舆论之未畅者，并怀伊邑。"[③] 其意为"舆人之论"，

[①] 原刊于《吉林大学社会科学学报》2022年第4期。
[②] 钱理群、温儒敏、吴福辉：《中国现代文学三十年（修订本）》，北京大学出版社，1998，第31页。
[③] 《三国志·魏书·王朗传》，载《裴松之注三国志》，天津古籍出版社，2009，第140页。

"舆人"是指庶人,即下层民众。但在古代典籍中,该词的使用频率不高。直到19世纪后期,迫于王朝陡危,加上受传教士办报风气影响,中国知识界开始创办现代意义上的报刊,王韬、容闳、伍廷芳等人是中国人办报的先驱,后来被称为"民国第一大报"的《申报》也于1872年4月30日创办。甲午战争失败以后,"受高涨的爱国热潮的激发,中国报刊上的新时代来临了,自此直到1911年辛亥革命的这段时间,堪称中国新闻史上的黄金时代"[1]。随着现代报刊业的兴盛,"舆论"一词常见于报端。作为"舆论界之骄子"的梁启超,将舆论与中国的政治变革联系起来,使这一传统词汇获得了新的生命。梁启超认为:"凡欲为国民有所尽力者,苟反抗于舆论,必不足以成事","故世界愈文明,则豪杰与舆论愈不能相离"[2]。梁启超对舆论的重视,使舆论成为报界的热词,进入大众视野。到1908年前后,舆论"开始成为西语public opinion的对译词汇,并在广泛的使用与讨论中初步实现其传统语义的现代转化,开始作为一个近代概念传播开来"[3]。

清末论者在讨论舆论的时候,主要是看中了舆论的力量,并试图借之推动政治改革,但梁启超也意识到"俗论妄论之误国人,中外古今,数见不鲜",所以他提出"健全之舆论"的概念,把"常识""真诚""直道""公心""节制"看作"健全

---

[1] 林语堂:《中国新闻舆论史——一部关于民意与专制斗争的历史》,刘小磊译,上海人民出版社,2008,第99页。
[2] 梁启超:《舆论之母与舆论之仆》,《新民丛报》1902年第1号。
[3] 段然:《"舆论/public opinion?":一个概念的历史溯源》,《新闻传播研究》2019年第11期。

舆论"的"五本",另外又列出了"忠告""向导"等"八德"①。变法失败以后,梁启超曾把小说当作救国工具,舆论也是他在政治穷途抓到的一根救命稻草。汪馥炎虽然也意识到舆论"可福社会者,亦可贼社会也",但他还是强调"是欲改良社会,莫良于矫正舆论以为阶梯焉"②。舆论固然在社会变革中能够发挥作用,但它是双刃剑,所以引导、营造健全之舆论,成为晚清士人的共识。

光绪三十二年(1906),皇帝下诏仿效日本实行宪政,其中赫然写着"大权统于朝廷,庶政公诸舆论"③的句子,"舆论"一词与宪政改革紧密相连,再次引发了人们对舆论的热烈讨论,使舆论成为实施宪政过程中沟通朝廷与民间的重要桥梁,这时来自西方的宪政知识为中国文人理解舆论提供了支撑,使舆论一词的含义变得更加丰富,"逐渐被赋予了国人参政、平民政治、限权政府的现代意蕴"④。

辛亥革命以后,言论自由被写入宪法,舆论在形式上获得了法律保障。但是,袁世凯称帝与张勋复辟的闹剧,无不有真的或假的舆论加持,于是人们痛切意识到舆论堕落的可怕:"有所言论,今日涂塞满纸,明日即成覆瓦,几无丝毫诚意……沦没于压力之下,如若敖氏之鬼焉。"⑤ 1918年,《新青年》四卷

---

① 梁启超:《〈国风报〉叙例》,《国风报》1910年第1卷第1号。
② 汪馥炎:《社会与舆论》,《甲寅》1914年第1卷第4期。
③ 故宫博物院明清档案部:《清末筹备立宪档案史料(上册)》,中华书局,1979,第43—44页。
④ 段然:《"舆论/public opinion?":一个概念的历史溯源》,《新闻传播研究》2019年第11期。
⑤ 刘慎德:《今日中国舆论之堕落》,《复旦》1918年第6期,第5—9页。

六号出版"易卜生号",胡适在《易卜生主义》中对舆论提出了批评:"那些不懂事又不安本分的理想家,处处和社会的风俗习惯反对,是该受重罚的。执行这种重罚的机关便是'舆论',便是大多数的'公论'。世间有一种最通行的迷信,叫做'服从多数的迷信',人都以为多数人的公论总是不错的。易卜生绝对的不承认这种迷信。"① 同期发表的易卜生的剧本《国民之敌》是胡适观点的佐证。剧中的斯铎曼脱玛医生发现了浴场导致浴者患病的真相,当他要将其公之于众的时候遭受了权力的迫害和舆论的攻击,他成了为捍卫真理而被孤立起来的"国民之敌"。舆论在剧中成为权力扼杀真理的帮凶。之后,陈独秀发表《反抗舆论的勇气》,认为"舆论就是群众心理底表现,群众心理是盲目的,所以舆论也是盲目的……然而社会底进步或救出社会底危险,都需要有大胆反抗舆论的人,因为盲目的舆论大半是不合理的"②。在"五四"启蒙语境里,反抗舆论成为文化启蒙的重要面向,也被看作是"易卜生主义"的精髓。自然,这一时期人们对舆论的认识也有很大分歧,由于受到杜威的影响,罗家伦认为"各国真正的舆论,都是以大学为重心的"。他所说的舆论,"不是少数人的私见,也不是群众的心理,乃是少数的思想,有科学的根据,经过公开精密的讨论,由讨论得着的结果,仍然是为了多数人的幸福"③。从事舆论研究的学者徐宝璜认为,"舆论者,在社会上占多数之关于公共问题之自由的

---

① 胡适:《易卜生主义》,《新青年》1918年第4卷第6号。
② 陈独秀:《反抗舆论的勇气》,《新青年》1921年第9卷第2期。
③ 罗家伦:《舆论的建设》,《新潮》1920年第2卷第3期。

意见也"[①]。他主张新闻纸应该通过报道真相、采访专家名人、发表精确之社论来创造舆论。对舆论的不同理解，决定了人们对待舆论的态度。"五四"之后，舆论问题一直备受作家文人关注，与现代文学的发展发生着密切联系。

当舆论问题进入中国社会，引起知识界广泛讨论的时候，鲁迅对舆论持何态度，对其文学创作又产生了怎样的影响，这是本文重点考察的问题。

鲁迅1902年到日本留学，就在这一年，梁启超在日本先后创办《新民丛报》和《新小说》杂志，提倡"新民"和"小说界革命"。鲁迅当时是这两份报刊的忠实读者，不仅自己读，还寄回绍兴让周作人读。梁启超在《新民丛报》1902年第1号上发表的《舆论之母与舆论之仆》，鲁迅应该是能读到的。而当时日本作为一个立宪国家，舆论在社会生活中的作用，鲁迅也是能够观察到的，所以舆论问题对当时的鲁迅来说并不陌生。在1907年撰写的《摩罗诗力说》中，他谈到了对舆论的认识：

……若裴伦者，即其一矣。其言曰，硗确之区，吾侪奚获耶？（中略）凡有事物，无不定以习俗至谬之衡，所谓舆论，实具大力，而舆论则以昏黑蔽全球也。此其所言，与近世诺威文人伊孛生（H. Ibsen）所见合，伊氏生于近世，愤世俗之昏迷，悲真理之匿耀，假《社会之敌》以立言，使医士斯托克曼为全书主者，死守真理，以拒庸愚，

[①] 徐宝璜：《舆论之研究》，《北京大学月刊》1920年第1卷第7期。

终获群敌之谥。①

鲁迅完全认同拜伦对舆论的判断：舆论虽然"实具大力"，但有"以昏黑蔽全球"之害，随即他又谈到了易卜生和他的《社会之敌》，充分肯定了医士斯托克曼"死守真理，以拒庸愚"的精神。同时期写的《文化偏至论》虽然没有使用舆论一词，但相似的意思还是表达得很充分。他提倡"尊个性而张精神"，呼唤"先觉善斗""卓尔不群"之士，反对众数对个人的压迫，他分析说："……见异己者兴，必借众以陵寡，托言众治，压制乃尤烈于暴君。此非独于理至悖也，即缘救国是图，不惜以个人为供献，而考索未用，思虑粗疏，茫未识其所以然，辄饭依于众志……"② 他将"独异的个人"与民众对立起来，其中的"众治""众志"跟舆论的意思是相近的。在《破恶声论》中，他表示："故今之所贵所望，在有不和众嚣，独具我见之士，洞瞩幽隐，评骘文明，弗与妄惑者同其是非，惟向所信是诣，举世誉之而不加劝，举世毁之而不加沮，有从者则任其来，假其投以笑侮，使之孤立于世，亦无慑也。"③ "举世誉之""举世毁之"说的就是舆论对个人的赞誉或诋毁。这说明鲁迅没有像梁启超一样，将舆论分为"健全的舆论"和非健全的舆论，而是将来自多数的人的毁誉（舆论）视作落后、愚昧的产物，将独立的个人看作社会发展、进步的希望。他后来在杂文中重申了这一立场："假如是一个腐败的社会，则从他所发生的当然

---

① 鲁迅：《摩罗诗力说》，载《鲁迅全集》第1卷，人民文学出版社，2005，第81页。
② 鲁迅：《文化偏至论》，载《鲁迅全集》第1卷，人民文学出版社，2005，第46页。
③ 鲁迅：《破恶声论》，载《鲁迅全集》第8卷，人民文学出版社，2005，第27页。

只有腐败的舆论，如果引以为鉴，来改正自己，则其结果，即非同流合污，也必变成圆滑。"① 鲁迅对舆论的态度，与胡适、陈独秀的看法十分相似。对鲁迅而言，《新青年》高举的思想启蒙旗帜及其对舆论的批判，是他青年时代旧梦的复活，使他回忆起那些"已逝的寂寞的时光"，所以他愿意"听将令"，呐喊几声，"聊以慰藉那在寂寞里奔驰的猛士，使他不惮于前驱"②。但年轻时梦的破灭，使他对《新青年》的努力并不抱多大希望。

"五四"之后，已成文坛名家的鲁迅时常陷入舆论的旋涡，也常常为流言或谣言中伤。他的很多杂文都是为了反击舆论或流言、谣言所作。而他少年时期被流言伤害的记忆一直刻骨铭心，这使他对舆论、流言或谣言十分敏感。这里涉及舆论、流言、谣言三个概念，事实上，这三个概念的边界有时并不清晰。就舆论和谣言而言，早有论者指出：

> 舆论是比较合理的，谣言是不合理的，舆论是群众意见的组合，多少是理智的；谣言只是一种心意的流传，没有经过讨论与组合，当然是不合理的。但是舆论产生于公众或群众之中，代表公众或群众之比较积极方面的意见；谣言也是产生于公众或群众之中，它所表示的是公众或群众之比较消极方面的意见。在心理的基础上说，舆论与谣言并无大的差异，不过其可靠的程度上有其差异而已。③

---

① 鲁迅：《〈书斋生活与其危险〉译者附记》，载《鲁迅全集》第10卷，人民文学出版社，2005，第304页。
② 鲁迅：《〈呐喊〉自序》，载《鲁迅全集》第1卷，人民文学出版社，2005，第441页。
③ 陈定闳：《舆论与谣言》，《创进》1948年第1卷第18期。

这自然是一家之言，舆论有时代表的不一定就是积极方面的意见，谣言有时会变成准确的预言，但二者之间的密切关系，这里还是说得很清楚的。至于流言和谣言的关系则更为密切，有时被认为是同一个概念的两种表达方式。《辞海》对"流言"的解释是："散布没有根据的话"，"亦指谣言"①。故而有研究者认为："无论从今之谣言、流言之意，还是从古之谣言、流言之义，对谣言和流言进行严格区分是没有必要的。"② 也有人认为："相比于谣言，流言发生的情境要更为微观、具体、切近和实在。"③ 从鲁迅的文章来看，舆论、谣言、流言有时是混合使用的，如他在《谈所谓"大内档案"》一文中说："他（指夏曾佑——引者注）是知道中国的一切事万不可'办'的；即如档案罢，任其自然，烂掉，霉掉，蛀掉，偷掉，甚而至于烧掉，倒是天下太平；倘一加人为，一'办'，那就舆论沸腾，不可开交了。结果是办事的人成为众矢之的，谣言和谗谤，百口也分不清。所以他的主张是'这个东西万万动不得'。"④ 这里的"舆论"跟"谣言和谗谤"其实是一个意思。在《记念刘和珍君》中，鲁迅道："惨象，已使我目不忍视了；流言，尤使我耳不忍闻。"这里的"流言"其实就是谣言，也指当时有关女师大

---

① 夏征农、陈至立主编：《辞海》第6版彩图本第2分册，上海辞书出版社，2009，第1423页。
② 程中兴：《谣言、流言研究——以话语为中心的社会互动分析》，博士学位论文，上海大学，2007，第5页。
③ 李智：《谣言、流言和传说——人类意义生产的三种非常信息传播形态》，《北京行政学院学报》2011年第2期。
④ 鲁迅：《谈所谓"大内档案"》，载《鲁迅全集》第3卷，人民文学出版社，2005，第588页。

风潮的舆论。自然,这并不意味着这三个概念就可以随意混用,事实上,三个概念内涵上呈交叉关系,各有侧重,感情色彩也有很大不同。相对而言,谣言与流言的重合度大一些,舆论的内涵则更为丰富。在讨论鲁迅文学的时候,须根据鲁迅的使用情况,选择对应的概念。限于篇幅,本文讨论的重点是舆论与鲁迅小说创作的关系。

二、"说/被说":鲁迅小说中的舆论场

已有研究者注意到,鲁迅小说在结构上有一个特点:"事件的边缘化与背景的中心化",像《孔乙己》《药》《长明灯》等小说,"表现出一种共同的趋向:核心事件被置于叙述的边缘地带,而事件的背景倒占据了叙述的中心。这类小说正是通过事件的边缘化与背景的中心化,而使小说的叙述成为间离叙述"[①]。"间离叙述"使读者与故事的主人公之间保持一定距离,有利于读者对人物命运做出深刻反思。但这里所说的背景,其实是"场景",如《孔乙己》《明天》中出现的咸亨酒店,《风波》中的土场、《药》和《长明灯》中的茶馆,都是作为"场景"占据着小说叙述的中心位置,作者这样做的目的,与其说是为了追求叙述的间离效果,倒不如说是将这些公共场所作为舆论场来描述的。在这些作品中,作者将主要人物的经历和命运交付舆论,读者只有对舆论的碎片进行拼接,才能看到相对完整的人物形象,这是鲁迅塑造人物的一种特殊手法,可以称之为舆

[①] 叶世祥:《鲁迅小说的形式意义》,载《叶世祥文集》第1卷,浙江大学出版社,2015,第106页。

论构图法。

舆论场是指"特定的舆论主客体相互作用而形成的具有一定强度和能量的时空范围"[①]。在封建时代,舆论场大致分为两种:官方舆论场和民间舆论场。鲁迅小说中的咸亨酒店、茶馆、土场等空间场所,都属于民间舆论场。正是在这些舆论场中,小说主人公的形象通过舆论传播逐渐显现。所以说,舆论场在鲁迅很多小说中占据着叙述的中心位置,也只有从舆论场和舆论入手,才能真正理解这些作品的意义和价值。

《孔乙己》看似是以人物为中心的小说,实际上,整部作品始终聚焦在咸亨酒店,孔乙己来了,人们围着他七嘴八舌,形成一个舆论场。孔乙己的行迹正是在这些议论中慢慢得以呈现的。在这个舆论场中,孔乙己是舆论客体,短衣帮是舆论主体,他们有问有答,有嘲笑也有否认,共同构成了一个舆论的循环过程。在鲁迅研究中,孔乙己与短衣帮之间的关系被描述为"看/被看"的关系,这自然是有道理的,但往往忽视了另外一种关系"说/被说",孔乙己和短衣帮就构成了这种关系。孔乙己在舆论的嘲笑中不停地为自己辩解,用"君子固穷""窃书不能算偷"等半文半白的话为自己遮掩,与其是说给别人听,倒不如是说给自己听,他靠这些别人听不懂的话,来支撑着自己的尊严。而那些站着喝酒的短衣帮总是不依不饶,将他种种不堪的事情全都抖搂出来,使这一形象逐渐完整。叙述者对孔乙己的总体介绍也是"听人家背地里谈论",仍然是从舆论中得到

[①] 项德生:《试论舆论场域信息场》,《郑州大学学报(哲学社会科学版)》1992年第5期。

的关于孔乙己的信息。孔乙己始终是一个被说者，他漂浮在舆论的海上，无法用自己的语言锚定一个位置。他所操持的那套"之乎者也"没有给他带来预想的权势，反而在短衣帮的世界里沦为笑柄：他失去了与"说者"对话的能力，只能在"被说"的泥淖中挣扎。那些羞辱他的人，是这个舆论场中的胜利者，他们在对孔乙己的羞辱中获得满足和快乐。因为对这些短衣帮来说，在整个鲁镇，能够供他们羞辱的人，大概也只有孔乙己了。

《孔乙己》可以看作是一篇舆论小说，正是靠舆论的碎片，完成了对孔乙己形象的塑造，至于这些舆论是否属实，没有人去考证，也不值得去考证，这本身就是对孔乙己人生价值的一种讽喻。包括最后孔乙己的死，也是"小伙计"猜测的："大约孔乙己的确死了"。"大约""的确"两个词连用，让人不免一头雾水，但这正好印证了孔乙己生命价值的低微。在鲁镇，他的死微不足道，没有人去关心、核实。这样一种叙述方式，不仅展示舆论场的冷漠、无聊，更重要的是，孔乙己作为鲁镇微不足道的人物，活着的唯一价值就是供无聊的人们作为闲暇时的谈资，他死了人们也不会有什么损失——"没有他我们也便这么过"。如果说孔乙己是舆论场上的在场者，那么《药》中的夏瑜，就是舆论场上缺席的被说者。华老栓的茶馆作为一个公共空间，是舆论传播的最佳场所。有关夏瑜的故事，都是在这里被议论的：如夏瑜是被夏三爷出卖的，夏三爷还得了二十两白花花的银子；夏瑜在监狱里面劝老头造反，说大清的天下是我们大家的；被阿义打了嘴巴，夏瑜说"可怜可怜"，舆论认为"打了这种人有什么可怜的"，康大叔纠正说"他说阿义哥可怜",舆论无法理解这话的含义,只能说夏瑜疯了。作为一个缺席的舆论客体,夏瑜的形象是在人们的议论声中逐渐建构起来的,在这个过程中,"说者"理直气壮、振振有词地暴露出了自己的愚昧、颠顸,被嘲笑甚至被辱骂的夏瑜,以一个英雄的面目出现在读者眼前,舆论变成了"说者"愚蠢、冷漠的自供状。

与上面两部作品结构很相似,《风波》的故事是在"土场"上展开的。作为乡下人晚餐时聚集的场所,"土场"就是一个舆论场,而七斤一直是这个舆论场上的重要信息源:"七斤虽然住在农村,却早有些飞黄腾达的意思。从他的祖父到他,三代不捏锄头柄了;他也照例的帮人撑着航船,每日一回,早晨从鲁镇进城,傍晚又回到鲁镇,因此很知道些时事:例如什么地方,雷公劈死了蜈蚣精;什么地方,闺女生了一个夜叉之类。他在村人里面,的确已经是一名出场人物了。"① 在这个信息闭塞的乡村,七斤由于经常进城,所以能够不断带回各种消息,以填充这个舆论场的空虚和寂寥,他在这个过程中获得了满足和周围人的尊敬,从而建立起了自己的社会地位。所谓"出场人物"是指见多识广、上得了台面的人。但他带回的消息多是些"闺女生了一个夜叉"之类的荒诞不经之言,这充分说明这个舆论场的境界和趣味:人们就靠传播这类无聊的消息打发日常凝滞的时光。这是一个底层的民间舆论场,但突然有一天,这个舆论场与中国上层政治发生了关联:七斤得到咸亨酒店里传出的消息——皇帝坐龙庭了,要辫子!于是没有辫子的七斤吓得惶恐不安。七斤嫂一开始不愿意相信这个坏消息,但当听说消息

---

① 鲁迅:《风波》,载《鲁迅全集》第1卷,人民文学出版社,2005,第492页。

来自咸亨酒店时,她"从直觉上觉得事情似乎有些不妙了,因为咸亨酒店是消息灵通的所在。伊一转眼瞥见七斤的光头,便忍不住动怒,怪他恨他怨他;忽然又绝望起来,装好一碗饭,搡在七斤的面前道,'还是赶快吃你的饭罢!哭丧着脸,就会长出辫子来么?'"相对于乡村土场而言,咸亨酒店是高一级的舆论场,所传出的消息具有更强的权威性,七斤嫂对此深信不疑,也陷入恐慌之中。在这个时候,赵七爷穿着那件只有仇人倒霉于自己有庆时才穿的宝蓝色竹布长衫走了过来,七斤嫂更加恐慌,也更加坐实了咸亨酒店的消息。赵七爷走到七斤家的饭桌旁,说"长毛时候,留发不留头,留头不留发",因为赵七爷是有学问的人,他说的话更有权威性。随后赵七爷又说,"没有辫子,该当何罪,书上都一条一条明明白白写着的"。"七斤嫂听到书上写着,可真是完全绝望了;自己急得没法,便忽然又恨到七斤。"赵七爷靠自己的"学问"和"书本"佐证了消息的真实性。"心肠最好"的八一嫂似乎对这一流言不太信任,她安慰七斤嫂说,"衙门里的大老爷也还没有告示",这一质疑,惹怒了赵七爷,他说:"……大兵是就要到的。你可知道,这回保驾的是张大帅,张大帅就是燕人张翼德的后代,他一支丈八蛇矛,就有万夫不当之勇,谁能抵挡他。"从张大帅到张翼德,再到丈八蛇矛,这种毫无逻辑的联系,却造成了巨大的震慑效果。众人都怪八一嫂多事,八一嫂自然也不敢再说话,这就是"沉默的螺旋":每一个人都害怕被孤立,不敢对舆论提出质疑,导致偏颇的舆论越走越远。大家都认为七斤掉脑袋是板上钉钉的事了,于是嗡嗡一阵,各自回家关门睡觉。在这个过程中,七斤由过去的舆论主体,变成了现今的舆论客体,由过去的说者,变成了被说者，他这位"出场人物"人设崩塌，命运逆转。张勋在北京的复辟本与他毫无瓜葛，但张勋的倒行逆施引起舆论大哗，讨伐谴责之声四起，鲁迅愤而辞去教育部职务。复辟事件的舆论波一圈一圈往外扩散，到江南水乡的土场上时，就变成了七斤一个人的辫子问题了。北京是舆论中心，《风波》里的"土场"是舆论的最末端，鲁迅用极为俭省的笔法，画出了舆论传播的轨迹及其民间反应。张勋与七斤，两个不相关的人发生了关联，就像夏瑜和华小栓两个同样不相干的人，因为肺病被关联在一起一样，鲁迅极善于在不相干的人之间搭建线索，反映中国社会上层与底层之间的关联与断裂。

在《狂人日记》中，狂人始终处在舆论的包围中，他的周边形成了一个"吃人"的舆论场。小说一开始就展示了这个舆论场的状况：

> 今天全没月光，我知道不妙。早上小心出门，赵贵翁的眼色便怪：似乎怕我，似乎想害我。还有七八个人，交头接耳的议论我，又怕我看见。一路上的人，都是如此。其中最凶的一个人，张着嘴，对我笑了一笑；我便从头直冷到脚跟，晓得他们布置，都已经妥当了。
>
> 我可不怕，仍旧走我的路。前面一伙小孩子，也在那里议论我；眼色也同赵贵翁一样……[①]

"狂人"走到哪里，都发现人们在议论他。吃人的舆论形成

---

① 鲁迅：《狂人日记》，载《鲁迅全集》第1卷，人民文学出版社，2005，第445页。

了一个包围圈,合计着吃掉他。他要反抗,但又找不到对手,如入"无物之阵",或遇上了"鬼打墙"。所以对狂人而言,对被吃的警觉来自"被说",他是在"说者"的目光和声音中分辨出即将被吃的命运。狂人最终并没有被吃掉,反而病愈后"赴某地候补"去了,这说明吃人是他对舆论的感受,从"被说"中感受到"被吃"的威胁:"他们岂但不肯改,而且早已布置;预备下一个疯子的名目罩上我。将来吃了,不但太平无事,怕还会有人见情。"这其实就是"被说"的结果:从过去研究者说的"被看"到"被说"再到"被吃",这是一个递进过程。"狂人"被围观("被看"),"被说"成疯子,导致他陷入"被吃"的恐惧和焦虑之中,直到"病愈"——向舆论妥协。另外,《长明灯》中的"他"也是被舆论定为疯子,他们合计着弄死他,但因为他祖上捏过印把子,所以他们不敢造次,便将他关了起来。《采薇》中的二贤直接死于阿金的话,而阿金的话来自小丙君。二人死了之后,关于他们的死因,又演化出多种版本,成为舆论继续发酵的由头。

自然,并非所有"被说"者都会走向"被吃"的命运,有时"被说"只是舆论对某人或某事的消费,在这一过程中,"说者"获得精神上的满足,这其实是一种变相的"吃人"——话语吃人。《明天》的主角是单四嫂子,但小说开篇落笔于鲁镇的咸亨酒店。单四嫂子的故事正是在老拱们的议论声中开始,又在老拱们的色情小调中结束:她像孔乙己一样,成为一个被说的对象。她的丧子之痛被忽视,作为"寡妇"的身份成为闲汉们消费的材料。《祝福》中的祥林嫂第二次回到鲁镇以后,人们围绕着她,听她说阿毛的故事。每次讲完,人们"满足的去了,一面还纷纷的评论着",由此形成了第一波舆论。时间久了,"她未必知道她的悲哀经大家咀嚼赏鉴了许多天,早已成了渣滓,只值得烦厌和唾弃"。这就是舆论的规律,几天之后,再热的舆论也会降温。但祥林嫂很快又成为舆论热点,那是柳妈和她谈了天之后,"似乎又即传扬开去,许多人都发生了新趣味,又来逗她说话了。至于题目,那自然是换了一个新样,专注她额上的伤疤"。祥林嫂意识到周围的人是在嘲笑她,"所以总是瞪着眼睛,不说一句话,后来连头也不回了"。与柳妈谈天的时候,她得知有两个丈夫的女人到阴间后会被阎王爷锯成两半,她恐惧不安,便到庙里捐了一个门槛,希望将此事化解。结果在冬至祭祖的时候,鲁四老爷阻止她插手祭祀仪式,说明她捐门槛并不能改变她死后的厄运,导致她彻底崩溃,走向了生命的尽头。所以说祥林嫂的悲剧,不只是人生悲剧,也是"鬼生"悲剧。而她的悲剧是在"被说"的过程中一步一步完成的。

"说/被说"这一结构形式在《阿Q正传》中表现得更为明显。阿Q是否姓赵的问题、阿Q与吴妈之间所谓的"恋爱的悲剧"、阿Q从城里发了财回到未庄、阿Q突然宣布自己投了革命党等,都在未庄引起了不小的舆论风波,直接影响着他的声誉和生计。阿Q被杀之后,未庄和城里舆论的不同反应,都说明阿Q是未庄这个舆论场上的"话题人物",不断给未庄带来笑料,成为人们消遣的对象。所以在未庄,阿Q也是一个"被说者",他正是在被说的过程中,显示出他可笑又可悲的一面。

鲁迅笔下的舆论场,反映了落后中国最底层的舆论气候:"当周围的生活环境几乎是凝固不变时,舆论较多地集纳了各种传统的观念,呈现为一种僵滞态势。外部因素若没有足够的冲击力,很难使麻木的舆论发生重大变化。"① 这类封闭型的舆论场就是鲁迅说的黑色染缸,任何外物进来都会被染成黑色。无论是张勋复辟这样的历史闹剧,还是辛亥革命这样的历史壮剧,抑或是夏瑜牺牲这样的历史悲剧,到了这类舆论场中,都会变成一件趣闻,人们嗡嗡议论一阵之后,又像什么都没发生一样。即使有人因此掉脑袋,也不过是再增加一件趣闻而已。这些重大历史事件自身携带的政治、文化、思想信息,就像尘埃一样,在这个舆论场中随风飘落,不会有任何声响。不能不说,这里的人们对外部信息具有群体免疫功能,不会被感染。

鲁迅小说对舆论场的描写,浸透着他对中国民间社会的深刻观察和沉痛思考,其良苦用心,不能不令人动容。

三、鲁迅小说中的舆论结构

舆论分为三个部分:一是作为公众的舆论主体(说者);二是作为舆论对象的舆论客体(被说者);三是作为舆论内容的舆论本体(说什么)。在鲁迅小说中,舆论的这三个方面都有自己的特点,反映了鲁迅小说借助舆论塑造人物、表达思想的艺术追求。

鲁迅小说中的舆论主体有着自己鲜明的特征。

首先,他们大多都是匿名的,如咸亨酒店里那些嘲笑孔乙己的人,他们统称为"短衣帮",是作为一个群体出现的。在《药》中的茶馆里和《风波》的土场上,在《祝福》中祥林嫂的周围和《狂人日记》中的街道上,都有一群没有名字的人参

---

① 陈力丹:《舆论学——舆论导向研究》,中国广播电视出版社,2005,第3页。

与了舆论的发酵与传播。这个群体的匿名性，反映了鲁迅对中国舆论生态的总体判断：正是这么一群无名、无姓的人，构成了中国底层社会的主体。鲁迅在杂文中称他们为"无主名无意识的杀人团"①。面对强者他们无声无息，面对弱者时他们盛气凌人。看别人的热闹（看/被看）、传播别人的是非（说/被说）是他们日常生活中快乐与幸福的重要来源。我们习惯称之为"沉默的大多数"，其实他们并不沉默：当他们面对丧夫失子的祥林嫂的时候，当他们听说夏瑜要造反而被杀头的时候，当他们面对被杀头的阿Q的时候，当他们听说七斤要掉脑袋的时候，他们的骄傲、满足和义愤都是生动而丰富的。有人在分析中国为什么没有舆论的时候指出："外国社会是成人之美，是坦白爽直，中国社会都是充塞着忌妒阴郁的气象，稍微不留神，就会被社会挤倒，这是中国社会事业不能大成功的真原因。因为外国社会是捧人的，中国社会是毁人的，所以社会上只有交相破坏的心理，而无同情互助的精神。"② 这话虽然未必全对，但与鲁迅所揭示的中国的舆论气候是吻合的。

其次，鲁迅在写这一匿名群体的时候，会刻意强调其中的某些个体，他们虽然大多没有名字，但鲁迅似乎有意暴露他们的年纪。《药》中写茶馆里发表议论的人，鲁迅特别提到了两个：一个是"二十多岁的人"，一个是"花白胡子"，一老一少，观念完全相同。《狂人日记》中除了成年人，还特别强调了小孩的参与。从老人到年轻人再到小孩，鲁迅有意将舆论主体

---

① 鲁迅：《我之节烈观》，载《鲁迅全集》第1卷，人民文学出版社，2005，第129页。
② 胡政之：《中国为什么没有舆论》，《国闻周报》1934年第11卷第2期。

的年龄分布暴露出来，证明中国的问题不仅是老年人的保守世故，而且年轻人、小孩也都跟老年人站在了同一个思想基点上，他们之间没有代际差异。狂人看到孩子也在议论自己时，很受刺激。他能理解赵贵翁等人约好了同他作冤怼，是因为廿年前他把古久先生的陈年流水簿子踹了一脚，"但是小孩子呢？那时候，他们还没有出世，何以今天也睁着怪眼睛，似乎怕我，似乎想害我。这真教我怕，教我纳罕而且伤心"①。在狂人的日记里，"伤心"一词共出现两次，这是其中一次，另一次是写他的妹妹被吃，可见狂人对被孩子们议论一事感受之痛切。在舆论的传播过程中，"意见领袖"往往发挥着重要作用，鲁迅在写舆论主体的时候，有时会安插一位读书人，来扮演意见领袖的角色。《风波》中的赵七爷，一出场就成为土场上的中心，他一番添油加醋的解释，使土场上的人对皇帝坐龙庭、要辫子的消息深信不疑。他虽然知道"黄忠表字汉升和马超表字孟起"，但他的见识与土场上的人们没有差别，甚至比土场上的人还要邪恶。在《采薇》中，首阳村沸腾的舆论引出了"第一等高人"小丙君，他要跟伯夷、叔齐谈谈诗歌。谈过之后，他对两位贤人十分不满：他们不仅穷，不配谈诗歌，还要在诗歌中"有所为""发议论"，失了诗歌的温柔敦厚。他回到家后很气愤，说："'普天之下，莫非王土'，你们吃的薇菜，难道不是我们圣上的吗！"后来他家的婢女阿金跑到山上去，把这句话抛给了两位隐者，直接导致两人饿死。从中不难看出，小丙君对两位贤人毫不理解，其思想境界与首阳村那些看热闹的村民并无差别。鲁

---

① 鲁迅：《狂人日记》，载《鲁迅全集》第1卷，人民文学出版社，2005，第445页。

迅致力于杂文创作，常常遭受舆论的攻击，他的杂文集被某些人称为"骂人文选"。鲁迅在写小丙君的时候，顺带讽刺了那些所谓"为艺术而艺术"的流言家。

从舆论本体看，鲁迅小说中的舆论本体有着惊人的相似之处，主要表现在两个方面：

第一，唯势力是从，有权势的人说的就是对的。在鲁迅最早的一篇小说《怀旧》中，"长毛且至"的谣言造成了很大的恐慌，导致人们纷纷逃难："予窥道上，人多于蚁阵，而人人悉函惧意，惘然而行……中多何墟人，来奔芜市；而芜市居民，则争走何墟。"谣言传到私塾后，秃先生是不相信的，但耀宗说，消息来自何墟的三大人，秃先生便急忙改口说："三大人耶？……则得自府尊者矣。是亦不可不防。"因为这位仰圣先生（秃先生）"之仰三大人也，甚于圣"。府尊，就是知府，从中可以看出秃先生对权力的崇拜。不只是读书人如此，下层民众也是如此。阿Q说自己姓赵，被赵太爷打了嘴巴之后，出现了这样的舆论："知道的人都说阿Q太荒唐，自己去招打；他大约未必姓赵，即使真姓赵，有赵太爷在这里，也不该如此胡说的。"这种"懂事""讲规矩"的舆论，是公众奴才性的典型体现。阿Q被杀之后，"至于舆论，在未庄是无异议，自然都说阿Q坏，被枪毙便是他的坏的证据：不坏又何至于被枪毙呢？"这种由果倒因的舆论逻辑，潜藏着对权力的迷信和驯服，他们都是权力统治下的顺民，不会对官府做的事提出任何质疑。在《药》中，康大叔得意扬扬地讲夏瑜的故事，俨然成为舆论领袖或新闻发言人。坐客们津津有味地听着，不时插话。舆论完全站在官府一边，对夏瑜充满了鄙夷和愤恨，称夏瑜为"贱骨头""这种东西"。正如鲁迅所言,"民众的罚恶之心,并不下于学者和军阀"[1],这就是中国式舆论,没有是非观念和价值判断,习惯性屈从于有权势的个人或官府。这种舆论的产生,不只是舆论主体为了趋利避害,更重要的是一种习性。马克思深刻指出,"任何一个时代的统治思想始终都不过是统治阶级的思想"[2]。在鲁迅笔下,这一状况更为显著:无论是读过书的秃先生,还是出苦力的短衣帮,在思想意识上都是权力结构的支持者和拥护者,凡是像夏瑜一样起来反抗体制的人,都被他们看作是疯子,或"贱骨头"。李普曼在论述舆论时特别提醒研究者注意拟态环境(pseudo-environ)对舆论主体的影响,他指出:"(研究者)必须格外注意一个共同因素的存在,那就是人与其所处的环境之间存在的那个拟态环境(pseudo-environ)。人的所有行为都是针对这一拟态环境做出的。"[3] 所谓拟态环境,就是指舆论主体根据自己所接收的信息想象或虚构出来的一个世界,它常常被用来取代身边客观的物理世界,作为行为判断的依据。鲁迅笔下的这些舆论主体,他们就生活在一个他们自己想象出来的拟态环境之中,而且这个拟态环境已经凝固,横亘在他们与真实的世界之间,所以无论外面的世界如何变化,他们都会心安理得地生活在拟态环境之中,成为名副其实的"装在套子里的人"。我们过去在分析鲁迅小说中"看/被看"的关系时,主要从文化角度,分析看客们的麻木、愚昧,认为这都是传统文化

---

[1] 鲁迅:《答有恒先生》,载《鲁迅全集》第3卷,人民文学出版社,2005,第477页。
[2] [德]马克思、恩格斯:《共产党宣言》,人民出版社,2018,第48页。
[3] [美]沃尔特·李普曼:《舆论》,常江等译,北京大学出版社,2018,第14页。

决定的。事实上，所谓的文化传统对那些目不识丁的短衣帮来说，其影响力是有限的。这些底层民众依靠本能趋利避害地活着，能直接影响他们活下去的最重要的力量就是权力，所以他们本能地对权力产生恐惧和崇拜，便养成了这种乐意仰权势者鼻息的病态人格。也就是说，真正毒化中国广大民众人格的不是儒家文化，而是与民众息息相关的权势和体制。舆论场屈服于权力场，每一个场中人害怕被孤立，会主动放弃与众不同的想法和看法，形成了"沉默的螺旋"，久而久之，公众就变成了权力的附属物。文化只是权力运作的一种手段，文化对人的影响是靠权力的支撑来实现的。中国文人一直有一个虚幻的图景：道统高于政统，其实道统不过是君主手里的一面旗子，随时可以把它当成抹布，所以说权力宰治理性，道统附于政统，士人贤才"降为犬马和器具"[①]，遑论普通民众。

第二，民众不论是非，只求好看、好玩，从别人的痛苦甚至鲜血中寻找乐趣，舆论正是"好玩"的产物。所以中国民间舆论场是一个消遣场、娱乐场，舆论主体在"说"的过程中体会着自身幸免的幸福与快乐，鲁迅称之为"暴君的臣民"："暴君的臣民，只愿暴政暴在他人的头上，他却看着高兴，拿'残酷'做娱乐，拿'他人的苦'做赏玩，做慰安。自己的本领只是'幸免'。从'幸免'里又选出牺牲，供给暴君治下的臣民的渴血的欲望，但谁也不明白。死的说'阿呀'，活的高兴

[①] 葛荃：《权力宰治理性——士人、传统政治文化与中国社会》，南开大学出版社，2003，第139页。

着。"① 阿Q被枪杀之后，未庄的舆论认为阿Q坏，"而城里的舆论却不佳，他们多半不满足，以为枪毙并无杀头这般好看；而且那是怎样的一个可笑的死囚呵，游了那么久的街，竟没有唱一句戏：他们白跟一趟了"。至于阿Q因何被杀，是否合理合法，是不在他们的考虑范围的。《风波》中，土场上的人们从赵七爷的解释中认定七斤是要被杀头的，这时村民的反应是：

> 村人们呆呆站着，心里计算，都觉得自己确乎抵不住张翼德，因此也决定七斤便要没有性命。七斤既然犯了皇法，想起他往常对人谈论城中的新闻的时候，就不该含着长烟管显出那般骄傲模样，所以对七斤的犯法，也觉得有些畅快。他们也仿佛想发些议论，却又觉得没有什么议论可发。嗡嗡的一阵乱嚷，蚊子都撞过赤膊身子，闯到乌桕树下去做市；他们也就慢慢地走散回家，关上门睡觉了。②

七斤犯了皇法，自然是该死的，土场上的人没有疑义，但他们想到七斤平时传播新闻时的骄傲模样，心有不满，对七斤将被杀头"觉得有些畅快"。七斤如果真的被杀头，那将成为土场上的节日，人们在他的死刑中获得的就不只是"畅快"，而是更大的快乐了。

《采薇》虽然取材于远古时期，但其中的舆论描写跟现实题材的小说如出一辙。伯夷和叔齐隐居首阳山后，伯夷变得话多

---

① 鲁迅：《暴君的臣民》，载《鲁迅全集》第1卷，人民文学出版社，2005，第384页。
② 鲁迅：《风波》，载《鲁迅全集》第3卷，人民文学出版社，2005，第497页。

了,结果暴露了自己的身份,引起舆论哗然,吸引了很多人到山上来看他们,"有的当他们怪物,有的当他们古董。甚至于跟着看怎样采,围着看怎样吃,指手画脚,问长问短,令人头昏"。"不过舆论还是好的方面多。后来连小姐太太,也有几个人来看了,回家去都摇头,说是'不好看',上了一个大当。"这段描写跟《阿Q正传》的结尾何其相似,虽然题材相隔三千年,鲁迅却写下了相似的舆论细节,这不只是幽默,还有苦涩和辛酸。

从舆论的客体来看,舆论关注的一般都是与公共利益有关或有重要影响的事件或人物。在鲁迅小说中,作为舆论客体的人物、事件主要有两类:一类是地方的小人物以及围绕他们发生的私人事件,如孔乙己偷书、祥林嫂丧夫失子、阿Q向吴妈求爱和最后被杀等,这些人或事,在当地具有舆论效应,但多是小人物的事情,无关大局,人们传播或议论这类事件只是把他们当作谈资;另一类是一些重要事件,或是与众人利益密切相关的事件,如夏瑜被杀、举人老爷的乌篷船到了赵家河埠头(《阿Q正传》)、"长毛且至"(《怀旧》)、张勋复辟、辛亥革命、伯夷叔齐隐居首阳山等,这类事件包含着丰富的政治、思想和文化信息,但当这些事件引发舆论时,我们就会发现无论是鲁镇还是未庄,似乎有一张过滤网,将这些事件包含的所有信息进行了过滤,剩下的只是供日常谈论的趣闻或逸事。也就是说,这两类舆论客体所引发的舆论,没有什么区别。其原因是当地的舆论主体深陷"刻板印象"(stereotype)之中。李普曼认为,我们生活在世界一隅,经验和见识都是有限的,"然而,在实践、空间和数量上,我们的见解又必然覆盖比我们所直接观察得到的事物更为广阔的范围,这部分见解便是由他人的报道和我们自己的想象拼凑出来的"①,我们"拼凑"的基础除了外界提供的信息,就是我们已有的观念和习性,这就是很难改变的"刻板印象","它在很大程度上决定了我们能看到什么,以及从什么角度看"②。鲁迅笔下的舆论主体就深受"刻板印象"的影响,所以舆论客体本身的真实性及其包含的有思想价值的信息,都被"刻板印象"过滤或扭曲了。由此一来,夏瑜被杀和阿Q被枪毙的最大区别就是枪毙没有杀头好看;辛亥革命和张勋复辟的差异就在于前者使阿Q盘起了辫子,后者让没有辫子的七斤掉脑袋。鲁迅通过对不同的舆论客体最终被同一化的刻画,揭示了中国闭塞乡间舆论的可悲、可笑而又荒唐之状。

除舆论外,鲁迅小说中还写了大量与流言或谣言有关的情节。《怀旧》的核心情节就是一个谣言引发的一场混乱,谣言澄清了,小说就结束了。《伤逝》中涓生被单位辞退,是"雪花膏""添些谣言,设法报告的"结果。《在酒楼上》的顺姑是因为听信流言导致病疴沉重,终至殒命。《孤独者》中的魏连殳落魄时时常遭受谣言攻击,后来"发达"了,又成为舆论恭维的对象。《采薇》《理水》《奔月》中夹杂了大量来自现实的流言、谣言,使小说在结构上裂变为双重文本:一方面,小说按照古代流传下来的故事框架在往前发展,一切都是顺理成章的;另一方面,让主人公时常说出非常现代的话,尤其是很多都是有

---

① [美]沃尔特·李普曼:《舆论》,常江等译,北京大学出版社,2018,第65页。
② [美]沃尔特·李普曼:《舆论》,常江等译,北京大学出版社,2018,第100页。

据可靠的流言和谣言,这就构成了小说背后的另一个叙事结构。就以《奔月》来说,后羿跟嫦娥、逢蒙的故事构成了小说的显性文本,而高长虹对鲁迅的攻击构成了潜文本,这两个文本在逢蒙剪径的情节中相交:弟子背叛老师。所以我们读这一篇小说,思考的却是两个故事:第一个故事有古籍可考,第二个故事有现实依据,小说中的流言足以拼凑出一个现代版的"逢蒙剪径"的故事。这是《故事新编》巧妙利用流言结构文本的成功试验。其他几篇都可以如是读。由此不难看出,流言或者谣言跟舆论一样,在鲁迅小说中承载着重要的艺术功能。

四、鲁迅小说中舆论的意义

鲁迅在小说中写人物或事件的时候,特别关注民众的反应,也就是关注舆论,这在现代作家中是很少见的。《阿Q正传》和《采薇》两篇小说,均以对舆论的描写结束,并不是偶然的。如果说传统文化是中国走向现代的心理羁绊,那么"腐败的舆论"(鲁迅语)则是中国社会进步的绊脚石。鲁迅在杂文中说:

> 凡知道一点北京掌故的,该还记得袁世凯做皇帝时候的事罢。要看日报,包围者连报纸都会特印了给他看,民意全部拥戴,舆论一致赞成。直要待到蔡松坡云南起义,这才阿呀一声,连一连吃了二十多个馒头都自己不知道。但这一出戏也就闭幕,袁公的龙驭上宾于天了。
>
> 包围者便离开了这一株已倒的大树,去寻求别一个新猛人。
>
> 我曾经想做过一篇《包围新论》,先述包围之方法,次

> 论中国之所以永是走老路，原因即在包围，因为猛人虽有起仆兴亡，而包围者永是这一伙。次更论猛人倘能脱离包围，中国就有五成得救。结末是包围脱离法。——然而终于想不出好的方法来，所以这新论也还没有敢动笔。①

这段文字批判的对象不是袁世凯，而是那些包围袁世凯的人，也就是那些制造舆论怂恿袁氏称帝的人。中国要想得救，就必须让"猛人"脱离包围，但鲁迅最终也没有想出好的方法来，那就意味着这种包围无法破解，中国还要"永是走老路"。依此反观鲁迅小说就会发现，在未庄、鲁镇或是吉光屯等地方，也有那么一伙人，他们虽然不会或者没有机会围着某一权贵获取利益，但他们热衷于传播谣言、流言，参与舆论的传播与发酵，并从中获得乐趣。可见，无论是通都大邑，还是穷乡僻壤，中国的舆论气候都是十分糟糕的："中国的人们，遇见带有会使自己不安的朕兆的人物，向来就用两样法：将他压下去，或者将他捧起来。""压下去就用旧习惯和旧道德，或者凭官力，所以孤独的精神的战士，虽然为民众战斗，却往往反为这'所为'而灭亡。到这样，他们这才安心了。压不下时，则于是乎捧，以为抬之使高，餍之使足，便可以于己稍稍无害，得以安心。"② 无论"压"还是"捧"，手段主要是舆论，目的只有两个字"安心"，与什么民族国家命运和社会发展没有丝毫关系，与是非对错也无关系。如果说1912年"中华民国"成立，在形式上

---

① 鲁迅：《扣丝杂感》，载《鲁迅全集》第3卷，人民文学出版社，2005，第509页。
② 鲁迅：《这个与那个》，载《鲁迅全集》第3卷，人民文学出版社，2005，第150页。

建立了共和体制,那么舆论就应该在民主政体中发挥应有的作用,但事实并非如此。舆论不仅没有给这一虚弱的民国体制带来力量,相反,在此后一系列历史丑剧和闹剧中都能见到舆论的助推,导致人们对舆论的厌恶乃至绝望。与之形成对比的是,当欧洲国家从封建主义向资本主义过渡的时候,资产阶级公共领域发挥了重要作用。根据哈贝马斯的研究,这种公共领域"说到底就是公众舆论领域,它和公共权力机关直接抗衡"①。在18世纪的沙龙、咖啡馆和宴会上,众多文人汇聚,形成了文学公共领域,之后从中产生了政治公共领域,"它以公共舆论为媒介,对国家和社会的需求加以调节"②。但在中国,尽管形式上的共和已经实现,但以公共舆论为主体的公共领域始终没有形成,上层的政治革命和社会变革没有深入到民间,更没有渗透到日常生活层面。列斐伏尔指出:"一场革命如果没有生产出新的空间,那么它就没有充分释放它的潜能;如果它没有改变生活本身,只是改变了意识形态结构和政治体制,它也是失败的。一场真正的社会变革,必须在日常生活层面表现出创造性的作用,尤其对语言和空间的影响。尽管这种影响不一定以同一速度或同等力度发生在每个领域。"③ 没有以现代知识为主体的公共舆论,没有产生出文学公共空间和政治公共空间,中国社会的现代转型就只能是一句空话,复辟的闹剧会一再出现,当然

---

① [德]哈贝马斯:《公共领域的结构转型》,曹卫东等译,学林出版社,1999,第2页。
② [德]哈贝马斯:《公共领域的结构转型》,曹卫东等译,学林出版社,1999,第35页。
③ Henri Lefebvre, translated by Donald Nicholson - Smith: The Production of Space, Oxford: Blackwell, 1991: 54.

不一定都像袁世凯或张勋一样明目张胆，但可能会迂回曲折地走上那条熟悉的老路。至于舆论，只要"猛人"需要，随时都会加持，一切都会变得"民意全部拥戴，舆论一致赞成"。如果民众还是那样的民众，舆论还是那样的舆论，这样的闹剧就不会结束。鲁迅对此十分清楚，自然也是深表忧虑的。

仿词与鲁迅文学世界的意义建构[①]

鲁迅不仅是伟大的文学家、思想家,也是杰出的语言大师。他对现代汉语的使用不仅为现代汉语的规范化提供了成熟的范本,而且具有极大的原创性,在语法、修辞、句式、词汇等方面,鲁迅都进行了多样化的尝试,拓展了现代汉语的内在语义空间,构建了多种带有鲁迅风格的外在语言体式,为现代汉语的发展做出了重要贡献。但在鲁迅研究领域,有关鲁迅与现代汉语关系的研究一直很薄弱。鲁迅不是语言学家,但他在写作实践中,有意识地突破现代汉语的各种框范,为现代汉语的自由生长开辟了多种路径。雅各布森认为,文学研究的对象不是文学,而是文学性,而这种文学性就体现在语言中。对鲁迅文学的研究,也应该进入语言层面,考察鲁迅在中国现代汉语作为书面语言的初创时期,所进行的种种探索与尝试,不仅有助于我们理解鲁迅作品的"文学性",也有助于我们理解在现代汉语发展过程中鲁迅做出的重要贡献。从词汇方面来说,鲁迅笔

[①] 原刊于《天津社会科学》2024 年第 5 期。本文为作者主持的国家社科基金重点项目《鲁迅原创词汇综合研究与词典编纂》(编号:20AZW021)的前期研究成果。

下出现了大量原创词汇（短语），如无物之阵、精神胜利法、（历史的）中间物等，已经成为鲁迅研究中的常用语。仿词也是其中的一类，体现了鲁迅在词汇使用上的独创性，是现代汉语的宝贵财富。

一、鲁迅仿词的相关研究

仿词是语言使用过程中经常出现的现象，《辞海》的解释是：仿词"亦称'仿造词'。修辞学上辞格之一。根据现成语词推演，临时构造出一个同原来的语词意义相牵连的新语词，以造成表达上的新鲜感"[①]。《修辞》一书的解释是："我们说话写文章，用的词语一般都是现成的；但是，有时因为表达上的需要，可以更换现成词语中的某个词素或某个词，临时仿造出新的词语来。这种修辞方式叫做仿词。"[②] 在日常语言交流中，仿词经常出现，特别在当今网络时代，仿词出现频率极高，如"高富帅"的仿词"矮穷矬"，"开小差"的仿词"开大差"，"外交家"的仿词"内交家"等，都属于反义仿词；其他如"姜你军""蒜你狠""糖高宗""药你命"等流行语，属于同音仿词。在文学作品中，仿词也多有出现。如《红楼梦》中，林黛玉取笑贾宝玉说："你的那些姑娘们也该教训教训，只是我论理不该说。今儿得罪了我的事小，倘或明儿宝姑娘来，什么贝姑娘来，也得罪了，事情岂不大了。"[③] "贝姑娘"就是"宝姑

---

① 夏征农、陈至立主编：《辞海（第6版彩图本）》，上海辞书出版社，2009，第583页。
② 上海师范学院中文系汉语教研室编：《修辞》，上海教育出版社，1984，第127页。
③ 曹雪芹、高鹗：《红楼梦（第2版）》，人民文学出版社，1996，上册第375页。

娘"的同义仿词。《红楼梦》前80回仿词较多,后40回几乎没有,这与作家的语言习惯和语言素养有关。但《红楼梦》中的仿词多出现在人物对话中,以显示说话人的机智与幽默,在叙述语言中很难见到。赵树理的《李有才板话》中"板话"一词即是根据"诗话""词话"仿造的。既然很多作家笔下都有仿词,那么鲁迅笔下的仿词有何特点,为什么值得做专题研究,这是首先需要回答的问题。其原因大致有三:一、鲁迅笔下仿词出现频率极高,据不完全统计,人民文学出版社2005年版的《鲁迅全集》中使用仿词的地方有两百多处,仿词的频繁使用,成为鲁迅文学语言的突出特点,这在其他作家那里很少见;二、鲁迅在语言和思想上都具有原创性,仿词的大量使用,与他的思维方式和思想体系密切相关;三、鲁迅不仅使用仿词,在文体上也善于使用"仿拟"或"戏拟"等手法,鲁迅自己称之为"翻造"或"活剥",如在《咬文嚼字(三)》中,"活剥"曹子健的《七步诗》一首;在杂文《崇实》中"活剥"崔颢的《黄鹤楼》一首;《幸福的家庭》副标题是"拟许钦文",也近于"活剥";《我的失恋》仿拟张衡的《四愁诗》。在句子方面,鲁迅不仅善于仿拟,还常常将别人的句子略加改造植入自己的作品,如"鲁迅鲁迅,多少广告,假汝之名以行!"[1] 就仿拟了罗兰夫人关于自由的慨叹;《故事新编》在语言上的戏拟、戏仿的特征更为鲜明,还大量植入了现代汉语句子,郑家建对此进行过颇为系统的研究。这说明从"篇"到"句"到"词",鲁迅特别喜欢采用"仿拟"的表达方式。仿词是"仿篇"和"仿

---

[1] 鲁迅:《辞"大义"》,载《鲁迅全集》第3卷,人民文学出版社,2005,第482页。

句"的基础,所以通过对鲁迅仿词的研究,可以透视鲁迅独特的语言思维特点,这为认识鲁迅、解读其作品提供了一个新的思路。

鲁迅善用仿词,已经引起了研究者的注意,但相关成果数量少,深度不够,这与鲁迅研究的整体状况很不匹配。陆文蔚的《鲁迅作品的修辞艺术》[①]和刘焕辉的《语言的妙用——鲁迅作品语言独特用法举隅》[②]两书设专节论述鲁迅作品中的仿拟(或称为仿造)词汇,但都停留在举例说明的层面,并未进行深入分析。新加坡学者林万菁的博士论文《论鲁迅修辞——从技巧到规律》,第五章专题讨论鲁迅在词汇方面的"翻造",就涉及仿词问题。他将鲁迅的"翻造"分为五种类型,认为"鲁迅的'翻造'手法,可说是点铁成金,化腐朽为神奇,令人拍案","其他作家不过偶一为之,流为'戏笔',并不象鲁迅那么认真反复变化,也不象鲁迅用得那么纯熟、那么精简、那么生动有力,那么引人入胜"[③]。在研究论文方面,孔昭琪的《鲁迅的仿词艺术》具有代表性。该文将鲁迅的仿词分为"反义仿词""同音仿词""类属仿词""综合仿词"和"其他形式的仿词"五种类型,分别举例分析各类的特点,最后总结说:"鲁迅仿词艺术的突出特点是信手拈来,涉笔成趣,看来好像漫不经心,实际确是成竹在胸,这种对语言工具驾轻就熟、任意驱使的仿词技巧,这种恣意纵横、挥洒自如的行文方式,充分显示

[①] 陆文蔚:《鲁迅作品的修辞艺术》,山东教育出版社,1982,第41页。
[②] 刘焕辉:《语言的妙用——鲁迅作品语言独特用法举隅》,湖北人民出版社,1982,第16页。
[③] [马来西亚]林万菁:《论鲁迅修辞:从技巧到规律》,万里书局,1986,第134页。

了鲁迅高度的语言艺术修养和深刻、高超的认识水平和分析能力。"① 其他几篇论文如《从鲁迅作品看仿词仿句的妙用》《特造 仿造 翻造——戏拟与鲁迅的造词艺术》等多是在这一研究思路上进行的补充和扩展，突破性不大。上述研究基本是在语言学层面上展开的，强调鲁迅仿词的修辞效果，赞叹鲁迅高超的语言技巧。但鲁迅的仿词不只是一种语言现象，而是与他的思想和思维方式密切相关，所以研究鲁迅的仿词，应该跳出语法修辞的范畴，进行巴赫金所说的"超语言学"研究："艺术语言中存在一些现象，很早就引起了文艺学家和语言学家的注意。这些现象就其本质来说，超出了语言学的疆界，也就是说属于超语言学的范畴。"② 鲁迅对仿词的大量使用，已经不是一种简单的语言现象，而是一种思维和思想现象，所以只有在"超语言学"层面上才能认识其价值和意义。

二、仿词与"语言奴役创伤"

鲁迅在讽刺章士钊提倡读经的时候说："一个阔人说要读经，嗡的一阵一群狭人也说要读经。"③ 而在另一处，他写道："这时再不必用什么制帽勋章来表明阔人和窄人了，只要一看头之有无，便知道主奴，官民，上下，贵贱的区别。"④ "狭人"

---

① 孔昭琪：《鲁迅的仿词艺术》，《泰安师专学报》1997年第1期；孔昭琪：《鲁迅的仿词艺术（续）》，《泰安师专学报》1997年第3期。
② ［俄］巴赫金：《诗学与访谈》，白春仁等译，河北教育出版社，1998，第244—245页。
③ 鲁迅：《这个与那个》，载《鲁迅全集》第3卷，人民文学出版社，2005，第148页。
④ 鲁迅：《春末闲谈》，载《鲁迅全集》第1卷，人民文学出版社，2005，第217页。

和"窄人"都是"阔人"的反义仿词,这样的例子在鲁迅作品中比比皆是。仿词的大量使用,并非仅仅是为了追求幽默、讽刺效果,或者只是游戏文字,随意为之,而是有意挑战汉语的承受极限,故意僭越汉语规则,冲破汉语边界,挣脱语言牢笼。鲁迅似乎对汉语言怀有很深的怨恨,在他的杂文中,我们经常看到他对汉语言的诅咒:"方块汉字真是愚民政策的利器"[1],"汉字不灭,中国必亡,因为汉字的艰深,使全中国大多数的人民,永远和前进的文化隔离"[2]。这些在别人看来不免过激的言论,实则是他的真实想法,尤其在他翻译的文字中,句子有时被扭曲到难以卒读的地步,背上了"硬译"的恶名,招致很多人的攻击。但他始终不改初衷,还不停地为自己辩护,所以说他的"硬译"不是能力不济,而是有意为之。在所谓的"硬译"中,"汉语的主体地位荡然无存,外语的规范、程式,成为汉语重新组合的尺度"[3],这是试图冲破汉语框范、改良汉语表达方式的有意尝试。汪晖在其博士论文中,也谈到了鲁迅对语言的怨恨心态,他称之为鲁迅与传统汉语言的对抗。他说:"鲁迅正是在自己与传统的语言对抗中发现了自己的行为模式、思想方法、情感态度与传统的联系,获得了关于'中间物'的'清醒的文化自我意识'。"[4] 汪晖只说对了一半,鲁迅怨恨、对抗的不只是传统汉语言,而是汉文,也包括"五四"以后的白

---

[1] 鲁迅:《关于新文字——答问》,载《鲁迅全集》第6卷,人民文学出版社,2005,第165页。
[2] 芬君:《鲁迅访问记》,载中国社会科学院文学研究所鲁迅研究室编《1913~1983鲁迅研究学术资料汇编》第2卷,中国文联出版公司,1986,第577页。
[3] 张全之:《鲁迅的"硬译":一个现代思想事件》,《粤海风》2007年第4期。
[4] 汪晖:《反抗绝望——鲁迅及其文学世界》,河北教育出版社,2000,第154页。

话文。到1930年代，他还积极支持汉字拉丁化运动。在1934年给山本初支的信中，他还强调说："我是排斥汉文和贩卖日货的专家，关于这一点，怎样也是跟你的意见不同的。最近我们提倡废止汉字，颇受到各方的责备。"[①] 文中的废止汉字运动指的就是当时的汉字拉丁化运动。张新颖意识到鲁迅语言观的复杂性，他认为"语言的锻造"是鲁迅主体性建构的重要方面，"锻造"不只是建设性地"造"，也包含着捶打和敲击。他像一位内科医生面对着一个瘦骨嶙峋的胴体，通过敲击寻找着病灶，以便对症下药[②]。在中国现代作家中，像鲁迅一样，明确意识到汉语言的种种问题，并有意以"欧化"或"化欧"的方式进行改造的还有胡风和路翎，尤其是路翎，他像陀思妥耶夫斯基一样，不追求人物语言的个性化，且叙述语言生涩、滞碍，常常不合常规语法。路翎在谈到自己的语言时，提出了"语言奴役创伤"的概念："精神奴役创伤也有语言奴役创伤，反抗便是趋向知识的语言。"[③] 用"知识的语言"反抗"语言奴役创伤"是路翎的自觉追求。他解释说："（劳动人民）负创虽然没有到麻木的程度，但因为上层的流氓，把头，地痞性的小官与恶霸地主，许多是用土语行帮语，不用知识语言，还以土语行帮语为骄傲；而工农不准说他们的土语，就被迫说成相反的了。"[④] 鲁迅也意

[①] 鲁迅：《一九三四年十二月》，载《鲁迅全集》第14卷，人民文学出版社，2005，第331页。

[②] 张新颖、坂井洋史：《现代困境中的文学语言和文化形式》，山东教育出版社，2010，第5页。

[③] 晓风编：《胡风路翎文学书简》，安徽文艺出版社，1994，《我与胡风（代序）》第5页。

[④] 晓风编：《胡风路翎文学书简》，安徽文艺出版社，1994，《我与胡风（代序）》第6页。

识到"语言奴役创伤"的问题,但他的看法比路翎要深刻、复杂得多。路翎看到的是底层社会在语言资源分配上的不平衡,鲁迅看到的是语言与权力的结盟,给弱者带来的言说恐惧和言说障碍:"我不同你讲这些道理;总之你不该说,你说便是你错!"①"若是老子说话,当然无所不可,儿子有话,却在未说之前早已错了。"②而汉字本身的复杂、繁难,使其无法在民众中普及,其危害更让鲁迅耿耿于怀,他指出:"汉字也是中国劳苦大众身上的一个结核,病菌都潜伏在里面,倘不首先除去它,结果只有自己死。"③"汉字和大众,是势不两立的"④。鲁迅自己也深刻体会到"语言奴役创伤",他抱怨说"我是自身受汉字苦痛很深的一个人"⑤,"中国的文或话,法子实在太不精密了……这语法的不精密,就在证明思路的不精密,换一句话,就是脑筋有些胡涂……要医这病,我以为只好陆续吃一点苦,装进异样的句法去,古的,外省外府的,外国的,后来便可以据为己有"⑥。从语言的不精密,说到脑筋的糊涂,都反映了鲁迅对汉语言的基本认识,他自己也深受其苦,所以他一直在"医这病"。大量使用仿词,是"医这病"的方法之一。在谈到才子

---

① 鲁迅:《狂人日记》,载《鲁迅全集》第1卷,人民文学出版社,2005,第451页。
② 鲁迅:《我们现在怎样做父亲》,载《鲁迅全集》第1卷,人民文学出版社,2005,第134页。
③ 鲁迅:《关于新文字——答问》,载《鲁迅全集》第6卷,人民文学出版社,2005,第165页。
④ 鲁迅:《答曹聚仁先生信》,载《鲁迅全集》第6卷,人民文学出版社,2005,第78页。
⑤ 芬君:《鲁迅访问记》,载中国社会科学院文学研究所鲁迅研究室编《1913~1983鲁迅研究学术资料汇编》第2卷,中国文联出版公司,1986,第577页。
⑥ 鲁迅:《关于翻译的通信》,载《鲁迅全集》第4卷,人民文学出版社,2005,第391页。

佳人文学时，他写道："一个才子出门遇见一个佳人，两个人很要好，有一个不才子从中捣乱，生出差迟来，但终于团圆了。"①"不才子"与"才子"相对，属于生造，让人觉得幽默，但又感到表述的无奈。因为无论是已有的"庸才"还是"蠢材"，都无法准确地与这里的"才子"对举，只能活剥出一个"不才子"与之对应，表示它的反面，而"不才子"极不规范的词形和因陋就简的结构，见出汉语言的"不精密"，这大概就是鲁迅所要的效果。这样的例子还有很多（着重号为引者加）：

1. 所以为生存起见，也得会打拳，无论你所做的事是文化还是武化。（《集外集拾遗补编·〈这回是第三次〉按语》）

2. 他口里的阎罗天子仿佛也不大高明，竟会误解他的人格，——不，鬼格。（《朝花夕拾·无常》）

3. 而且也是真的，我的确生过病，这回弱水这一位"小头子"（仿"老头子"——引者注）对于这一节没有话说，可见有些青年究竟还怀着纯朴的心，很是厚道的。（《三闲集·我的态度气量和年纪》）

4. 我觉得连思想文字，也到处都将窒息，几句白话黑话，已经没有什么大关系了。（《而已集·扣丝杂感》）

5. "这断子绝孙的阿Q！"远远地听得小尼姑的带哭的声音。

---

① 鲁迅：《革命时代的文学》，载《鲁迅全集》第3卷，人民文学出版社，2005，第440页。

"哈哈哈！"阿Q十分得意的笑。

"哈哈哈！"酒店里的人也九分得意的笑。（《呐喊·阿Q正传》）

6.……后来这终于从浅闺传进深闺里去了。（《呐喊·阿Q正传》）

7.见了所谓"正人君子"固然决定摇头，但和歪人奴子相处恐怕也未必融洽。（《华盖集续编·为半农题记〈何典〉后，作》）

"武化""鬼格""小头子""黑话""九分得意""浅闺""歪人奴子"这些仿词，都是对汉语表达习惯的挑战。由"文化"而来的"武化"，是根本不存在的词，细究起来，其意义并不清晰，只是为了与"文化"对应，但如果不用"武化"，想把此处的意思表达出来，则十分困难；"鬼格"是对"人格"的修正，因为这句话的主语是活无常，是鬼不是人，所以鲁迅按照常规使用"人格"之后，再更正为"鬼格"，这是对汉语不精密的有意挑衅；"小头子"就像"不才子"一样，以极不规范的词形表述难以言明的情绪，不只是嘲弄对手，更是对汉语常规用法的挑战；"黑话"一词虽然存在，但这里作为"白话"的仿词，意义与常规含义完全不同；酒店里的人"九分得意的笑"与阿Q"十分得意的笑"相对，表示"笑"的程度上存在的差异，可谓精确到"一分"，而这种精确正是汉语习惯性表达中忽略的部分；"浅闺"与"深闺"相对，描述出了信息传播的路径，这种刻意追求精确的思路，看似多余，实则是对日常思维习惯的挑战；"歪人奴子"词形怪异，含义不清，属于强制性组合，这是对汉字的扭曲，也是对"正人君子"的有意反讽。这些仿词，触及了汉语言表达的边界，拓展出了新的疆域，建构起了新的意义空间。对鲁迅而言，这些生造的词汇就像他在语言牢笼的硬壁上凿出的一个个气孔，使他体会到对语言"肆意妄为"、打破语言牢笼的快意。这是对既有语言程式的挑战，也是怨恨情绪的自然流露。

鲁迅认为中国人脑筋糊涂与文字的不精密有关，用他仿造的话来说就是"人生识字胡涂始"①，所以重新配置文字，铸造新词或顺势仿词，力求表述得准确、生动，这类精确，看似无关紧要，却触及我们思维的模糊地带。就像方玄绰喜欢说的"差不多"一样，我们的语言常常陷入不精确而不自觉的状态，鲁迅这样做，对培养读者思维的精密性有重要的意义。

大量出现的仿词，体现了鲁迅与语言之间的对抗与搏斗，其实不只是鲁迅，对很多具有创造力的作家而言，创作的过程就是与语言搏斗的过程，萨丕尔称之为与词的情调做斗争："对文艺家，情调自然是大有价值的。值得注意的是，即使对他们情调也是一种危险。如果一个词的通常的情调已经是大家毫无问题地接受了的，这个词就成了样子货，成了陈词滥调。文艺家不时要跟情调做斗争，让词恢复它赤裸裸的概念含义，而把情感效果建立在独出心裁地安排概念或印象的创造力上。"② 语言在传播中会不断被重复，即使一些当初很精美的词汇，也会

---

① 鲁迅：《人生识字胡涂始》，载《鲁迅全集》第 6 卷，人民文学出版社，2005，第 305 页。
② ［美］爱德华·萨丕尔：《语言论》第 2 版，陆卓元译，商务印书馆，1985，第 36 页。

变得俗烂不堪,成为"样子货"和"陈词滥调",失掉它在美学上的光泽。作家们对这类词汇往往避之唯恐不及,而仿词的陌生性,极大地增强了语言的审美效果。

语言是一种工具,也是一个牢笼,对富有创造力的作家而言,语言的织体像一件紧身衣,限制着他们的思维和写作。自然,作为一位启蒙思想家,鲁迅关注的不只是语言问题,而是思想问题。当他指出"中国倒该说是最不看重文字的'文字游戏国',一切总爱玩些实际以上花样,把字和词的界说,闹得一团糟"① 时,其实已经将批判的矛头指向了爱搬弄"文字游戏"的文化传统上去了。这一传统到今天还在延续着,"名"重于"实"或以"名"证"实"已经成为日常思维的一部分,文字有时变成了覆盖现实与真相的华丽织体。有位诗人在回答为什么写诗时说:"现代汉语就像用脏了的人民币,我把它洗一洗。"②鲁迅也看到了汉语言在数千年流传过程中沾染的细菌,在字的缝隙中潜藏着的"吃人"病毒。他要废除汉字,盖源于此。但废除汉字自然不易,要清除汉字的病毒就成为他重要的事业。就像著名语言学家沃尔夫发现语言可以诱导火灾一样③,中华民族遭受的无数灾难,无不与语言有关,鲁迅对此是有清醒认识的。他自铸仿词,就充分表明了他对汉语言的态度,并试图改造语言的努力。所以,仿词对鲁迅而言,不只是一种语言现象,也是其思想的表征之一。

---

① 鲁迅:《逃名》,载《鲁迅全集》第 6 卷,人民文学出版社,2005,第 482 页。
② 这是顾城的话。在一期"锵锵三人行"中,许子东说到顾城说过这句话。视频链接:http://culture.ifeng.com/6/detail_ 2014_ 02/10/33654325_ 1. shtml。
③ [美] 本杰明·李·沃尔夫:《论语言、思维与现实——沃尔夫文集》,高一虹等译,商务印书馆,2012,第 128—130 页。

从"仿篇""仿句"到"仿词",是鲁迅"戏拟"式文学思维的系统体现,也是鲁迅思想的一种外在表现形式。相对"仿篇""仿句"而言,"仿词"是其"戏拟"思维的最小单位,也是鲁迅文学世界的"基石"之一。对"仿词"及其意义的分析,可以使我们直接切入这棵文学大树的根部,捕捉到其思维的细微波动,对理解鲁迅的思想及其文本的意义建构,具有重要的启发意义。

三、仿词与被仿词关系之一:"空词效应"

俄国形式主义者认为,"词没有一个确定的意义。它是变色龙,其中每一次所产生的不仅是不同的意味,而且有时是不同的色泽"。他们将词的抽象体比喻成一只空杯子,"每次都重新按照它所纳入的词汇结构以及每种言语的自发力量所具有的功能而被装满"[①]。他们强调的是词在不同语境中的含义变化,这就提醒我们在阅读时不能就词的常规含义理解文本。在鲁迅文学中,大量出现的仿词,只能在具体的语境中才能捕捉到其具体含义。不仅如此,仿词与被仿词之间,还构成了一种"对话"关系,这里说的"对话"不同于巴赫金所说的"对话体",而是指"仿词"和"被仿词"之间构成了一种相互干扰、相互阐发、相互依存的关系,由此拓展了句子的意义空间,为作品的意义建构搭建了更为阔大的平台,为我们理解作品提供了更多可能的路径。仿词和被仿词之间的"对话"十分复杂,有一类

[①] [俄]尤里·梯尼亚诺夫:《诗歌中词的意义》,[俄]维克托·什克洛夫斯基等著:《俄国形式主义文论选》,方珊等译,北京三联书店,1989,第41页。

仿词多是空洞的能指，没有所指，但会对被仿词进行"反噬"，使被仿词的含义或情感色彩出现异变，由此构成了一对紧紧咬合在一起的意义组合。这类仿词的出现，反映了鲁迅思维的逆向性和否定性特征，试举例如下（着重号为引者加）：

1. 总而言之，倘笔舌尚存，是总要使用的，东滢西滢，都不相干也。（《两地书·二四》）

2. 就是我们的同胞，异胞（我们虽然大家自称为黄帝子孙，但蚩尤的子孙想必也未尝死绝，所以谓之"异胞"）在示威，要将月亮从天狗嘴里救出。（《准风月谈·新秋杂识（二）》）

3. 南方人也可怜北方人太简单了，便送上许多文章：什么"……梦""……魂""……痕""……影""……泪"，什么"外史""趣史""秽史""秘史"，什么"黑幕""现形"，什么"滑牌""吊膀""拆白"，什么"噫嘻卿卿我我""呜呼燕燕莺莺""吁嗟风风雨雨"，"耐阿是勒浪瞠面孔哉！"（《热风·六十四有无相通》）

4. 有一种所谓"文士"而又似批评家的，则专是一个人的御前侍卫，托尔斯泰呀，托她斯泰呀，指东画西的，就只为一人做屏风。（《华盖集·并非闲话（三）》）

5. 每月一次，照例的半空中要簌簌的发响，愈响愈厉害，飞车看得清楚了，车上插一张旗，画着一个黄圆圈在发毫光。离地五尺，就挂下几只篮子来，别人可不知道里面装的是什么，只听得上下在讲话：

"古貌林！"

417

"好杜有图!"
"古鲁几哩……"
"O.K!"(《故事新编·理水》)

　　上述加点的词均为仿词,基本没有实际意义。"东滢"并无其人,只是根据"西滢"仿造的,但与西滢并用,使"西滢"的意义虚化——它本来指的是那个叫"陈西滢"的人,变成"东滢西滢"之后,其意义就变成了"无论什么""无论是谁"的意思。在"东滢"这一空洞能指的干预下,"西滢"的所指被掏空,也变成了一个空洞的能指。这种仿词反噬被仿词的现象,是鲁迅思维方式维的体现。例句2中的仿词"异胞"并无确切意指,虽然鲁迅煞有介事地解释,指蚩尤的后代,事实上没有人知道蚩尤是否有后代,或哪些人是他的后代。即使他有后代,长期以来,中国人都是以炎黄子孙来统称,也从未将蚩尤的子孙单列,所以从句子内容的表达需要来说,这个词实际上是多余的。但这个多余的仿词在情感上释放出强大的能量,使"同胞"一词不得不让渡出一部分内涵给它,使自己在内涵上变得飘忽游移,失掉了这个词本身携带的庄重、亲昵的情感,从而使这句话变成了一句讽刺语,与全文的情感指向相统一。这篇写于1933年的文章,表达的正是鲁迅对"同胞"和当局的讽刺和挖苦。彼时东北已经沦为殖民地,上海淞沪会战刚刚结束,国土正在沦丧,难民流离失所,但我们的"同胞们"在忙着救月亮、施舍饿鬼——这在当时是最妥当的法子。如果你说要救国,可能会招致当局的迫害,给自己带来危险,所以鲁迅不无讽刺地说:"我是一个俗人,向来不大注意天上和阴间的,但每当这些时候,却也不能不感到我们的还在人间的同胞们和异胞们的思虑之高超和妥帖。"① 因为谈论救国会有危险,还是救月亮来得安全;灾民不计其数,救济就要做出牺牲,还是救鬼"事省功多"。鲁迅讽刺了民众们的愚昧、世故,也批判了当局压制民众爱国热情的罪行。这里的"异胞"其实是对"同胞"的颠覆,是对"奴才们的发昏和做梦"② 的批判。例句3中加点的部分,是模仿鸳鸯蝴蝶派的文风生造的词(或短句),没有实际意义,但它会反噬被仿对象,使其严肃的表意系统和庄重的情感形态陷入危机。例句4和例句5中的"托她斯泰""古鲁几哩"同样没有实际含义,这两个词的戏谑色彩,使前面的词也变成了被嘲弄的对象,其意义被掏空。

这类仿词在鲁迅的仿词中具有特殊性,以其空洞的能指干扰被仿词,使被仿词变得意义空洞,形成"空词效应",这种状况在其他作家笔下也偶有出现,但在鲁迅这里数量较多,成为其仿词使用的一大特色,与其思想体系融为一体,成为鲁迅文学的重要组成部分。

四、仿词与被仿词关系之二:互动式意义结构

克里斯蒂娃在讨论互文性的时候,特别重视词语的作用,她认为:"词语不仅是最小的文本单位,它还具有中介(médiateur)地位,连接文本与读者,也连接文本与历史。所以

---

① 鲁迅:《新秋杂识(二)》,载《鲁迅全集》第5卷,人民文学出版社,2005,第297页。
② 鲁迅:《新秋杂识(二)》,载《鲁迅全集》第5卷,人民文学出版社,2005,第298页。

词语是结构与文化、结构与历史之间的中介元素;它还是带有调节(régulateur)功能的中介元素,因为每位作家都会找到自己特有的方式与其他文本以及读者发生关联,成为其时代的重要作家,或反之。"① 克里斯蒂娃受巴赫金的影响,认为文学中的词语具有"双值性"和"对话性"。鲁迅文学世界的语言,在很多方面呈现出"对话性"与"双值性",鲁迅小说的复调、对话特征也引起了研究者的重视,相关成果已有很多。这里借助鲁迅的仿词,来论述鲁迅小说在语言上的独特性。

在鲁迅的仿词中,有一类内涵丰富,与被仿词构成意义共同体,形成意义互动关系。如下列(着重号为引者加):

1. 虽说因为痛恨流寇的缘故,但他(指金圣叹——引者注)是究竟近于官绅的,他到底想不到小百姓的对于流寇,只痛恨着一半:不在于"寇",而在于"流"。百姓固然怕流寇,也很怕"流官"。(《南腔北调集·谈金圣叹》)

2. 满心"婆理"而满口"公理"的绅士们的名言暂且置之不论不议之列,即使真心人所大叫的公理,在现今的中国,也还不能救助好人,甚至于反而保护坏人。(《坟·论"费厄泼赖"应该缓行》)

3. 却不知中国现在,正须父范学堂;这位先生便须编入初等第一年级。(《热风·随感录二十五》)

4. 这就是文人学士究竟比不识字的奴才聪明,党国究

---

① [法]朱莉娅·克里斯蒂娃:《主体·互文·精神分析——克里斯蒂娃复旦大学演讲集》,祝克懿、黄蓓编译,北京三联书店,2016,第14页。

竟比贾府高明，现在究竟比乾隆时候光明：三明主义。（《伪自由书·言论自由的界限》）

5. 意思是，中国旧说，本以为人有三魂六魄，或云七魄；国魂也该这样。而这三魂之中，似乎一是"官魂"，一是"匪魂"，还有一个是什么呢？也许是"民魂"罢，我不很能够决定。（《华盖集续编·学界的三魂》）

上述句子中加点的仿词，不仅本身就有明晰的内涵，还与被仿词构成意义共存关系，相互阐发，有时意义共享，形成一个意义域，或称为互动式意义结构。这与克里斯蒂娃所说的词语与文化以及与其他文本的关系相符。她特别指出："探究词语的地位与功能也就是探究词语的各项关联。"① 例句 1 中的"流官"仿"流寇"而来，从而也承袭了"流寇"的含义。"官"与"寇"本势不两立，灭"寇"是"官"的职责，但通过这一个仿词，揭示了"官"与"寇"在本质上的同一性：官也是寇，搜刮民财更为苛刻，鲁迅引用过一句四川的民谣："贼来如梳，兵来如篦，官来如剃"②；寇也可以为官，鲁迅多次引用过这句古谚："若要官，杀人放火受招安"③。例句 2 中的"婆理"与"公理"相对，意思是"非公理"，两相对应，本质一也。因为所谓挂在嘴上的"公理"不过是骗人的把戏，骨子里还是"非公理"——"婆理"，由此使婆理和公理进行意义交换与共

---

① ［法］朱莉娅·克里斯蒂娃：《主体·互文·精神分析——克里斯蒂娃复旦大学演讲集》，祝克懿、黄蓓编译，北京三联书店，2016，第 13 页。
② 鲁迅：《谈金圣叹》，载《鲁迅全集》第 4 卷，人民文学出版社，2005，第 543 页。
③ 鲁迅：《"京派"与"海派"》，载《鲁迅全集》第 5 卷，人民文学出版社，2005，第 454 页。

享。例句3中的"父范学堂"是"师范学堂"的仿词。鲁迅说："前清末年,某省初开师范学堂的时候,有一位老先生听了,很为诧异,便发愤说:'师何以还须受教,如此看来,还该有父范学堂了!'这位老先生,便以为父的资格,只要能生。能生这件事,自然便会,何须受教呢。"①鲁迅认为不仅要有,这老先生还应该进入初等第一年级。"师范学堂"培养老师,"父范学堂"培养父亲,两个词相呼应,使读者很容易理解"父范学堂"的含义,也显示了中国培养"人之父"的必要性和紧迫性。例句4中的"三明主义"是"三民主义"的仿词,"聪明""高明"和"光明"三个词反讽了民国时代文人学士的诡辩、党国的残暴和时代的黑暗,鲁迅将其并称为"三明主义",很容易使人想到"三民主义",两词相对,构成强烈反讽效果,使"三民主义"的意义受到质疑。例句5中的"官魂""匪魂""民魂"是"国魂"的三个仿词,但在鲁迅的阐述中,这三个词是"国魂"中的三个部分,所以在这里,仿词变成了对被仿词的阐释,他们之间构成"母词"和"子词"的关系,从而构成了意义共同体。

像上述仿词（或短语）在鲁迅作品中还有很多,如仿"为艺术而艺术"而造出的"为杀人而杀人""为遗老而遗老",仿"顺民"而造出的"逆民"等,不胜枚举。这类仿词有着丰富的内涵,并与被仿词进行意义交换或共享,为作品（文章）的表意需要提供了重要支撑。正是这类仿词的大量使用,使鲁迅

---

① 鲁迅:《随感录二十五》,载《鲁迅全集》第1卷,人民文学出版社,2005,第312页。

的文学语言处于超负荷状态，如同压缩饼干，会在读者的阅读过程中释放出巨大能量。

五、余论：仿词之于鲁迅文学的意义

在"五四"白话文运动中，以白话取代文言，是一代先觉者们努力的方向，到1920年，北京政府教育部颁布法令，规定从当年秋季起，国民小学的国文教科书不再使用文言，改用白话，标志着白话文运动的胜利。但在这一代先觉者中，鲁迅有着与众不同的看法，他认为当时的白话文过于粗陋，不堪重用，所以要改良白话，这是比白话取代文言更为复杂、更为艰难的文化工程。王彬彬在论述鲁迅与现代汉语的文学表达时就意识到这一点，他认为自晚清白话文运动开始的近现代一系列文字改革运动中，真正意识到汉语的局限，并尽最大努力进行改造的人并不多，"而鲁迅则是这方面的典型代表"，"鲁迅对语词的创造和运用，鲁迅对句子的组织安排，都常常在惯常的汉语表现之外，都往往显得极其新异奇特……鲁迅的那些语言，既是人人笔下没有，也是人人心中所无的"[①]。毫无疑问，鲁迅是在白话文运动之后，仍然坚持改造现代汉语的现代作家之一，他这种改造不是指拉丁化、拼音化或大众化，而是指现代汉语本身。他漫长的翻译和写作过程，就是一个努力改造白话（现代汉语）的过程，这就是为什么他的译文和创作中经常出现不合规范的词汇和句子。这不仅仅是为了追求修辞效果，更是为了

---

① 王彬彬：《鲁迅与现代汉语文学表达——兼论汪曾祺语言观念的局限性》，《中国现代文学研究丛刊》2021年第12期。

对现代汉语进行改造和创化。但鲁迅毕竟不是一个语言学家,他对现代汉语的改造不是一种简单的语言行为,而是一种思想行动。正如有论者指出的那样:"自清末以来,现代中国的语言选择就与救亡图存、启蒙以及复兴等时代主题同步,甚至语言走在前台,在传统/现代、中/西等二元复杂的纠葛中,折射着救亡、启蒙、复兴等时代主题。"[①] 鲁迅对现代汉语的改造也需要从这一思想层面上来认识,而仿词的大量使用,是其汉语改造工程的一部分,也是其思想表达的一种语言形式。仿词都是由"被仿词"和"仿词"的对应关系构成的,本文前面讨论的几种特殊类型,反映了鲁迅仿词使用的新颖性,但就总体而言,仿词与被仿词的关系,体现了鲁迅思维的"对举"特征——根据一个常用词,立刻翻造出一个新词,形成"对举"关系,或者被仿词不出现,躲在仿词的背后,读者会心领神会,这都构成了语词的"对举"关系。研究者习惯于将仿词分为"同义仿词""反义仿词""同音仿词"等,但无论怎样其实都是一种"仿"——或照猫画虎或照虎画猫又或者照虎画虎——都是一种模仿,使仿者和被仿者之间构成一种类似反讽的关系,具有强烈的颠覆效果,如下面这些仿词:

下野——下坑(《而已集·拟豫言》)
唯物史观——唯饭史观(《而已集·大衍发微》)
先烈——后烈(《三闲集·"革命马前卒"和"落伍

[①] 时世平:《启蒙与现代中国文学语言变革》,《东北师大学报(哲学社会科学版)》2020年第4期。

者"》)

　　正宗——邪宗（《且介亭杂文二集·后记》）

　　纠正——纠歪（《热风·望勿"纠正"》）

　　仿词与被仿词之间构成了一种反讽关系，过去的研究者都强调这类仿词的幽默效果，其实是一种思想的反讽，体现了鲁迅思想中极为重要的一面，那就是"与黑暗捣乱"的战术。他在给许广平的信中解释说："你的反抗，是为了希望光明的到来罢？我想，一定是如此的。但我的反抗，却不过是与黑暗捣乱。"[①]"与黑暗捣乱"，并不期待未来的黄金世界，这种绝望的心态，在这类"恶作剧"式的仿词中得到生动体现，而这一思想，与"对举"式的思维方式互为表里。如果将目光放宽一点，就能对鲁迅这种思维方式看得更清楚。如在小说《阿Q正传》中，鲁迅说小D"他叫'小同'，大起来，和阿Q一样"[②]，很明显，小D就跟阿Q形成同向"对举"关系；在《故乡》中憨厚朴实的闰土跟刁钻狡黠的杨二嫂形成反向"对举"关系；《孔乙己》中的孔乙己和丁举人形成反向"对举"关系；在《伤逝》中，那个在涓生背后恶意学舌的"隐形的坏孩子"就跟涓生形成反向"对举"关系；《孤独者》《在酒楼上》《头发的故事》中"我"和魏连殳、吕纬甫、N先生都形成同向"对举"关系。《故事新编》中的女娲、大禹、后羿、嫦娥、老子、庄

---

① 鲁迅：《第一集北京》，载《鲁迅全集》第11卷，人民文学出版社，2005，第80—81页。
② 鲁迅：《寄〈戏〉周刊编者信》，载《鲁迅全集》第6卷，人民文学出版社，2005，第155页。

子、墨子等人物与神话或历史上的原型形成一种复杂的"对举"关系,很难用简单的正向或反向来概括,鲁迅称之为"油滑"——"偏要在庄严高尚的假面上拨它一拨"①,这种心态,跟仿词的使用是一致的。当读者阅读这些作品的时候,那些有关的历史文献作为一种"潜文本"与现在的作品形成"对举"关系。这充分说明,在鲁迅的文学世界里,这种"对举"思维普遍存在着,形成了一种值得重视的文学现象。

诚然,鲁迅笔下的仿词相对鲁迅丰富、复杂的文学世界而言,只是一个很小的语言现象,但其意义则不容小觑。如果说鲁迅文学是一棵大树,仿词可能只是树上的一片叶子,但叶子虽小,却与整棵大树血脉贯通,承载着大树的基因图谱。所以研究鲁迅的仿词,同样是进入鲁迅文学世界的一条重要通道。

---

① 鲁迅:《华盖集续编·小引》,载《鲁迅全集》第3卷,人民文学出版社,2005,第195页。

纪实与回忆：论郭沫若、谢冰莹对从军北伐的不同书写[①]

  1926年爆发的北伐战争，以反抗列强、消灭军阀，实现三民主义、统一中国为目的，顺应了广大民众的普遍要求，因而得到了广泛的响应和支持。在一片喝彩声中，北伐军挥师北上，势如破竹，沿途百姓，箪食壶浆以迎正义之师。不足一年的时间，北伐军占领了大半个中国，兵锋直指华北、东北，给苦难中的国民带来了巨大的希望。北伐战争所标榜的为国为民的正当性，也吸引了很多文人的支持和参与。1926年的广州和1927年的武汉，曾经一度成为中国文人的向往之地和会聚之所，形成了继京、沪之后新的文学中心。从文人参与北伐战争的方式来看，追求革命者虽不乏其人，但真正以军人身份亲临前线的则屈指可数，其中影响最大的无疑是郭沫若。自1926年7月21日随军北上，到1927年3月摆脱蒋介石的控制逃亡南昌，郭沫若在近一年的时间里，亲身经历了北伐战争血与火的考验，也目睹了这场战争一步步被蒋介石引向革命反面的过程。他终于

[①]　原刊于《社会科学辑刊》2013年第5期。

在忍无可忍之际，抛出痛批蒋介石的名文——《请看今日之蒋介石》。这篇讨蒋檄文震动朝野，使他成为蒋介石的"通缉犯"。多年以后，郭沫若将此段经历形诸文字，就是我们今天看到的《北伐途次》。这篇回忆性文字，在艺术上并无太突出的特点，却清晰地记录了一位浪漫诗人在戎马倥偬中的思绪与情感，这对研究中国现代文人与战争之关系，对了解战争背景下中国文学的艰难历程，具有重要意义。

在老作家投笔从戎的时候，也有怀揣着文学梦的年轻人加入北伐出征的行列，他们用笔记录着这场波澜壮阔的历史壮剧，也在血与火的淬砺中走向成熟。这些人中主要有叶永臻、孙席珍和谢冰莹等。叶于1926年入黄埔军校，很快以学生军的身份入伍，在南昌城下与孙传芳的部队激战五昼夜，攻下南昌。1929年8月，他发表以此为题材的自传式作品《小小十年》。该书因鲁迅品题而名声大噪。孙席珍于1926年随林伯渠参加北伐，担任连、营政治指导员和团政治助理，武汉克复后，调任总政治部秘书，在郭沫若领导下负责主编南昌版《革命军日报》；"四一二"事变后，被调往第三军政治部当科长，参加了南昌起义；后来发表战争题材的系列小说《战争中》《战后》《战场上》等作品。与这二人相比，谢冰莹的影响更大。谢在出征途中，随手写下了多篇日记，先在《中央日报》副刊连载，引起了广泛关注；1928年出单行本，连续印了十九版，很快被译为法、俄、日、朝鲜等文字在国外流传。因此，就反映北伐战争的作品来说，谢冰莹的《从军日记》与郭沫若的《北伐途次》是两部最有代表性的作品。而两位作者之间的性别差异、地位悬殊，也使这两部作品具有了各自鲜明的特点。

一

对郭沫若来说，北伐战争需要他的参与，而对谢冰莹来说，她需要参与北伐战争。这是他们二人之间的根本差异，这种差异，很好地代表了中国现代作家参与战争的两种主要方式。

在北伐战争爆发之前，郭沫若已是名满天下的诗人，无论走到哪里，都带着耀眼的光环，受到人们的拥戴和媒体的追逐。1926年3月18日，郭沫若跟郁达夫、王独清一起离开上海到革命中心广州，23日到达，随即担任广东大学文学院院长一职。初到广东，他见到了毛泽东、周恩来等著名共产党人，受到他们很大影响。在共产党人的斡旋下，郭沫若参加了北伐，担任北伐军总政治部的宣传科长。很显然，郭沫若参加北伐，一方面出于他的革命热情，另一方面也寄托着共产党人的希望。对郭沫若来说，放弃每月360元的文学院院长职务，跑到前线担任每月240元的宣传科长，是怀有非个人功利性考虑的。作为一位文化名人，他参与北伐，无疑会极大地提高北伐战争的号召力和影响力，其符号意义比实际意义更为重要。与之相比，当时籍籍无名的乡间女子谢冰莹参加北伐战争有着和郭沫若完全不同的动因。

谢冰莹参加北伐战争有两个目的。第一，她将参与战争看作获取创作素材和灵感的良好机遇。如她二哥所言："她如果想要写出有血有力，不平凡的作品，那就非经过一些不平凡的生活不可！去当兵，正是锻炼她的体格，培养她的思想，供给她文章材料的好机会，这对她，绝对只有益而无害的！"① 显然，一向欣赏她、关爱她的二哥，将北伐战争看作是谢冰莹进行文学创作的良好机遇，他是站在她个人成长的角度，而不是从战争的角度来考虑问题的。第二，她将参军看作逃婚的最好途径。谢冰莹自己说："至于我自己，那更不要说了，即使他们都反对，我也要去的！因为这年的冬天，母亲要强迫我出嫁，要想逃脱这个难关，就非离开长沙不可！但是往何处去呢？一个未满二十岁的孩子，身无半文，带着一颗从小就受了创伤的心，能往何处去呢？"② 对当时的谢冰莹来说，到部队上去，无疑是最好的出路。等到了部队以后，为国为民的意识就自然产生了，所以她总结说："我相信，那时，女性同学去当兵的动机，十有八九是为了想摆脱封建家庭的压迫，和找寻自己出路的；可是等到穿上军服，拿着枪杆，思想又不同了，那时谁不以完成国民革命，建立富强的中国的担子，放在自己的肩上呢？"③ 对这些年轻女子来说，当兵成为"娜拉出走以后"的最好出路，所以以解放民众、打倒军阀为目的的军事事件，成为女性走出封建家庭、摆脱封建婚姻、走向解放的良好契机，使这场战争具有了女性解放的新内涵。

谢冰莹怀着挣脱牢笼的憧憬，顺利考取了中央军事政治学校（黄埔军校武汉分校）。她和同时被录取的年轻人一起，兴高采烈地从长沙奔赴武汉军校接受训练。但到了武汉以后，因为

---

① 谢冰莹：《从军日记》，载《谢冰莹文集（上）》，北京燕山出版社，2007，第41—42页。
② 谢冰莹：《从军日记》，载《谢冰莹文集（上）》，北京燕山出版社，2007，第42页。
③ 谢冰莹：《从军日记》，载《谢冰莹文集（上）》，北京燕山出版社，2007，第42页。

名额限制，在长沙扩招的学生必须有一部分被淘汰，谢冰莹作为学生代表出面抗议，结果她被除名了。情急之中，她化名谢冰莹（原名谢鸣冈），混到北方学生中，争取了一次重考的机会，又顺利被录取。经过短暂的训练之后，1927年5月的一天，军校突然接到命令，要求挑选20名女生组成宣传队，编入中央独立师参加西征。谢冰莹荣幸入选，终于实现了她的从军梦。郭沫若和谢冰莹不同的参战目的，决定了他们在战争中的不同表现。郭沫若随军北伐途中，忙于军务，几乎完全停止了文学创作。与郭沫若不同，此前就迷恋文学创作的谢冰莹，则将这次从军看作是进行文学创作的绝佳机会，所以她一边行军，一边将膝盖作为案头，陆续记下自己的行军经历，寄到汉口的《中央日报》副刊。随着这些日记的陆续刊发，她名气大噪，成为北伐军中最负盛名的"女兵"。

对郭沫若来说，战争使他远离了文学，对谢冰莹来说，战争成全了她的文学梦，使她迅速登上文坛。将《从军日记》与《北伐途次》对比阅读，我们仍然会有很多发现：一个是初出茅庐的年轻女性对战争的实录，一个是资深作家对战争的回忆；一个是军队中的普通一兵，一个是军队核心阶层的领导者；一个是为了拯救自己而走向战场，一个是为了拯救国家而弃文从武。全然不同的参军动机，留下了关于北伐战争的两类文学文本。

二

郭沫若本非军人，他参与北伐战争带有"友情演出"的成分，所以他对北伐战争的观察和思考带有明显的批判性。一方面，作为政治部的宣传科长（后兼政治部副主任等职），他尽心尽力地工作，不辞辛劳地完成自己的使命；另一方面，他更像一位观察家，对战争的过程不断进行反思，有时还以调侃的心态对一些事件进行品评。直到最后，当发现革命将被蒋介石出卖的时候，他不顾个人安危，挺身而出，揭露蒋介石的反革命嘴脸。与之相比，谢冰莹作为普通一兵，在战争中没有话语权，她能做的就是无条件地服从命令，所以她对战争的记录体验多于思考，其亮点在于她的女兵身份和坚定、执着的献身精神。其体现出来的思想观念，基本停留在军校教科书的水平，这与郭沫若是截然不同的。具体来说，谢冰莹对战争的记录，与郭沫若对战争的回忆，构成了我们理解文人与战争关系的两类文本，使我们能够从不同的视点，观察这场战争的内在复杂性。

郭沫若在北伐战争中，虽然能够恪尽职守，但他作为文人的习惯一点也没有改变。他一方面服从他的顶头上司宣传部主任邓择生（邓演达）的指示；另一方面，他对邓择生、对其他将军、对正在进行的战事，始终抱着一种质疑、反思甚至是批判的态度。这样一种态度使他看上去具有双重身份：他既是战争的参与者，又像是一位旁观者。在他的眼里，这场深得人心的战争似乎早已潜伏下了致命的危机。

邓择生是郭沫若的顶头上司，服从命令是军人的天职，所以郭沫若对邓的指示是严格执行的。但他又不像一般的军人一样，对上司唯命是从，所以在北伐过程中，他们之间出现过两次摩擦。第一次是奉命离开长沙时，郭沫若和李德谟发现离出发时间还有两个小时，便到附近澡堂洗了一个澡。哪知邓择生决定提前出发，由于郭沫若和李德谟没有提前赶到，误了发车时间，邓择生大发雷霆，扬言要枪毙他们。郭沫若自然是一肚子委屈——他哪里知道出发时间提前了呢？他不但没有找邓择生检讨，反而对邓心怀不满。事实上，出于对郭沫若的尊重，邓见到郭沫若的时候，并没有当面批评他，但这事让郭沫若很不愉快。第二次，郭沫若听说邓择生私下批评他是"感情家"，并怀疑郭沫若和政治部的几个四川人拉帮结伙对抗广东人，这让郭沫若无法忍受，当晚就写了辞职申请，要求离开部队。后经邓择生当面挽留，此事方才作罢。这明显看得出，文人当兵，自有文人的个性，与一般的军人是截然不同的。

对身边的将军们，郭沫若也不像一般军人一样，满怀敬畏，而是采用调侃或腹诽的方式对待他们，显得更像一个军事观察家。比如，他对陈铭枢将军的描写，就颇为幽默、诙谐，带有善意调侃的味道：

> 走到了关帝庙，那儿是前敌司令部的驻扎处，从那庙门走过时，陈铭枢含着一支雪茄刚好从左侧大门中走出。我那时候很佩服他，觉得他很沉勇，就像是关帝君显了神的一样。连那在他的后面跟着的两名护兵，也就是周苍和关平。[1]

碰到独立团团长叶挺的时候，他这样跟他打招呼：

> "喂，赵子龙，怎样？"我这样简单地向他打招呼。我

---

[1] 郭沫若：《北伐途次》，载《郭沫若全集·文学编》第13卷，人民文学出版社，1992，第61—62页。

们当时在对外宣传上是称他为赵子龙,他自己很得意,但他却不曾知道奉上这个徽号的便是我。①

对他不喜欢的将军、官僚,郭沫若则十分鄙夷,便有了腹诽之事:

> 我对于詹大悲,特别地感觉着一种先天的不满意。我在肚子里面骂了他好几声的"臭官僚","投机派"。我知道湖北省政府委员会里面,是有他的名字的,他这一两天来赶路的热心不外是去抢官做而已。"哼,哼,"我自己冷笑着,"国民革命!不外是让几位投机的烂绅士做做新官僚罢了!"——心里尽管怀着怒气,但也没有说出来。②

郭沫若始终保持着文人的清高,拒绝借革命之机捞取官位,他认为,当时的革命同志"三分来是革命,七分来是做官",自己要与他们划清界限,所以他说:"革命不一定要做官,抱着革命的志趣的人无论到什么地方,无论做什么事情,一样可以革命。"③对革命阵营内部,以"策略"之名,行推诿、圆滑之实的官僚作风,他深恶痛绝:"我最大的不满意便是万事都讲'策略'。目前革命的胜利只有军事上的胜利,政治上是丝毫也没有

---

① 郭沫若:《北伐途次》,载《郭沫若全集·文学编》第13卷,人民文学出版社,1992,第63页。
② 郭沫若:《北伐途次》,载《郭沫若全集·文学编》第13卷,人民文学出版社,1992,第42页。
③ 郭沫若:《北伐途次》,载《郭沫若全集·文学编》第13卷,人民文学出版社,1992,第100页。

表现的。像我们政治部对于民众发出了许多的口号,但是一点也不能兑现。军事上的胜利一半是得到民众的帮助,但是对于民众的迫切要求,我们却万事都讲'策略'。我们对于旧时代的支配势力太顾忌,太妥协了。结果民众是受了欺骗,我们自己会转化成旧势力的继承者,所谓革命只是一场骗局。"① 郭沫若此言既体现了读书人的直爽和豪气,又切中肯綮,揭穿了高举革命招牌的阴谋家的嘴脸。当北伐战争正在进行的时候,郭沫若就看到了这一点,可谓先知先觉,让人油然而生敬意。

对北伐士兵的描写,郭沫若也不是一味地歌颂,而是实事求是地描写他们的临战状态:"下面的天地里是采取着散兵线进行着的我们的军队。人人都带着一个严肃的面孔,进行很迟钝,一些下级军官叫破嗓子地在督促着。看那情形的确是可怜的一幅图画,要说是和驱着羔羊上屠场一样,是一点也不过分的。"② 在描写"自己的"军人的时候,采用这样的写法,是罕见的。因为北伐战争已经被包裹上了一层厚厚的政治意义和历史价值,每一个参与的军人,都被想象成是勇敢的和高尚的,不可能会出现这种状况。但现实就是现实,这些被驱赶的羔羊,一旦与敌人相接,便奋不顾身,成为真正的英雄。所以说,英雄不是天生的,而是特定情境下"逼"出来的,这才符合历史的真实。

郭沫若在北伐战争中,依然保持了早期写诗时那种放浪形骸式的诗人气质,所以在《北伐途次》中两次写到自己撒尿的

---

① 郭沫若:《北伐途次》,载《郭沫若全集·文学编》第 13 卷,人民文学出版社,1992,第 101 页。
② 郭沫若:《北伐途次》,载《郭沫若全集·文学编》第 13 卷,人民文学出版社,1992,第 51 页。

情景，尤其是第二次，似乎更有"文学性"："夫役的一队人把正中处走过了，我自己的尿意来了，便站在那田地中对着武昌城撒尿。尿正洒在中途的时候，又是轰充的一声。这一炮正落在我背后的路上，爆发了；夫役的队尾子混乱了一下。"① 武昌城久攻不下，士兵伤亡惨重，这时的郭沫若对着武昌城撒一泡热尿，引来了敌人的炮弹，身边的夫役们慌作一团，他却岿然不动，继续撒他的尿——似乎他的一泡尿比炮弹还厉害，可以将武昌城冲垮一样——此时的"尿主"不是北伐军政治部的官员，而是《女神》时代不可一世的浪漫诗人，很好地展现了文人从军的另类景象。

对战争过程中发生的种种问题，他也高度敏感。如在围困武昌时，曾一度有消息说，武昌城被攻下，但最后证明是谣传。郭沫若马上想到："攻进了武昌城的消息不用说完全是假造的。因为谁都相信当晚的夜袭一定可以攻进城，而先攻进城的部队在论功行赏上自会掌握武昌乃至湖北全省的统制权，这便构成了那假造情报的动机和目的。"② 事实证明，郭沫若的感觉是准确的。自9月1日起，北伐军就将武昌城围困起来，但城墙太高，敢死队一次次攻城未果。9月5日，北伐军再次攻城，时任第二师师长的刘峙，长期因为军纪涣散，遭到蒋介石的训斥，所以在攻城的时候，为了抢头功，谎称他的士兵已经攻入武昌城，请求支援，结果使援军遭受重创。③ 郭沫若一眼就看穿了这

---

① 郭沫若：《北伐途次》，载《郭沫若全集·文学编》第13卷，人民文学出版社，1992，第68页。
② 郭沫若：《北伐途次》，载《郭沫若全集·文学编》第13卷，人民文学出版社，1992，第84页。
③ 中央档案馆编：《北伐战争（资料选辑）》，中共中央党校出版社，1981，第121页。

些将军们的嘴脸，其目光之敏锐，观察之深刻，让人叹服。

在北伐战争的阵营中，郭沫若始终保持着自由知识分子独立思考的能力。对这场战争，他一方面寄予厚望，另一方面也发现了种种可疑的迹象，后来他发现蒋介石背叛革命的时候，拍案而起，怒斥蒋介石的罪行，也就在情理之中了。

当然，《北伐途次》是回忆而非纪实，写作时间是北伐战争结束多年以后。这个时候，北伐战争的后果已经看得十分清楚，就无可避免地带有"后见之明"。但从文本来看，郭沫若还是努力将当时的感受和后来的见解区分开来。比如当在武昌城看到战死的士兵遗体的时候，他清晰地记录了自己思想的变化轨迹："……但我那时候的感触却是没有流于感伤：因为我觉得他们的死是光荣的，他们的血是有代价的，他们是死得其所，是死而无憾。……但在七八年后的现在我写到这儿，我对于当年的夸张的感想，只能够自己对着自己冷笑了。"[1] 这说明郭沫若在写《北伐途次》的时候，明确意识到事隔多年之后，自己的情感已经跟当初大不相同，所以他有意识地将这二者区别开来，以确保回忆的真实性。这种明确的自我意识，基本保证了回忆的可靠性。

与郭沫若相比，谢冰莹只是地位卑微的女兵，却通过她那纯净稚气、灵动活泼的文字，将北伐战争中的女兵传奇刊布于众，为自己赢得了世界性的声誉。

《从军日记》与《北伐途次》相比，有几个方面的优势。第一，它与北伐战争同步发表，这对关注北伐战争的读者来说，

---

[1] 郭沫若：《郭沫若全集·文学编》第13卷，人民文学出版社，1992，第119页。

有很大的吸引力。1927年夏斗寅背叛革命，进攻防守空虚的武昌，国民政府急调叶挺率国民革命军第十一军二十四师拒敌，同时将武汉中共军事政治学校的学生、中央农讲所的学员合编成中央独立第一师进剿叛军，并急招在九江、武穴方面的国民革命军第二、第六军回援。谢冰莹就是这次走向前线的。作为女兵，她的职责是伤员救护。在这个过程中，谢冰莹利用行军的间歇，在膝盖上陆续写下了这些断断续续的日记，并及时在《中央日报》副刊刊发，在当时既有文学价值，也有新闻价值，自然能够引人关注。

第二，谢冰莹的女性身份，也是《从军日记》得以火爆的重要原因。在北伐战争之前，中国女性从未在官方的许可下以群体的形式走向战争，北伐战争开始以后，武汉中央军事政治学校开始招收女兵，使中国的女性第一次获得与男性一起走向战场的机会。这种开天辟地的行为，必然会引起人们的广泛兴趣。《从军日记》用相当大的篇幅，描写了百姓看到女兵时的好奇与困惑：

> 我一个人先抵嘉鱼，为了找我们的住址在街上走了好几次。啊呀！女兵来了！女兵来了！这个骑马的女兵恐怕是什么官长罢？一片喊声连关在九层楼上的闺女也通通出来了。……
>
> 到了福音堂的门首，我只得下马休息着，因为听说我们住在洋房子里，"这恐怕就是我们的所在罢？"我这样想。进门了，跟随我来的有各种各样的人物约二三百人，他们或她们有叫我做老总的，有叫女先生的，有叫女长官的，

还有一个小孩子叫女司令官的。我这时汗流满面,脸上烧得热烘烘地,我真难以为情了,我已经做了西洋镜里的"古董玩器",不,新时代的怪人物。①

其中也不乏让人忍俊不禁的描写:

一位持拐杖的老婆婆说:"我长到八十多岁了,从没有见过这样大脚,没头发,穿兵衣的女人。"哈哈哈!她笑出眼泪来了!我也和着大众们笑了。有位四十多岁的婆婆送茶给我喝,我真感谢她,她说了一句使我很难过(其实并不难过)的话。她说:"这样年纪轻轻活活泼泼的女孩,假使在战场上打死了,她家里的父母怎么办呢?"②

这种描写,第一次呈现了女兵在行军途中遭遇的尴尬,这在中国历史上是从未有过的。正如有论者指出:"作者的性别身份,不但为作品增加了某种传奇色彩,而且激发了人们对新时代新女性的好奇与想象,隐含了革命时期人们渴望重新塑造和想象'新女性'的强烈期待。"③

第三,北伐战争像所有的政治事件一样,在凯歌高奏、理想高扬的同时,也必然会夹杂着污秽和丑恶,这是政治运动过程中必然会出现的伴生物。完全纯净的、正义的、完美的政治

---

① 冰莹:《从军日记》,光明书局,1933,第28—29页。
② 冰莹:《从军日记》,光明书局,1933,第29页。
③ 杨联芬:《女性与革命:以1927年国民革命及其文学为背景》,载陶东风编《中国革命与中国文学》,黑龙江人民出版社,2009,第32页。

运动是不存在的，所以郭沫若满怀激情地投入北伐以后，也时时会用质疑的眼光，去发现藏在表象背后的龌龊。谢冰莹也同样如此，她不可能看不到那些隐藏在激情背后的灾难性事件，但她显然缺乏郭沫若式的批判意识，她的身份和地位也决定了她只能痛惜而无力批判。从咸宁出发去汀泗桥的时候，谢冰莹坐在火车上，想起她在咸宁道旁看到的七具尸体，其中六具是土豪劣绅的，一具是被冤杀的学生。这时谢冰莹记述了她当时的思想情感："死了的六个土豪劣绅我到（倒）一点都不可怜他们，虽然他们是被我们同学用五六次枪打死的。因为他不知害死了多少劳苦民众。只可惜的，冤枉打死了一个教导营的学生，他是这次打汀泗桥时被敌人捉去了缴了枪械，他又跑回来报告的。谁知道营长说他临阵退却，一定要枪毙，可怜他一直到了'杀场'，才知道他今天要见阎王了。他哭得很伤心，同学没有一个愿意开枪的。他们都望着这天真年幼的孩子发呆，后来他们都要求营长，审查他的确实情况后再枪决，可是'命令如山'，那里（哪里）容得你讲情，最终枪决了！唉！"[①] 凡土豪劣绅，都一定是罪恶累累、害死无数民众的恶魔，都死有余辜。这种"身份决定罪行"的想法是当时主流意识形态宣传的结果，按照这样一种简单化的思路，革命很容易成为江湖仇杀式的"翻身"行动，而不是消灭剥削压迫，解放一切人的事业。作为年轻的女兵，谢冰莹接受当时的军校教育，严格接受了意识形态的教化。相对于对土豪劣绅的屠杀，她那位同学被冤杀，更显现了战争的残酷和长官粗暴、蛮横的军阀作风。谢冰莹对此

---

① 冰莹：《从军日记》，光明书局，1933，第21—22页。

颇为痛心，但也只是一声叹息，没有上升到对战争中的人性灾难进行反思的高度。事实上，谢冰莹参加西征的时候，郭沫若早已发表了那篇著名檄文，"四一二"大屠杀已经发生，宁汉矛盾已经公开化。但动荡的局势和尖锐的矛盾，对当时在军校里接受封闭式教育的谢冰莹来说，是无法全面了解的。她依然对北伐战争充满希望，激情满怀地走向战场。面对老太太关于战死的提问，她以"背书"的方式做了回答："我出来当兵是下了决心的，即使我马上战死了，我是很愿意的。为革命而死，为百姓的利益而死，这是多么痛快的事呀！至于父母当然是舍不得，但我们可不要管他，因为革命是牺牲少数人替大多数人谋利益谋幸福的……"① 这份纯真、勇敢和执着，自有其动人的魅力，也很容易感染读者。但结合后来的革命结果来看，总不免有些悲凉。

20世纪上半叶，战争一直绵延不断，似乎成为中国社会的常态。中国文人也常常积极地投身到这些战争中去。文人，作为天生的批判者，常常会在战争的喧嚣背后发现潜藏的危机，并提出自己尖锐的批评。但并非所有走向战场的文人都能始终保持这份清醒的理性精神，当思想被意识形态的宣传所宰制的时候，或者当现实的压力威胁到文人的生存的时候，这种批判意识就会丧失，成为真正意义上的"普通一兵"。这两种状态，在郭沫若和谢冰莹的身上均体现得十分明显，成为文人参与战争的两个标本。

---

① 冰莹：《从军日记》，光明书局，1933，第29页。

文学叙事中的"重庆大轰炸"[①]

——从罗伟章小说《太阳底下》说起

在纪念抗战胜利70周年之际,重庆大轰炸也成为一个重要话题,再次引起人们关注,相关报道也不时见诸报端,尤其是美国获奥斯卡大奖的纪录片《苦干》[②]得以在重庆放映,使今天的人们亲眼看到了重庆大轰炸的真实状况。但是,重庆大轰炸毕竟距今已有70余年,岁月的尘沙会无情地冲淡人们的记忆,钝化人们的感受。如今除了少数仅存的亲历者会有切肤之痛外,对其他人来说,它已经成为一个历史事件,成为理性照耀下的学术研究对象,成为一个由众多数字构成的知识点。历史的知识化像是一把解牛之刀,会将历史的血肉剔除,只留下骨架,从此历史事件会萎缩成一个概念,一个可以供后人查阅的"词条"。在这种情况下,我们应该如何抗拒岁月带来的遗忘和理性带来的冷漠?在历史知识化的过程中,我们将如何去感受历史

[①] 原刊于《大西南文学论坛》第一辑,2016年。
[②] 《苦干》为美籍华人艺术家李灵爱策划资助,美国摄影师雷伊·斯科特于抗战时期在中国拍摄的一部反映中国人民抗战生活的彩色纪录片,1942年获奥斯卡纪录片奖。该片留下了日军轰炸重庆时的真实影像资料。

深处曾经喷涌的鲜血和弥漫的眼泪?像重庆大轰炸一样,日军轰炸的时间、次数、投弹的数量、伤亡人数、财产损失,这些历史学家们努力要搞清楚的数字,是否就是我们需要的历史?我们应该如何将惨烈的历史事件转化为广为流传的血肉丰满的故事?罗伟章的长篇小说《太阳底下》[①]给我们提供了答案。

小说中的黄晓洋是一位受过正规训练的二战史专家,他的硕士论文《南京第十三》受到广泛关注,年轻的他在历史学界崭露头角。但他很快就意识到,这种研究历史的方法存在着严重弊端,"看上去我在揭示,事实上我在遮蔽"(第11页),"历史应该是温热的,它的每一个局部都是整体,也只有通过局部去关照整体。我们说死了一个人,能感觉到死者的血怎样慢慢流尽,体温怎样慢慢变凉;死了多个,感觉就没那么清晰了;死了一百万、一千万乃至几千万呢?就需要学习一定的知识,动用加减乘除甚至借用计算器,才能算得明白,因而变得与生命无关"(第13页)。基于这样的认识,他要重起炉灶,"把历史做活",方法就是"从个体出发,走向个体"(第13页)。这位历史学家之所以顿悟,是因为他有一颗文学之心,他对历史细节的重视,超过了对重大历史事实的重视。他的曾祖父是中央大学的知名教授黄明焕,1938年南京陷落后,他的曾祖父面对凶恶的日本兵凛然而坐、击杖而歌,死于日军刀下,他的曾祖母因此发疯,后被一名日本兵枪杀。关于他曾祖母的死,有两种说法:"一、那个日本兵朝曾祖母开枪时,并没别过头去,

---

[①] 罗伟章:《太阳底下》,作家出版社,2012。文中引用该书的文字,均为此版本,不再一一标注,仅用括号标出页码,特此说明。

他不仅在曾祖母的后脑留下一个弹孔,还在她背上踩了一脚。二、开枪之前,那人把躺在地上挣扎的老人,叫了一声'欧巴桑'。"(第15页)日语"欧巴桑"是"奶奶"的意思。这样的历史细节,在别人看来毫无意义,但对黄晓洋来说则意义重大:"他认为真正的历史不是被时间封锁起来的古棺旧墓,而是人心的历史,是开放的,必然与现在和未来发生联系的。关于曾祖母的死,就是这样一段历史,尽管它很小,很窄。因此,他必须弄清楚:那个日本兵到底是在曾祖母背上踩了一脚,还是叫了一声'欧巴桑'。"(第15页)但最终没有人给他确切回答。用他妻子杜芸秋的话来说:"历史给了他一个细节,他却在这个细节上吊死了……"这是一个非常规历史学家必须承担的宿命,他要的不是历史事件的真实,而是人心的真实:"人心是一部水底春秋。战争的历史同样是人心的历史,在战争中去考量人心,是险峻的道路,但也可能是最近的道路。"(第84页)

  黄晓洋独特的历史观使他成为一个孤独者。亲历过重庆大轰炸的父亲不能理解他,希望他在常规的历史研究中,沿着《南京第十三》的道路向前走;历史学界更把他的研究看作一个笑话,而他却沉迷在自己探寻的历史幽深的隧道里。慢慢地,他知道了李教授的第三任妻子安志薇就是他父亲和大伯都曾经热恋过的女子安婧,最终他还知道这个女人是来自日本的井上安子。在这层层揭开的历史面纱背后,黄晓洋看到了他没有勇气面对的真实。大轰炸不再只是一个历史事件,一场民族的灾难,而是几个人之间共有的一段撕心裂肺的经历,它留下了物理意义上的废墟,也留下了心理意义上的废墟。安志薇的亲人在广岛,1945年8月6日,美国的"小男孩"将广岛夷为焦土。

正在与黄伯道热恋的安婧扔下黄跑回广岛,从此黄伯道终生未娶。安婧回到广岛后,发现亲人包括远房亲人全部死亡。十年后,她再次回到中国,来到重庆,更名为安志薇,嫁给了著名的李本森教授。此后她每年 8 月都会犯病,在月亮河边焚烧书信。她的猫死了以后,有人发现她在河边安葬猫时,给猫穿了一套和服,而她本人酷爱旗袍,死的时候,也穿着旗袍。

黄晓洋面对这样的真实,几乎崩溃了。他需要这些历史的细节,他需要在历史宏大叙事的缝隙里感受人心的跳动,但他并没有做好面对历史真实的心理准备:"对大轰炸的研究越深入,对人心的研究越深入,他的恐惧也就越深入","他之所以不敢一直挖掘下去,是害怕在很深很深的地方,碰到他自己……"(第 302 页)他似乎不是在研究历史,而是在掘自家的祖坟,在那些被他挖出来的骸骨上,他看到了自己的身影,那是他身体和生命的一部分。

《太阳底下》通过一位历史学家的探索、挣扎与自戕,表达了作家对历史叙事的看法,问题其实就归结为一点:文学如何讲述重大历史事件,尤其是悲剧性事件?就目前来看,像重庆大轰炸这样的重大抗战题材,更多地形成了两种模式:一是立足民族国家立场上的"爱国主义"叙事模式;二是立足人类立场上的"人道主义"叙事模式。毫无疑问,前者在中国一直占据着主流,所有的抗战故事,最终都被演绎成为爱国爱党爱民族的故事。在这种情形下,《太阳底下》有着自己的独特思考,它要通过历史细节去发掘人心的历史,为此它让一位历史学家拥有了一颗文学之心,让他在历史幽暗的隧道里寻找失踪的个体和被掩埋的细节,去发现历史场景中那些喷涌的鲜血和弥漫的泪水，让他去寻找历史灾难在人们心里留下的巨大空洞。一位历史学者如何能够承受这样的真实，而且这真实又与他的父亲、伯父、祖父、曾祖父纠结在一起。他最终发现他祖辈心灵上的伤口，已经遗传到他的身上，他不得不去承受这遗传而来的痛苦体验，就像在历史的裹尸布下摸到了自己的遗骸——"在很深很深的地方，碰到他自己……"作为历史学家，他忘记了很重要的一点："史学家的使命，不是把真实指给我们看，而是把人类能够承受的那一点真实指给我们看。"（第269页）黄晓洋的自杀，宣告了一个拥有文学灵魂的史学家的悲剧和末路，但文学从来不会放弃对个体命运和历史细节的追寻，所以小说极少铺陈大轰炸的大事件和大场面，而是不断地从历史的缝隙中打捞出富有人性的细节，引领读者重返历史现场。黄的父亲在给黄的信中说："我认识一个小女孩，炸弹的气浪剥掉了她的花衣裳，她的花衣裳在天上飞舞，她一直望着，看见我走过去，她捂住身体，羞羞怯怯又充满自豪地问我：'叔叔，是不是只有我的衣裳才会飞？'"（第116—117页）1942年8月，面对敌机的密集轰炸，李本森教授站在小龙坎的一座桥上，与一位姓环的教授激烈争论：小鸡出壳就知道啄食，究竟是本能还是在胎内经过了训练？从头天傍晚一直争论到次日早上。

这样的历史细节，使大轰炸这一历史事件获得了体温和生命。而安志薇，这位在重庆大轰炸中冒着生命危险积极参与营救受难者的日本女子，灾难也没有放过她，她的所有亲人死于原子弹爆炸。她一直隐瞒着身份，后来与自己恋人的亲人相遇，她也装作若无其事。历史撕裂着人心，形成的伤痕需要几代人的痛苦抚慰才能被填平，这就是历史灾难的代价。

文学不提供具体的伤亡数字,也很难复原那些灾难场景,但它关注着个体的生命与命运,因为"一个民族的文明与高尚的一个显著标志,是他们对他们死者所展示的体贴和关怀"①,从这个意义上说,《太阳底下》为我们提供了进入历史的另一条通道,所以说它是一部有思想的书,为我们反思历史、书写历史提供了更多可资借鉴的路径。

---

① [美]德鲁·吉尔平·福斯特:《这受难的国度——死亡与美国内战》,孙宏哲、张聚国译,译林出版社,2015,第57页。

英雄传奇、文化传承与"内伤"书写[①]
——《芝镇说》三论

《芝镇说》[②]是一部非常成功的小说,它深厚的文化底蕴、开阔的历史视野、真真假假的传奇故事以及亦庄亦谐的叙述风格,让人忍俊不禁,又让人掩卷深思。它不仅有趣、有料,还有思想。在小说普遍思想贫血的时代,这部作品很值得重视。

读《芝镇说》,总使我想到莫言的《红高粱》和《蛙》,不仅因为封面上的"芝镇说"三个字出自莫言之手,更重要的是逄春阶和莫言都是潍坊人。莫言经常写的是高密东北乡,逄春阶写的是安丘县景芝镇(小说中化为渠邱县芝镇),两个地方相距不远。从内容上来说,也有相似的地方,《红高粱》的故事是围绕一个烧酒作坊展开的,《芝镇说》则处处写酒,前半部分有点像酒故事串烧;《蛙》中的姑姑是接生婆,《芝镇说》中的景氏也时常为人接生。这些相似性证明《芝镇说》受到莫言的很大影响,但从整个结构和主题来看,它有自己的追求,不是简

[①] 原刊于《百家评论》2022 年第 6 期。
[②] 逄春阶:《芝镇说》,济南出版社,2022。本文所引该书,均为此版,只在正文中标注页码。

单的重复或借鉴,甚至在有些方面,《芝镇说》有《红高粱》所不及的地方。毕竟两部作品相隔几十年,后人自有"后见之明",在某些方面超越前人,也是极为正常的现象。

《芝镇说》有艺术上的大胆尝试,也有思想上的探索。就艺术而言,它尝试时空错置、阴阳沟通、荒诞怪异的叙述手法,深受蒲松龄、卡夫卡、马尔克斯和福克纳的影响,尽管在叙事的把控上还不够成熟,但种种大胆的尝试,显示了艺术上求新求异的自觉追求。同时小说还采用了"文献汇编"的手法,将古今的诗词、小说织入故事,使小说中的人物不断与历史对话,可称之为"互文性"写作。小说中人物撰写的古文、对联等,使作品在诙谐、通俗的叙述中显露着来自传统的高雅情趣,通俗处如下里巴人,高雅处乃阳春白雪。从思想上来说,《芝镇说》有三个意义丛:一是乡野中的英雄传奇;二是乡野中的文化传承;三是人物"内伤"的揭示与反思。

一、乡野中的英雄传奇

《芝镇说》围绕公冶家族四代人的命运,反映了齐鲁大地上一百多年来的历史风云与人事变迁。小说有对个人与时代、个人与民族、个人与阶级关系的深沉思考,也有对个人与个人之间恩怨情仇的复杂呈现,是一部多声部、多色调的命运交响曲,其中交织着英雄血与好汉泪,堪称一部英雄传奇。小说中的英雄首推陈珂。他原名朱司夏(1914—1945),莱芜人,共产党人。他在一次护送王辫的过程中,遭遇日本兵。王辫把他顶过墙头,自己一头拱到路边的井里。随后他被一位陈姓大娘藏在炕洞里,躲过了日本人的追捕。为铭记救命之恩,他易名陈珂。

1942年初夏,他在高粱地里打鬼子。莱芜城日军宪兵司令部把他的六位亲人抓去,逼他投降。他给日本人一个小纸条:"你要杀我一口,我就杀你十人,血债要用血来还!投降是绝对办不到的。"(72页)1945年,共产党占领芝镇,政权未稳之际,作为县委书记的陈珂被叛徒孙松艮出卖给大汉奸厉文礼①,他正在芝镇教堂开会时被捕。敌人抓到他后,剥了他的上衣,用烧红的铁丝穿他的锁骨,陈珂额上冒着汗,但眼都没眨一下。"我"大爷讲述当时的情况是:"(陈珂)光着膀子,双手被反绑着,两根粗铁丝穿着锁骨,胸膛上、裤子上全是血,生锈的铁丝一串穿了好几个人。汽车在教堂外轰轰响,几个坏人抬下一页门板,担在车厢沿儿上……跟陈珂穿在一起的年轻人疼得哇哇哭,浑身哆嗦,陈珂咬牙后退,退到年轻人胸前,低声说:'靠近我。'年轻人挨紧了陈珂,不哆嗦了。踏上门板前,陈珂一回头看了看自己的伙伴,用肩膀把伙伴腮上的泪珠蹭了去,大步踏上门板,门板被滴成了红的。陈珂站在车厢的最后一排,朝着你爷爷微笑。你爷爷已经满眼泪水……"(35页)陈珂就这样和他的同志们被拉出去活埋了。大爷讲到这件事时不住地赞叹:"真够爷们!真够爷们!"陈珂的确是一条硬汉,他有信仰,也深受英雄主义传统的熏陶,在敌人面前铮铮铁骨,让敌人都感

---

① 厉文礼(1905—1954),天津蓟县人,1927年参加国民革命军,1930年8月,韩复榘主政山东期间,他任诸城县县长,1932年6月调任潍县县长,1937年8月,兼任山东省第八区游击司令官。他在潍坊境内多次残杀共产党人和人民群众,犯下严重罪行。1943年2月在安丘被日军俘虏,便率部投降,做了汉奸。1945年日本投降后,他被国民党中央委任为诸(城)安(丘)昌(乐)潍(县)警备司令,国民党中央军统委任他为诸安昌潍先遣军司令。1948年3月,潍县解放前夕,他窜往北京,1951年被捕,1954在安丘被执行枪决。小说中的陈珂就死在他的手中。

到胆寒。陈珂被杀之后,芝镇有三个人冒着大雪到浯河边祭祀:一个是爷爷公冶祥仁;一个是芝里老人;还有一个是牛二秀才。他们无党无派,但出于对英雄的景仰,冒着杀头危险到河边祭祀,反映了他们的侠肝义胆。芝里老人在河边看到公冶祥仁的时候,感慨地说:"我原以为芝镇没人了!芝镇的人没种了!芝镇没血性了!不是,我看到火光了!就知道是你!人家陈珂壮士是来救咱们的!咱们不心痛谁心痛?……芝镇不能没有态度,我们的态度就是不能容忍邪恶,不能容忍不公,不能容忍被人欺负,被人宰割,被人霸占。"(58页)后来他们设计将孙松艮扔进化铁炉,瞬间化为乌有,为陈珂报了仇。这是民间正义,也是政治正义,表达了齐鲁大地上氤氲着的慷慨悲歌之气!

小说描写的另一个英雄人物是雷以凼。他是一个读书人,芝镇人都管他叫昌叔先生。他上知天文,下知地理,以算卦精准而出名。他平时在玉皇阁摆卦摊,旁边放着一壶酒。他的两大爱好就是喝酒、养花,有名士派头,很像《四世同堂》中的钱默吟,在太平世界里是边缘人。日本人占领芝镇以后,号称中国通的日本军官高田于正月初九玉皇大帝生日这天到玉皇阁祭拜。"黑母鸡"提前告诉他日军要到玉皇阁的消息,让他那天不要去,但他不听劝阻,仍然到了玉皇阁。在这个过程中,他先是搭救被日本人追捕的共产党人公冶祥恕,后又机智地为共产党传递情报,为此不惜装疯卖傻,牺牲自己的名声。高田要跟他谈《周易》,他借着酒劲掀翻了日本人喝酒的桌子,痛骂日本人:"一群畜生,衣冠禽兽!拿着刀枪的畜生!"玉皇阁的道长吓得哆嗦,急忙跟日本人解释,说他喝醉了:

雷以邕举着酒葫芦,又喝了一口说:"谁说我醉了,我没有醉!我与你们不共戴天,蕞尔小国之蝇营狗苟之辈,妄自尊大,纳污含垢,有什么资格谈《周易》!没有教养,拿着刺刀闯到我们家里耀武扬威,算什么狗东西!"

"噗!"一口浓痰吐在了高田腮帮子上。(342页)

高田表面上装得很有涵养,随后命人将雷以邕枪杀。雷以邕身上表现出的高贵的民族气节,是一个民族生生不息的魂魄所在。小说处处写酒,酒的正面寓意在雷以邕的身上得到了充分体现。他面对日本人的刺刀大声吼叫:"酒是芝镇的灵魂,酒锻造着、冲刷着、约束着、张扬着芝镇人的骨骼和脾气,芝镇人的血管里不缺的就是酒,喝一口,朝前走,迎着风雨天地任我游……"这段文字很长,可以看作是一篇《酒赋》,充溢着痛快淋漓的情绪发泄,显示了这部作品"借酒说事"的初衷。

小说涉及辛亥革命、北伐、抗战以及1949年以后的众多事件。由于小说多是人物口述,所以对历史事件的记录颇为粗略,目的主要是写人,而不是讲故事。其中涉及民族大义的内容较多,小说人物对民族气节问题也有着深入思考。有关牛沐寺铸钟的描写,记录了中华民族被异族征服时的苦难一页。女真族完颜阿骨打建立金朝,挥鞭南下,在渠邱县遇到顽强抵抗,最终征服渠邱县,大开杀戒,百姓终于屈服。那些跪地求饶的人慢慢有了权力,为了敛财,逼着牛沐里百姓捐资重修瑞应寺,又逼寺内和尚到民间化缘,收铁铸钟。由于铸钟屡屡失败,有汉奸说需要童男童女活祭,于是公冶家的一对小姐弟被扔进了沸腾的汁水中,两口大钟居然真的铸成了。"一口悬挂在牛沐寺的钟楼上,一口悬挂于县城东门城楼上。两钟相隔八十里。只要撞击其中一口,另一口就嗡嗡作响,仿佛公冶两姐弟作答。更奇怪的是,每当钟声响起,寺庙周围的鸟儿……一声不叫,伸着翅膀,仔细聆听。那钟声其实是孩子的哭声啊,湿漉漉的,发潮。"(157页)这两口大钟,是渠邱县被异族征服、忍受屈辱、遭受蹂躏的象征。公冶家族将这个故事写入族谱,以铭记这血腥的一幕。如小说中人物所言,中原大地屡遭浩劫,人们的血性和骨气都被耗尽。四大爷深有感触地说:"汉奸不光是日本人来时有,在金代就有,元代又多了起来,清代更是不计其数。历朝历代的汉奸啊,那是真坏!我见过汉奸,最痛恨的就是汉奸。可悲的是,汉奸都是跪着的。人一跪着,看着狗都高啊!"(156页)如其所言,历史上中原大地屡遭劫难,鲁迅对此有过描述:"自有历史以来,中国人是一向被同族和异族屠戮,奴隶,敲掠,刑辱,压迫下来的,非人类所能忍受的楚毒,也都身受过,每一考查,真教人觉得不像活在人间。"[①] 一次次的劫难,民众血性和骨气消耗殆尽,变得奴性十足。但在民间乡野,这种血性和骨气还在一部分人身上延续着,成为十分宝贵的精神资源。小说立足民间乡野,发掘民间艰难延续的英雄之气,书写英雄传奇。在小说中,成为英雄的不止是陈珂和雷以邕。参加共产党的公冶祥恕,牺牲在北伐战场上的李子明,为了不做汉奸自己钻进棺材的芝里老人,女性则有王辫、柳萌和为了保护家谱差点丢命的景氏等,他们身上都流灌着不屈的

[①] 鲁迅:《病后杂谈之余》,载《鲁迅全集》第6卷,人民文学出版社,2005,第186—187页。

豪气，就如同芝镇街上弥漫的酒香，延续着芸芸众生繁衍生息的命脉。就这一点而言，《芝镇说》跟《红高粱》有点相似，都在远离庙堂、远离政治中心的民间乡野中，淘洗出闪烁着耀眼光华的精神宝石，如飞虹，如闪电，令人目眩。

在这些英雄人物中，陈珂、王鏊、公冶祥恕是共产党人，他们的英雄行为来源于他们的信仰，是政治理想锻造了他们不屈的灵魂。而雷以邨没有政治立场，本是平常的一介书生，平时靠算命为生，但他身上体现出了中国文化中积极的一面：当外敌入侵时，他为"黑母鸡"母女感到羞耻和焦虑，他能面对敌人的刺刀，做出"击鼓骂曹"的壮举，是中国传统知识分子人格中"威武不能屈"的化身。这种精神在公冶祥仁、芝里老人、牛二秀才等人的身上都有体现，显示了中国传统文化极为光辉的一面。这就涉及这部小说的另一个主题：中国文化在乡野间的生命传承。

二、中国文化的民间形态

《芝镇说》讲述的故事从老爷爷开始，直到"我"这一代，有一百多年，但它通过人物的言行，勾连了一部中国文化史和近现代革命史。小说涉及的人物，古代的有公冶长、晏婴、苏东坡、辛弃疾、岳飞、蒲松龄、曹雪芹等；近现代的有康有为、梁启超、孙中山、秋瑾、李钟岳、袁世凯、黎元洪、谭延闿、鲁迅、周恩来、向警予、王尽美、孔孚、莫言等。这些人物或被作品中的人物提及，或与作品中的人物有关联，看上去有点像"文献小说"，所涉及的历史事件更多。这些人物和事件，共同构成了一个大空间和长时段的叙述框架，使作品建构起了一个多重表意系统。其中有关乡野文化的内容构成了小说中的一条重要线索。

公冶家族虽然有孔子血统，但在封建社会，只有孔门子孙才能享受祖宗的荣耀。汉代"独尊儒术"之后，孔子后裔备受历朝历代帝王的优待，成为千年不倒的"天下第一家"。而公冶家族自然无法享受孔门荣耀，他们延续了公冶长拒绝为官、潜心读书的传统，后世子孙居于乡间，远离庙堂，成为真正的乡野乡民。中国的文化，历来分为庙堂与民间两个部分，前者主宰一切，是国家的意识形态，后者粗陋鄙俗，不成系统。后世研究者将文化分为精英文化和民间文化，前者引领时代发展、关心国事民瘼，后者自娱自乐，难登大雅之堂。但在《芝镇说》中，我们看到了完全相反的景象：在纷扰乱世，文化分崩离析的时代，恰恰是民间的山野村人身上，传承着久远的文化传统，显示出了儒家文化的民间形态。它打破了"精英"与"民间"、"庙堂"与"江湖"之间的对立，将"民间"看作中华文化的富矿。小说以"礼失而求诸野"作为题记，就有意在民间乡野中寻找失落的文化传统。

儒家文化自汉代开始就与皇权结合，被高度政治化了。董仲舒将孔子温暖的仁学变成了冷硬的纲常名教，为世人确立了严格的行为规范；宋明以后，理学"穷理禁欲"之说，使道德变得更为苛刻。五四时期的反传统文化思潮，主要反的是作为官方哲学的儒家文化——作为一种道统，不仅"吃人"，还为专制主义提供了意识形态根基。但在民间，儒家文化渗透在人们的日常生活中，与粗鄙的民间文化融合，形成了活泼、混杂而又不失其本的民间形态。小说为了表现这一点，将"酒"作为溶化正统文化板结层的溶剂，写出了一种酒香四溢的儒家"醉文化"，充满了民间笑谑。如关于"芝镇狗，四两酒"的传说，带有聊斋风格；斯文的"爷爷"酒后拉着他的女婿一起撒尿；等等。"大姐夫"在走丈人家的时候，几个小舅子在"大哥"的带领下，把"大姐夫"灌进了医院。为此，"二大爷"十分恼火，将贪喝的兄弟五人叫到一起，用烟袋锅子敲着老大的头进行训斥："你这个头怎么带的？傻喝！神喝！死喝！这口猫尿就这么好喝！这么诱人！朝死里喝！醉死拉到！公冶家族怎么出了你们这几块货！酒鬼！酒篓！酒晕子！丢人现眼，辱没先人！书香门第啥时候改成酒香门第、酒鬼门第、酒徒门第了？！不读书不看报，一天到晚瞎胡闹，我看你们闹腾到啥时候！斯文扫地，猪狗不如，浑浑噩噩，狗还知道看门，猪还能攒粪沤肥。你们呢？你老爷爷公冶繁矗是清末的邑庠生，也就是秀才。有句谚语：'秀才学医，入笼抓鸡。'你们对得起祖先吗？"言必称祖先，以公冶家族而自豪，所以在文化传承方面，他们具有很强的自觉性和使命感。"二大爷"义正词严的训斥，接着被弗尼思的笑声化解，他说："要是爷爷公冶祥仁活着，得用烟袋锅子敲二大爷的头。酒有罪吗？不在正月里乐和乐和，什么时候乐和？不喝醉，算喝酒吗？"（30页）在芝镇，喝酒像吃饭一样正常：有事时喝，没事时也喝；闲时喝，忙时也喝；有病时喝酒治病，没病时喝酒健身。女人生孩子难产，猛喝一碗酒，孩子便呱呱落地；人死了闭不上眼，灌一口酒便含笑而去。酒，在芝镇变成了一种精神自由的象征，正是这种酒神精神，使儒家文化带上了感性和疯癫的色彩，变成了"活的传统"。

儒家文化在民间的生命力最重要的体现是家国情怀。在公冶长的故里，不只是公冶长的后人关心国事，周围人中也有很多爱国之士。参加北伐的芝镇子弟李子明在战场上牺牲，芝镇人跑到湖南战场，将其遗体找到，运回芝镇，隆重进行公葬、公祭，其场面十分感人：

> 公祭那天下大雨，接天接地，那是芝镇几十年来下的最大的一场雨，大路都成了河。送殡的人都跪在水里，第一排跪着的是李子明的家人，然后是芝镇和芝东村七十岁以上的尊长们，我爷爷公冶祥仁、李子鱼等也在这个行列里。依次往下是中年、青年、少年……那雨下着下着变成了雪，一会儿，跪着的人身上都覆了白白一片。
> 牛二秀才的妻子领着村里的女人赶制了纸人纸马纸羊，作为路祭品，摆在灵前。村头的两棵银杏树叶子都落了，干枝子上挂着一副白绢长联，是我爷爷公冶祥仁写的："子垂青简气壮丹霄万古长怀英烈，明耀红旗人埋黄土千秋共仰仪容。"（364 页）

这样的场面，展示了人们对英雄的景仰，以及当地民众心中的大义。陈珂牺牲后，虽然不能公开祭祀，但在夜里，公冶祥仁、芝里老人、牛二秀才偷偷在河边祭奠，公冶祥仁还写了长篇诔文并序。悼念英雄者，自己心中也一定有一个英雄梦。公冶祥仁其实是一位中医，与芝里老人情趣相投，堪称知己，所以经常一起喝酒论世，一起做了很多有正义感的事情，直到后来支持共产党革命。芝里老人比公冶祥仁更能体现中国文化的精神。他是清末秀才，比公冶祥仁大二十一岁，但他们却是忘年交。他年轻时到日本留学，参加了同盟会。武昌起义爆发时，他在东北安图县做知县，他激动得一夜无眠，第二天一大早就召集众人，宣布安图县独立，成立"大同共和国"，自己剪了辫子，并要求下属也剪辫子。袁世凯称帝时，他言辞激烈上书，发表文章痛斥复辟。日本人来了以后，他拒绝了日本人让他当汉奸的邀请，自己躺到棺材里举行"活祭"。他年事已高，无法上战场，"唯一能做的就是坚守不屈的节操，不去当他们的什么维持会长"，所以他让公冶祥仁写了一幅岳飞的《满江红》，贴在堂屋明志。这种民族大义，是儒家"扶危定倾"精神的体现，如黄梨洲所言："扶危定倾之心，吾身一日可以未死，吾力一丝有所未尽，不容但已。古今成败利钝有尽，而此不容已者，长留于天地之间。愚公移山，精卫填海，常人貌为说铃，贤圣指为血路也。"[①] 正是传统文化中的"大丈夫"情怀，让芝里老人、公冶祥仁、雷以邕等人，在民族危亡之际挺身而出。从这个意义上说，小说从乡野民间找到了我们民族生生不息的文化血脉。但《芝镇说》不是一部歌颂传统文化的书，更不是一部试图复古的书。它对传统文化有肯定，但更多的是反思与批判，尤其是小说后半部分，笔调一转，去描写中国传统文化中极为僵化、教条，甚至反人性的一面，使小说在思想上有了很大的提升。

三、"内伤"的揭示与反思

小说后面出现了一个非常重要的概念："内伤"。小说结尾

[①] 黄宗羲：《黄梨洲文集》，陈乃乾编，中华书局，2009，第202页。

"我"和爷爷讨论的也是"内伤"。从小说来看,所谓"内伤"最直接的含义,指的是庶出的儿孙因为受到歧视,内心留下的创伤以及长期受欺压养成的猥琐人格。小说中的景氏,是老爷爷从蒙山一个赌棍那里买来的丫鬟,三年后圆房,纳为小妾,育有两子一女。这两个儿子,一个是爷爷,一个是五爷爷。小说中介绍:"在芝镇,新中国成立前,'妈'是对妾、姨娘的称呼,'妈'是偏房,比使唤丫头待遇稍高一点。自己养的儿女叫她'妈',等有了孙子孙女,也管她叫'妈'。下人呢,一律也管她叫'妈'。她永远享受不到'嬷嬷'(当地对奶奶称呼——引者注)的尊称。而偏房生的孩子管正房的夫人叫'娘',偏房生的孩子的孩子,也叫正房的夫人'嬷嬷'。"(149页)在语言上就改写了偏房与孩子之间的亲子关系,看上去"名正言顺",实际上是用语言抹杀了人间亲情。正是由于这个原因,爷爷对景氏从来不喊"妈",更不喊"娘",每逢见面,就是打憨、笑笑。其实母子有很深的感情,相互体贴、关照,只是迫于等级秩序,彼此都心照不宣。这种人为的隔膜,使亲生母子无法顺畅表达感情。爷爷临死的时候,说了最后一个字:景。其实他是记起了自己的亲生母亲景氏。

老爷爷的正房孔氏,对景氏虽然不是很恶毒,但也算不上友好。由于景氏常常为人接生,所以孔氏骂她"稳婆",认为她的手脏,过年的时候不让她插手祭祀,这很像鲁迅《祝福》中的祥林嫂。爷爷喜欢读《祝福》,时常读到流泪,大概就是因为在祥林嫂的身上看到了自己亲生母亲的命运。景氏的父亲嗜赌,导致倾家荡产,才把景氏卖到公冶家做丫鬟的。爷爷公冶祥仁年轻时也嗜赌,所以孔氏辱骂景氏:"孩子赌博,都是随你爹。

你爹赌博,你爹赌了个倾家荡产,现在传到这里了!孽种!你还要把俺公冶家赌个家破人亡啊!孽种!不学好的孽种!你们老景家门风不正!龙生龙,凤生凤,耗子的儿子偷油又掏个大窟窿!"(412—413页)这话如锋刃,句句刺中景氏的心,所以景氏剁掉了自己和儿子的一根小指,让儿子戒掉赌博。景氏喜欢养小动物,孔氏非常讨厌,将她养的兔子炖着吃了。景氏的遭遇在她和爷爷、五爷爷的心里留下了巨大创伤,也就是小说中写的"内伤"。"我大爷"是爷爷的儿子,爷爷是庶出,所以大爷感到很屈辱。

修家谱,一直是公冶家的一件大事。四大爷学问最大,所以由他来主持这项事务。家谱上涉及景氏的内容仅有一行字:"纳景氏子二"。大爷是景氏之后,所以"那行蝇头小楷像趴在泛黄家谱上的一串蚂蚁,咬着我大爷公冶令枢的心"。因为孔氏去世后,景氏扶正了,所以"我大爷"认为不能用"纳",为此跟四大爷大闹一场,还把家谱抢回家,把这一行字改为"继配蒙县"。可见此事对他影响之深。大爷看电视剧《红楼梦》的时候,看到贾环出场,他"嗵地从炕上跳下来,说:'你看贾环,他的穿着连小厮都不如……他跟宝玉都是公子,都是贾政的儿子啊。穿着打扮不行,精气神更不行,他不就是赵姨娘生的吗?'我翻过《红楼梦》,曹雪芹一下笔就带着偏见"(430页)。一家人都劝他不要计较,他越说越来气,一头朝电视机撞去,结果砰的一声,荧屏硬生生被他的头戳成了花脸,地上还掉了几块碎碴子。他对"我"说:"看到书里'赵姨娘'仨字,我就想到你亲老嬷嬷啊。心疼啊!剜心的疼啊!"(434页)景氏死后,出殡的时候,灵柩能否走正门,公冶家族再次出现矛盾。芝里老人讲了和他有一面之缘的谭延闿为母出殡的故事。谭氏也是庶出。母亲出殡时，为了能让灵柩走正门，他躺在棺材上，说自己出殡，才让母亲的灵柩从正门抬出。芝里老人讲完这个故事后，就给他们出了个主意：连夜找人把门楼拆了，自然就没有正门、偏门之分了。

小说结尾，在"我"与爷爷的对话中，爷爷认为，袁世凯之所以称帝，是因为袁世凯是庶出。他的母亲刘氏去世后，家族不准入祖坟。为此袁世凯才想称帝，封母亲为皇太后，便可以让他的母亲入了祖茔和父亲合葬了。爷爷认为，袁世凯是内伤发作，才导致这样一场历史闹剧。

小说中的上述描写，无论是否属实，都在表达一个中心：在过去大家族中，庶出的儿孙们从小没有名分、没有地位，心灵饱受摧残，形成了"内伤"。家族小说是中国长篇小说创作的重要题材，相关作品数量丰富，从《红楼梦》到《家》《春》《秋》，以及《财主的儿女们》《金粉世家》等等，其中涉及妻妾争风吃醋、嫡庶争夺财产之类的情节，所在多有，但似乎从未有作品对庶出子孙的"内伤"进行关注。《红楼梦》写赵姨娘、贾环、探春，也没有让读者感觉到当事人内心的"创伤"。因为在《红楼梦》中，赵姨娘和贾环被写成近乎反面的角色，所以他们遭受的任何灾难，都是咎由自取，人们就忘记了这些灾难与他们的名分之间存在的必然联系。从这个意义上说，《芝镇说》是第一部揭示封建大家族中庶出子孙内心创伤的作品，揭开了中国家族中庶出子孙内心隐秘的一角。在整部作品中，爷爷似乎对自己的庶出身份不太在意，没有像"我大爷"那样激烈，但在小说结尾，作者借助爷爷之口，对"内伤"进行了系统阐发：

顿了顿，爷爷又说："'外伤'，是疾在腠理、肌肤、肠胃，而'内伤'，则疾在心灵，深入骨髓。内伤，不流血，无伤疤，看不见，嗅不出，但比外伤痛苦，更难治。我最大的忧虑是，'内伤'会传染，甚至会遗传，传给下一代，让后人一直跪着生存，循规蹈矩，小心翼翼，惶恐地喘着气，没有了求异的激情，甚至丧失了站起来的能力，像被剪掉翅膀的飞鸟。记得若干年前，你的哥哥有五六岁，在咱们的场院里，有人给他用瓦片画了个圈，不让他出来，他就老实地站着，一动不动，因为出不来，着急地哭了。是性格使然吗？不是，是'内伤'，是庶出的多年歧视，让他没有别的选择，只能低眉顺眼，这都化到血液里了，这很难康复的'内伤'才是最可怕的。"（468页）

这段文字，无疑是点睛之笔。我在与逢春阶先生交流的时候，他也强调"内伤"是促使他写这部作品的动力。而他本人有着类似的经历，所以对"内伤"带来的人格萎缩深有体会。可见，"内伤"问题是理解这部作品的关键。如果说"内伤"只是揭示庶出子孙的心理创伤，固然有新颖之处，但在大家族彻底解体的今天，这种揭示意义十分有限。从小说来看，作者没有停留在庶出子孙身上，而是借此解释中华民族的"内伤"——他将一个家族的"内伤"扩展到一个民族的"内伤"，其意义就变得丰富而深刻。小说对此是有明确暗示的。爷爷说："德鸿啊，你当了记者，得好好地写……芝镇人可写的很多，比如雷以邕、芝里老人、牛二秀才、汪林肯、李子鱼、陈珂,还有你七爷爷、王辫、牛兰芝……他们都受过'内伤',程度不同而已。好在有口芝镇酒顶着,他们活出了各自的样子。"(467页)上述人物并非都是庶出,他们何以会有"内伤"?显然,这里的"内伤"外延已经扩大,指的是受压迫、受歧视造成的内心创伤。小说中主要指的是异族入侵对中原人民的歧视和压迫,尤其是元朝入主中原以后,将百姓分为四等,"北方汉人"和"南人"分列第三、第四等;清代统治者将汉人看作低满人一等的种族,这种歧视就像大家族中歧视庶出的子孙一样,让被歧视者逐渐接受和习惯被歧视下的生活,自觉自愿地做贱民。小说中有"骨气南移"的说法,指的是满人践踏中原,在南方遇到顽强抵抗,在北方反而没有。异族的歧视固然能给民众带来"内伤",但也绝不意味着汉族人做皇帝就会仁慈,民众受的压迫和凌辱就会少一些。鲁迅指出:"二十多年前,都说朱元璋(明太祖)是民族的革命者,其实是并不然的,他做了皇帝以后,称蒙古朝为'大元',杀汉人比蒙古人还利害。"[1] 所以"内伤"可以看作中国漫长的封建统治对民众的歧视与羞辱造成的人格变异,这样"内伤"就具有了普遍性,小说对"内伤"的思考就上升到改造民族文化和废除王权统治的层面,赓续了五四新文化运动的主题。从这个意义上说,《芝镇说》对"内伤"的反思与批判,既有自身的特殊性(庶出的问题),也有普遍性(民族创伤),是中国20世纪以来启蒙文学传统的一部分。

---

[1] 鲁迅:《上海文艺之一瞥》,载《鲁迅全集》第4卷,人民文学出版社,2005,第308—309页。

自然,作为一部长篇小说,其含义、思想都是多重的,怎样去解读也是仁者见仁智者见智的事,但上述三个方面,构成了《芝镇说》的思想核心,这样说大致是准确的。

英雄传奇、文化传承与"内伤"书写三个层面的问题,在小说中是融为一体的。英雄传奇与文化传承密切相关,或者说由来已久的文化传统,正是孕育英雄传统的母体;而"内伤"揭示了传统文化的负面效应。文化是一个复杂的构体,也是一把双刃剑:它传承民族英雄的精魂,也传承文化的负性资源;我们受益于它的坚韧与坚忍,也受害于它的教条与僵化,有时甚至是反人性的。小说在这三个层面上的开掘,显示了作品思想的丰富与深邃,因而是一部令人深思的作品。

书生的"江湖"人生[①]
——读谢刚《老五》

一、一部值得一读的书

出版人谢刚以前都是给别人出书，最近却出版了自己的长篇小说《老五》。我拿到这本书细细端详，一个看上去毫无光彩的题目，书的装帧设计也异常简朴。封面上一个细高个男人行走的背影，有点像鲁迅描画的活无常，前方是一座山，山的中间有半轮月亮，看上去像半颗孤悬的牙齿。封面左上角是书名，大字楷体，书名旁边竖排着三行文字："冷月伴梦残，往事隔天远，春光一去不复原。"这些文字感觉不是诗，像是宋词残片，一般通俗小说喜欢这样卖弄，或者是受了琼瑶的影响。读完小说才知道，这三句话是老五送给恋人"公主"的诗。20世纪八九十年代大学生谈恋爱时的真情和矫情，在这里有所体现。就这本书而言，一切看上去都那么低调、朴素，毫无抢眼之处，更没有诱人去阅读的噱头。倒是腰封显得非同寻常：一批名作

[①] 原刊于《百家评论》2023 年第 3 期。

家和名批评家联袂推荐,显得大有来头。但这类广告宣传,并不能成为必须阅读的理由。纯粹出于好奇,在一个晚上十点多,我漫不经心地从头开始浏览,目的是想培养点睡意。不承想,浏览几页之后,便无法停止。等我读完这部20万字的小说时,天已经大亮了,而且睡意全无。这种久违了的阅读感受,让我沉思良久。不能不承认,这是一部值得一读的书,尤其对我们这代人而言,里面有太多熟悉的情节和曾经经历的往事。我说的"我们这代人",是指20世纪80年代和90年代初读大学的人。小说中写的大学生活,基本就是我们的真实经历:逃课、打牌、写诗、投机倒把,洗完澡后把盆扣在身上在走廊里边走边唱,跟女生建立友好宿舍……这一切都复活在这部小说中了。它诱使我回忆起那些自在、幸福而又苦涩的岁月,所以我将这本书看作是我们这代人的怀旧之作,不知谢刚在写作时是否有此用心。

在20世纪80年代和90年代初,大学生被称为"天之骄子",小说中也反复出现这个词,今天看上去颇有反讽意味。那时候能考上大学的人凤毛麟角,一朝得中,犹如"范进中举",风光无限,人人羡慕。但到了大学之后,"骄子"们聚在一起,就开始了大学的"江湖"人生。俗话说,有人的地方就有江湖,"天之骄子"们在一起,也是一个让人心惊肉跳的江湖。而大学的"江湖"跟社会上的"江湖"相比,还是风缓浪小,所以老五在学校里还能勉强应付,走向社会以后就显得不合时宜,处处被人算计。最终这个大高个子的四川人,只能靠轮椅行走。小说通过两个当事人讲述主人公老五的故事:一个是老五大学同宿舍的同学"我",一个是他法律意义上的"妻子"郑园园。

这两个并非旁观者的叙述人，从两个不同的角度塑造了老五这一形象——一个性格并不典型的典型人物，这也许就是作者刻意追求的效果：在平实、日常的生活中，发掘人性的正常或非正常形态，所以没有离奇的故事，没有大开大合的情节，也没有过度设置的悬念，一如我们日复一日的生活，平庸如常，琐碎如常。但在这平实的叙述中，隐藏着作者对两个"江湖"的思考：一个是大学小"江湖"，一个是社会大"江湖"，不太识水性的老五，在这两个江湖中差点殒命。这就是作者眼里一个书生的江湖人生。

二、大学的"江湖"

我一直认为20世纪80年代和90年代初的大学生跟今天的大学生有很大不同，当然，这句话在逻辑上是有风险的。两个庞大的群体，没有统计数据，如何去评判他们之间的异同？任何概括都会有反例。这里说的仅仅是我的一种感觉，也可能是错觉。这大概与大学的办学政策有关。中国高校办学政策的两次调整对学生影响巨大：一是1996年大学取消工作分配，让学生直接面对就业的竞争和压力，而且这种竞争和压力越来越大。在此之前，只要上了大学，正常毕业，工作由国家安排，也就是所谓的"包分配"。所以那时候的大学生，如果没有读研的要求，大学生活轻松自在，没有什么压力。二是1999年高校开始大幅扩招，导致大学生数量激增，随之而来的就是贬值，"天之骄子"的美誉一去不复返了。小说中的"我"和老五，是90年代初的大学生，所以还顶着"天之骄子"的光环，读的又是东北的一所名校，自然感觉良好。与今天大学严格的考核、考试

（所谓重视过程考核）和各种评比不同，那时的大学生活相对简单一些，没有那么多的评比考核，管理也相对宽松：学生是可以逃课的，作业是可以不交的，考试是很容易及格的，离开学校请假也是不严格的①。大部分老师上课不点名，有个别老师点名，也不是太当真。小说中的好学生老五从不缺课，其他同学冬天的早上不想起床，就请他代为点卯，"老五每次都尽职尽责地帮答'到'，遇到较真的老师还要捏着鼻子变换个音"②。老师们都喜欢老五，有时开他的玩笑：

> 有一次教文论的老师点完名，头都没抬，说道："武修德，这次替八个人答的'到'吧？"
>
> "没有呀，都在呢，都在呢。"老五装出一脸无辜的样子。
>
> "都在？都在哪里？你指给我看看，别以为捏着鼻子我就听不出你那大闷腔？"老师当场就戳穿了老五的鬼把戏。
>
> 老五已经不是那个一紧张就"我……我……我"的老五了，老五也开老师的玩笑，说："那也是七个呀，至少还有一个是货真价实的吧。"引得大家哈哈大笑。（23页）

对今天扫码签到的大学生来说，这样的事情似乎是天方夜谭。那时候老师讲课没有课件，全靠一支粉笔，学生要记笔记。

---

① 那时候学生虽然有逃课、打牌、不交作业等现象，但并不意味着学校对学生放任自流，更不意味着培养质量就比今天差。此问题太复杂，此处不展开论述。
② 谢刚：《老五》，人民文学出版社，2022，第23页。本文所引该书，均为此版，不再一一标注，仅在引文后面标出页码。

某些老师上课片纸不带，讲课滔滔不绝，成为学生膜拜的大神。这在课件为王的今天，是无法想象的。但一个班里只要有一个人认真记就可以了，考前大家传着抄录一下，背一背，及格基本没问题。那时候没有保研，愿意考研的人都很少，除了数额极少的一点奖学金，考高分基本没有意义，分配工作也不看考试成绩。小说中的老五就是一个做笔记很认真的人，不仅如此，他还替逃课的同学做随堂作业，一次做几份交上去，有一次还把自己的忘了。那时候没有课程思政，老师讲课喜欢海阔天空地发挥，有时也讥弹时政、指桑骂槐，这样的老师往往最受学生欢迎。正是这种宽松的学习环境和颇为自在的学生生活，使那时的大学生颇有清高之风，心中有所坚守，不像今天的一些学生，在保研、考研、考公和各种考核压力以及就业压力下，变成了钱理群所说的精致的利己主义者。现在中文系的学生没有几个是真正热爱文学或痴迷文学的，但那时候靠背诵诗歌就可以俘获姑娘的芳心，就像小说中的老大。老五也想效仿，痴迷背诗、写诗，差点被当成了神经病。所以那时候的大学生身上总是带有一点浪漫气息，"天之骄子"的良好感觉赋予了他们骨子里不合俗流的气质。这些特点在今天的大学生身上，都变成了稀缺资源。但这并不意味着那时候的大学生活总是云淡风轻、岁月静好，其实那也是一个涛飞浪涌的江湖，老五就是一个在江湖中艰难泅渡最终樯倾楫摧的人物。他学习认真、勤奋，颇为内秀，高考时语文过百分（满分120分），这在那时候是很少的。第一学年成绩总评，老五是全班第一名，但就是这个第一名，给自己惹上了麻烦。班里的苏禹，干部家庭中的独生女，被同学称为"公主"，有志做陈寅恪、钱锺书那样的大学者，在刚入学做自我介绍时，就口出狂言："有缘，我们成为同学；不幸，你们与我同班。你们为争夺亚军而努力吧。"（25页）她屈居第二名，就公开给老五下战书："武修德，好样的，咱俩这就算下战书了，看下学年我怎样让你折戟沉沙。"此后，"公主"经常在课堂上回答问题时羞辱老五，让老五十分难堪。有一次英语课上，老师让翻译"吃一堑长一智"，老五翻译得不算错，但"公主"拿出钱锺书的翻译来，评价老五的翻译太"philistine（庸俗）"，让老五很受伤，"但老五是个涵养很好的人，自然不会与女同学发飙。老五虐不了别人，只能虐自己，他强压着愤怒和委屈，恶狠狠地摆着拳头，把骨节捏得嘎巴嘎巴响，嘴唇都咬出血来了，心里怒火把眼睛烧得通红"（30页）。老五争夺第一名，并非为了荣誉，而是为了一等奖学金，有300元，当时算是巨款；"公主"不在乎奖学金，争的是一口气，两个人就这样较上劲了。最终的结果并不出人意料，两个冤家偷偷相爱了，结果遭到了"公主"母亲的坚决反对。

老五在大学的江湖里遭遇过5次磨难，其中一次就是与"公主"恋爱。"公主"的母亲找到他的宿舍，严厉警告他远离她的女儿，并威胁他说自己跟校领导很熟，可以让学校处理他。除这一大事件之外，还有帮助老八从晾衣杆上取衣服摔倒，被玻璃碴子划得满脸是血；跟着老二做生意，贩卖方便面、袜子等，结果赔了钱；洗完澡扣着盆回宿舍，碰巧遭遇女生，一时传为笑谈；老五学习认真，从不打麻将，但有一次替急于上厕所的老三摸牌，被学生处的老师当场抓住，其他人或跳窗逃走，或迅速拿起书装作在学习，只有他一个人坐在麻将桌旁。他只说自己一个人在摸牌玩，坚决不供出同伙。因为他是中文系出名的好学生,所以让他公开检讨就完事了。这件事老五做得很江湖,虽然做了检讨,却赢得了大家的尊重。

宿舍里没人知道老五的底细,其实他是一个孤儿。他读高一的时候,家人在一次泥石流中全部遇难,他因为住校得以幸免。他的一个老师供他上学。考上大学后他靠做家教、奖学金等维持学业。而这时那位资助他的老师病重,他积攒了钱寄给老师,为此还不惜卖血。因为太需要钱,他在英语四六级考试中给别人替考;同样是为了钱,他到澡堂搓澡,被两个冒充警察的混混抓住,说他嫖娼,被敲诈勒索,结果毕业证都没拿,就不辞而别,离开了学校,从此进入了社会这个大"江湖"。

小说上半部分对大学生活的描写十分精彩,凡是那个时候过来的人,都会会心地微笑——的确写得太真实了。但中心人物老五是一个有个性的人,他内向又聪慧,待人诚恳又近于迂腐,知恩图报却能力有限,只能铤而走险(替考)。事实上,他的那位老师得病后很快就去世了,老师的老婆不告诉他,继续写信找他要钱。

替考事件发生以后,学校做出"劝退"的处分,他走投无路,去找了"公主"的母亲,因为她是省教育厅的干部。这是他当时能想到的最后一条自救之路。他承诺不再主动跟"公主"来往,"公主"的母亲也答应帮他打招呼。临走时"公主"的母亲说了一些温暖的话,给了他500元钱。随后"公主"的母亲就告诉"公主",老五为了500块钱答应放弃爱情,这使"公主"对他充满了鄙夷和怨恨,一直器重他的老主任知道后也非常失望而且难过。

20世纪80年代和90年代初,中国经济刚刚复苏,很多家庭都还很困难，尤其是农村家庭，往往很难负担学生上学的费用，像老五这样背负着经济压力的学生很普遍。当时很有影响的小说《女大学生宿舍》，其中就写了一个叫匡筐的女学生，利用晚上的时间到建筑工地拉砖挣钱。但对老五来说，他背负的不只是他个人或家庭的贫穷，还有他过去欠下的恩情，所以他要无条件地挣钱给老师治病。这种巨大的压力，导致他对人生问题判断失误，甚至为了挣钱而甘愿冒险。这种描写是真实的，也是惊心动魄的。也正是背负的这沉重的压力，使他在大学的江湖里没有把握住人生的方向，最终迷失了自己。

三、社会的"江湖"

老五因为替考一事尚未摆平，又加上嫖娼一事，自觉无可挽回，更是无脸见人，就迅速离开了学校。事实上，那两个冒充警察的混混到宿舍要钱的时候被识破了，所以讹诈没有成功。学校最后也没有开除他的学籍，只是给了他一个处分，把他分到了一家报社。但对他来说这些已经没有意义，要强又好面子的他从老师和同学们的视野里彻底消失了。

他离开学校以后，一头扎进了社会这个大江湖。他先是去了深圳，想继续挣钱给老师治病，结果身份证和身上值钱的东西都被骗子骗走了，他成了一个无身份证、无户籍、无工作的"三无"人员，在收容所里滞留了几个月。没有身份证，就不可能找到像样一点的工作，他被生活逼向了绝路，就跑到河北一个滨海小镇，准备投海自杀。他在海边喝酒、唱歌，与这个世界做最后的告别。这时正好一个女子来投海，他将这个女子救上来，送回家，自己投海的事就放到一边了。这个被他救上来的女人就是他后来名义上的妻子，小说后半部的叙述人郑园园。她也曾是首都某高校的大学生，因为爱上一位进修的学员，就义无反顾地放弃了自己的大好前程，跟家里闹翻，随着那个叫秦志高的男人到了这个海边小镇，做了乡镇中学教师。秦志高为了向上爬，违心娶了上司离婚的女儿，将郑园园放在了一边。郑第二次怀孕的时候，医生建议她将孩子生下来，否则可能终身不孕。为了让孩子有个父亲，她需要找一个名义上的丈夫，走投无路的老五成了合适的人选。尽管郑园园出于感激或出于身体需要，抑或是出于对秦志高的报复，想把身体给老五，但都被老五拒绝，她意识到老五的心里一直有一个女人。

为了挣钱，老五随渔业公司的船出海，那是最苦最累也最危险的营生，但可以免于身份查验。第二次出海的时候，老五为了搭救船上的人受了重伤，再也不能出海了。他无事可做就开始写小说，不幸的是小说底稿被一个冒充编辑的骗子给骗走了。生活向他关上了一道道大门。后来偶然的一个机会，他干起了培训，并与报社合作，成立了公司，秦志高给他提供了假身份证。凭着他的智慧、能力和一股不要命的拼劲与韧劲，公司业务越做越大，还买了地，建起了培训学校，生意十分红火。报社王社长希望把他调到报社工作，目的是自己掌控公司，但他认死理，就是不答应。汶川地震发生后，他开着挖掘机，带领一批人直奔震区，帮助解放军修路。因为他没有在救援现场救出一个人，也没有接受电视台采访，所以他的救灾行动成了他的罪状。因为他挡了王社长的财路，所以王社长举报他身份造假，他被警察带走调查，后来因为财务问题被判刑。事实上他是无辜的，王社长、秦志高才是以假身份拿走钱的人，为了保住他的培训学校，他把所有责任都揽在了自己身上。如果说大学的江湖，风浪都在水面上，那么社会的江湖，则是暗流汹涌，心无城府、做事认死理的老五只能碰得头破血流。他从监狱出来后，发现学校没有了，便去找王社长理论，结果招来了王社长更大的报复——给他制造了一起车祸，差点要了他的命。他把培训学校看作自己的事业，而在王社长和秦志高那里，那不过是赚钱的工具，为了从中捞到好处，随时都会把学校卖掉，这是他与两位幕后操纵者出现严重错位的地方。当然，后来在郑园园和办案人员的努力下，王社长和秦志高都进了监狱，受到了应有的惩罚，而老五却只能坐在轮椅上了。在社会这个大江湖里，单纯、执拗的老五，始终没有改变。

如果说老五就是20世纪八九十年代大学生性格或品德的代表，显然过甚其词，与实不符。老五作为一个彻头彻尾的失败者，无法成为一个时代大学生的典型，但在他身上，我们看到一种极为可贵的品质，那就是内心的干净和单纯，对热爱的工作或事业疯狂地投入，唯独不善于识人、防人。无论是谁，只要对他有帮助的人，他都怀有感恩之心，包括王社长这样两面三刀的阴谋家，他也毫无察觉。在他的身上，我们看到了那时候大学生身上的"书生气"。可以说，这种近于迂腐的书生气，是他一生悲剧的根源。他考上大学后，尚未有收入，不给生病的老师寄钱，也是可以理解的。如果这样，他就不需要背负那么沉重的压力，更无须卖血、替考和做搓澡工了。

离开学校以后，如果灵活一点，凭借他的能力和智慧，谋生是没有问题的，但他在深圳被骗，只能去自杀；做了郑园园名义上的丈夫以后，郑几次暗示他，可以有夫妻之实，但他都拒绝了，还固执地守着心中那份刻骨铭心的爱情；经商议后，他为了保住学校，将经济问题全部揽下来，以致被判刑；被释放之后，因为学校没了，他誓不罢休，招致车祸报复。在每一个环节，他"聪明"一些，不那么一根筋，都不至于落到瘫痪的下场；去地震救灾的时候，如果不拒绝现场记者的采访，在电视上露一下脸，也不至于回来后惹出那么多的麻烦。所有这些行为的特点，就是小说要反映的"书生气"。事实上，这种"书生气"不只老五的身上有，他身边的人身上都有。郑园园由于轻信秦志高的花言巧语，被骗到了海边小镇。但她还有一腔热血，所以最后拿出秦志高犯罪的证据，为警察破案提供了帮助。老五同宿舍的同学，得到他的消息以后，连夜探望，在经济上给老五施以援手，并组织了一次热闹的同学聚会，来安慰遍体鳞伤的老五。"公主"在地震的时候，毅然从海外归来参与救灾，还四处寻找老五的下落；得知同学聚会以后，又从海外归来，看望老五。我们看到，这些人身上都有一股共同的精神素质，那就是"书生气"。

四、重塑"书生气"的意义

当今时代，经济高速发展，科技日新月异，但人的幸福感好像并没有增加。各种管理越来越科学，也就意味着个人空间遭受更为严厉的挤压；社会竞争越来越残酷，人们生存的压力变得空前沉重。手机、网络的发明本是为了缩短人与人之间的距离，事实上却成为人与人之间感情交流的屏障，随之而来的网络、通信诈骗，也让人心惊胆战。木心一首《从前慢》让人感慨，就在于快节奏的生活让人迷失了自己，失掉了掌控自己生活的能力。这些社会进步带来的种种问题，让人变得异常聪明。八面玲珑、长袖善舞之辈容易混得风生水起，"死脑筋""一根筋""书呆子"成为贬义词。在小说中，秦志高提到老五的时候，用得最多的一个词就是"傻子"。明眼人早就看出，老五不过是报社王社长赚钱的工具，老五则浑然不觉，将培训学校看作自己的命。社会要发展，要提升社会全体成员的幸福指数，像老五这样的人才是拉升社会文明、进步的力量，都像秦志高、王社长一样，这个社会就会坍塌。秦志高为了往上爬，可以违心迎娶上司的女儿，将自己爱的女人放在一边，又偷偷约会，送钱、送礼物。看上去他是人生的大赢家，而老五一败涂地，但像秦志高这样的人，是社会的蛀虫，这样的人越多，社会溃败得越严重。所以说，老五身上的"书生气"才是我们今天非常宝贵的精神资源。鲁迅在谈到"读经"的时候说过："我总相信现在的阔人都是聪明人；反过来说，就是倘使老实，必不能阔是也。""我看不见读经之徒的良心怎样，但我觉得他们大抵是聪明人，而这聪明，就是从读经和古文得来的。我们这曾经文明过而后来逢迎过蒙古人满洲人大驾了的国度里，古书实在太多，倘不是笨牛，读一点就可以知道，怎样敷衍，偷生，献媚，弄权，自私，然而能够假借大义，窃取美名。"[①] 中国的问题就是聪明人太多，"傻子"越来越少，致使社会风气、生活信念发生了偏移，带来了一系列社会问题。小说中的老五就是一个"傻子"，他即使沦落到社会的最底层，艰难地活着，

---

① 鲁迅：《十四年的"读经"》，载《鲁迅全集》第3卷，人民文学出版社，2005，第137—138页。

也仍然洁身自好,不苟且、不巧滑、不世故,始终按照自己的原则挣扎着。这种"书生气",在20世纪80年代和90年代初期的大学生身上,还残存了一些,是值得我们珍惜的精神遗产。小说《老五》就是一部对"书生气"进行反思和重塑的书,因而也是一部值得一读的书。

"中产阶级"的优雅写作[①]
——评吴景娅的创作

优雅是一种风格，也是一种心态。读吴景娅的作品，最突出的感受就是优雅：洒脱跳动的文字、错落随性的句式、飞扬而又略显节制的想象、舒缓而又激情内蓄的节奏，都显示出一位成熟作家的自在和从容。一个事业有成、生活幸福的知识女性，每天不需要为生计焦虑，不需要为缺少爱与温暖苦恼，而是常常离开熟悉的人群，到陌生的地方旅行，寻找新奇、灵感和自我表达的文字，这种带有"中产阶级"趣味的书写只能是优雅、淡泊的。但与别人不同，吴景娅的优雅有自己的风格。她喜欢从唐宋诗词的深海中打捞文句，使文章带上了一些古装的丝缕，优雅而妩媚；她总是能将自己的想象控制在恰当的范围内，奔放而不狂放，这种恰到好处的控制，使她的文字多了几分优柔和宁静。而女性特有的细腻感受，又使她的文字带上了婉约情调。散文《渝之北　城之口》的开篇，就典型地体现了这种风格：

[①] 原刊于《名作欣赏》2017年第6期。

> 城口遥远,像一个传说般的遥远。
>
> 去城口的路,山重水复,火车总在一个隧道连着一个隧道间穿行,让人觉得自己像是被大山揣在腹中的胎儿,揣满十个月了,却难产似的,生不下来。
>
> ……
>
> 城口却在柳暗花明处——一个几乎算得上平坝子的地势里舒舒服服地躺下去,躺出一种闲适与优雅姿势来。①

也许只有优雅之人,才能发现城口的优雅之美吧。这段文字的节奏、想象均极生动,但又极节制。"山重水复""柳暗花明"的化用,使人想到陆游的乡村漫步,文思飞扬俨然接通古今。在谈到丹巴时,她的想象令人叫绝:

> 我对一个从未谋面的地方有了前世缘分的牵挂。我甚至有了梦里的动作——以丹字去撞击巴字,两个音节像鹅卵石间的决斗,响声清冽、矜持并神秘。②

这匪夷所思的文字,我总觉得没有说完,意犹未尽。汉字之间的撞击、鹅卵石之间的决斗似乎应该与情色有关,但作为一位矜持的女性,只是提供了一个想象的基础。"丹"的女性化色彩和"巴"的阳刚之气相遇,该衍生出多少爱恨传奇,这岂

---

① 吴景娅:《温柔的西部》,内蒙古文化出版社,2013,第10页。
② 吴景娅:《温柔的西部》,内蒙古文化出版社,2013,第3页。

不就是"丹巴美人"的魅力？

吴景娅的优雅追求，也反映了她在道德上的洁癖。在一篇讨论偷情的散文中，针对日本情色电影《爱之亡灵》的情节，作者得出这样的结论："色情真不是什么好玩的游戏。想想泰国的普吉岛，夜以继日地醉生梦死，多少叫床声泛滥成灾——没有诚意的叫床，苟合的叫床。海啸就那么来了，恶狠狠的，倏然打断了男人女人的矫揉造作、瞒天过海。"[1] 这种"义正词严"的文字，反映了作者的道德取向。事实上，偷情在《爱之亡灵》中不是一个好玩还是不好玩的问题，而是人性经历了文明压抑以后的疯狂释放，这不只是一个道德问题，而是一个关乎人类文明发展的问题。对一个生活中的人而言，道德方面的清洁坚守是弥足珍贵的，但对一个作家而言，道德上的洁癖可能会限制其作品在开掘人性方面的深度，所以优雅对吴景娅而言，是其作品的魅力根源，是其重要的个人特征，但另一方面，可能也是其创作难以摆脱的瓶颈。

她唯一的长篇小说《男根山》[2] 拥有一个不雅的名字，但不影响它是一部优雅的作品。奕华的母亲为了爱情从上海跑到这座南亘山（男根山）下的小城，即使到了36岁，依然是"苗条的身段，姿态也是少女的；笑，很柔弱无辜的样子……母亲的性感在于温婉，这似乎更能激发男人的性幻想"。这位复旦大学的高才生，有着仙女情结，她"厌恶厨房，拒绝烟熏火燎。她觉得锅碗瓢盏的琐碎是对生命的最大的浪费，是自甘平庸的象

---

[1] 吴景娅：《温柔的西部》，内蒙古文化出版社，2013，第257页。
[2] 吴景娅：《男根山》，重庆出版社，2011。本文所引该书，均为此版本，不再一一标注。

征"。母亲在这个小城里算是美人了："她的美，南亘山少见。这里的女人太浓烈，犹如南方那些色彩浓烈的植物——山里的刺桐、龙牙红花和路边的鸡冠花。大红大绿的自然，让南亘山的女人们大爱大恨，如烈火烹油。而母亲的一切都是江南的清雅，白描几笔勾勒出的精致五官与白皙的肤色彼此呼应。她总是把浓密的长发盘髻，耸立头上，这让她脸的轮廓更完美无缺。"她在小城里，"总是慢吞吞、低着头、若有所思地走着"，拒绝看风景或找人聊天。她通过拒绝观看、拒绝与周围交流的方式，抗拒着小城庸俗风气的浸染。而在小说结尾部分出现的另一位女性上官子青更是优雅女性的代表。当奕华第一次见她的时候，"她走路飘渺，笑容亦是，以为她朝你而来了，却离你千山万水。她安静地坐在藤椅里，手肘托着下巴望过来，奕华便觉得她的整个人变成了一种语言：等待。她在等待什么呢？"这种沉静、沉思的姿势，是真正意义上的优雅。

这两个女人都先后被自己的丈夫背叛了，而抢走上官子青丈夫的，恰恰是她的学生奕华。面对婚姻的破碎，上官子青的处理方式也是优雅的，她没有像市井女子一样哭闹、报复，而是采取了极为冷静和淡定的方式，度过了这一人生之大劫。她留给学生的字条里，依然充满了智慧与温情。在人物关系上，奕华和父亲谈论最多的是《红楼梦》，父亲对《红楼梦》的精辟见解，总能让奕华震动；奕华真正爱上的男人是林肯，他夜晚在荒郊野外给身边的人讲故事，讲的是《安娜·卡列尼娜》和《羊脂球》，临别时送给奕华的礼物是手抄的《欧根·奥涅金》，而不是当时广为流传的《少女之心》。用小说中的话来说，林肯是一位天上下来的人物，优雅、俊朗、学识丰厚，言行得体。他是奕华心中的偶像，让她牵挂一生一世。而这个男人心里也盛满了苦水，但这苦已经超越尘世之苦，上升为形而上的思考："他觉得自己是替天下所有的男人来还所有女人的债。他，听从女人的呼来喝去，对每个女人都尽职尽责，如同殉难者，如同牺牲——把自己献给了女人。"这种圣徒式的原罪意识，让他变成了一位受难者，一个为了天下女人甘愿受难的人。苦难最终将他变成了"精神上的太监"，成为一个脱离了欲望的人。吴景娅对林肯的理想化描写，暴露了她对男性世界的想象与期待，似乎也掩饰着一段内心深处的创痛——为了优雅的叙述，她在竭力回避着灵魂深处撕裂或溃烂的伤口。

作为两性小说，男女身体的接触是必不可少的内容。作者将奕华和林一白第一次接触这种并不雅致的行为写得颇有情趣：

林一白的双唇柔软如女人，吐气如兰，一双嘴唇覆盖着另一双，弄出的是丰饶的湿地，地表上花草茂盛，地底下却是旺着水，小指头伸下去，水就咕咕往外冒。奕华感到自己身体的另一端也变成湿地了，好像有一些饿坏了的食肉动物在那里左顾右盼。它们在等待。等待什么呢？食物的出现？猎手的到来？生存还是毁灭？

这段文字，将男女性欲冲动化作了雅致的诗思，体现了作者刻意追求的美学效果。

优雅与道德有着密切关系。一个人的优雅一定与道德上的正面形象联系在一起。违反道德规范受到公众唾弃的人就不再优雅。在《男根山》中，奕华是一个性隐私的告密者。她的告密行为，揭开了日常生活的优雅表象，暴露出了深埋在私下的污秽与肮脏。

姚俐俐与勘探队的小白在演出《沙家浜》选段——"智斗"时风光无限：小白是现实版的"严排长"（《奇袭白虎团》中的严伟才），站在台上"玉树临风，两眼炯炯有神"，扮演阿庆嫂的姚俐俐"神采奕奕，生动而漂亮"。但背后他们在草丛里偷情，被奕华撞见，奕华及时告发，试图将舞台上的"好形象"掀翻在地。奕华的父亲，一个中学的校长，自然也是体面的，他们这个家庭也是受人羡慕的。后来奕华敏锐地发现父亲与姚俐俐幽会，她的心中充满了怨恨："奕华非常想知道，姚俐俐凭着什么把优秀的父亲变得像一只发了情、急不可耐、蹦来蹦去找配偶的雄青蛙？让一贯君子的父亲很卑劣地撒谎，有了暧昧而狰狞的笑，下流、可耻、贱，连最爱的女儿也抛到脑后？"随后奕华向母亲告发了父亲，最终导致父亲自杀。到机关工作以后，奕华揭发了她的主任和一个女下属私通的事实，揭下了貌似体面的"机关人"的画皮。奕华的告密行为，反映了她对日常生活秩序、规范的质疑，她以被掩盖的事实，来戳穿生活的假象。就像她最后以极度反叛的心理将自己的笔名改为"男根"一样，是对生活秩序的挑战。她把自己导师的丈夫抢到自己手里，也与爱无关，与性无关，她把这看作是一种挑战与征服。她无法忍受导师的宁静、优雅给自己带来的压力。所以奕华是优雅的破坏者，但这种破坏只反映了她对优雅生活的向往与争夺：当她最终成为乔太太以后，也过上了她导师那种貌似优雅的生活。

优雅，作为一种美学风格，在中国一直受到压制。在阶级革命和民族独立的斗争日趋惨烈的时候，京派的优雅就成为奢侈品。毛泽东《在延安文艺座谈会上的讲话》将"民族化、大众化"捧上圣坛，优雅成为统治阶级腐朽没落的象征。优雅退场以后，文学也开始疯狂生长，变得越来越粗壮、粗野、豪迈，当然也难免伴随着血腥与放纵。直到21世纪以后，中国经济的发展催生了类似西方中产阶级的群体，稍微优越的物质生活条件和良好的文化修养，使他们具备了追求优雅的条件。张颐武将优雅的崛起看作是新世纪文学的重要现象，他进而指出：

> 今天这个梦已经变成了现实，"优雅"似乎近在咫尺，唾手可得，成为新兴的"中等收入者"的现实的生活状态的展现。……这是"新新中国"的新的历史景观中最为独特的现象。一面是优雅的无限的展开，一面是对于优雅的渴望仍然似乎无穷无尽。优雅超越了中国新文学的限度，成为我们时代的核心的表征。①

这里的"中等收入者"就是新兴的"中产阶级"，他们有房，有车，有较高的稳定收入和较高的文化修养，这一阶层的存在，成为新世纪以来中国社会的重要特征。

自20世纪90年代以来，随着市场经济的发展与政治形势的变化，中国的中等收入者越来越多，他们开始远离政治，远离底层，追求优雅精致的生活和情趣。文学是一个时代的神经，也捕捉到了这一精神倾向，通过怀旧、反思两性关系、寄情自

---

① 张颐武：《优雅的崛起：中国文学的新空间》，《文学自由谈》2004年第6期。

然山水等方式，来展现自己的文化修养和精细绵密的诗情与哲思。这就是优雅文学所追求的基本格调。从这个意义上说，吴景娅是成功的，她属于这个时代，也为这个时代的优雅文学提供了一个成熟的范本。但作为一种艺术风格，优雅其实是双刃剑，在成就一个作家的同时，可能也会限制作家的脚步。在中国，优雅的绅士和淑女成为一种别样风景，也往往是平庸、平淡的代名词。从这个意义上说，吴景娅的小说在很多方面也被优雅捆住了手脚。

她的散文反复诉说着自己的悲欢和思考，这自然无可厚非，但这种"个人化"的书写，很容易与大众达成共识，也就是说，她对自我的书写基本上停留在大众能够接受的层面，只是她将这种"大众化"的情绪通过精致的语言包装，变成了高雅的工艺品。为了保持优雅的姿态，她不会，也不可能去挑战公众的思维和审美的边界。其小说也是如此。一部女性主义的小说，对两性关系的描写从未触及道德伦理的底线，没有产生性爱与道德之间鲜血淋漓的撕裂，也没有出现男女之间难以弥合的伤口。母亲、大姑、导师，先后被男人背叛，她们都选择了隐而不发。就连风骚的姚俐俐，虽然与丈夫以外的两个男人发生了关系，但她对这两个男人似乎没有多少爱或恨。小说为了道德上的清洁，屏蔽了大量心理上和生理上的不洁内容。在这一点上，她与张爱玲、王安忆等人截然不同。她手里拿的不是一把手术刀，借以解剖人物身体和精神上的病灶，而是拿着一根绣花针，去缝合人们心理和身体上的裂痕，呈现一个优雅和谐的世界。

小说后半部分，奕华从自己导师手里把男人夺走，而这个男人又不是一个看重感情的人。这一事件涉及很多伦理上、生理上和心理上的悖论,作者的描写显然力不从心。她有意回避了这一事件的"肮脏"部分,写得云淡风轻,不露痕迹。奕华与马狂之间也应该有复杂的情色交往,但这些内容也被作者简单化了。这种简单化,不只是才力上的透支或生活积累的匮乏,更重要的是作者的刻意追求。她极力维护着自己的淑女形象,不知道在文学的世界里,这种优雅往往会限制了作品挺进人心的深度。